*Für
Rosi und Reinhard,
Christine und Fritz*

Prolog

Fast immer ist es still dort, wo das unscheinbare Holzhaus steht. So still, dass man glauben könnte, man befände sich in einer menschenleeren Wildnis, vielleicht in Masuren oder gar irgendwo in der Weite des kanadischen Buschlandes, weitab von jeder Zivilisation – was ein Irrtum wäre.

Inmitten einer eiszeitlichen Moränenlandschaft mit Dünen und Hochmooren, von einer Baumgruppe aus Kiefern, Birken und Erlen umstanden, duckt sich das Häuschen am Ufer eines schmalen Sees tief in die hügelige Landschaft. Von der Kreisstraße aus, die etwa zweihundert Meter entfernt vorbeiführt, ist es nicht zu erblicken – nicht einmal von den wenigen, die überhaupt wissen, dass es hier steht. Und auch der schmale Sandweg, der zur Hütte führt, ist leicht zu übersehen. Dort, wo er von der Straße abzweigt, gibt es kein Schild, nur eine winzige Lücke im dichten Gestrüpp auf der Böschung.

Sehr selten einmal biegt ein Fahrzeug auf diesen Weg ab. Wenn überhaupt, kommen die Autos in der Dunkelheit – immer einzeln und mit etwas Zeitabstand – und verschwinden schnell zwischen Büschen und Bäumen.

Hinter den kleinen Fenstern des Häuschens hängen dichte Vorhänge, kein Licht dringt heraus. Es ist das einzige Gebäude weit und breit. Einstmals als Jagdhütte erbaut, liegt es mittlerweile genau zwischen zwei ausgedehnten Naturschutzgebieten.

Natürlich wurden für die ganze Gegend seit langer Zeit keine Baugenehmigungen mehr erteilt. Lediglich die Bauunterhaltung gestatten die Behörden noch und wachen argwöhnisch darüber, dass keine Um- oder gar Anbauten erfolgen.

Außen dunkelbraun gestrichen, ist die Hütte ganz und gar unscheinbar. Und auch im Inneren geht es karg zu. Es gibt nur einen großen Raum, in dem ein massiver rechteckiger Tisch aus Kiefernholz und ein paar Stühle stehen – direkt vor dem Kaminofen.

Über der Eingangstür hängt der einzige Wandschmuck im ganzen Haus. Wo der Sechzehnender einmal geschossen wurde, dessen mächtiges Geweih scheinbar seit ewigen Zeiten den Giebel ziert, wüsste nicht einmal der Eigentümer der Hütte zu sagen. Er selbst geht nicht auf die Pirsch, ebenso wenig wie die Leute, die des Nachts hierherkommen.

Sie alle gehen nicht dem Waidwerk nach. Jedenfalls nicht mit Gewehren. Ihre Beute ist nicht das Wild.

Jäger sind sie dennoch.

1

Sanft, anfangs kaum wahrnehmbar, bald jedoch mit zwingender Macht verwandelte sich die Welt um ihn herum. Noch bevor sich der Nebel sichtbar aufs Wasser zu legen begann, konnte er ihn fühlen, klamm und drückend.

Bleierne Lautlosigkeit. Alle fernen Geräusche, jeglicher Hall versanken in distanzloser Dumpfheit. Wie ein dichtes Netz aus haarfeinen feuchten Fäden umfing der weiße Dunst, in dem alle Geräusche erstickten, das Boot. Allein das leise Plätschern des Wassers an der Bordwand und das träge Flappen des nutzlos hin und her wehenden Vorsegels drangen überlaut durch die nasse Watte.

Das Großsegel hatte Simon schon vor einer halben Stunde geborgen, als kaum noch Bewegung in der Luft gewesen war. Jetzt schlief der Wind völlig ein, und plötzlich schien es, als gäbe es seitab des Bootes nichts mehr – schon gar nicht das Land, das doch kaum eine Meile entfernt an Steuerbord lag.

Immer dunkler wurde es rundum, als die Abenddämmerung einsetzte. Himmel und Wasser verschmolzen zu lichtlosem Grau. Nur der starke Lichtstrahl des Leuchtturms

Falshöft oben auf der Steilküste tastete sich matt durch die wattige Nässe.

Herbst an der Küste – Zeit, die *Seeschwalbe* ins Winterlager zu bringen. In Arnis an der Schlei hatte Simon einen Platz in einer beheizten Bootshalle gemietet. Während der langen Wintermonate erwarteten ihn ein paar dringende Überholungsarbeiten am Holzrumpf des über fünfzig Jahre alten Colin Archers.

Erst am Mittag war er endlich von seinem Schreibtisch in der Firma weggekommen, um am Liegeplatz im kleinen Hafen seines Heimatortes an der Flensburger Außenförde, nur wenige Hundert Meter von seinem Arbeitsplatz als Geschäftsführer von *Simonsen Hoch- und Tiefbau* entfernt, die Leinen loszuwerfen. Eigentlich hätte er es dennoch bis Arnis schaffen können, denn mit seiner Revierkenntnis und einem starken Bordscheinwerfer war es kein Problem, die Schlei auch nachts zu befahren, obwohl vor einigen Jahren die Betonnung stark ausgedünnt worden war.

Bei solchem Nebel jedoch wäre eine Weiterfahrt mehr als fahrlässig. Schleimünde lag noch etwa fünf Seemeilen entfernt. Die *Seeschwalbe* hatte kein Radar an Bord, und bei Dunkelheit nur nach dem Kartenplotter durch dichten Nebel blind in die enge Einfahrt des lang gezogenen Ostseefjords hineinzufahren, kam nicht infrage. Er würde Helene anrufen und ihr sagen müssen, dass sie ihn und Frau Sörensen erst morgen in Arnis abholen konnte. Das würde ihr nicht gefallen, wusste Simon. Er hatte ihr versprochen, die zugige Hintertür des alten Hauses zu reparieren, das sie vor zwei Monaten bezogen hatten.

Nun, dann musste es dort eben noch eine Nacht länger ziehen. Von einem derart rasanten Wetterumschlag war schließlich in keiner Vorhersage die Rede gewesen. Das kam im Frühjahr und auch jetzt im Oktober immer wieder vor in diesem Revier. Küstennebel traten ganz unvermittelt auf – lästige Gespenster, die niemand voraussehen konnte.

Simon fuhr zusammen, als Frau Sörensen widerwillig knurrend mit ihren Fledermausohren schlackerte. Überlaut drang das klatschende Geräusch bis zu ihm nach achtern an den Steuerstand. Das Boot war gerade mal vierzehn Meter lang, aber er konnte die Hündin schon nicht mehr sehen, die vorn im Nebel am Bug stand und wohl versuchte, die winzigen Wassertröpfchen, die ihr in die Ohren gedrungen waren, herauszuschütteln.

»Wir werden hier ankern müssen, Frau Sörensen!«, rief er in die graue Wand hinein, griff um das Ruderrad herum, drehte den Zündschlüssel und startete den Motor. Sofort erfüllte das sonore Brummen des Diesels die Luft. Simon rollte mit der Reffleine die Selbstwendefock ein, die in der Flaute wie ein feuchter Sack am Stag gehangen hatte. Dann schaltete er in den Vorwärtsgang und gab etwas Gas. Langsam, den Tiefenmesser immer im Auge, steuerte Simon das Boot auf die Küste zu. Nach wenigen Minuten nahm die Wassertiefe rasch ab. Als das Lot vier Meter anzeigte, stoppte er und ging auf den feuchten Planken nach vorn zum Ankerkasten, wo ihn Frau Sörensen bereits schwanzwedelnd erwartete.

»Mal sehen, wie schnell der Spuk wieder vorbei ist«, sagte er. »Wenn wir Pech haben, müssen wir bis morgen früh warten, dass der Wind auffrischt und das Zeug wegbläst.« Simon beugte sich zu der kleinen schwarz-weißen Hündin unbestimmbarer Rasse hinunter und kraulte ihr den Nacken. Dabei blickte er angestrengt über den Bug und versuchte, die Konturen des Strandes auszumachen, der nur noch wenige Hundert Meter entfernt liegen musste, doch die Nebelwand war für das Auge undurchdringlich.

Kurz danach fiel der Anker auf den Grund, Simon steckte genügend Kette und sorgte mit einem kurzen Gasstoß rückwärts dafür, dass das Eisen sich in den Sand eingrub und das Boot sicher auf seiner Position hielt. Als er den Motor ausgeschaltet hatte, sprang ihn sofort wieder die beklemmende Stille an.

Niemals fühlte er sich auf dem Wasser einsam – außer bei solchem Wetter. Aufmerksam lauschte er in die schnell dunkler werdende Wand hinein, die ihn rundum umgab. Zwei- oder dreimal tönte weit entfernt von See her das Tuten starker Nebelhörner. In der direkten Umgebung der *Seeschwalbe* jedoch herrschte völlige Stille.

Nachher würde er noch das Ankerlicht im Mast anschalten. Solange der Nebel so dicht blieb, würde es auf einem anderen Boot zwar erst gesehen werden, wenn dies bereits auf zehn Meter herangekommen wäre, doch darüber machte sich Simon keine Sorgen. Er hatte dicht genug unter Land geankert, um sicherzugehen, dass niemand ihn über den Haufen fuhr.

Natürlich war es dennoch wichtig, die Ohren offen zu halten. Aber das war an Bord der *Seeschwalbe* Frau Sörensens Job, den sie zuverlässig verrichtete. Sie hatte sich bereits auf ihrer Decke unter der Sprayhood über dem Niedergang eingerollt. Die ganze Nacht würde sie dort liegen und bei jedem Geräusch, das sie beunruhigte, sofort Laut geben. Sie war zwar nicht mehr die Jüngste, aber ihr Gehör war immer noch viel besser als das des Skippers. Und auf ihre Wachsamkeit hatte Simon sich bisher auf jedem Törn verlassen können.

»Zeit, einen Tee zu kochen«, erklärte er seiner kleinen Hündin. »Ich bring dir dann gleich auch ein feines Fressi hoch. Pass nur schön auf, dass uns niemand zu nahe kommt, altes Mädchen!«

Frau Sörensen hob kurz ihren Kopf von den Pfoten und ließ ihre Schwanzspitze leicht zucken, was hieß, sie habe natürlich jedes Wort verstanden.

Simon grinste und stieg den Niedergang hinab, um den Teekessel aufzusetzen.

Tief und fest schlief Simon nie, wenn er mit dem Boot irgendwo vor Anker lag. Er döste eher in einer Art Halbschlaf, hatte zwar kurze Träume – ein Teil von ihm horchte dennoch immer ins Boot. Deshalb war er sofort hellwach, als von oben das aufgeregte Bellen Frau Sörensens an seine Ohren drang.

»Was ist los?«, rief er, während er seine Beine aus der Koje schwang. »Was hast du gehört?«

Er griff nach der Taschenlampe auf dem Salontisch und knipste sie an. Ein Blick auf die Uhr zeigte ihm, dass es zehn Minuten nach drei war.

Als er bereits die Niedergangstreppe hinaufstieg, traf plötzlich ein Stoß den Rumpf, verbunden mit einem dumpfen Dröhnen. Simon spürte einen Ruck, der durch das Boot lief. Sofort wusste er, dass irgendetwas die Eichenholzplanken der *Seeschwalbe* gerammt hatte.

Ein eher sanfter Anprall – unüberhörbar zwar in der nächtlichen Stille, jedoch kein Krachen oder gar Splittern. Frau Sörensen bellte dennoch in höchster Erregung und ohne Pause.

»Still!«, befahl Simon, und das heisere Gekläff ging in ein unwilliges Knurren über. Die Hündin stand mit hoch aufgerichteter Rute backbord an der Reling und starrte in den dichten Nebel. Simon trat heran. Im starken Lichtstrahl seiner Lampe schälten sich schemenhaft die Umrisse eines Motorbootes aus der Dunkelheit – etwa so lang wie die *Seeschwalbe* –, das neben der Bordwand lag, als wäre es dort längsseits gegangen.

Langsam ließ Simon den Lichtkegel über den plötzlich aufgetauchten Nachbarn gleiten, ein hypermodernes weißes Kunststoffboot mit futuristisch geformtem Kajütaufbau und einer Flybridge. Kein Licht schien durch die ovalen Bullaugen, und auch an Deck brannte keine Lampe, nicht einmal die Positionslichter. Gespenstisch still dümpelte der Plastikkasten neben dem Holzrumpf der alten *Seeschwalbe*.

»Hallo, ist jemand an Bord?«, rief Simon laut hinüber, und Frau Sörensen begann wieder zu bellen. »Sei still! Es reicht, wenn *ich* rufe!«, wies er die Hündin zurecht, die daraufhin ihr Gekläff einstellte und beleidigte Grunzgeräusche ausstieß.

Simon ging ein paar Schritte an der Reling entlang, bis der Strahl seiner Taschenlampe den schwungvollen goldenen Schriftzug am Bug der Motoryacht erfasste. *Tequila Sunrise* stand da.

»*Tequila Sunrise!* Hallo, ist jemand an Bord?« Er schüttelte sich, als sein Ruf im feuchten Grau verklang. Dämlicher Name. So hießen Yachten an der Côte d'Azur oder in der Karibik. Wer kam auf die Idee, ein Schiff so zu nennen, das auf der Ostsee herumschipperte? Aber *Tequila Sunrise* passte immerhin zu diesem Angeberboot, auf dem sich immer noch nichts rührte.

Niemand antwortete auf Simons Ruf. Er fühlte auf einmal ein merkwürdiges Ziehen in seinem Bauch, spürte die Stille wie ein beklemmendes Gewicht, das körperlich auf ihm lastete. Unwillkürlich schossen ihm ein paar besonders ekelhafte Bilder aus dem Horrorfilm *The Fog – Nebel des Grauens* durch den Kopf.

Widerwillig schüttelte er sich, schimpfte sich innerlich einen Idioten und ging an der Reling entlang, bis das Licht seiner Taschenlampe das Heck der Yacht erfasste und auf die Flagge fiel: Es war die deutsche. Nass und schlapp hing sie an ihrem Stock herunter.

Nun war er doch neugierig, aus welchem Heimathafen diese scheußliche – und sicher auch scheußlich teure – Motorquatze stammte. Er lehnte sich über die Reling, um das Heck beleuchten zu können. Schwach trat der Schriftzug *Kiel* aus dem Nebel hervor.

Ein lautes Knirschen und Quietschen ließ Simon zusammenfahren, ein widerwärtiges Geräusch, das von der Scheuerleiste der *Tequila Sunrise* kam, die sich im leichten Auf und Ab der Dünung am Holzrumpf der *Seeschwalbe* zu reiben begann.

»Mist«, murmelte Simon, ging schnell nach achtern und

holte drei Fender und ein paar Leinen unter der Sitzbank hervor. Kurz darauf waren die beiden Boote sicher miteinander vertäut. Solange der Wind nicht auffrischte, würde der Anker die zusätzliche Last durchaus halten können.

Noch einmal leuchtete Simon das Motorboot vom Bug bis zum Heck ab. »Hallo, ist da jemand? Hallo, *Tequila Sunrise!*«

Keine Reaktion, kein Licht, kein Geräusch.

Es blieb ihm wohl nichts anderes übrig, als hinüberzusteigen und nachzusehen, ob wirklich niemand an Bord war. Gerade hatte er diesen Entschluss gefasst, da hörte er Frau Sörensens unverkennbares Knurren vom Achterdeck der Motoryacht, gefolgt von einem kurzen, hellen Kläffen. ›Komm schnell her, ich habe was gefunden!‹, hieß das. Offenbar war die neugierige Hündin bereits hinübergesprungen, während er noch mit dem Ausbringen der Fender und dem Vertäuen der Boote beschäftigt gewesen war. Wieder ließ sie ihr heiseres Bellen hören.

»Ich komme ja, altes Mädchen.« Simon kletterte über die elegante, mit poliertem Mahagonihandlauf versehene Reling der *Tequila Sunrise* an Bord. »Was hast du denn hier zu suchen?«, schimpfte er in die Richtung, aus der wieder ein mutwilliges Kläffen kam. »Ich habe dir nicht erlaubt, auf das fremde Schiff …« Der Rest seiner Standpauke blieb ihm im Hals stecken. Der Lichtkegel der Taschenlampe fiel auf die kleine Hündin, die mit wedelnder Rute und der Nase tief auf dem Boden an ein paar dunklen Flecken schnüffelte, die auf dem Teakdeck vor der gläsernen Schiebetür zum Salon verteilt waren.

Simon ging in die Knie. Ein eisiger Schauer überlief ihn, als er erkannte, was Frau Sörensen so aufregte.

Rostbraun schimmerten die Flecken im weißen Lichtkegel der Taschenlampe. Widerwillig betastete er mit seinem linken Mittelfinger einen kleineren Spritzer direkt vor seinen Füßen.

Die Flüssigkeit war längst trocken und schon in die Oberfläche des hölzernen Deckbelags eingesickert.

Was, zum Teufel, mochte hier passiert sein? Er musste sofort zurück auf die *Seeschwalbe* und die Wasserschutzpolizei verständigen. Alles sah danach aus, als wäre hier ein Verbrechen geschehen.

Unsinn, schalt er sich, reine Spekulation! Immer das Gleiche: Nur weil Helene bei der Mordkommission arbeitete, vermutete er wieder einmal die gräulichsten Verbrechen, wo es genauso gut eine ganz unspektakuläre Erklärung geben konnte. Obwohl ... Das hier war Blut, da war sich Simon sicher. Eine Menge Blut.

Plötzlich durchfuhr ihn ein alarmierender Gedanke. Was, wenn es ein scheußlicher Unfall gewesen war? Was, wenn jemand schwer verletzt im Salon lag – oder sonstwo im Schiff – und dringend Hilfe brauchte?

Er leuchtete die gläserne Schiebetür zum Salon an. Sie stand halb offen. Schemenhaft erkannte er dahinter einen Teil der Einrichtung, ein paar helle Sessel und eine Eckbar.

Entschlossen stand Simon auf.

Zunächst musste er die Motoryacht durchsuchen. Erst wenn feststand, dass tatsächlich niemand hier Hilfe benötigte, würde er seinen Anruf tätigen.

Zehn Minuten später wusste Simon, dass keine Menschenseele an Bord der *Tequila Sunrise* war – keine tote und erst recht keine lebendige. Er scheuchte Frau Sörensen zurück auf die *Seeschwalbe*, kletterte selbst hinterher und stieg den Niedergang hinunter. Funkverkehr konnte er sich sparen. So dicht unter der Küste hatte das Handy ein einwandfreies Netz. Er konnte also die Wasserschutzpolizei in Flensburg direkt anrufen. Wozu Leute aufwecken, die das hier gar nichts anging – und dann noch wegen eines solch brisanten Vorfalls?

Eines nämlich würde er der Polizei gleich mitteilen müssen:

Da war noch mehr Blut auf der verlassenen Yacht, viel mehr. Das obszöne Bild der rotbraunen Flecken auf dem cremeweißen Hochflorteppich im Salon wollte Simon nicht aus dem Kopf gehen.

2

Das ehemalige Bauernhaus stand kaum dreihundert Meter entfernt vom Wasser auf einer Anhöhe, etwas abseits eines kleinen Ortes am Südufer der Flensburger Außenförde. Ein schmaler geteerter Wirtschaftsweg, gesäumt von knorrigen Linden, führte vom Dorf hierher, vorbei an einem bewirtschafteten Gehöft, und endete auf dem gepflasterten Platz vor der Eingangstür.

Über dem eingeschossigen Gebäude wölbte sich das in die Jahre gekommene, an manchen Stellen schon grün bemooste Reetdach. Rechts und links neben der breiten Vordertür waren je vier ehemals weiße Sprossenfenster, die sichtbar nach neuer Farbe verlangten, in die rote Backsteinfassade eingelassen.

Auf der Rückseite jenseits des verwitterten Zauns um den großen, reichlich verwilderten Garten wuchsen bis zum Ostseestrand hinunter windschiefe Birken und Krüppelkiefern auf dem mit Strandhafer, Dünenquecken und Stranddisteln bewachsenen Sandboden.

Helene hatte sich sofort in dieses Stückchen Erde verliebt. Als sie vor einem Vierteljahr bei strahlendem Sonnenschein mit Simon hierhergefahren war, im warmen Sommerwind auf die weißen Schaumkronen draußen auf dem Wasser geblickt, im Garten an den alten Rosen geschnuppert und im Haus die schön geschnittenen Räume mit den Eichenbalken unter den Decken besichtigt hatte, war es um sie geschehen gewesen – und um ihre Vernunft, das hatte sie sich mittlerweile schon häufiger vorgeworfen.

So wie jetzt.

Wütend stemmte sie sich mit der Schulter gegen die klemmende Hintertür, die schließlich mit einem lauten Knall aufsprang, und trat hinaus auf die kleine Terrasse, von der man einen freien Blick auf das Meer in der Ferne hatte – vorausgesetzt, es herrschte einigermaßen gute Sicht. Dann sah man bis hinüber zu den grünen Wiesen auf der dänischen Seite der Förde im Norden, und im Osten konnte man sogar den Leuchtturm von Kalkgrund erkennen, der etwa zehn Kilometer entfernt mitten im Wasser stand.

Heute sah Helene nicht einmal den Zaun hinter dem Garten. Es regnete nicht, und dennoch tropfte ihr bereits nach einer Minute Aufenthalt im Freien das Wasser aus ihren dichten weißblonden Haaren in den Kragen hinein. Es schien, als rage die Erhebung, auf der das Haus stand, mitten in eine grauweiße pitschnasse Wolke, die sie in völliger Windstille bewegungslos umschlossen hatte.

Am Morgen war sie bei klarer Sicht zur Polizeidirektion nach Flensburg gefahren, doch auf dem Rückweg vor einer Stunde hatte sie kaum fünfzig Meter weit gesehen, obwohl die Dämmerung noch gar nicht eingesetzt hatte.

Helene schüttelte sich fröstelnd. Sie konnte sich gut vorstellen, was dieser plötzliche Nebel für Simon und seinen Törn ins Winterlager bedeutete. Daher war sie über seinen Anruf vorhin keineswegs erstaunt gewesen. Sie segelte selbst seit ihrer Kindheit und wusste natürlich, dass man bei solch einem plötzlichen Wetterumschwung besser unter Land vor Anker ging. Eine Weiterfahrt in derart dichtem Nebel wäre unverantwortlich. Geärgert hatte sie sich aber doch, dass ihre Pläne auf diese Weise über den Haufen geworfen wurden. Und ihr Unmut war noch nicht verflogen, im Gegenteil.

Sie warf einen vernichtenden Blick auf die verzogene Tür hinter sich. Oben klemmte sie im Türstock, sodass man sie kaum aufbekam, aber unten drang der Wind wie aus einem starken Gebläse durch eine Spalte, weil viele Fenster im Haus ebenfalls nicht richtig dicht waren. ›Düseneffekt‹ nannte Simon das immer lachend. Und hatte ihr gestern, als der alte Ölbrenner wieder auf Störung gegangen war und Helene gerade das dritte Paar Wollsocken über ihre eiskalten Füße zog, hoch und heilig versichert, dafür zu sorgen, dass vor dem Winter noch alles in Ordnung gebracht würde.

»Versprochen! Ich will doch auch nicht frieren, mein Schatz. Alle Teile sind bestellt: die Fenster, die Hoftür, die neue Heizung – das ganze Material. Lass mich nur rasch noch die *Seeschwalbe* ins Winterlager nach Arnis überführen. Wenn sie dann trocken in der Halle steht, kümmere ich mich um das Haus. Du wirst sehen: Vor dem Winter ist das alles erledigt.«

›Vor dem Winter‹. Helene schüttelte unwirsch die Nässe aus ihren Haaren. Wann war denn ›vor dem Winter‹, wenn nicht jetzt?

Der Mann konnte einem den letzten Nerv rauben. Geschäftsführer eines Bauunternehmens, und dennoch war nie jemand aus der Belegschaft entbehrlich, um die zugige Bude winterfest zu machen, verdammt noch mal. Immer erklärte er ihr, er könne nicht einfach Leute von lukrativen Aufträgen abziehen, um sie auf seinem Privatgrundstück arbeiten zu lassen. Er mochte damit ja recht haben, aber so hatte sie sich ihren Wohnkomfort nun wirklich nicht vorgestellt. Zumindest nicht bei der Besichtigung im Sommer.

»Bitte, Simon, schieb es nicht immer wieder hinaus«, hatte sie ihm ins Gewissen geredet, und er hatte ihr hoch und heilig versprochen, sein Wort zu halten.

Dabei hätte sie all die Unbequemlichkeiten durchaus vermeiden können, gestand sich Helene ein. Schließlich war sie es gewesen, die sich strikt geweigert hatte, zu Simon in sein schönes modernes Haus im Ort zu ziehen, das er inzwischen verkauft hatte.

Er hatte es vor wenigen Jahren gemeinsam mit seiner Frau gebaut. Den Mord an Lisa Maria Simonsen hatte die Kommissarin aufklären können – in ihrem Haus leben, das konnte sie nicht.

Seufzend drehte sie sich um, ging hinein und zog die vermaledeite Tür, die in den Hauswirtschaftsraum führte, mit lautem Krachen hinter sich zu.

Einen Augenblick lang blieb sie stehen und lauschte auf die Geräusche aus dem Heizungsraum nebenan. Der altersschwache Ölbrenner verrichtete lautstark seine Pflicht. Helene hatte die angenehme Wärme sofort dankbar gefühlt, als sie vorhin nach Hause gekommen war. Bei völliger Windstille fror man hier drinnen nicht. Aber die Tage wurden kürzer, der Wind an der Küste stärker und kälter. Die Stürme würden erst noch kommen ...

›Düseneffekt‹, also wirklich! Nun, sie würde keine Ruhe geben, bis dieser und alle sonstigen ›Effekte‹, die in einem Wohnhaus nichts zu suchen hatten, der Vergangenheit angehörten, schwor sie sich trotzig und ging in die Küche.

Sie brauchte jetzt einen starken, heißen Tee.

»Sag das noch mal! Das ist ja ... nee, das glaub ich einfach nicht!« Helene trat zurück ins Haus. »Moment mal, Simon, ich wollte gerade losfahren ...« Sie schloss die Tür wieder und ließ sich in den abgeschabten Ohrensessel fallen, der in der Diele stand. Gerade hatte sie zu einem beherzten Spurt zu ihrem weißen Cinquecento angesetzt, der ein paar Meter entfernt im strömenden Regen auf dem Hofplatz stand, da war der Song *Sing Me to Sleep* von Alan Walker, ihr aktueller Handyklingelton, durch den rauschenden Regen an ihr Ohr gedrungen.

Rasch warf sie einen Blick auf die alte Standuhr, die Simon und sie arg ramponiert unter allerlei Gerümpel auf dem Dachboden gefunden und fachmännisch reparieren und aufarbeiten lassen hatten. Halb sieben. Noch war also genug Zeit, um pünktlich auf ihrer Dienststelle in Flensburg anzukommen, trotz des miesen Wetters.

Bei ihrem schnellen Frühstück in der Küche – zwei Tassen Tee und ein Müsli – hatte sie durch das Fenster gesehen, dass der Nebel über Nacht völlig verschwunden war. Stattdessen wehte nun ein frischer Wind, der dunkle Wolken über den grauen Himmel trieb und die Regentropfen wie Schrotkugeln an die Fensterscheiben prasseln ließ.

Trostloses Herbstwetter.

Auch hier in der Diele war die Zugluft spürbar, die über den Fußboden fegte. Kalt strich sie über Helenes Beine. Simons ›Düseneffekt‹.

»So, nun sag das noch mal, Simon. Oder nein, lass mal, eigentlich habe ich genug gehört. Langsam wirst du mir unheimlich, mein Lieber.«

»Was soll ich machen?« Er lachte trocken auf. »Ich hätte mir die Nacht hier vor Anker auch ruhiger vorgestellt, das kannst du mir glauben.«

»Dass dir auch immer wieder …« Helene brach ab und schüttelte den Kopf. »Und was ist jetzt mit dem Motorboot? Ich meine, was sagen denn die Kollegen von der Wasserschutzpolizei?«

»Die sind ja erst seit einer Stunde hier, mussten sich langsam und vorsichtig durch den Nebel ins flache Wasser tasten. Aber inzwischen ist Wind aufgekommen und hat die dicke Suppe weggeblasen.«

»O ja, ich weiß«, gab Helene gedehnt zurück. »Den Wind habe ich hier auch. Im ganzen Haus. Das Pfeifen müsstest du eigentlich sogar durchs Telefon hören.«

»Nun übertreib mal nicht so schamlos, mein Schatz!«, protestierte Simon lachend. »Egal, das gehört sowieso bald der Vergangenheit an. Sehr bald sogar.«

»Gott sei Dank. Das habe ich ja kaum noch zu hoffen gewagt. Aber sag mal: Was wollen die Kollegen jetzt unternehmen? Haben die sich dazu schon geäußert?«

»Sie werden die *Tequila Sunrise* – idiotischer Angebername übrigens, wenn du mich fragst – in Schlepp nehmen und irgendwo hinbringen, wo man eine kriminaltechnische Untersuchung durchführen kann.«

»Sie gehen also von einem Verbrechen aus?«

»Wovon würdest du denn ausgehen?«

»Es könnte auch ein Unfall gewesen sein.«

»Da ist reichlich Blut im Salon und überall an Deck, und kein Mensch ist mehr an Bord. Es gab überhaupt keine Funksprüche, sagt die Wasserschutzpolizei, schon gar kein SOS, nichts dergleichen.« Simon schwieg ein paar Sekunden. »Sieht mir nicht gerade nach einem Unfall aus.«

»Haben sie schon herausgefunden, wem die Yacht gehört?«

»Sie haben das wohl in die Wege geleitet. Aber mir werden sie kaum viel dazu sagen, selbst wenn sie etwas in Erfahrung bringen. Ich bin schließlich kein Polizist und ...«

»Nee, du stolperst nur immer wieder mal über die Spuren irgendwelcher Bluttaten«, erwiderte Helene glucksend.

»Was kann ich denn dafür, dass ...«, beklagte sich Simon, wurde aber gleich von seiner Lebensgefährtin unterbrochen: »Schon gut, ich hab's nicht bös gemeint. Ist bloß sonderbar, dass dir das immer wieder passiert, findest du nicht?«

»Und wie. Allerdings könnte ich gut auf diese Erlebnisse verzichten, das darfst du mir glauben.« Er schnaufte unwillig. »Na ja, solange du mich nicht wieder als Tatverdächtigen festnimmst ...«

Pause. Das vielsagende Schweigen brachte Helene die alten Bilder zurück, ob sie wollte oder nicht. Sie räusperte sich und sagte: »Ich werde nachher mal bei den Kollegen nachfragen, was sie über das verlassene Motorboot wissen.«

»Ich glaube, du wirst dich sehr bald selbst damit beschäftigen müssen. Wenn ich mich nicht irre, ist das ein Fall für die Mordkommission, oder was denkst du?«

Damit hatte er wohl recht. Die Wasserschutzpolizei würde zur Spurenauswertung ganz sicher die Kripo hinzuziehen. Und wenn es keine harmlose Antwort auf die Fragen nach dem Verbleib des Skippers und der Herkunft des vielen Blutes gab, roch das alles geradezu nach einem Gewaltverbrechen. Eigenartig, dass Simon das offenbar früher klar geworden war als ihr.

»Na, wir werden ja sehen«, erwiderte sie und wechselte das Thema: »Wann wirst du denn weiterfahren? Ich kann dich heute erst später am Abend abholen. Ich habe zu viel auf dem Schreibtisch, auch ohne dass noch ein neuer Fall dazukommt.«

»Mach dir keine Gedanken. Ich schätze, ich werde hier in spätestens einer Stunde den Anker lichten können. Dann bin ich gegen Mittag in Arnis. Die Werft habe ich schon verständigt. Der Kran wäre am Nachmittag frei, um das Schiff aus dem Wasser zu heben. Bis die *Seeschwalbe* in der Halle steht und ich loskomme, wird es sicher später Nachmittag. Ich rufe dich dann an. Hab dich lieb, mein Schatz!«

»Ich liebe dich auch, Simon. Passt auf euch auf, ihr beiden. Und grüß Frau Sörensen von mir!«

3

Wirklich seltsam, ging es Helene Christ durch den Kopf, als sie in ihrem kleinen Wagen saß und unter den hin- und herjagenden Scheibenwischern auf die nasse Landstraße blickte. Sogar ein wenig unheimlich, dass Simon so oft in etwas hineintappte, was sich bald darauf als Spur zu einem Kapitalverbrechen entpuppte.

Drei Jahre war es jetzt her, dass sie ihn unter den ungünstigsten Umständen kennengelernt hatte, die man sich nur vorstellen konnte: Sie hatte ihn festnehmen müssen, weil er des Mordes an seiner Ehefrau Lisa verdächtigt wurde – ein Verdacht, der sich zum Glück aber rasch als falsch herausgestellt hatte.

Ihr erster Fall; gerade war sie damals als junge Kriminalkommissarin nach Flensburg gekommen.

Doch der ehemals Mordverdächtige, in den sie sich zu ihrer eigenen Überraschung zunächst höchst widerwillig, dafür aber umso heftiger verliebt hatte, war auch aus den Ermittlungen in einigen der Fälle, die sie später aufzuklären hatte, nicht wegzudenken. ›Dein Hilfssheriff‹, nannte Edgar, ihr griesgrämiger alter Kollege, ihn bald nur noch.

Helene zuckte zusammen, und die bekannte dumpfe Leere breitete sich wieder in ihrem Magen aus. Edgar Schimmel, von allen nur ›der Graue‹ genannt, würde nicht länger an ihrer Seite stehen.

Wie hatte er ihr, der unerfahrenen jungen Kollegin, anfangs das Leben schwer gemacht! Sein Sarkasmus und seine bisweilen zynischen Kommentare waren für Helene kaum zu ertragen gewesen. Und die Teilnahmslosigkeit, mit der der alte Hauptkommissar auf die vielen Verbrechen seiner langen Dienstzeit zu blicken schien, hatte sie erschreckt. Angst war in ihr aufgekommen, ein solcher Verlust an Empathie wäre der Preis für diesen Beruf, den auch sie eines Tages würde zahlen müssen.

Doch der Schein trog.

Helene hatte bald erkannt, dass Schimmels Gebaren, die barschen Umgangsformen, seine manchmal schneidend scharfe Ausdrucksweise, nichts anderes war als der verzweifelte Versuch eines längst Desillusionierten, die fortwährenden Begegnungen mit den schlimmsten menschlichen Abgründen auf Abstand zu halten.

Sie würde nie den Blick des Grauen vergessen, als ihm klar wurde, dass sie ihn durchschaut hatte. Es war der Blick eines Ertappten gewesen, dessen Augen sie inständig baten, ihr Wissen als gemeinsames Geheimnis zu hüten. Und niemals darüber zu sprechen.

Nur mit unglaublich viel Glück und Dank der Kunst der Ärzte war er vor ein paar Monaten mit dem Leben davongekommen. Eine Kugel hatte den Grauen in die Brust getroffen, den linken Lungenflügel zerfetzt und schwere innere

Blutungen verursacht. Auch der Herzbeutel war gestreift und angerissen worden. Hätte der Schusskanal nur ein wenig mittiger gelegen, wäre jede Hilfe zu spät gekommen.

Doch auch so hatte das Leben des kauzigen alten Kriminalers lange am seidenen Faden gehangen. Drei Wochen hatte Schimmel auf der Intensivstation mit dem Tod gerungen, bis endlich doch sein Lebenswille gesiegt hatte. Zumindest war dieser Begriff gefallen, als die Mediziner Helene mitteilten, der Graue sei über den Berg. Er selbst wollte von ›Lebenswillen‹ nichts hören, lehnte jede Diskussion über seine Befindlichkeiten kategorisch ab und sprach allenfalls von ›Glück‹ und von einer ›halbwegs anständigen Arbeit der Quacksalber‹.

Helene fand einen freien Parkplatz in der Speicherlinie, stieg aus und hastete durch den Regen die kurze Strecke zu dem imposanten weißen Gebäude in der typischen Architektur der Gründerzeit, in dem die Polizeidirektion Flensburg untergebracht war. In Gedanken war sie immer noch bei ihrem alten Kollegen.

Inzwischen hatte man ihn aus dem Krankenhaus entlassen. In der Rehaklinik in Damp, dem nur etwa sechzig Kilometer entfernt gelegenen Ostseebad, versuchte der Graue nun, sich an den Gedanken zu gewöhnen, dass sein Berufsleben ein jähes Ende gefunden hatte.

Sicher, noch vor ein paar Jahren schien ihm nichts wichtiger gewesen zu sein als seine baldige Pensionierung. Aber auf wundersame Weise hatte sich diese Haltung fast unmerklich in der Zeit seiner Zusammenarbeit mit Helene geändert. Schimmel wäre der Letzte gewesen, der das jemals zugegeben hätte, aber Helene wusste genau, wie viel ihm sein Beruf bedeutete – trotz allem Abscheu vor der jahrzehntelangen Konfrontation mit der Trostlosigkeit von Mord und Totschlag. Und wie wichtig es ihm gewesen war, so viel wie möglich von seinen Erfahrungen und seinem Wissen an die junge Kollegin weiterzugeben.

Als die Kommissarin den Diensthabenden an der Eingangskontrolle im Vorbeigehen grüßte, fiel ihr wieder ein, was Schimmel gestern herausgerutscht war, als sie mit ihm telefoniert hatte.

»Tja, Miss Marple, jetzt bestimmen andere über mich.«

Mehr hatte er nicht zu sagen brauchen. Helene wusste allzu gut, wie schwer er sich damit tat, das Unvermeidliche zu akzeptieren, ohne irgendetwas daran ändern zu können. Und in seinem Falle hieß das: vorzeitige Pensionierung wegen Dienstunfähigkeit.

»So schlimm das sein mag, Edgar«, hatte sie lahm geantwortet, »aber du bist immerhin noch am Leben. Mach dir endlich klar, dass du genauso gut ...« Mehr hatte sie nicht sagen können. Doch von ihm war nichts gekommen, kein einziges Wort. Nicht einmal einer seiner unwilligen Grunzer, die sie immer so auf die Palme gebracht hatten.

Und da war ihr eine Idee gekommen.

Noch hatte sie nicht alles bis zum Ende durchdacht. Und ihr war klar, dass sie mit List vorgehen musste, um dem Grauen ihre Überlegungen schmackhaft zu machen. Wenn ihr das aber gelänge, würde es ihm vielleicht ein bisschen Lebensfreude zurückbringen. Keine Begeisterung natürlich; derlei Überschwang der Gefühle war dem Alten ein Gräuel, aber immerhin ...

Ein leichtes Grinsen flog über Helenes Gesicht, und sie öffnete die Tür zu ihrem Büro.

Kommissaranwärter Nuri Önal schien nur auf seine Chefin gewartet zu haben.

Helene sah durch die geöffnete Tür zum Nebenraum, dass der junge schwarzhaarige Mann mit der auffälligen Undercutfrisur eilfertig von seinem Tisch aufsprang und zu ihr herüberkam.

»Es gibt wichtige Neuigkeiten, Frau Komm... äh, Frau Christ!«

»Ihnen auch ein fröhliches Moin, Moin«, erwiderte Helene grinsend, als sie erkannte, dass Önal vor Mitteilungsbedürfnis fast platzte.

In edle Markenjeans, knöchelhohe dunkelrote Sneaker und einen eng anliegenden schwarzen Pullover gekleidet, der seinem durchtrainierten Oberkörper schmeichelte, die Haare gegelt und in den intensiven Duft eines aromatischen Rasierwassers gehüllt, baute sich der kaum mittelgroße Kommissaranwärter vor seiner Vorgesetzten auf und blickte irritiert zu ihr hoch.

»Äh, ja, Moin, Frau Christ.« Er warf einen kurzen Blick auf den Zettel in seiner Hand und sprudelte hervor: »Die Kollegen vom Wasserschutz bitten um unsere Hilfe. Da gibt es wohl ein Boot, auf dem ein Mord passiert ist, und ...«

»Das steht auf Ihrem Zettel?« Helene ging zu ihrem Schreibtisch und setzte sich in den Drehstuhl. »Haben die das tatsächlich so gesagt?«

»Na ja«, wand sich der junge Mann. »Sie haben von Blutspuren gesprochen. Und gesagt, dass die Spurensicherung schon dran arbeitet.«

»Ja, gut. Aber haben die Kollegen wirklich das Wort ›Mord‹ benutzt, Herr Önal? Es wurde schließlich keine Leiche gefunden, oder?« Ein wenig schämte sich Helene für den billigen Triumph.

»Nein, wenn Sie so fragen – das Wort ›Mord‹ ist wohl nicht gefallen, aber ...« Er brach ab, als ihm aufging, was seine Chefin gerade gesagt hatte, und starrte sie an. »Woher wissen Sie denn, dass da keine Leiche ...«

»Das Boot wurde heute in den frühen Morgenstunden vor Falshöft an der Küste gefunden. Und es war niemand an Bord, weder tot noch lebendig«, antwortete Helene gleichmütig. Als sie sein fassungsloses Jungengesicht sah, lachte sie auf. »Machen Sie sich keine Gedanken, Herr Önal, ich bin keine Hellseherin. Zufällig war es mein Lebensgefährte, der auf das verlassene Boot gestoßen ist und es der Polizei gemeldet hat. Er hat mich angerufen, daher weiß ich von der Sache.«

Die schwarzbraunen Augen des türkischstämmigen Mannes blitzten fröhlich. »Und ich dachte schon, Sie hätten so eine Gabe wie meine *Nine*.«

»Ihre wer?«

»Meine Oma. Die ist in der ganzen Familie als *Falcı* bekannt, als Wahrsagerin. Ich musste gerade an sie denken. Sie hat heute Geburtstag.«

»Spökenkieker nennt man solche Leute hier bei uns an der Küste«, gab Helene amüsiert zurück. »Bin ich aber eher nicht. Na gut, lassen wir das. Wie alt wird denn die Oma?«

»Dreiundachtzig, glaube ich.«

»Dann richten Sie ihr meine Glückwünsche aus, wenn Sie dran denken. Übrigens: Wissen Sie denn, was genau die Kollegen von uns wollen? Oder, anders gefragt: Haben sie ausdrücklich nach der Mordkommission verlangt?«

»Nein, Frau Christ«, erwiderte Önal, wieder ernst geworden. »Das Boot liegt jetzt am Steg vor dem Gebäude der Wasserschutzpolizei, aber, genau genommen, kommt die Anforderung von einem Oberkommissar Nissen. Der ist vor Ort und hat eben angerufen.«

»Kollege Nissen ist Spezialist bei den Kriminaltechnikern und ein erfahrener Spurensicherer.« Die Kommissarin nickte. »Wenn der uns herbeiruft, dann ist an Ihrem angeblichen Mord was dran.« Sie stand auf. »Also los, gehen wir rüber. Sind ja bloß ein paar Hundert Meter die Straße hoch.«

Önal hastete in das Nachbarzimmer, nahm seine schwarze Lederjacke von der Stuhllehne und zog sie an. Als er mit einer gut gefüllten Papiertüte in der Hand wieder in das große Büro zurückkam, sah Helene, dass sein Blick den leeren Stuhl streifte, der ihrem gegenüber am zweiten Schreibtisch stand. Schimmels Stuhl.

»Nee, mein Lieber«, sagte sie forsch, »gewöhnen wir uns besser daran, unseren Job ohne ihn zu machen.« Sie dachte an die grantigen Anschnauzer des Grauen, die der junge Anwärter noch hatte einstecken müssen. »Hauptkommissar Schimmel geht aus der Reha direkt in Pension. Kann mir auch kaum vorstellen, dass Sie ihn allzu sehr vermissen werden.«

Önal sagte nichts. Aber Helene sah einen Ausdruck in seinen dunklen Augen, den sie nicht deuten konnte. Fast hatte sie den Eindruck, als ob der Kommissaranwärter ihre Behauptung nicht billigte. »Was haben Sie denn da in der fettigen Tüte?«, fragte sie.

»*Baklava.* Von meiner Großmutter selbst gebacken. Musste ich mit zum Dienst nehmen, sonst wäre sie böse geworden. Sind aber auch die besten, die es gibt.«

»Auf jeden Fall hat Oma nicht an Butter gespart«, sagte die Kommissarin und zeigte auf die fettgetränkte Tüte. »Aber nun mal los!«

»Darf ich Sie noch rasch etwas fragen?«, nahm Önal seinen Mut zusammen. »Werden Sie jetzt die Leitung des Kommissariats übernehmen?«

»Wohl kaum«, gab Helene zurück. »Dazu bin ich noch nicht lang genug im Geschäft. Demnächst werden wir einen neuen Chef vorgesetzt bekommen, wir beide. Das Personalkarussell dreht sich bereits, habe ich gehört.« Sie öffnete die Tür. »Kommen Sie jetzt, die Kollegen warten. Im Moment müssen wir das allein hinkriegen.«

Nuri Önal trat hinter ihr hinaus auf den Flur und sagte eifrig: »Das schaffen wir schon.«

Helene lächelte müde. Putziges Kerlchen, ihr jugendlicher Kollege.

4

Polizeihauptmeister Asmus Mommsen, seit über zwanzig Jahren Vertreter des Gesetzes in dem kleinen Ort am Südufer der Flensburger Außenförde, lehnte sich zurück und streckte sich behaglich. Genüsslich sog er das Aroma des Kaffees ein, der in einem Becher mit dem Aufdruck *Schleswig-Holstein – der echte Norden* vor sich hin dampfte. Während des heiße Gebräu sich auf Trinktemperatur abkühlte, blickte der alte Dorfsheriff durch das Fenster direkt vor seinem Schreibtisch.

Alles, was er sah, war grau. Die sonst so grellen Werbeflaggen an den Masten entlang des kleinen Supermarktes schräg gegenüber, die dichten Gischtschleppen, die die Autos auf der Dorfstraße wie Schleier hinter sich herzogen, die Schirme der wenigen Menschen, die durch die Nässe ihrem Ziel entgegenhasteten – alles grau. An den steif auswehenden Fahnen konnte Mommsen sehen, dass es ein heftiger Nordwest war, der die Küste im Griff hatte und den dichten Regen lautstark gegen die Fensterscheiben der altehrwürdigen Amtsstube peitschte.

»Schietwetter«, murmelte Mommsen, der die Dinge gern beim Namen nannte, führte den heißen Becher vorsichtig an seine Lippen und nahm einen Schluck.

Nichts Besonderes natürlich, solches Wetter im Herbst an der Küste. Auch eine Windstille mit dichtem Nebel, wie sie gestern bis in die Nacht hinein geherrscht hatte, gehörte zu dieser Jahreszeit, doch hielt sie nie lange an.

Asmus Mommsen war hier geboren. Sturm und Regen gehörten für ihn ebenso selbstverständlich zu seinem Leben wie blauer Sommerhimmel mit rasch dahinziehenden weißen Wölkchen, der Duft von blühenden Rapsfeldern und salzige Luft, die vom nahen Meer herüberwehte. Alles zu seiner Zeit.

Versonnen wanderten die Augen des alten Polizisten über den Tresen und die vertrauten Möbelstücke in seinem Dienstzimmer, und leise Wehmut breitete sich wieder einmal in ihm aus.

›Auslaufmodell‹ hieß der Begriff, den die Kollegen aus Kiel im Mund geführt hatten. Das alles hier würde sehr bald der Vergangenheit angehören. Spätestens mit Mommsens

Pensionierung. Dieser Posten auf dem Land passte wie viele andere dörfliche Polizeistationen nicht mehr in die Planung des Innenministeriums. Zentralisierung war seit Langem das Motto der Organisatoren. »Effizienzsteigerung durch Bündelung der Kräfte«, hatte das einer der Verwaltungsbeamten genannt, die den alten Polizisten vor einigen Monaten hier heimgesucht hatten.

Das war nicht mehr Asmus Mommsens Welt. Er selbst war ein Auslaufmodell – das war ihm durchaus bewusst. Und dennoch fühlte er ein tiefes Unbehagen in sich aufsteigen, wenn er daran dachte, dass die Menschen auf dem Lande sehr bald keinen Ansprechpartner mehr haben würden, der als Polizist mitten unter ihnen wohnte, ihren Alltag mit ihnen teilte, ihre Sorgen kannte – eben einer von ihnen war.

Mommsen blickte hinaus in die graue Welt und nahm einen tiefen Schluck von dem starken, mittlerweile leicht abgekühlten Kaffee.

Sie hatten ihm vorsichtig signalisiert, dass er auf diesem Dienstposten in den Ruhestand gehen könne. Ein Entgegenkommen, immerhin. Und er würde wohl weiterhin hier wohnen dürfen.

›Sien Dörp‹ – einen anderen Ort auf der Welt als ›sein Dorf‹ gab es nicht, zu dem es ihn hinzog. Bald würde er nun selbst erleben, ob sich das Konzept der Zentralisierung bewährte. Was die Menschen dazu sagen würden, dass niemand mehr abends durch die Straßen ging, ansprechbar für jeden, der etwas auf dem Herzen hatte …

Das schrille Klingeln des Telefons riss Mommsen aus seinen immer trüber werdenden Gedanken. Er griff zum Hörer und meldete sich.

»Moin, Asmus, Jens Hansen hier«, kam es aus dem Hörer.

»Jens Hansen? Gifft dat veel vun!«

»Jens Post, Asmus.«

Mommsen musste grinsen. Seine Bemerkung, dass es viele Leute dieses Namens gab, war durchaus berechtigt gewesen, denn er kannte allein hier im Ort vier Männer, die Jens Hansen hießen. Mit ›Jens Post‹ hatte der Anrufer sich als der Briefträger des Dorfes nun einwandfrei identifiziert.

An den norddeutschen Küsten gab man den Leuten gern solche unverwechselbaren Spitznamen. Natürlich hatte auch Mommsen seinen – und einen besonders originellen noch dazu.

Der alte Polizist war im Dorf bekannt als ›Asmus Kelle‹, weil er sich hin und wieder gern an der Straße hinter der *Fischerhütte,* dem Dorfkrug, auf die Lauer legte und Autofahrer mit der Kelle anhielt, um sie einem Alkoholtest zu unterziehen. Übrigens sehr zum Missfallen des Wirtes Hinrich, genannt ›Hinrich Korn‹, der immer versuchte, dem Hüter des Gesetzes ein Schnippchen zu schlagen und dabei zur Frühwarnung seiner Gäste großen Einfallsreichtum entwickelte.

»Wat gifft dat denn, Jens?«

»Ja, also ... Ich weiß gar nicht, wie ich ...«

»Was ist das überhaupt für eine komische Nummer, von der du anrufst?«, unterbrach ihn Mommsen mit einem Blick auf das Display der Telefonanlage. Er hatte ins Hochdeutsche gewechselt, weil ihm eingefallen war, dass der Postzusteller ein aus Sachsen Zugezogener war – trotz seines einheimischen Namens. Seine Familie stammte ursprünglich aus Eckernförde, soweit Mommsen sich erinnerte, aber Jens Hansen war erst ein paar Jahre nach der Wende als junger Mann wieder in die Heimat seiner Vorfahren zurückgekehrt.

»Meine Handynummer ist das. Bin auf Zustelltour. Dachte, ich ruf lieber die Polizei an. Weil das hier ... Na ja, das ist eben ... komisch, was ich sehe.«

»Aha. Wo bist du denn? Hoffentlich nicht am Tresen bei Hinrich Korn. Das ist doch dein zweites Wohnzimmer.«

»In der Wirtschaft? Na, hör mal, doch nicht schon um diese Zeit! Nee, nee, ich steh hier neben Jette Steensen in ihrer Küche und schau aufs Wasser raus. Sie hat mich reingeholt, als ich ihr ein Einschreiben gebracht habe.« Nach einer kurzen Pause fügte er hinzu: »Da draußen schwimmt nämlich was. Allerdings schwer zu erkennen bei dem Regen.«

Jens Post war nicht gerade ein Meister des Wortes, daher musste der Dorfpolizist noch ein paarmal nachfragen, bis er erfahren hatte, worum es eigentlich bei diesem Anruf ging. Das Haus der Witwe Steensen lag, wie Mommsen wusste, als letztes an einem Wirtschaftsweg, der direkt zum Strand hinunterführte. Und die alte Jette, die nicht mehr gut zu Fuß war, saß gern hinter ihrem Küchenfenster und blickte durch ein Fernglas stundenlang aufs Meer hinaus. Als der Postbote geläutet hatte, war sie mit ihrem Rollator aufgeregt an die Tür gekommen und hatte ihm berichtet, sie hätte gerade einen Körper im Wasser entdeckt – keine hundert Meter draußen vor dem Strand.

»Und, was soll ich sagen«, fuhr Hansen fort, »da schwimmt tatsächlich etwas … Seltsames. Hab's eben selbst durch das Fernglas gesehen!«

»Jens, mach mich nicht irre! Was soll das heißen: ›etwas Seltsames‹? Das kann auch ein Baumstumpf sein oder so was. Schwimmt doch genug Zeug rum auf dem Wasser.«

»Nu ja«, erwiderte Jens Post bedächtig, »aber es gibt keine Bäume mit Händen, oder?«

»Mit …«

»Ich glaube, ich habe eine Hand gesehen. Ganz bestimmt sogar. Die Wellen werfen diesen … diese Sache hin und her, und einmal kam plötzlich 'ne Hand an die Oberfläche und …« Er verstummte. »So sah es jedenfalls aus.«

Mommsen seufzte tief, warf einen traurigen Blick auf seinen halb vollen Kaffeebecher und anschließend in den windgepeitschten Regen draußen vor dem Fenster. In wenigen Minuten würde er völlig durchnässt sein, das war unvermeidlich. Und wofür? Um mit ziemlicher Sicherheit festzustellen, dass der Briefträger einem Trugbild aufgesessen war. Aber es half alles nichts, er musste …

»Asmus? Warte mal, Jette Steensen hat gerade nach mir gerufen ...«, tönte es plötzlich aufgeregt durch den Hörer. »Moment bitte ...«

Mommsen seufzte erneut, während sich im Hintergrund ein Stimmengewirr entwickelte, aus dem das klirrende Falsett der alten Witwe unangenehm laut heraustönte.

Schließlich war Jens Post wieder am Hörer und sagte: »Jetzt hat sie noch was gesehen, Asmus!«

»Was denn? Sag schon!«, knurrte Mommsen.

»Ein äh ... ein ... nun ja, ein Gesicht! Sie sagt, sie hat ganz deutlich ein Gesicht in den Wellen gesehen!«

5

»Alles Blut hier stammt vermutlich von ein und derselben Person«, sagte Oberkommissar Kay Nissen vom Landeskriminalamt. »Die Kollegen haben im Labor ein paar Schnelltests gemacht. Gerade kam ihr Anruf.«

Helene kannte den erfahrenen Kriminaltechniker bereits von früheren Fällen und schätzte seine akribische Arbeitsweise, auch wenn er kein sonderlich umgänglicher Zeitgenosse war. »Also hat kein Kampf stattgefunden?«

»Jedenfalls keiner, bei dem jemand Blut verloren hat – außer dem Opfer natürlich.« Nissen beobachtete den muskulösen jungen Mann, der schimpfend auf dem nassen Steg herumhüpfte und sich damit abmühte, die Plastikbezüge über seine schicken roten Sneaker zu ziehen. Fragend zog der Spurensicherer die Augenbrauen hoch.

»Das ist Kommissaranwärter Önal«, erklärte Helene Christ, die bereits an Deck stand. »Seit ein paar Monaten zu uns versetzt. Direkt von der Hochschule.«

»Also noch in der Probezeit, Beamter auf Widerruf.« Nissen, ein hagerer Mann mit asketischen Gesichtszügen, lächelte kurz. »Na denn. Was gibt's eigentlich Neues vom Grauen?

Hat ja wohl eine Zeit lang gar nicht gut ausgesehen, wenn ich richtig gehört habe. Schlimme Sache, auf seine alten Tage im Dienst noch beinahe erschossen zu werden. Lebt er überhaupt noch, der alte Zausel?«

»Das schon, aber seine Zeit als aktiver Kriminalbeamter ist wohl für immer beendet. Nach der Reha geht er in Pension.«

Nissen wiegte den Kopf. »Kann ihn nicht besonders gut leiden. Haben uns zu oft in die Haare gekriegt im Lauf der Jahre. Aber natürlich gut, dass er das wenigstens überlebt hat.«

»Hoffentlich sieht er das genauso«, erwiderte Helene trocken und ließ ihren Blick aufmerksam über das Deck und die Aufbauten der *Tequila Sunrise* wandern, die am Pier der Wasserschutzpolizei vertäut lag. Der Regen hatte eine kurze Pause eingelegt, aber schon jagten die nächsten tiefdunklen Wolken in rasender Geschwindigkeit aus Nordwest über den Himmel heran.

Der weiße Plastikoverall des dürren Oberkommissars raschelte leise, als er mit den Schultern zuckte. Die Befindlichkeiten Hauptkommissar Edgar Schimmels, des überall gefürchteten Fossils der Flensburger Kripo, schienen ihn nicht weiter zu berühren. »Na denn, kommen wir zur Sache.« Er holte tief Luft. »Zunächst mal: Was auch immer hier passiert ist – es ist schon fast drei Tage her. Der Zustand des eingetrockneten Blutes lässt keine anderen Schlüsse zu. Wobei die Spuren im Salon ausschlaggebend für die Beurteilung des Tatzeitpunktes sind. Hier draußen sieht alles etwas frischer aus. Wegen der hohen Luftfeuchtigkeit der letzten Tage. Das Blut da drinnen ist aber mindestens achtundvierzig Stunden alt, eher noch älter.«

»Drei Tage?« Helene war überrascht. »So lange ist das Boot schon verlassen da draußen herumgetrieben?«

Der Spezialist des LKA aus Kiel warf seiner schlanken, hochgewachsenen Kollegin einen schrägen Blick zu. »Ich bin kein Hellseher, Helene. Woher soll ich wissen, ob der Täter sofort von Bord gegangen ist, nachdem er die Leiche ins Meer geworfen hat? Vielleicht ist er auch erst mal irgendwo hingefahren, wo er anlegen konnte, und hat die Yacht danach sich selbst überlassen. Was weiß ich?«

»Die Leiche könnte ja auch auf ein anderes Boot verbracht worden sein«, mischte sich Kommissaranwärter Nuri Önal, der zu den beiden getreten war, aufgeregt ein. »Ich meine, man muss sie ja nicht ins Meer geworfen haben.« Anscheinend erschrocken über sein Vorpreschen, setzte er lahm hinzu: »Äh ... kann doch sein, oder?«

»Durchaus möglich«, erwiderte Nissen knapp und sah die Kommissarin herausfordernd an. »Du siehst, es gibt viel zu tun für euch.« Er fuhr sich durch die Haare. »Und für mich auch. Entschuldige, aber ich hab's wirklich eilig. Lass mich dir schnell sagen, was wir sonst noch gefunden haben. Auf uns wartet noch ein Haufen Arbeit, bevor wir das Boot freigeben können.«

Helene nickte und warf einen Blick zur gläsernen Schiebetür des Salons, hinter der sie mehrere weiß gekleidete Gestalten erkannte, während unablässig grelle Blitze aufflammten, als der Tatortfotograf seine Aufnahmen machte. »Ja, ich sehe es. Und ihr habt natürlich beide recht mit euren Einwänden, auch Sie, Herr Önal.« Sie sah amüsiert, wie der junge Kollege unter ihrem Lob errötete. »Na gut, Kay«, sagte sie entschlossen, »dann lass mal hören, was ich sonst noch wissen sollte.«

»Zum Beispiel sind da die Papiere des Bootes, also Flaggenzertifikat, Versicherungspolice, Urkunde über die Funkfrequenzzuteilung, solche Sachen eben. Alles in einer Mappe, die im Kartentisch verwahrt wurde.«

»Was?«, fragte Helene konsterniert. »Dann wissen wir ja, wem das Boot gehört! Wieso hat denn der Wasserschutz nicht gleich ...«

»Die Kollegen haben sich ganz richtig verhalten und den Tatort unberührt gelassen, bis wir an Bord kamen. Als Heimathafen steht ja Kiel am Heck, deshalb haben sie sofort damit angefangen, in allen Sportboothäfen der Stadt herumzutelefonieren, um herauszufinden, wem der Kahn gehört. Allerdings bislang ohne Erfolg, wie sich gerade herausstellte, als ich sie über den Fund der Dokumente informiert habe.«

»Na gut«, gab die Kommissarin gedehnt zurück. »Und wer ist nun der Eigner?«

»Die Unterlagen liegen auf dem Salontisch. Ich hole sie dir gleich raus. Aber ich kann dir schon sagen, dass der Name des Besitzers Harmsen lautet. Irgendeine Adresse in Kiel.«

»Wir müssen den Mann sofort anrufen, oder?«, schaltete sich Nuri Önal erneut ein.

»Wer weiß, ob der noch ans Telefon gehen kann«, gab Nissen ungerührt zurück.

»Wir brauchen diese Papiere *jetzt*«, erwiderte Helene und wandte sich an Önal. »Bitten Sie doch einen der Kollegen da drinnen, sie Ihnen herauszureichen.«

Der Kommissaranwärter setzte sich sofort in Bewegung, und Helene fragte Nissen: »Wie lange werdet ihr denn noch brauchen?«

»So lange es eben dauert«, erwiderte der Oberkommissar abweisend. »Im Salon herrscht ein ziemliches Durcheinander. Viele Einbauschränke sind durchwühlt worden, auch die meisten Schubladen, sogar die Schapps fürs Geschirr – und zwar offenbar erst nach der Tat.«

»Wie kommst du zu diesem Schluss?«

»Überall liegt Zeug auf dem Boden herum. Wir haben Blutspritzer unter einigen Gegenständen gefunden, aber keine darauf.«

»Okay.« Helene nickte.

»Außerdem gibt es angebrochene Getränkedosen, Gläser stehen im Ausguss, Haare sind überall auf dem Teppich, der Mülleimer ist ziemlich voll – und so weiter. Du weißt selbst, wie genau man sein muss, um außer den Fingerabdrücken auch alle möglichen DNA-Spuren gründlich zu sichern. Und davon wimmelt es da drinnen.« Er machte eine ausholende Bewegung über das Deck. »Hier draußen übrigens ebenfalls. Wann immer der Täter von Bord gegangen ist – er hat sich nicht damit aufgehalten, Spuren zu beseitigen oder auch nur zu verwischen. Hat es wohl eilig gehabt.«

Helene nickte. »Okay, habt ihr sonst noch etwas gefunden, was uns helfen könnte? Ich meine, außer den Bootsdokumenten.«

»Zum Beispiel kann ich dir ein bisschen was zur vermutlichen Mordwaffe sagen.« Nissen grinste sie an.

Helene schnappte nach Luft. »Du weißt tatsächlich etwas über die Tatwaffe? Verdammt, wieso hast du das nicht sofort ...«

»Ich kann schließlich immer nur eins nach dem anderen erzählen, oder? Meine Güte, du hast wirklich zu lange mit Schimmel zusammengearbeitet, das merkt man.«

Helene atmete tief durch. Die spitze Bemerkung hatte sie getroffen. Hatte der Kollege etwa recht? Sie wollte darüber jetzt lieber nicht nachdenken. In neutralem Ton fragte sie: »Magst du mir denn etwas über die Mordwaffe sagen?«

»Das Opfer wurde wahrscheinlich erschossen. Obwohl ...«

»Ja?«

»Wir können schließlich nicht wissen, ob der- oder diejenige wirklich tot war, als man ihn oder sie ins Wasser geworfen oder sonstwie vom Boot geschafft hat. Schwer verletzt, das ja. Aber alles andere ...« Nissen zuckte mit den Achseln und fuhr fort: »Es wurden auf jeden Fall mehrere Schüsse abgefeuert. Wir haben bisher vier Patronenhülsen entdeckt, Kaliber zweiundzwanzig, Kleinkaliber mithin. Sieht man nicht so häufig. Sind schon unterwegs ins Labor zur ballistischen Untersuchung. Fingerabdrücke haben wir keine darauf gefunden. Meine Leute suchen noch nach weiteren Hülsen, aber ich denke nicht, dass sie noch mehr ...«

»Was ist mit den Projektilen?«, unterbrach Helene ihn.

»Es waren nur zwei zu finden. Wahrscheinlich stecken die anderen noch in der Leiche. Das kleine Kaliber hat keine

Durchschlagskraft. Deshalb wurde wohl auch mindestens viermal geschossen. Die ersten beiden Kugeln wurden vermutlich aus größerer Entfernung abgefeuert. Diese Geschosse sind nicht wieder aus dem Körper ausgetreten. Dann fielen aus nächster Nähe noch einmal zwei tödliche Schüsse. Um ganz sicherzugehen, wahrscheinlich. Daher auch das viele Blut. Bei einem einzigen Schuss mit einer kleinkalibrigen Waffe wäre längst nicht so viel geflossen, wie sich hier findet.«

Önal winkte von der Salontür her mit einem Blatt Papier und rief: »Hark Ole Harmsen heißt er. Sogar eine Handynummer gibt es. Soll ich ...«

»Ja, versuchen Sie's sofort«, antwortete Helene und runzelte die Stirn. Irgendwo ganz hinten in ihrem Kopf hatte es ein kurzes Klicken gegeben, als sie den Namen gehört hatte. Kam ihr irgendwie bekannt vor. Sehr entfernt bekannt. Nach ein paar Sekunden des Grübelns schüttelte sie den Kopf. Sie kam nicht drauf, wann und in welchem Zusammenhang sie den Namen Harmsen kürzlich gehört haben könnte. Ach, egal, so selten war er hier oben schließlich nicht.

Während Kommissaranwärter Önal herankam, tippte er eine Nummer, die er von seinem Zettel ablas, ins Handy.

»Sollte jemand drangehen, geben Sie mir bitte das Telefon«, wies Helene ihn hastig an und wandte sich wieder Oberkommissar Nissen zu. »Was hat sich denn nun eigentlich hier abgespielt? Hast du dir schon ein Bild gemacht?«

Die Frage gefiel Nissen offensichtlich. Helene stellte sogar einen gewissen Eifer in seiner Stimme fest, als er erklärte: »Nun ja, ich denke schon, dass ich ungefähr weiß, was passiert ist. Am wichtigsten für die Rekonstruktion des Ablaufs sind – neben den Patronenhülsen und den beiden Projektilen in der Wandverkleidung – die Blutspuren.« Er wies hinüber zur Schiebetür des Salons »Blut findet sich an verschiedenen Stellen, das meiste drinnen auf dem Boden und an der Wand, vor der das Opfer zu liegen gekommen sein muss. Hier auf dem Deck«, er zeigte auf einige kleine nummerierte Schildchen, die unter einer gegen den Regen aufgespannten Plane in gerader Strecke vom Salon zur Reling aufgereiht standen, »gibt es auch Blut, aber die Flecken sind alle verwischt. Und da oben am Handlauf der Reling findet sich ebenfalls welches, allerdings nur wenig.«

»Und was schließt du daraus?«

Der Oberkommissar kratzte sich nachdenklich an den Kinnbartstoppeln. »Nun ja, wahrscheinlich ist das Opfer im Salon getötet, danach herausgeschleift und schließlich über Bord geworfen worden. Oder, um deinem hoffnungsvollen Adlatus hier gerecht zu werden«, er wies mit dem Finger auf Önal, »man hat den Körper auf ein anderes Schiff gebracht, beziehungsweise an einem Steg oder sonstwo entsorgt.« Er schwieg einen Moment lang, dann nickte er, als wolle er seine These unterstreichen. »So könnte es gewesen sein.«

Einer der Spurensicherer aus dem Salon war herangetreten und fragte: »Würden Sie mal bitte Kaffee organisieren, Chef? Wir werden hier bestimmt erst heute Abend fertig.«

Nissen nickte. »Mach ich. Ich lass auch ein paar belegte Brötchen holen. Übrigens, ich habe eben noch etwas entdeckt: das Fragment eines Sohlenabdrucks in dem Blutfleck vor der Reling. Kümmert euch bitte drum.«

»Geht in Ordnung.« Der Mann im weißen Overall nickte und ging zurück in den Salon.

»Nichts«, sagte Önal und nahm das Handy vom Ohr. »Nicht mal die Mailbox springt an. Nur: ›Dieser Anschluss ist vorübergehend nicht erreichbar.‹« Er sah das Display missbilligend an.

»Übrigens, habt ihr sein Handy an Bord gefunden?«, erkundigte sich Helene bei Nissen.

»Bisher nicht. Außerdem hätten wir es jetzt wohl klingeln gehört, wenn es irgendwo hier herumläge. Ach ja, ein Notebook ist auch verschwunden, wahrscheinlich ein Apple MacBook. Jedenfalls liegt ein entsprechendes Netzteil auf und eine leere Notebooktasche haben wir auf dem Salonsofa entdeckt.« Er machte eine unwirsche Handbewegung und fragte ungeduldig: »Kann ich jetzt weitermachen oder hast du noch Fragen?«

»Nein, danke. Rufst du mich bitte an, wenn ihr fertig seid – oder auch, wenn ihr vorher noch auf etwas Wichtiges stoßen solltet?«

Der Oberkommissar nickte und ging davon.

»Okay, was schlagen Sie vor, Herr Önal?«

»Äh, Frau Christ, sagen Sie doch bitte Nuri zu mir, wenn Ihnen das nicht zu persönlich ist.«

»Zu … persönlich?« Helene lachte. »Nö, wenn Sie wollen, gern. Also Nuri, was meinen Sie: Wenn sein Handy nicht an Bord ist, wo könnte es dann sein?« Lauernd blickte sie dem jungen Mann in seine schwarzen Augen.

Mühelos hielt Önal dem Blick stand und sagte: »Wenn er tatsächlich das Opfer eines Verbrechens geworden ist …« Er hielt inne.

»Ja? Nur raus damit.«

»Vielleicht hat der Täter es mitgenommen?«

»Kann durchaus sein. Falls das Ding nicht ebenso über Bord gegangen ist wie das Opfer. Was meinen Sie denn mit ›mitgenommen‹? Irgendeine Idee, wie der oder die Täter von Bord gekommen sind?«

Önal überlegte einen Augenblick und antwortete bedächtig: »Nun ja, wir wissen, dass das Boot leer war, als es irgendwo angetrieben wurde, und …«

»Nicht ›irgendwo‹, sondern auf Höhe des Leuchtturms Falshöft«, unterbrach Helene ihn.

»Ach ja«, erinnerte sich der junge Anwärter. »Die Sache mit Ihrem … Bekannten.«

Sie nickte lächelnd. »Fahren Sie einfach fort.«

»Also, entweder war es eine spontane Tat, dann habe ich keine Ahnung, wie der Täter da draußen auf dem Wasser von Bord gekommen sein soll, außer schwimmend. Oder …«

»Ja?«

»… es war alles genau geplant. Dann muss es ein zweites Boot gegeben haben. Damit hätte man dann übrigens auch das Opfer abtransportieren können. Nur mal als Gedankengang, meine ich.«

»Ja, Nuri, das habe ich schon verstanden, als Sie es zum ersten Mal erwähnten«, erwiderte Helene süffisant.

Önal fuhr tapfer fort: »Entweder hat man die Motoryacht auf See aufgebracht, den Eigner erschossen …«

»Wenn es tatsächlich der Eigner war, der hier getötet wurde. Es kann sich ja auch jemand anderes auf dem Boot aufgehalten haben. Mit ziemlicher Sicherheit aber war er nicht allein, sonst …« Helene setzte ab. Dann sagte sie leise, wie zu sich selbst: »Wir wissen gar nicht, ob es tatsächlich einen Toten gab. Wenn das Opfer noch gelebt hat, würde die Sache mit dem Abtransport auf einem anderen Boot durchaus Sinn ergeben.«

»Das stimmt allerdings.« Der junge Mann stieß ein Zischen aus. »Langsam wird's kompliziert, oder? Viel zu viele Theorien. Wir wissen eben einfach noch nichts – oder jedenfalls nicht annähernd genug. Alles nur Mutmaßungen bisher. Könnte sogar sein, dass der Täter zusammen mit dem Besitzer – oder wer auch immer auf der Yacht war – losgefahren ist. Vielleicht hat es dann irgendwann einen Streit gegeben. Einen, der ziemlich blutig ausgegangen ist.«

»Wenn ein zweites Schiff im Spiel war, hätte es auf jeden Fall mindestens eines Komplizen bedurft«, stellte Helene fest.

»Zumindest, wenn der Täter von Anfang an hier an Bord gewesen ist, die *Tequila Sunrise* also nicht in einem anderen Boot aufgebracht hat und übergestiegen ist.«

»Richtig. Ich sage ja, alles nur Spekulation bisher. Was wir vor allem brauchen …« Er zögerte.

»Ja?«, hakte Helene neugierig nach.

»Eine Leiche. Erst einmal muss irgendwo eine Leiche auftauchen, oder?«

»Wenn es überhaupt eine gibt.«

Helenes Handy meldete sich mit *Sing Me to Sleep*, und im selben Augenblick begannen auch wieder dicke Regentropfen zu fallen. Wie zur Untermalung der Musik trommelten sie laut auf das Deck der *Tequila Sunrise*.

6

Erst einmal wollte er höchstpersönlich überprüfen, was da draußen auf dem Wasser herumschwamm.

Hauptmeister Mommsen hatte in seiner langen Dienstzeit schon zu viele blinde Alarme mitgemacht. Er war misstrauisch geworden gegenüber all den sensationellen oder gar bedrohlichen Beobachtungen, die ihm gemeldet wurden. Meistens entpuppten sie sich als völlig harmlos – und das war ja auch gut so.

Wie oft hatte er schon erlebt, dass der vermeintliche Einbrecher, den die aufgeregten Nachbarn anzeigten, niemand anders war als der betrunkene Eigentümer selbst, der mitten in der Nacht ebenso lautstark wie vergeblich versuchte, in sein Haus zu gelangen.

Und als er vor einiger Zeit sofort Verstärkung angefordert hatte, weil Claas Hemmen atemlos von einem heftigen Schusswechsel in seinem Maisfeld neben der Bundesstraße berichtete, hatten die Polizeikräfte dort lediglich ein paar ausgelassene junge Leute aus Flensburg vorgefunden. Sie hatten sich einen Platz zwischen den hohen Pflanzen geschaffen, zwei, drei Zelte aufgeschlagen und feierten feuchtfröhlich unter Abbrennen vieler von Silvester aufgesparter Böller ihr gerade bestandenes Abitur.

Die feixenden Mienen der Kollegen sah Mommsen noch heute vor sich.

O nein, er wollte verdammt sein, wenn er sich noch einmal in eine solch peinliche Situation bringen würde. Auch wenn ihm nun der Regen von der Uniformmütze tropfte und sein Mantel bereits nach den paar Minuten, die er im nassen Sand stand, völlig durchgeweicht war.

»Wir brauchen ein Boot«, sagte er, den Blick durch sein Fernglas fest auf den Gegenstand gerichtet, der etwa zweihundert Meter weiter draußen immer wieder einmal aus den weißen Wellenkämmen auftauchte. »Ein Baumstamm ist das jedenfalls nicht, da bin ich ziemlich sicher. Aber ob es ...« Er brach ab.

»Stell dir mal vor, das ist tatsächlich ein Toter, der da rumschwimmt«, stieß Jens Post, der durchnässt neben dem Dorfsheriff stand, mit bedeutungsschwerer Stimme aus.

»Vielleicht ist es ja auch ein Tier«, murmelte Mommsen. »Kann alles Mögliche sein.« Er setzte das Fernglas ab. »Wir müssen uns das ansehen, hilft nichts.«

»Und wenn wir einfach abwarten, bis die Lei... äh, bis das Ding vom Wind angetrieben wird?«

»Nichts da! Ich muss mich der Sache sofort annehmen. Auf vielen Grundstücken, die an den Strand grenzen, liegen kleine Angelboote. Wir marschieren jetzt los, besorgen uns eins und rudern eben mal ...«

»Ich muss noch arbeiten«, fiel dem Briefträger plötzlich ein. »Hatte meine Runde noch nicht beendet, als Jette Steensen mich reingerufen hat. Meine Tasche mit der Post steht noch bei ihr.«

»Da steht sie warm und trocken«, schnappte der alte Polizist. »Erst mal hilfst du mir bei dieser Sache. Komm mit, wir suchen uns ein Boot.« Damit setzte er sich in Bewegung, widerwillig gefolgt von Jens Post, der leise Verwünschungen ausstieß.

Mommsen hörte gar nicht hin. Er hatte genug mit seinen bösen Ahnungen zu tun.

Eine knappe Stunde später lag die Leiche am Strand.

Mommsen hatte die Festmacherleine des leichten Ruderbootes benutzt, um den leblosen Körper hinter sich herzuziehen, während Jens Post an den Riemen saß und pullte.

Lange hatten sie nicht nach einem Boot suchen müssen. Schon zwei Häuser weiter waren sie fündig geworden. Unter einer blauen Plane stand genau das im Garten eines Einfamilienhauses, was sie suchten. Hannes Hennsen, pensionierter Rektor der örtlichen Hauptschule und Besitzer des Ruderbootes, hatte die Riemen aus dem Schuppen geholt und ihnen geholfen, die Nussschale die paar Meter zum Strand hinunterzutragen.

Mit dem leise fluchenden Postboten war Asmus Mommsen dann ins Boot gestiegen und hatte Hennsen zu dessen Verärgerung an Land zurückgelassen, wo sich inzwischen bereits eine größere Gruppe Neugieriger eingefunden hatte, aufs Wasser hinausstarrte und sensationsgierig dem Wetter trotzte.

Der Hinweg gegen den auflandigen Wind zu dem, was sich schnell zweifelsfrei als männliche Wasserleiche entpuppte, hatte viel länger gedauert als der Rückweg.

Mommsen hatte schon vieles gesehen in all den Jahren seiner langen Dienstzeit, auch viel Ekelhaftes. Beim ersten Blick aus unmittelbarer Nähe auf den toten Körper und in das bleiche, aufgeschwemmte Gesicht musste er aber einen heftigen, plötzlich aufsteigenden Brechreiz mit aller Gewalt unterdrücken.

Schließlich gelang es ihm mit zusammengebissenen Zähnen und nach mehreren erfolglosen Versuchen, die Leine um den in den Wellen auf und ab dümpelnden Oberkörper zu legen, unter den Armen herumzuführen und fest auf der Brust zu verknoten.

Die Rückfahrt war viel leichter gewesen. Zumindest körperlich. Das Gesicht des Briefträgers jedoch war fast so bleich wie das der dem Boot hinterherschaukelnden Leiche, die er nun beim Rudern ständig im Blick hatte.

Jetzt stand Mommsen allein vor dem leblosen Körper im

Sand und spürte kaum noch den Regen, der sich unaufhörlich über ihn ergoss. Inzwischen fror er erbärmlich, denn der Wind hatte aufgefrischt und wehte zusätzlich zum Wasser, das von oben kam, auch noch feine Salzwasserspritzer in sein Gesicht.

Offenbar unbeeindruckt von diesen widrigen Witterungsverhältnissen stand etwa zwanzig Meter hinter dem Dorfpolizisten eine Gruppe von Schaulustigen, die sich ständig vergrößerte. Aufgeregtes Stimmengewirr wehte herüber. Immer mehr Dorfbewohner kamen an den Strand und gesellten sich dazu.

Mommsen hatte mangels Absperrband mit seinem Schuhabsatz eine tiefe Furche in den Sand gezogen und jedem Gaffer, der es wagen sollte, diese zu übertreten, drakonische Strafen angedroht. Nun blieb ihm nichts anderes mehr zu tun, als zu warten, bis die Kripo eintraf, die er noch vom Wasser aus per Handy herbeigerufen hatte.

»Müssen wir nicht die Spurensicherung benachrichtigen, Frau Christ?«, fragte Kommissaranwärter Önal, der sich neben den leblosen Körper gehockt hatte.

»Wozu denn?«, gab seine Chefin zurück, die sofort erkannt hatte, dass es hier vor Ort nur wenig für sie zu tun gab. »Machen Sie bitte zur Sicherheit ein paar Fotos. Ich sorge inzwischen dafür, dass die Leiche nach Kiel in die Gerichtsmedizin transportiert wird. Und Sie, Hauptmeister Mommsen«, sie drehte sich zu dem aufgeweichten Dorfsheriff um, der abwartend hinter ihr Aufstellung genommen hatte, »fahren am besten gleich auf Ihre Dienststelle, ziehen sich was Trockenes auf den Leib und trinken einen steifen Grog. Und dann schreiben Sie bitte für die Akte einen kurzen Bericht über das Auffinden der Leiche und den Zeitpunkt der Bergung. Muss aber nicht mehr heute sein.«

»Mach ich«, sagte Mommsen dankbar und schüttelte sich. »Wird echt Zeit, dass ich in die warme Stube komme.« Damit wandte er sich um und ging hoch zum Haus der Witwe Steensen, wohin er vorhin schon seinen tapferen Ruderer zum Aufwärmen geschickt hatte.

»Sollten wir denn nicht nachsehen, ob der Tote etwas bei sich trägt, was uns weiterbringt?«, meldete sich der hartnäckige Kommissaranwärter noch einmal. »Ich meine, vielleicht steckt etwas in einer der Jacken- oder Hosentaschen – sein Handy oder irgendein Zettel oder so was …«

»Was soll das bringen? Der Mann ist bereits tot. Wir brauchen hier draußen nichts zu überstürzen und dabei womöglich irgendwelche Spuren vernichten. Außerdem weiß ich wahrscheinlich bereits …« Sie biss sich auf die Zunge. Noch war es zu früh, ihre Vermutung auszusprechen. »Aber wir rollen ihn mal kurz auf die Seite, damit ich seinen Rücken sehen kann.«

Önal verzog angewidert das Gesicht, half aber tapfer mit.

»Sehen Sie die beiden Stellen, an denen die Geschosse ausgetreten sind?«, fragte Helene, als die Leiche auf der Seite lag.

»Ja, da sind richtige Fetzen aus der Jacke herausgerissen«, erwiderte der Kommissaranwärter mit belegter Stimme.

Helene nickte wortlos. Sie hatte den Leichnam bereits gründlich in Augenschein genommen. Ein schlanker, groß gewachsener Mann, etwa vierzig Jahre alt, bekleidet mit einer hellen Cargohose und einer abgesteppten Windjacke, die das Logo einer deutschen Nobelmarke am Ärmel trug. Der rechte Fuß steckte ohne Socke in einem braunen Bootsschuh, der linke ragte nackt aus dem Hosenbein heraus, grauweiß aufgequollen, an der Sohle die typische runzelige Waschhaut von Wasserleichen, die sich auch an den Innenflächen der Hände fand. Die dunkelblonden Haare waren verfilzt und die Augenhöhlen zugequollen. Das Salzwasser hatte schon sein Zerstörungswerk begonnen, und viele tiefe blassrote Wunden, das Werk der Möwen, entstellten das Gesicht. Trotzdem war immer noch zu erkennen, dass der Tote einmal ein gut aussehender Mann gewesen sein musste.

Helene kannte dieses Gesicht, hatte es schon ein- oder zweimal gesehen. Sicher wäre sie dennoch nicht darauf gekommen, um wen es sich handelte, wenn nicht Nuri Önal an Bord der *Tequila Sunrise* den Namen des Eigners vorgelesen hätte.

Vor ihren Füßen lag die Leiche des Kieler Politikers Hark Ole Harmsen, den man in letzter Zeit immer häufiger zusammen mit dem Ministerpräsidenten im Fernsehen gesehen hatte. Staatssekretär im Wirtschaftsministerium, soweit sich Helene erinnerte, die große Hoffnung seiner Partei, der kommende Mann in der Landespolitik.

Und die vier kleinen Löcher vorn in der offensichtlich sündteuren Jacke hatte sie natürlich auch sofort bemerkt. Das Meer hatte alles Blut aus dem Stoff herausgewaschen. Dennoch: Dies waren Löcher, wie kleinkalibrige Geschosse sie rissen.

Vier Einschüsse, zwei Austrittsstellen. Alles passte.

»Sehen Sie, Nuri, hier liegt also die Leiche, die Sie haben wollten«, murmelte die Kommissarin. »Schneller als wir gedacht hätten, oder?« Nach einem kurzen Moment fuhr sie entschlossen fort: »Sobald Sie wieder im Büro sind, ermitteln Sie bitte den Mobilfunkprovider des Toten, seine Handynummer haben wir ja. Ich brauche eine Liste aller Gespräche, die über diesen Anschluss gelaufen sind – sagen wir, seit letztem Sonntag.«

7

Sie mochte die Frau nicht.

Es ärgerte Helene, und sie versuchte, sich mit aller Kraft innerlich gegen ihre Aversion aufzulehnen, aber sie kam gegen dieses Gefühl nicht an, das sie bereits in der ersten Sekunde der gegenseitigen Vorstellung befallen hatte.

Verstohlen registrierte sie aus den Augenwinkeln die kupferfarbenen kurz geschnittenen Haare von Hauptkommissarin Jasmin Brenneke, die für Helenes Geschmack etwas zu langen, grün lackierten Fingernägel, die umwerfende Figur, umschlossen von einem perfekt sitzenden hellgrauen Kostüm, das dezente Make-up im ebenmäßigen Gesicht der mittelgroßen Frau, die sie auf Ende dreißig schätzte.

Helene konnte nicht umhin, einmal kurz an sich selbst herabzublicken, von ihrer legeren Sportjacke über die verwaschenen Jeans bis hinab zu ihren viel zu großen Füßen, die in bequemen, nicht mehr ganz neuen Sneakern steckten.

Sie saßen nebeneinander in den lederbezogenen Chromstühlen vor dem Schreibtisch ihres Chefs, des Leiters der Bezirkskriminaldirektion Flensburg. Gerade hatte Helene ihm einen ersten kurzen Bericht über den neuen Fall gegeben.

Die Hauptkommissarin hatte aufmerksam zugehört, jedoch die Nachfragen allein dem Kriminaldirektor überlassen. Der hatte schließlich erklärt: »Ich werde gleich beim LKA anrufen. Man wird dort wissen wollen, was hier passiert ist. Immerhin ein Staatssekretär, das hat politische Dimensionen. Ich will klären, wie wir bei den Ermittlungen weiter verfahren. Das riecht nach einer Sonderkommission zusammen mit den Kieler Kollegen.«

»Absolut«, hatte Hauptkommissarin Brenneke nickend bestätigt.

Das war also Helenes neue Vorgesetzte – wenn auch zunächst nur kommissarisch. Man hatte sich beeilt, die Lücke zu füllen, die durch Edgar Schimmels Dienstunfähigkeit entstanden war. Brennekes Versetzung auf diesen Dienstposten sei zwar nur vorläufig, hatte der Chef eben erklärt, aber hinzugefügt: »Ich hoffe, dass sich Frau Brenneke bei uns in Flensburg so wohlfühlen wird, dass eine feste Versetzung erfolgen kann, wenn Hauptkommissar Schimmel offiziell in Pension geht.«

Während Helene noch über den tieferen Sinn dieser eigenartigen Voraussetzung für eine Personalentscheidung nachdachte, holten sie die Worte des Kriminaldirektors aus ihren Gedanken.

»Hauptkommissarin Brenneke kommt aus dem LKA zu uns, wo sie sich in der Abteilung Staatsschutz einen ganz hervorragenden Ruf erworben hat.«

»Danke Ihnen sehr«, hauchte die Hauptkommissarin und gönnte dem Kriminaldirektor ein warmes Lächeln.

»Aha«, sagte Helene.

Der Chef warf ihr einen kurzen, leicht irritierten Blick zu und fühlte sich bemüßigt hinzuzufügen: »Vor allem im Bereich der elektronischen Datenerfassung und -auswertung zur Abwehr geplanter terroristischer Straftaten hat Frau Brenneke sich einen Namen gemacht, auch in Zusammenarbeit mit dem Bundeskriminalamt.«

»Na, wenn das nichts ist«, entfuhr es Helene, bevor sie sich bremsen konnte. Verlegen räusperte sie sich. »Nein, wirklich, äh ... ich meine bloß: Dies hier ist eine Mordkommission. Und das ist eigentlich etwas völlig anderes, oder?«

Jasmin Brenneke drehte sich zu ihrer neuen Mitarbeiterin um und lächelte ein Lächeln, das ihre Augen nicht erreichte. Bevor sie etwas erwidern konnte, warf der Kriminaldirektor ein: »Eben. Frau Brenneke wird auf diesem Dienstposten ihr Erfahrungsspektrum erweitern können. Das ist wichtig für ihre weitere ... also für ihren künftigen Werdegang.«

Werdegang! Ach du lieber Himmel, schoss es Helene durch den Kopf. Leiterin einer Mordkommission als Durchlaufstation auf dem Karriereweg zu höheren Weihen. Und die schienen vorprogrammiert zu sein, wenn man den Chef so reden hörte. »Na denn«, war alles, was ihr zu sagen einfiel.

»Wie dem auch sei, ich verlasse mich darauf, dass Sie Ihre neue Vorgesetzte nach besten Kräften unterstützen, Frau Christ, damit sie sich schnell einarbeiten kann.«

»Selbstverständlich«, erwiderte Helene knapp und überlegte, ob ihr einstiger Kollege Edgar Schimmel wohl schreiend aus dem Fenster seines Zimmers in der Rehaklinik hüpfen würde, wenn sie ihm nachher diese fantastischen Neuigkeiten überbrächte.

»Ja, und dann wäre da noch etwas, und das ist ebenfalls erfreulich, höchst erfreulich sogar«, verkündete der Kriminaldirektor und schlug eine lederbezogene Mappe auf, die vor ihm auf dem Schreibtisch lag. Darin befand sich eine Urkunde, die er in die Hand nahm. Dann erhob er sich von seinem Sessel. »Darf ich Sie ebenfalls bitten aufzustehen, meine Damen«, sagte er feierlich.

Helene verhakte sich kurz mit einem ihrer Schuhe der Größe zweiundvierzig hinter dem Metallfuß ihres Sessels, aber als sie schließlich neben ihrer neuen Chefin stand, die sie um Hauptesläng überragte, hörte sie zu ihrer Überraschung, dass der Innenminister des Landes Schleswig-Holstein sie zur Kriminaloberkommissarin befördert hatte.

»Herzlichen Glückwunsch, Frau Oberkommissarin«, sagte der Chef und überreichte ihr die Urkunde. »Ich freue mich für Sie. Sie haben es verdient.«

Mit strahlendem Lächeln reichte Hauptkommissarin Brenneke ihrer neuen Kollegin die perfekt manikürte Hand und erklärte nachdrücklich: »Meinen Glückwunsch! Ich freue mich auf unsere Zusammenarbeit.«

»Danke«, antwortete Helene. »Ich auch.«

Und das war gelogen, wie sie sich sofort peinlich berührt eingestand. Aber vielleicht bin ich auch einfach nur eine blöde Zicke, schalt sie sich innerlich und nahm sich vor, sich ordentlich zusammenzureißen. Ganz fest.

Kurz nachdem die beiden Frauen in ihrem Büro im zweiten Stockwerk angekommen waren, klingelte das Telefon auf dem ehemaligen Schreibtisch des Grauen, an dem sich nun ganz selbstverständlich Jasmin Brenneke niedergelassen hatte. Sie nahm den Hörer auf. Nach einem kurzen Gespräch sah sie zu Helene hinüber und sagte: »Der Termin beim LKA ist morgen Vormittag um elf Uhr. Anscheinend herrscht große

Aufregung in der Landesregierung – verständlich. Wir werden sehr besonnen handeln müssen. Außerdem hat mir der Chef Verstärkung zugesagt. Zwei oder drei Kollegen aus dem Hause werden uns befristet für die Ermittlungen zugeteilt.« Damit lehnte sie sich im Sessel zurück.

Schimmels Sessel, fuhr es Helene unwillkürlich durch den Kopf, und sie schämte sich sofort für diesen kindischen Gedanken. »Donnerwetter, das ist ja ganz etwas Neues«, sagte sie rasch.

»Nun ja, daran sieht man, welche Bedeutung der Fall hat – oder jedenfalls bekommen kann.« Brenneke beugte sich vor. »Sie sind sich doch wirklich sicher, ja? Es handelt sich bei dem Toten tatsächlich um Staatssekretär Dr. Hark Ole Harmsen aus der Landesregierung? Da gibt es auch bestimmt keinen Zweifel?«

Helene nickte. »Genau der. Müsste jetzt bereits wieder zurück in Kiel sein.«

»Wie bitte?«

»Eine forensische Pathologie haben wir in Flensburg ja nicht. Unsere Leichen werden ins rechtsmedizinische Institut der Uniklinik nach Kiel gebracht, wenn eine Untersuchung erforderlich ist.«

»Sie wissen doch wohl, wer Herr Dr. Harmsen ist ... äh, war?«

»Soviel ich weiß, ein einflussreicher Politiker«, gab die frischgebackene Oberkommissarin gelassen zurück.

»Ein *ungemein* einflussreicher, Frau Christ, und ein enger Vertrauter des Ministerpräsidenten zudem! Er ist ...«

»Tot, Frau Brenneke, mausetot ist er. Und ich muss herausfinden, wer viermal auf ihn geschossen und ihn anschließend ins Wasser geworfen hat.«

»Ja, natürlich. Hat man denn sofort eine Suche nach dem Opfer eingeleitet, nachdem das Boot verlassen aufgefunden wurde – Küstenwache und Helikopter und so weiter?«

»Nein, wir haben uns dagegen entschieden«, gab Helene

mit fester Stimme zurück. »Wo hätte man auch suchen sollen? Der Körper ist, ob tot oder lebendig, schon mindestens zwei Tage vorher über Bord gegangen, wo auch immer. Das zeigen die Spuren. Solange der Nebel über dem Wasser lag, wäre sowieso jede Suche unmöglich gewesen, aber selbst danach: Das Boot kann vierundzwanzig Stunden vorher weiß der Himmel wo gestanden haben. Man hätte einen gewaltig großen Seeraum auf gut Glück absuchen müssen.«

Hauptkommissarin Brenneke nickte. »Ich verstehe. Unvertretbar, ein solcher Aufwand, wenn man keinen konkreten Suchradius bestimmen kann. Und alles nur in der vagen Hoffnung auf einen Zufall.«

»Eben. Wir versprechen uns mehr davon, den Weg zurückzuverfolgen, den die *Tequila Sunrise* genommen hat – und vielleicht sogar den Standort der Yacht zu bestimmen, an dem das Opfer über Bord ging.«

»Gut, das erzählen Sie mir bitte alles noch genauer. In nautischen Dingen bin ich unbewandert. Und ich will natürlich auch den Sachstand der bisherigen Ermittlungen erfahren, um mich einarbeiten zu können. Das ist wichtig im Hinblick auf meinen Termin morgen beim LKA.«

»Allzu viel gibt es da noch nicht. Die Leiche wurde schließlich erst heute Morgen aufgefunden.«

»Ich weiß. Dann bin ich ja sozusagen von Anfang an dabei.« Brenneke straffte sich und blickte Helene unternehmungslustig an. »Sie werden mir sicher zustimmen, dass wir uns in diesem Fall auf ein ganz erhebliches Medieninteresse vorbereiten müssen, auch überregional. Erinnern Sie sich bitte an die Barschel-Affäre und die Schlagzeile im *Spiegel*: ›Waterkantgate‹. So etwas kann uns hier leicht wieder bevorstehen. Dieser Mordfall hat politische Dimensionen, wie der Kriminaldirektor bereits angedeutet hat. Deswegen ist es auch völlig richtig, dass er das LKA mit ins Boot geholt hat. Da es sich um ein höchst prominentes Opfer handelt, werden wir sehr umsichtig vorgehen müssen, denn ...«

»Das tun wir auf dieser Dienststelle immer, Frau Brenneke«, stieß Helene patzig hervor und bereute es schon, als die Worte heraus waren. Dennoch konnte sie sich nicht verkneifen hinzuzufügen: »Auch wenn es bloß um einen Penner ginge, der im Suff auf der Marientreppe erschlagen wurde. So ähnlich hätte das jedenfalls Ihr Vorgänger ausgedrückt.«

Die Dame im grauen Kostüm lehnte sich vor und stützte ihre Ellenbogen auf der Schreibtischplatte auf. Ihre Augen blitzten. »Sie kamen gut mit Herrn Schimmel aus, scheint mir. Er soll ja ein ... nun ja, ein schwieriger Mensch gewesen sein.«

»Noch lebt er übrigens«, gab Helene zurück. »Aber Sie haben recht: Als Vorgesetzter war er gewöhnungsbedürftig. Ich habe dennoch eine Menge von ihm gelernt. Ein außergewöhnlich guter Kriminalist, ganz ohne Frage.« Sie schob ihren Jackenärmel hoch und schaute auf die Armbanduhr. »Wenn ich es schaffe, fahre ich heute Abend mal zu ihm nach Damp.«

»Ach ja? Sie sind mit ihm ... befreundet?«

Helene lachte auf. »O nein. Edgar Schimmel hat keine Freunde. Jedenfalls niemanden, den er selbst so bezeichnen würde.«

»Nun gut.« Das Thema schien die Hauptkommissarin nicht weiter zu interessieren. »Wie dem auch sei: Ich brauche jetzt von Ihnen eine detaillierte Einweisung in diesen Fall. Eines liegt ganz klar auf der Hand, denke ich: Wegen der Prominenz des Opfers und seiner Stellung im öffentlichen Leben werden wir in Kürze von der Presse überrannt werden. Das Ganze birgt erheblichen politischen Zündstoff, wie ich schon sagte.«

Helene zuckte nur mit den Schultern. Ihr lagen ein paar schnippische Bemerkungen auf der Zunge, vor allem hätte sie der eleganten Dame gern etwas über die absolute Professionalität bei jeder kriminalistischen Arbeit gesagt, der sich ihr scharfzüngiger Lehrmeister mit Haut und Haar verschrieben hatte. Aber wozu? Mit ihrem losen Mundwerk hatte sie den Start mit der neuen Chefin heute schon genug torpediert und sollte es besser nicht auf die Spitze treiben. »Gut, dann berichte ich mal«, sagte sie und griff nach ihren Notizen und den Fotos, die inzwischen auf ihrem Schreibtisch gelandet waren.

»Ach, übrigens: Wo steckt eigentlich unser junger Kollege, der Kommissaranwärter? Wie war gleich sein Name?«, wollte Brenneke wissen.

»Önal heißt er, Nuri Önal. Er ist noch unten am Steg der Wasserschutzpolizei, wo die Motoryacht liegt. Die Spezialisten von der Kriminaltechnischen Untersuchung werten gerade die Instrumente der Yacht aus – den Kartenplotter zum Beispiel. Eine normale Seekarte aus Papier wurde offenbar nicht benutzt. Auf dem Blatt, das sich in der Schublade des Kartentisches fand, gab es jedenfalls keine aktuellen handschriftlichen Einträge, also Kurse, Gradzahlen, Zeiten und so weiter. Das hat Kommissaranwärter Önal mir schon berichtet. Aber vielleicht hilft uns die moderne Technik dabei, trotzdem herauszufinden, welche Strecke das Boot gefahren ist. Die Leiche wurde ja in der Geltinger Bucht angespült, also westlich der Geltinger Birk. Das Boot aber ist östlich davon an der Küste gestrandet.«

»Boot und Leiche haben also verschiedene Strecken zurückgelegt«, murmelte die Hauptkommissarin nachdenklich und nickte. »Dabei spielen Strömung, Wind und solche Sachen eine Rolle, denke ich.«

»Ja, solche Sachen«, wiederholte Helene und verzog keine Miene. »Wenn wir den Kurs der Yacht auf dem Kartenplotter nachverfolgen können, kommen wir möglicherweise auch dahinter, wo die Leiche ins Wasser geworfen wurde.«

Brenneke runzelte die Stirn. »Wie soll das denn funktionieren? Ich kenne mich, wie gesagt, mit der Seefahrt nicht so gut aus.«

»Diese Kartenplotter sind GPS-Geräte, arbeiten also nach

dem gleichen Prinzip wie das Navi in Ihrem Auto. Satellitenbasierte Navigation. Sie zeichnen zusätzlich aber auch den Weg auf, den ein Boot zurückgelegt hat. Man kann das ganz genau auf der im Gerät hinterlegten elektronischen Seekarte als farbigen Strich erkennen. Jedenfalls, wenn diese Funktion nicht ausgeblendet ist – oder gar gelöscht wurde.«

»Gelöscht?«

»Ja, man kann natürlich auch alles auf null setzen an so einem Gerät. Aber ich glaube nicht, dass der oder die Täter das getan haben.«

»Und warum nicht?«

»Weil der Zündschlüssel noch steckte und alles darauf hindeutet, dass das Boot nach der Tat schnell verlassen wurde. Nichts wurde gereinigt, niemand hat sich um die Blutspuren geschert und so weiter.«

Dann fragte die neue Chefin etwas, das Helene aus der Fassung brachte: »Lief denn der Motor der Yacht noch, als sie gestrandet ist?«

Die Oberkommissarin schluckte. Darüber hatte sie sich noch überhaupt keine Gedanken gemacht. Aber nein, das konnte nicht sein. Simon hatte nichts davon gesagt. Dennoch war für die Rekonstruktion dessen, was passiert war, nachdem man das Opfer ins Wasser geworfen hatte, die Antwort auf diese Frage durchaus bedeutsam, das musste sie zugeben. Und tat das auch: »Mist, Sie haben völlig recht. Zwar war die Maschine wohl aus, aber warum? Immerhin steckte der Schlüssel. Verdammt.« Sie griff zu ihrem Handy. »Augenblick bitte, das klären wir sofort. Ich stelle auf Mithören.« Als Önal sich meldete, sagte Helene: »Schauen Sie mal nach, in welcher Stellung der Schlüssel im Zündschloss steckt, Nuri. Und auch, in welcher Position sich der Gashebel befindet. Schnell, bitte.«

»Der Hebel steht auf *Vorwärts*, wenn auch nur bei niedriger Drehzahl«, kam es wie aus der Pistole geschossen. »Das hat die Kollegen vom Wasserschutz natürlich irritiert.«

»Und der Zündschlüssel?«, hakte Helene nach, obwohl sie die Antwort ahnte.

»Steht auf *Ein.* Heißt, die Zündung ist immer noch eingeschaltet, aber die Batterie ist leer.«

»Aha. Das ist doch …« Helene schüttelte den Kopf. Dann sagte sie leise, mehr zu sich selbst: »Als das Boot an die *Seeschwalbe* stieß, lief die Maschine jedenfalls nicht mehr.«

»Nö, die ist irgendwann abgesoffen«, trumpfte Önal auf. »Also ausgegangen, meine ich. Die Kollegen haben vorhin einen Taucher runtergeschickt, der sich den Kahn von unten angeschaut hat. Und der hat festgestellt, dass ein großer Fetzen eines Fischernetzes in der Schraube hängt. Hat sich total herumgewickelt. Der Propeller sitzt bombenfest, lässt sich keinen Zentimeter mehr bewegen. Und übrigens: Die Wasserschutzpolizei sagt, das Ruderrad war arretiert.«

»Das ist ja … danke, Nuri«, sagte Helene, beendete das Gespräch und sah ihre neue Chefin an. »Das heißt, der Täter hat einen bestimmten Kurs eingestellt, aber das Boot verlassen, als er nicht weiterfahren konnte. Wer weiß, wohin er sonst noch gefahren wäre? Doch der Propeller hat sich irgendwann festgefressen, und er musste wohl oder übel von Bord.«

»Schwimmend?«, fragte Hauptkommissarin Brenneke ungläubig nach. »Also Entschuldigung, Frau Christ, aber das ist doch Unsinn.«

Helene zuckte mit den Schultern. »Stimmt. Vielleicht war ja ein zweites Boot im Spiel, auf das der Täter übergestiegen ist. Natürlich alles reine Spekulation.«

»Sicher, aber noch ermitteln die Kollegen ja an Bord. Lassen Sie uns erst mal die Ergebnisse abwarten, vielleicht bringen die uns ja ein Stück weiter. Übrigens: Wurde die Ehefrau des Opfers schon verständigt? Ich meine: Haben Sie das veranlasst?«

»Ich wollte das nachher persönlich machen. Auf keinen Fall sollten andere Kollegen ihr die Nachricht überbringen.«

»Wieso denn nicht? Der Mann ist vor …«, Brenneke sah

auf die Uhr, »… mehr als fünf Stunden aufgefunden worden, und die Witwe weiß noch nichts davon? Das geht gar nicht. Sie muss das Opfer schließlich auch noch identifizieren!«

»Die Leiche ist vermutlich gerade erst in der Gerichtsmedizin in Kiel eingetroffen. Bis man sie so weit hergerichtet hat, dass die Frau sie sich ansehen kann, vergeht noch etwas Zeit«, erwiderte Helene betont leise. »Ich weiß das, denn ich habe den Toten gesehen, als er aus dem Wasser gezogen wurde. Außerdem: Wer und was hinter der Tat steckt und was zum Beispiel die Motoryacht des Opfers dabei für eine Rolle spielt, liegt noch völlig im Dunkeln. Ich will unbedingt selbst die Reaktion der Ehefrau sehen, wenn sie mit der Nachricht vom Tod ihres Mannes konfrontiert wird.«

Hauptkommissarin Jasmin Brenneke starrte Helene mit völlig ausdrucksloser Miene an. Die hielt dem Blick zwar stand, verfluchte sich aber innerlich dafür, dass sie ihre guten Vorsätze so schnell schon wieder vergessen hatte. Sie hätte das alles bestimmt auch freundlicher formulieren können, statt ihrer neuen Chefin solch einen barschen Vortrag zu halten.

Ach, Edgar, sie scheinen alle recht zu haben: Da hat wohl einfach zu viel von dir auf mich abgefärbt. Wer hätte das gedacht …

Die scharfe Stimme der Frau hinter dem Schreibtisch des Grauen holte Helene aus ihren Überlegungen. »Danke für die Belehrung, Frau Kollegin. Natürlich hatte ich nicht beabsichtigt, die Kieler Streifenpolizisten mit dem Überbringen der Todesnachricht zu beauftragen. Aber Ihnen sollte spätestens jetzt klar sein, dass dies ein Fall ist, der auch in das Ressort des Landeskriminalamtes fällt. Bis morgen früh brauchen wir alle Informationen, die wir kriegen können.« Sie lehnte sich in ihrem Sessel zurück und fuhr mit ruhiger Stimme fort: »In diesem Zusammenhang würde mich interessieren, was Sie eigentlich über die familiären Verhältnisse des Opfers wissen?«

Helene griff nach einem Blatt auf ihrem Schreibtisch und warf einen Blick darauf. »Verheiratet mit Vanessa Lasse-Harmsen, wohl kinderlos.«

»Okay.« Die Vorgesetzte stand auf. »Haben Sie die Adresse? Wir fahren nämlich zusammen dorthin. Und zwar jetzt gleich. Sie können mich auf der Fahrt über alles Weitere in Kenntnis setzen.«

»Gut, dann mal los«, gab die Oberkommissarin zurück und versuchte ein Lächeln, das ihr jedoch missglückte. »Ich wollte aber mit meinem Privatwagen fahren, weil ich auf dem Rückweg noch in Damp bei Hauptkommissar Schimmel vorbeischauen möchte.«

Brenneke lächelte schmal. »Nicht nötig. Wir nehmen den Dienstwagen. Ihr Abstecher nach Damp zum ehemaligen Kollegen ist ja durchaus dienstlich zu vertreten. Und ich bleibe nach unserem Besuch im Hause Harmsen gleich in Kiel. Noch wohne ich ja da.«

»Und morgen früh …«

»… kümmern Sie sich hier erst einmal um den neuesten Stand. Sie wissen schon: Obduktionsbericht und Ergebnisse aus der KTU, die bis dahin wohl hoffentlich vorliegen werden. Danach kommen Sie bitte wieder nach Kiel. Bevor ich ins LKA gehe, können Sie mir dann noch ein kurzes Briefing geben.«

Ein Briefing, oha, dachte Helene. Sie war sich sicher, diesen Ausdruck vom Grauen niemals gehört zu haben. »Den LKA-Termin nehmen Sie allein wahr?«, fragte sie beiläufig.

»Ich denke schon.«

»Dann könnte ich in der Zeit doch mit Harmsens Mitarbeitern sprechen.«

»Mir wäre es lieber, wenn wir gemeinsam ins Wirtschaftsministerium fahren würden«, warf Brenneke hastig ein.

Natürlich. Undenkbar, dass die Provinzkommissarin allein in den heiligen Hallen der Macht herumstolperte, dachte Helene amüsiert. »Okay«, sagte sie betont sachlich. »Mir soll's recht sein.« Sie griff sich den Dienstwagenschlüssel von ihrem Tisch. »Zwei Minuten noch, dann bin ich so weit. Muss kurz noch einen Anruf tätigen.«

Simon, der in Arnis gerade dabei war, den Transport der *Seeschwalbe* in die Halle zu beaufsichtigen, zeigte sich nicht überrascht, dass Helene ihn noch später, als sowieso bereits befürchtet, würde abholen können. Er kannte das. »Ich bin schließlich schon länger mit einer Kriminalkommissarin zusammen«, sagte er lachend.

»Ab sofort Oberkommissarin, Herr Simonsen, wenn ich bitten darf«, gab Helene zurück und erzählte ihm von ihrer Beförderung. Über das erste Zusammentreffen mit Schimmels Nachfolgerin schwieg sie sich allerdings zunächst noch aus.

»Großartig, das hast du wirklich verdient, mein Schatz«, rief Simon begeistert aus und erklärte dann, er habe noch eine Zeit lang mit dem Schiff zu tun, werde später aber mit Frau Sörensen in der *Schleiperle* einkehren, etwas Gutes essen und auf Helene warten. »Dann stoßen wir auf deine Beförderung an, Frau Oberkommissarin!«

»Das machen wir, mein Liebster. Aber iss auf jeden Fall schon mal ohne mich. Wenn es zeitlich passt, will ich nämlich noch in Damp beim alten Schimmel vorbeischauen.«

»Kein Problem, ich habe hier genug Arbeit. Grüß den Grauen von mir!«

»Mach ich. Ach, Simon, sag mir nur noch kurz: Die Maschine der Motoryacht lief doch nicht, als sie an die *Seeschwalbe* gestoßen ist, oder?«

»Nein. Kein Motor, kein Licht, nichts. Totentanz auf dem Dampfer. Wieso fragst du?«

»Erzähl ich dir später. Muss jetzt los«, erwiderte Helene und schob noch ein »Hab dich lieb« hinterher, bevor sie das Gespräch beendete.

8

Nachts zog es ihn hierher, wenn er endlich betrunken genug war. Dann stieg er vor irgendeiner Kneipe in ein Taxi und ließ sich an den wichtigsten Ort seines Lebens fahren. Ein unwiderstehlicher Drang. Jeden Tag. Über ein Jahr lang schon.

Die Schlüssel hatte er immer dabei. Und eine Taschenlampe, denn der Strom in dem verlassenen Gemäuer war seit Monaten abgeschaltet.

Den leicht geschwungenen Kiesweg zum mächtigen Eingangstor ging er im Dunkeln, wie immer. Er hatte ihn sogar im vergangenen Winter problemlos gefunden, als alles unter einer dicken Schneeschicht verborgen lag. Die Lampe brauchte er nur, wenn er den Schlüssel ins Schloss stecken musste. Sie hatten die Schlösser immer noch nicht ausgewechselt, wussten wahrscheinlich gar nicht, dass diese Ersatzschlüssel überhaupt existierten.

Nachdem er die Tür fest hinter sich zugezogen hatte, schaltete er das Licht wieder aus, stand minutenlang in der Eingangshalle, fühlte den Raum, die Decke, die Wände mehr, als dass er etwas davon sah.

Tief sog er den Duft des Parketts ein, der so typisch war für dieses herrliche Haus, in dem er jahrelang gearbeitet hatte, und die prächtige Einrichtung trat in der Dunkelheit vor seine Augen: der futuristische Empfangstresen, die Sitzgruppen aus Designersesseln, die filigranen Tischchen auf dem edlen Isfahan.

Dass sich nichts von alledem mehr im Haus befand, hatte er längst ausgeblendet. Er holte die Flasche aus seiner Manteltasche und nahm einen tiefen Schluck. Immer nahm er eine volle Flasche mit. Und wenn der Morgen graute, würde sie leer sein.

Aber noch hatte er zu tun, musste in den zweiten Stock

steigen, in sein Arbeitszimmer gehen, sich auf die Visite vorbereiten.

Viel Zeit blieb ihm nicht dafür, denn er wusste, dass im OP-Trakt über ihm bereits alle Vorbereitungen für die heute angesetzten Eingriffe liefen. Man erwartete ihn dort. Komplizierte Fälle, die er unmöglich seinem Oberarzt überlassen konnte.

Mit schweren Schritten stieg er die Treppe hinauf, vorbei an dem großen Ölgemälde seines Vaters, der die Klinik gegründet hatte. Er brauchte gar nicht hinzusehen. Für ihn hing es immer noch da, hatte schließlich dort gehangen, seit er denken konnte.

Im zweiten Stockwerk angekommen, ging er den Gang zu seinem Büro hoch, schloss die Tür auf und trat ein. Heute war er sehr müde, fiel ihm auf. Nun, das würde sich geben, wenn er erst einmal am Operationstisch stünde. Dort war er immer hellwach. Ein Könner, vielfach bewundert, ein Meister seines Fachs, ein Virtuose.

Der Professor.

Er nahm noch einen Zug aus der Flasche. Mein Gott, er war wirklich recht abgespannt, das fühlte er. Zu viel Arbeit, sagte seine Frau immer, die sich so sehr sorgte.

Seine Frau. Ingrid. Was war eigentlich mit ihr? Er hatte den Eindruck, sie lange nicht mehr gesehen zu haben. Hatte er zu viel Zeit hier in seiner Klinik verbracht, sie sträflich vernachlässigt? In der Zweizimmerwohnung, die er neuerdings bewohnte – sonderbare Gegend übrigens, in die er da gezogen war –, hatte sie sich noch nie blicken lassen, soweit er sich erinnerte.

Früher hatten Ingrid und er sogar zusammengearbeitet. Ein gutes Team waren sie gewesen. Bis zu dem Tag, an dem sie die Klinik verlassen und behauptet hatte, er sei ein Risiko geworden.

Er – ein Risiko! Ungeheuerlich. Alles nur ein riesiges Missverständnis, eine ihrer Launen. Sie fehlte ihm so sehr.

Er würde ihr bloß ein lukratives Angebot machen müssen, dann käme sie bestimmt zurück.

Genau, das war eine gute Idee. Warum war er nicht früher darauf gekommen?

Nun, darum würde er sich bald ernsthaft kümmern, nahm er sich vor. Wenn er endlich Zeit fand. Seine Arbeit fraß ihn mehr und mehr auf. Aber so war es ja eigentlich immer gewesen. Schwer, das zu ändern. Unmöglich sogar.

Wenigstens hatte er jetzt endlich seinen Bericht fertiggestellt. Schon seit Monaten hatte er in seiner knapp bemessenen Freizeit daran gearbeitet. Inzwischen waren es viele Seiten, alle von ihm persönlich geschrieben. Handschriftlich. Mehr als ein paar Sätze hatte er selten geschafft in den wenigen Stunden, die er in der kleinen Wohnung Ruhe fand. Schreiben bereitete ihm zunehmend Schwierigkeiten, strengte ihn maßlos an.

Immer wieder waren seine Gedanken abgeschweift. Nur wenn er zwischendurch innehielt, um einen Schluck zu trinken, waren ihm gute Formulierungen geglückt. Und die waren doch so wichtig. Jeder sollte wissen, was man ihm angetan hatte. Die Welt musste von der infamen Intrige erfahren, die man gegen ihn und seine Klinik eingefädelt hatte. Schonungslos hatte er Ross und Reiter genannt.

Namen, Orte, Geldbeträge, Hintergründe – alles hatte er festgehalten, alles stand auf den handbeschriebenen Blättern, die auf seinem Küchentisch lagen. Sicher, er musste alles noch einmal überarbeiten, aber bald könnte er die Bombe platzen lassen. Wenn er seinen Bericht erst einmal der Presse übergeben hätte, würden Köpfe rollen.

Sein Triumph. Dann würde auch alles ganz schnell wieder gut werden. Die Pläne für die neue Klinik waren ja fertig. Man könnte sofort mit dem Bau beginnen.

Wenn er die Augen schloss, stand das prachtvolle Gebäude mit dem kühn geschwungenen Dach plastisch vor seinen Augen. Hypermodern – und dennoch würde es sich harmonisch an den altehrwürdigen Backsteinkomplex anschmiegen, in dem er sich jetzt befand, und den sein Vater einst gebaut hatte.

Doch die alte Klinik war schon vor Jahren zu eng geworden. Nur mit Mühe konnten die vielen Patienten angemessen untergebracht werden, die sogar aus den Emiraten und Asien hierherkamen, um sich von ihm, der Koryphäe, operieren zu lassen.

Die Operation!, durchfuhr es ihn heiß. Seine Leute warteten sicher schon auf ihn. Er hatte sich in seinen Gedanken verloren – unverzeihlich. Na gut, die Visite mussten sie eben auf später verschieben.

Sorgfältig verschloss er wieder die Tür hinter sich, stieg ein Stockwerk hinab und trat durch die Glastür in das gleißende Licht des OP-Traktes. Professionelle Betriebsamkeit empfing ihn, respektvolle Begrüßungen, grüne Kittel huschten hin und her.

Er ging in den Umkleideraum und holte die Flasche hervor. Doch sie war leer. Verzweifelt hielt er sie sich an die Lippen, um die letzten Tropfen herauszusaugen, doch es kam nichts mehr.

Wie sollte das gehen? Die OP würde ziemlich lang dauern. Komplizierte Sache, ein künstliches Kniegelenk einzusetzen. Er brauchte dafür unbedingt etwas zu trinken.

»Da bist du ja«, sagte plötzlich eine bekannte Stimme. Ganz warm klang sie. Eine Hand erschien aus der Dunkelheit und reichte ihm eine Flasche. Der Verschluss war schon abgeschraubt.

Gierig trank er und verschluckte sich so, dass er husten musste. Nochmals setzte er an.

Als er an den Tisch trat, war er ruhig wie immer. Sein Team hatte bereits alle Vorbereitungen getroffen. Die Anästhesistin hob den Daumen. Er blickte kurz auf die Monitore, dann nahm er das Skalpell in die Hand, das die OP-Schwester ihm reichte.

9

Bis auf den nervtötenden Dauerbetrieb der Scheibenwischer war es keine allzu unangenehme Fahrt, musste sich Helene eingestehen. Sicher, ihre neue Chefin schien eine überaus beherrschte Person zu sein, kontrolliert in allen Äußerungen. Aber sie war nicht unfreundlich, schien auf Helenes Meinung durchaus Wert zu legen, auch wenn sie die Warmherzigkeit eines Leistenkrokodils ausstrahlte. Eines war unbestreitbar: Sie stellte die richtigen Fragen. Scharfsinnig und zielsicher. Jasmin Brenneke mochte eine Karrierefrau sein, aber sicher eine, die ihren Verstand zu nutzen wusste.

Helene fasste die wenigen Erkenntnisse, die es in diesem Fall bis jetzt gab, kurz zusammen. Ein paar Minuten nur brauchte sie dafür.

Dann rief Nuri Önal an. »Herzlichen Glückwunsch, Frau Oberkommissarin!«, tönte seine Stimme aus der Freisprechanlage. »Die gute Nachricht ist schon rum im Haus.«

»Danke, Nuri. Ich hoffe, Sie müssen auch nicht mehr allzu lange als Anwärter herumlaufen. Was gibt es denn Neues? Übrigens: Hauptkommissarin Brenneke, unsere neue Chefin, sitzt neben mir. Wir sind unterwegs zur Ehefrau des Opfers.«

»Oh, ich verstehe.«

»Hallo, Herr Önal. Schade, dass wir uns noch nicht getroffen haben«, warf die Hauptkommissarin ein. »Morgen wird es vielleicht auch nicht klappen, da ich wahrscheinlich den ganzen Tag in Kiel sein werde, mal sehen. Jedenfalls freue ich mich darauf, Sie bald kennenzulernen.«

»Ganz meinerseits«, kam die artige Entgegnung, die Helene ein Schmunzeln entlockte. Önal fuhr fort: »Um es kurz zu machen: Leider wurde festgestellt, dass die Wegpunkte und Kurse auf dem Kartenplotter alle gelöscht worden sind.«

»Mist«, fluchte Helene. »Und es steht fest, dass keine Eintragungen auf der Seekarte aus Papier vorhanden sind?«

»Keine neueren wenigstens. Ein paar alte Bleistiftvermerke aus dem Sommer haben die Kollegen noch gefunden, also Kurslinien mit Gradzahlen und Uhrzeiten und so. Aber die Karten für dieses Fahrtgebiet lagen ja sogar in der Schublade, wurden also aktuell vermutlich gar nicht benutzt.«

»Wer immer mit dem Boot unterwegs war – und wohin auch immer –, der musste auf jeden Fall navigieren, zumal bei solch schlechtem Wetter«, sagte Helene. »Leider kommen immer mehr Leute heutzutage auf die Idee, sich dabei völlig auf die Elektronik zu verlassen. Ist ja auch verlockend, so lange die Technik funktioniert. Wenn da also nichts mehr drauf ist auf dem Kartenplotter, hat sich der Täter offenbar die Zeit genommen, alles zu löschen. Was immer uns das sagt.«

»Wäre es nicht möglich, dass er den Kartenplotter gar nicht benutzt hat? Er könnte ja auch ein Navigationsprogramm auf dem Notebook verwendet haben, das verschwunden ist.«

»Dann sehe ich aber keinen Grund, warum jemand die Trails auf dem Plotter gelöscht hat.«

»Stimmt allerdings«, räumte der Kommissaranwärter ein. »Es gibt aber noch Hoffnung: Das Gerät sei nicht auf die Werkseinstellung zurückgesetzt worden, sagen die Spezialisten. Nur die Benutzeroberfläche sei gelöscht worden, und auf dem Datenträger, also der Festplatte oder dem Chip oder was in dem Gerät steckt, sei möglicherweise alles noch drauf, was wir wissen wollen. Und ...«

»Das wäre ja hervorragend«, unterbrach ihn Jasmin Brenneke. »Wann werden wir das wissen?«

»Sie haben das Gerät ausgebaut und nach Kiel mitgenommen. Wollen uns informieren, falls Daten zu rekonstruieren sind. Kann aber noch etwas dauern.«

Brenneke bedankte sich bei Önal, und Helene beendete das Gespräch.

Ein dunkler Audi A8 mit Flensburger Kennzeichen stand am Ende der gekiesten Auffahrt vor der zweistöckigen Villa im noblen Kieler Stadtteil Düsternbrook, nur wenige Hundert Meter oberhalb des Westufers der Förde. Um neunzig Grad versetzt zum Haus erstreckte sich ein Flachbau mit zwei breiten Toren, von denen eines offen stand. Ein kleiner gelber Sportwagen stand in dieser Garage. Zwischen den Gebäuden erhaschte Helene einen Blick auf ein sanft abfallendes Rasengrundstück in Golfplatzqualität. Dahinter lag im grauen Licht des wolkenverhangenen Himmels das Wasser der Kieler Förde.

Es dauerte ungewöhnlich lange – Helene musste sogar ein zweites Mal läuten –, bis die Tür von einer Frau etwa Ende dreißig in einem Jogginganzug geöffnet wurde. Sie war barfuß, und ihre schwarzen Haare wirkten zerzaust. »Ja, was gibt es?«

Eine attraktive Frau, dachte Helene sofort. Kein Allerweltsgesicht, braune, ziemlich weit auseinanderstehende Augen, glatte Haut, leicht vorspringende Wangenknochen und ein sinnlicher Mund.

»Kriminalpolizei«, sagte Hauptkommissarin Brenneke und hielt ihren Dienstausweis hoch. »Sind Sie Frau Harmsen?«

»Mein Name ist Lasse-Harmsen«, antwortete die Schwarzhaarige und warf einen Blick auf Helene. Die stellte sich ebenfalls vor und fragte: »Sie sind aber die Ehefrau von Hark Ole Harmsen und ihr Vorname ist Vanessa, richtig?«

»Ja, das bin ich. Was gibt es denn?« Sie schien verwirrt, aber nicht beunruhigt zu sein.

»Wir müssen mit Ihnen reden, Frau Lasse-Harmsen. Können wir das drinnen tun?«, fragte die Hauptkommissarin.

Ein leichtes Zögern, dann: »Ist etwas passiert? Mit meinem Mann?«

»Wie gesagt, es wäre uns lieb, wenn wir das im Haus besprechen könnten.«

Die Frau trat einen Schritt zurück und nickte stumm. Die

beiden Kriminalbeamtinnen gingen an ihr vorbei in die geräumige Diele.

Wieder einmal konnte Helene feststellen, wie recht Edgar Schimmel damit hatte, diesem Augenblick immer eine so große Bedeutung beizumessen. Dem Moment, in dem ein Mensch vom plötzlichen Tod eines nahen Angehörigen erfuhr.

›Dein Mitleid darf für dich als Kriminalistin in dieser Situation keine Rolle spielen‹, hatte er stets gefordert. ›Du hast eine einmalige Chance, wenn du selbst die Nachricht überbringst. Beobachte ganz genau die Reaktionen. Es trifft sie völlig unerwartet, sie hatten noch keine Gelegenheit, sich irgendein Schmierentheater auszudenken, das sie dir vorspielen wollen. Natürlich mit der einen Ausnahme, dass sie ihren Verwandten selbst getötet haben. Also achte auf die ersten Worte, auf ihre Gesten. Beobachte sie genau. Welche Gefühle siehst du – siehst du überhaupt welche? Vielleicht verplappert sich jemand, sagt in dieser Ausnahmesituation etwas, was du später nie wieder hören würdest. Vielleicht bekommst du sogar einen kurzen Blick auf verborgene Geheimnisse, auf irgendwelche schwelenden Konflikte. Eine einmalige Chance für Kriminalisten, Helene – verpasse sie nie!‹

Ach, Edgar ... Gewaltsam riss sich Helene aus ihren Erinnerungen und beobachtete aufmerksam die Frau im Designerjogginganzug, die in einen der Clubsessel des Wohnzimmers gesunken war, nachdem sie die Nachricht vom Tod ihres Ehemannes erhalten hatte. Abwesend starrte sie hinaus aus dem bodentiefen Fenster, hinter dem sich die gepflegte weite Rasenfläche dehnte, locker bestanden von einigen kleinen Baumgruppen.

Stille.

»Wann haben Sie Ihren Mann denn zuletzt gesehen?«, durchbrach die Hauptkommissarin das lastende Schweigen.

Es dauerte eine Weile, dann drehte Vanessa Lasse-Harmsen ihren schönen Kopf zu den beiden Kriminalbeamtinnen um, die vor ihr standen. Mit einer müden Handbewegung deutete sie auf die Sitzgruppe. »Nehmen Sie bitte Platz. Und dann sagen Sie mir erst mal, wo er eigentlich … ich meine, wie er …« Sie brach ab. »Sie wissen schon.«

Nachdem sie und ihre Chefin sich gesetzt hatten, berichtete Helene so schonend wie möglich von dem Leichenfund in der Geltinger Bucht, ohne auf die Schusswunden einzugehen. Dann fragte sie: »Besitzen Sie ein Motorboot, das *Tequila Sunrise* heißt, Frau Lasse-Harmsen?«

»Ja. Mein Mann hat es erst dieses Jahr gekauft. Ist er damit verunglückt?«

»Das Boot spielte offenbar eine Rolle dabei«, erwiderte Helene vage und fuhr rasch fort: »Hatte Ihr Mann einen Törn geplant? Was wissen Sie darüber? Die Urlaubszeit ist ja längst vorbei.«

Vanessa Lasse-Harmsen starrte auf ihre nackten Füße und schwieg. Es schien, als hätte sie die Fragen gar nicht gehört.

»Frau Lasse-Harmsen.« Die Stimme der Oberkommissarin war jetzt schärfer. »Wussten Sie davon, dass Ihr Mann rausfahren wollte, ich meine, hat er mit Ihnen vielleicht über sein Fahrtziel gesprochen?«

Die Frau im Jogginganzug sah die Kommissarin abwesend an, dann öffnete sie langsam den Mund, zuckte jedoch zusammen, als plötzlich von der Diele her Geräusche zu hören waren – Schritte auf den Fußbodenfliesen.

Kurz darauf betrat ein etwa fünfzigjähriger schlanker Mann mit vollem hellgrauem Haar das Wohnzimmer und ging forschen Schrittes auf die Sitzgruppe zu. »Was ist denn los, Vanessa?«, fragte er und sah die beiden Besucherinnen misstrauisch an.

»Kriminalpolizei«, antwortete die Witwe mit belegter Stimme. »Es ist … äh, Hark Ole ist tot.«

»Wie bitte?« Der Grauhaarige schluckte. »Das ist doch … das kann doch nicht …«

»Herr Schrader, Dietrich Schrader, ein Freund der Familie«,

stellte Vanessa Lasse-Harmsen den Mann knapp vor. »Er hatte in Kiel zu tun und hat uns einen kurzen Besuch abgestattet.«

Das glaube ich dir nicht, schoss es Helene Christ sofort durch den Kopf.

Ein sonderbares Prickeln hatte sie überlaufen, als der Fremde so plötzlich aufgetaucht war. Sofort hatte sie gesehen, dass sein Hemd an der Seite noch aus der Hose heraushing und falsch zugeknöpft war. Er hatte sich offensichtlich in großer Eile angekleidet. Und die Witwe Lasse-Harmsen weinte immer noch nicht.

Die beiden Beamtinnen stellten sich abermals vor, und Hauptkommissarin Brenneke fragte: »Gehört Ihnen der Wagen mit Flensburger Kennzeichen vor der Tür?«

Der Mann nickte. »Ich wohne in Flensburg. Auch meine Firma ist dort ansässig. *SIC – Schrader ImmoConsulting.*« Er setzte sich auf einen freien Sessel. Helene bemerkte, dass er den Blickkontakt zu der Frau im Jogginganzug vermied. »Nun sagen Sie schon«, wandte er sich an Jasmin Brenneke, »was ist denn passiert? Hark Ole, also Herr Dr. Harmsen, ist tot? Wie ist das ... ich meine, was können Sie uns denn dazu sagen?«

»Ich bin mir nicht sicher, dass wir Ihnen irgendetwas dazu sagen werden, Herr Schrader«, gab die Hauptkommissarin in freundlichem Ton zurück. »Sie sind ja kein Verwandter, wenn ich das richtig beurteile.«

»Sie haben Vane... Frau Lasse-Harmsen doch gehört«, entgegnete Schrader unwirsch. »Ich bin seit vielen Jahren mit dem Ehepaar eng befreundet. Frau Lasse-Harmsen hat sicher nichts dagegen, wenn ich bei diesem Gespräch dabei bin, oder, Vanessa?« Er sah die Witwe zum ersten Mal an, seit er ins Zimmer gekommen war.

»Nein, natürlich nicht«, sagte diese leise.

»Nun denn«, schaltete sich Jasmin Brenneke wieder ein, »Sie wollten uns noch sagen, ob Sie etwas von der Bootsfahrt Ihres Mannes wussten, Frau Lasse-Harmsen, und wann Sie ihn zum letzten Mal gesehen haben.«

»Muss das denn sein?«, fuhr Dietrich Schrader scharf dazwischen. »Ich meine, müssen Sie die Frau jetzt mit solchen Fragen löchern? Sie hat soeben erfahren, dass ihr Mann tot ist und ...«

»Tut mir leid«, unterbrach Jasmin Brenneke ihn, »aber es ist wichtig für uns, diese Punkte zu klären.«

»Lass gut sein, Dietrich«, sagte die Witwe matt und holte tief Luft. »Ich habe keine Ahnung, wohin mein Mann mit dem Boot wollte. Ich glaube nicht einmal, dass er überhaupt ein bestimmtes Ziel hatte. Meistens fährt er aufs Geratewohl hinaus und läuft dann später irgendeinen Hafen an, der ihm gefällt. Meistens in Dänemark.« Sie schwieg einen Augenblick lang, dann fuhr sie fort: »Heute ist Donnerstag, nicht wahr? Also, am Montagmorgen hat ihn sein Fahrer abgeholt, so gegen acht Uhr. Wenn ich mich recht erinnere, musste er nach ...« Sie stockte. »Ich weiß nicht mehr, wie der Ort hieß. Irgendwo an der Westküste jedenfalls.«

»Wissen Sie, was er dort zu tun hatte?«

»Ist das denn jetzt wirklich nötig?«, schaltete sich der Immobilienmakler ein. »Das alles können Sie doch auch später noch ...«

»Bitte unterbrechen Sie Frau Lasse-Harmsen nicht, Herr Schrader«, wies Helene ihn scharf zurecht. »Wir müssen uns *jetzt* ein Bild machen, um gezielt ermitteln zu können.«

»Ermitteln?«, wiederholte Schrader. »Was gibt es denn bei einem Unfall ...« Er unterbrach sich und warf der Oberkommissarin einen misstrauischen Blick zu. »Oder steckt da etwas anderes dahinter?«

»Dazu kommen wir gleich noch«, sagte Helene Christ schnell und wandte sich wieder an die Frau: »Bitte sprechen Sie weiter. Was war das für ein Termin an der Westküste?«

Mit leiser Stimme antwortete die Witwe: »Soweit ich weiß, wollte er dort feierlich den Förderbescheid für irgendein

Projekt übergeben. Ich glaube, es ging um eine Industrieansiedelung. Was weiß ich.« Sie senkte ihren Kopf.

»Und danach? Wissen Sie, was Ihr Mann danach vorhatte?«

»Er wollte ab Mittag freinehmen und auf sein Boot, hat er gesagt. Seine große Tasche hat er gleich morgens mitgenommen. Wenn ich mich recht erinnere, wollte er ein- oder zweimal an Bord übernachten – noch mal ein bisschen Seeluft schnuppern, bevor das Boot ins Winterlager geht, hat er gesagt. Und dass er in Ruhe über etwas nachdenken müsse.«

Helene Christ horchte auf. »Wissen Sie, was das war?«

»Ich habe nicht danach gefragt. Sicher etwas Dienstliches.«

»Wo hat das Boot denn seinen Liegeplatz?«

»In Möltenort. Drüben auf der anderen Seite der Förde.«

»Sein Fahrer sollte ihn also nach dem Termin an der Westküste nach Möltenort bringen, damit er an Bord gehen konnte, richtig?«

»Hm, ja.« Die Witwe nickte abwesend.

»Kennen Sie denn die Nummer des Liegeplatzes?«, fragte Brenneke.

Doch Vanessa Lasse-Harmsen schüttelte nur den Kopf und antwortete nicht.

»Also wirklich!«, erboste sich Schrader. »Fragen Sie doch einfach den Hafenmeister dort. Warum quälen Sie die Frau eigentlich so? Was spielt es für eine Rolle, wo das verdammte Boot ...«

»Wir müssen leider solche Fragen stellen, tut mir leid«, beschwichtigte die Hauptkommissarin und schrieb etwas auf ihren Notizblock.

»Wenn ich alles richtig verstanden habe«, schaltete sich Helene ein, »haben Sie Ihren Mann seit Montagfrüh nicht mehr gesehen. Hat er sich denn von unterwegs einmal bei Ihnen gemeldet?«

Vanessa Lasse-Harmsen schüttelte den Kopf. »Nein, aber das habe ich auch nicht erwartet. Wenn er auf dem Wasser ist ... äh, ich meine, war ...« Sie brach ab.

»Aha«, sagte Helene trocken. »Also kein Grund für Sie, sich Sorgen zu machen, richtig?«

»Eigentlich nicht. Allerdings hat vorhin sein Büro angerufen. Er hatte heute wohl einige Termine und war noch nicht aufgetaucht. Das hat mich schon … gewundert.«

»Wer hat bei Ihnen angerufen?«, hakte Jasmin Brenneke nach.

»Na, das Wirtschaftsministerium natürlich, also seine persönliche Referentin, diese Frau von Graden.« Sie schluckte, dann setzte sie heiser hinzu: »Er hatte wohl gesagt, dass er nach seinem Törn direkt ins Büro kommen wollte.«

»Was haben Sie denn seit Montag gemacht, Frau Lasse-Harmsen?«, fragte Brenneke.

»Wieso? Was hat das denn … Ach so, Sie meinen …«

»Wir haben keine Meinung«, erwiderte die Hauptkommissarin trocken, »jedenfalls jetzt noch nicht. Verraten Sie uns bitte einfach, wo Sie in den letzten drei Tagen gewesen sind.«

»Ich habe einen Beruf«, gab die Witwe leise zurück. »Tagsüber bin ich in der Stadt gewesen. Ich arbeite als Grafikerin in einer Werbeagentur.«

Helene fragte nach dem Namen der Firma und notierte ihn sich. »Aber heute haben Sie nicht gearbeitet«, stellte sie fest.

»Es ist eine halbe Stelle. Heute und morgen habe ich frei. Wir stellen uns mit den Arbeitszeiten auf unsere jeweilige Auftragslage ein.« Sie richtete sich ruckartig auf, und ihre Stimme war plötzlich schrill, als sie fragte: »Warum ist es denn wichtig, wo ich gewesen bin? Sagen Sie mir doch endlich, was das für ein Unfall war, dem mein Mann …«

»Beruhige dich bitte, Vanessa«, unterbrach Schrader erregt und starrte die beiden Kriminalbeamtinnen an. »Nun rücken Sie schon raus mit der Sprache: Es war kein Unfall, nicht wahr? Und Sie sind von der Mordkommission, habe ich recht?«

Jasmin Brenneke nickte und sah zu der Frau im Jogginganzug hinüber. »Leider spricht alles dafür, dass Ihr Mann einem Gewaltverbrechen zum Opfer gefallen ist. Tut mir leid, Ihnen das sagen zu müssen, Frau Lasse-Harmsen.«

Die Dunkelhaarige zuckte zusammen. »Was soll das heißen, ein Gewaltverbrechen? Was ist denn bloß ... ich meine, wie wurde Hark Ole ...?«

»Offenbar ist Ihr Ehemann erschossen worden, auf seinem Boot. Mehr können wir im Moment noch nicht sagen. Die Ermittlungen laufen natürlich auf Hochtouren«, antwortete die Hauptkommissarin.

»Sie werden deshalb sicher verstehen, wie bedeutsam es für unsere Ermittlungen ist, Ihnen noch ein paar Fragen zu stellen«, ergänzte Helene. »Auch wenn es für Sie natürlich sehr schwer ist. Hat Ihr Mann ein privates Notebook?«

Vanessa Lasse-Harmsen nickte abwesend. Die Nachricht, die sie eben erhalten hatte, schien noch nicht völlig zu ihr durchgedrungen zu sein. »Ja, es steht oben in seinem Arbeitszimmer. Aber er nimmt es auch oft auf das Boot mit.«

»So, nun aber Schluss damit. Stellen Sie Ihre Fragen später«, erwiderte Dietrich Schrader in eiskaltem Ton, stand auf und trat neben den Sessel, in dem die Witwe saß. »Ich hole Ihnen das Notebook herunter, falls es da ist, aber Frau Lasse-Harmsen braucht jetzt Ruhe. Respektieren Sie das bitte!«

»Aber ...« Helene wollte protestieren, da hörte sie plötzlich das Geräusch, das sie bisher vermisst hatte.

Vanessa Lasse-Harmsen hatte zu weinen begonnen. Ihr Schluchzen wurde immer lauter, während Schrader hastig aus dem Zimmer ging, die Treppe hinauflief und wenige Augenblicke später schon wieder da war. »Das Notebook ist nicht in seinem Zimmer. Er wird es also mit aufs Boot genommen haben.«

»Na gut«, sagte Helene und warf einen Blick hinüber zu ihrer Vorgesetzten. Die schüttelte leicht den Kopf.

Sie hatten keine rechtliche Handhabe, auf eine Durchsuchung des Arbeitszimmers zu bestehen, das wusste sie natürlich selbst. Und wozu auch? Schließlich waren das Netzteil und die Tasche ja auf der *Tequila Sunrise* gefunden worden. Auch war es fruchtlos, die Befragung jetzt noch fortzusetzen. Hier würden sie heute nichts Nützliches mehr erfahren, das war ihr klar.

»Wir halten Sie auf dem Laufenden, sobald wir etwas wissen. Leider müssen Sie Ihren Mann auch noch identifizieren. Aber das muss nicht sofort sein.«

»Wir kommen morgen wieder«, sagte Jasmin Brenneke. »Können wir Sie denn jetzt allein lassen?«

»Nur zu«, erwiderte Dietrich Schrader, der sich neben die weinende Witwe auf den Boden gekniet und seinen Arm um ihre Schultern gelegt hatte. »Gehen Sie bitte. Ich bleibe bei Frau Lasse-Harmsen.«

Da bin ich mir sicher, dachte Helene, als sie neben ihrer Chefin das Haus verließ. Ganz sicher sogar.

10

Edgar Schimmel steckte seine Hände in die Manteltaschen, lehnte den Oberkörper gegen den Wind, der ihm ins Gesicht blies, und beschleunigte seine Schritte. So gut das halt ging, ohne dass der Schmerz in seiner Brust zu sehr stach. Noch immer tat ihm jede rasche Bewegung weh.

Die lange Narbe war recht gut verheilt, aber die Rippen, die man ihm durchtrennt hatte wie einem Weihnachtsputer, um seine von dem Projektil verletzten Organe flicken zu können, sandten immer noch peinigende Stiche durch den ganzen Oberkörper.

Dunkel war es geworden, seit er sich auf seinen täglichen Marsch rund um das ausgedehnte Gelände des *Ostsee Resorts Damp* gemacht hatte. Er war für das Abendessen spät dran, war erst aufgebrochen, als es endlich zu regnen aufgehört hatte. Nun musste er sich sputen, um rechtzeitig in den Speisesaal zu kommen.

Alles war genau reglementiert in der Rehaklinik, in der er nun, nach über zwei Monaten in drei verschiedenen Krankenhäusern, schon allzu viele Wochen lang vor sich hindämmerte. Feste Essenszeiten gab es hier, die ebenso einzuhalten waren wie die Sitzordnung.

Jeder hatte seinen reservierten Platz an einem bestimmten Tisch. Bei Schimmel saßen vier Personen. Bis auf Uschi hatten seine Tischpartner alle bereits gewechselt, waren entlassen worden und hatten neuen Patienten ihren Platz überlassen.

Uschi zog den Rotz hoch. Genussvoll und lautstark. Und sie hatte eine Kinnwarze.

Edgar Schimmel wachte im Morgengrauen immer häufiger von einem Traum auf, in dem er der steinalten pensionierten Oberstudienrätin genussvoll irgendein Teil des Tischbestecks tief in den spindeldürren Leib stieß. Meistens sein Messer, in einer besonders beglückenden Variante jedoch auch manchmal die lange zweizinkige Vorlegegabel.

Natürlich hieß sie nicht Uschi. Schimmel wusste nicht, welchen Namen die Dame tatsächlich hatte. Und es interessierte ihn ebenso wenig wie jeglicher nähere Kontakt zu den Leuten an seinem Tisch.

Er hatte die Rotzerin Uschi getauft, da sie ihn an eine Großtante dieses Namens erinnerte. Nichts wusste er mehr von dieser Verwandten, außer dass sie ebenfalls eine kapitale Warze am Kinn gehabt hatte, aus der borstige schwarze Härchen sprossen.

Als er auf die Hafenpromenade einbog, fiel heulend eine Bö vom Meer ein und ließ ihn frösteln.

Im Licht der Laternen auf den verwaisten Stegen im ausgedehnten Sportboothafen von Damp schimmerten weiße Wellenkämme aus der Dunkelheit. Nur fünf, sechs Boote lagen noch im Hafen. Nachzügler, die aber ebenfalls vor den Herbststürmen ins Winterlager an Land geholt werden würden.

Plötzlich setzte überfallartig wieder der Regen ein, und Schimmel versuchte, den latenten Schmerz in seiner Brust zu ignorieren, während er noch etwas schneller ging, um ins Warme zu kommen.

Aus den Augenwinkeln sah er die Hochhäuser, die zu seiner Linken in Ufernähe standen. Nur hinter wenigen Fenstern der vielen Hundert Ferienwohnungen in den hässlichen Betonklötzen brannte Licht. Kaum vorstellbar, welch ein Trubel in dieser Ferienanlage im Sommer herrschte. Jetzt waren die Souvenirläden und die Geschäfte geschlossen, und auch die Restaurants und Kneipen würden erst wieder nächstes Jahr zu Ostern öffnen.

Eine trostlose Umgebung, zumindest zu dieser Jahreszeit. Ein idealer Ort für eine Rehaklinik, fand Schimmel. Jedenfalls, wenn man die Nähe anderer Menschen nicht allzu sehr schätzte.

Zehn Minuten später stand der Graue in der Eingangshalle der Klinik, schüttelte das Wasser von seinem Mantel und zog ihn aus.

Als er mit dem Fahrstuhl im fünften Stock angekommen war und den Gang zu seinem Zimmer hinunterlief, klingelte sein Handy. Er fischte es aus der Tasche seines grauen Anzugjacketts – selbstverständlich wäre er niemals auf die lächerliche Idee verfallen, im Trainingsanzug über das Gelände zu laufen, wie es die Meisten hier taten – und blickte auf das Display.

Helene.

Schimmel wunderte sich über das freudige Gefühl, das ihn plötzlich befiel, schüttelte verwirrt den Kopf und bellte in das Gerät: »Ja, Miss Marple, was verschafft mir den Vorzug deines Anrufs?«

»Ich wollte nur wissen, ob du da bist. Bin auf dem Weg zu dir. Passt es, wenn ich gleich mal reinschaue?«

»Wenn du nichts Besseres vorhast, von mir aus. Hast du

schon zu Abend gegessen? Ich wollte gerade runter in den Speisesaal, aber ...«

»Ich habe einen Bärenhunger. Und ich ... na ja, da gibt es so ein paar Dinge ...«

»Du willst mir sicher mitteilen, dass du ohne mich nicht weiterarbeiten kannst, dass du dich förmlich nach mir verzehrst – wie vermutlich alle Kollegen der Polizeidirektion, oder?« Schimmels Stimme war knochentrocken.

»Genau das, alter Mann«, entgegnete Helene und lachte kurz auf. »So sehr, dass ich eben sogar noch an einem Kiosk angehalten habe, um eine Tüte Gummibärchen für dich zu besorgen.«

»Hoffentlich sind nicht so viele weiße und grüne drin, ich mag nämlich ...«

»... nur die gelben und die orangenen, ich weiß. Wie oft willst du mir das erzählen? Soll ich dir vielleicht auch noch helfen, die auszusortieren?«

»Nicht nötig, ich habe ja viel Zeit«, knurrte Schimmel. »Und übrigens: nett von dir.«

»Überschlag dich bloß nicht. Aber im Ernst: Ich stecke in einem neuen Fall. Mord an einem Staatssekretär aus der Landesregierung. Komme gerade von der Witwe und würde gern mit dir darüber reden. Aber bitte nicht im Speisesaal der Rehaklinik. Ich meine, natürlich nur, wenn du schon wieder ...«

»Ach, mir geht's prächtig. Und auf das Essen da unten habe ich sowieso keine Lust. Schon vom ersten Tag an nicht.« Er musste unwillkürlich an die Warze denken. »Wenn du magst, komme ich zum Parkplatz, und wir fahren zu einer Gaststätte in der Nähe. Liegt mitten im Wald. Sehr gemütlich, und sie haben eine feine Speisekarte.«

»Prima, das machen wir. Komm runter, ich bin in etwa zehn Minuten bei dir.«

»Da läuft was zwischen den beiden«, stellte Helene entschieden fest und griff nach ihrem Glas. »Dieser Dietrich Schrader war nicht zufällig dort. Wir sind mitten in ein Schäferstündchen hineingeplatzt.«

»Bist du sicher, dass du keinen Wein willst?«, fragte Schimmel mit einem feindseligen Blick auf Helenes Mineralwasser und nahm einen tiefen Schluck von seinem Rotwein.

»Du weißt doch, dass ich noch fahren muss. Außerdem wartet Simon in Arnis darauf, dass ich ihn abhole.«

»Schon gut. Ich hätte halt gern mit einem guten Tropfen auf deine Beförderung angestoßen.«

»Holen wir nach, Edgar, ganz bestimmt. Sobald man sich endlich in unserer neuen Behausung aufhalten kann, ohne Erfrierungen davonzutragen, machen wir uns einen schönen Abend am Kamin. Das kann aber noch drei, vier Wochen dauern.«

»Bis dahin haben sie mich bestimmt auch aus der Klinik entlassen. Oder ich bin vom Balkon gehüpft.«

Helene lachte auf. »Meine Güte, du bist dem Tod knapp von der Schippe gesprungen. Du solltest ein wenig ...«

»Wenn du jetzt das Wort ›Geduld‹ benutzt, schreie ich die ganze Bude hier zusammen«, knurrte Schimmel. »Seit Monaten höre ich ständig dieses Wort. ›Geduld‹, immer sagen sie, ich müsse ›Geduld‹ haben.« Er trank noch einen Schluck. »Ich frage mich, wofür? Worauf warte ich denn? Warum soll ich Geduld aufbringen? Es ist doch alles ...« Er brach ab, und Helene sah ein flüchtiges Erschrecken in seinem Gesicht. Sie kannte ihn lange genug, um zu wissen, dass er für seine Verhältnisse schon viel zu viel über seine Befindlichkeiten offenbart hatte.

Rasch kam sie ihm zu Hilfe. »Deine Versetzung in den Ruhestand ist also durch?«

»Ist sie. In einem knappen Jahr wäre ich ja sowieso in Pension gegangen. Nun passiert das eben ein paar Monate früher. Kein Beinbruch«, log der Mann tapfer, der von allen Polizeibeamten im nördlichen Schleswig-Holstein nur ›der Graue‹ genannt wurde. »Einmal ist eben Schluss. Wird auch

Zeit nach vier Jahrzehnten.« Er räusperte sich, drehte das Weinglas verlegen zwischen den Fingern und starrte angelegentlich auf das Tischtuch. Nach kurzem Zögern fragte er beiläufig: »Ist sie denn kompetent, diese Frau ...«

Sie wusste sofort, von wem er sprach. »Brenneke heißt sie, Hauptkommissarin Jasmin Brenneke. War vorher beim LKA in Kiel. Schon mal was von der gehört? Du kennst doch fast jeden in unserem Laden.«

Schimmel schüttelte den Kopf. »Nicht dass ich wüsste. Klingt nach jemandem, der gezielt gefördert werden soll.«

»Denke ich auch. Kluge Frau, das kann man sicher sagen.«

»Und was kann man noch sagen?«, hakte Schimmel blitzschnell nach.

»Nun ja. Ich fürchte ...« Sie brach ab. »Ach, ich weiß nicht. Noch will ich lieber kein Urteil fällen. Außerdem ist sie ja erst mal nur kommissarisch zu uns versetzt.« Nach einem Schluck aus ihrem Glas setzte sie hinzu: »Ich ahne aber, dass es nicht ganz einfach werden wird mit ihr.«

Der alte Kriminaler lehnte sich in seinem Stuhl zurück und lächelte milde. »Damit wirst du fertig, Miss Marple. Ich weiß es.«

»Wenn du meinst. Aber lassen wir das. Es gibt da ein paar Fragen im Zusammenhang mit dem neuen Fall, zu denen ich gern deine Meinung hören würde.«

»Dann mal los«, ermunterte Schimmel sie.

Es mochte am schummerigen Licht im Gastraum liegen, aber Helene war sich sicher, dass etwas Farbe in das graue Gesicht des Alten gekommen war. »Wie ich schon sagte: Ziemlich eindeutige Situation dort im Hause des Ermordeten, denke ich.«

Schimmel nickte. »Sieht ganz so aus, ja. Sie haben wohl ein Verhältnis, die Witwe Harmsen und der Immobilienmann aus Flensburg«, sagte er mit der sachlichsten Kriminalerstimme, die er im Repertoire hatte. »Du weißt sicher, wer er ist?«

»Heißt das, ich sollte ihn kennen?«

»Nicht ihn persönlich. Aber seine Firma.«

»*Schrader ImmoConsulting* heißt sie, wenn ich mich richtig erinnere.«

»Genau. Die ist an vielen Großprojekten im Land beteiligt. Du weißt schon: Wohnparks, Klinikerweiterungen, solche Sachen eben. Vor allem aber Konversionen.«

»›Solche Sachen‹? ›Konversionen‹?« Helene war hellhörig geworden. »Was willst du mir sagen?«

Schimmel winkte ab. »Konversionen nennt man die Überführung ehemaliger militärischer Liegenschaften in zivile Nutzung.«

»Das ist mir durchaus bekannt, Edgar. Wir haben ja mit der Gartenstadt Weiche und der Marina Sonwik in Flensburg gute Beispiele dafür.«

»Eben. Es könnte nicht schaden, wenn ihr euch dafür interessieren würdet, an welchen öffentlich geförderten Projekten Schrader mit seinem Laden beteiligt ist. Sag mir aber jetzt erst einmal, wie die Ehefrau auf die Nachricht vom Tod ihres Mannes reagiert hat. Welchen Eindruck hast du bekommen?«

»Gefasst«, sprach Helene spontan den ersten Begriff aus, der ihr dazu in den Sinn kam. »Sonderlich erschüttert schien sie mir nicht zu sein, fing auch erst am Ende des Gesprächs zu weinen an.«

Viele Fragen habe Frau Lasse-Harmsen auch nicht gestellt, berichtete Helene weiter und gab dem Grauen das kurze Gespräch im Hause des Ermordeten wieder.

»Ich hatte den Eindruck«, schloss sie, »die Witwe war zunächst nur darauf bedacht, die Situation zu meistern. Also dass sie erkennbar aus dem Bett gestiegen war, als wir kamen, und dass Schrader da war. Und der wurde dann ziemlich aggressiv. Hat uns am Ende auch unverblümt rausgeworfen.«

Aufmerksam hatte Edgar Schimmel Helenes Worten gelauscht.

Nun nickte er. »Habt ihr denn die zeitlichen Angaben der Frau schon überprüft, ich meine, soweit sie Harmsens Törn betreffen?«

»Ja, er muss am Montag etwa um dreizehn Uhr dreißig in Möltenort die Leinen losgeworfen haben, meint der Hafenmeister. Nuri Önal hat mit ihm gesprochen.«

»Wieso ›meint‹?«

»Er hat weder mitbekommen, dass Harmsen mit dem Dienstwagen hingebracht wurde ...«

»Wurde er das denn wirklich? Hast du das schon überprüft?«

»Ja, ich habe vorhin schon mit Harmsens persönlicher Referentin telefoniert und einen Termin vereinbart. Wir werden sie im Rahmen der Ermittlungen natürlich noch befragen müssen. Sie hat bestätigt, dass der Chauffeur sich um die Mittagszeit bei ihr gemeldet hat, nachdem er Harmsen in Möltenort abgesetzt hatte.«

»Okay. Und warum hat der Hafenmeister nichts davon mitbekommen, wenn er doch angeblich weiß, wann Harmsen abgelegt hat?«

»Nicht einmal das hat er gesehen, Edgar. Ich wollte natürlich von ihm dasselbe wissen, was dir jetzt im Kopf herumgeht, nämlich, ob weitere Personen an Bord waren. Aber dazu kann der Kerl nichts sagen, weil er um dreizehn Uhr Mittagspause gemacht hat und zum Essen gegangen ist. Da lag die *Tequila Sunrise* noch an ihrem Platz, da ist er sich sicher. Aber als er eine Stunde später zurückkam, war der Liegeplatz leer.«

»Mist. Und andere Leute? Ich meine, könnten andere Bootseigner Harmsen beim Ablegen beobachtet haben?«

Helene schüttelte bedauernd den Kopf und wiederholte das, was der Hafenmeister ihr gesagt hatte: Dass kaum noch Boote um diese Jahreszeit im Hafen lagen und dass Harmsens Motoryacht die letzte an ihrem Steg gewesen sei. Deshalb sei ihm ja auch sofort nach seiner Rückkehr aufgefallen, dass der Steg nun ganz leer war.

»Keine Ahnung, was immer man nun aus all dem schließen kann. Am besten nichts«, stellte Schimmel nüchtern fest. »Dann erzähl mir lieber mal alles, was ihr bisher habt. Aber kurz und präzise, wenn ich bitten darf.«

Das klang nicht nach einer Bitte. Das war O-Ton Hauptkommissar Schimmel, wie früher. Helene unterdrückte ein Grinsen und begann mit ihrem Bericht.

Mit halb geschlossenen Augen hörte der Graue zu. Zwischendurch schoss er immer wieder scharfe Fragen ab, und nach zehn Minuten sagte er: »Okay, das reicht. Sieht so aus, als wäre das eine harte Nuss, die ihr zu knacken habt. Vor allem, was den Tathergang betrifft. Bevor der nicht aufgeklärt ist, werdet ihr Probleme haben, dem Mörder auf die Spur zu kommen, oder?«

»Vielleicht sollten wir besser gleich von mindestens zwei Tätern ausgehen. Da könnte schließlich noch ein weiteres Boot im Spiel gewesen sein.«

Der Graue wiegte seinen Kopf hin und her. »Könnte, ja. Muss aber nicht. Das ist im Moment reine Spekulation. Zu ärgerlich aber auch, dass wir nichts darüber wissen, mit wem Harmsen unterwegs war. Ich kann mir kaum vorstellen, dass er allein rausgefahren ist. Irgendjemand muss ihn schließlich umgebracht haben.« Er nahm noch einen Schluck. »Natürlich bleibt trotzdem noch die unwahrscheinliche Möglichkeit, dass er sich unterwegs mit einem anderen Boot getroffen hat und sein späterer Mörder zu ihm auf die Yacht gestiegen ist. Oder auch, dass er irgendwo angelegt hat, um jemanden an Bord zu nehmen. Alles hängt davon ab, ob es gelingt, den Kartenplotter auszulesen. Erst dann werden wir diese Fragen vielleicht beantworten können, wenn wir Glück haben.« Er leerte sein Weinglas. »Was wissen wir denn über die Tatwaffe?«

Innerlich amüsierte sich Helene über das ›wir‹, das Edgar Schimmel schon mehrmals ganz selbstverständlich über die Lippen gekommen war. Sie verzog jedoch keine Miene. »Außer dem Kaliber noch nicht viel. Ich hoffe, morgen früh liegen die Ergebnisse der Obduktion vor.«

Schimmel nickte. »Und wie geht's jetzt weiter? Ich könnte mir vorstellen, dass sich auch das Landeskriminalamt für den Fall interessiert. Ein politischer Hintergrund ist ja nicht auszuschließen.«

»Der Chef und die Brenneke sind derselben Meinung.«

»Du denn nicht?«

»Doch, sicher«, gab Helene widerwillig zu. Es ärgerte sie kolossal, dass offensichtlich jeder diesen Aspekt des Falles sofort erkannt hatte – außer ihr selbst. »Der Chef hat bereits Verbindung zum LKA aufgenommen. Frau Brenneke wird sich morgen um elf Uhr mit den Kieler Kollegen zusammensetzen. Anschließend fahren wir dann ins Wirtschaftsministerium.«

»Das ist gut. Genau da musst du ansetzen, im dienstlichen Umfeld des Opfers. Wie hat denn eigentlich seine persönliche Referentin auf die Nachricht vom Tod ihres Herrn und Meisters reagiert?«

Einen Augenblick überlegte Helene, dann sagte sie: »Erschüttert. Ja, ein passenderes Wort fällt mir nicht ein. Sie wirkte ziemlich fassungslos.«

»Aha«, sagte der Graue. »Du wirst gute Nerven brauchen, Helene. Und Stehvermögen. Diese Leute können ganz schön einschüchternd sein. Fahr alle Antennen aus, lass dich nicht von irgendwelchen Politikerphrasen einlullen!«

Aufmerksam sah Helene ihm ins inzwischen leicht gerötete Gesicht. So gefiel er ihr besser als am Anfang des Abends.

Aber er war noch nicht fertig, beugte sich zu ihr vor und fuhr eindringlich fort: »Allerdings wird das nicht leicht, das kann ich dir versprechen. Du weißt hoffentlich, dass der Staatssekretär im Wirtschaftsministerium ein mächtiger Mann ist. Der sitzt an den Fleischtöpfen. Dieses Bundesland ist zwar eins der ärmsten, aber deswegen werden trotzdem jedes Jahr zig Millionen investiert. Und Harmsen war zum

Beispiel für alle Großprojekte in Schleswig-Holstein zuständig, auch für die Verteilung von Fördermitteln.«

Sofort kam Helene wieder in den Sinn, was der Alte vorhin über die Geschäfte des Herrn Schrader gesagt hatte. Sie würde dafür sorgen, dass sich Nuri Önal damit näher beschäftigte, nahm sie sich vor. »Ich dachte, für solche Entscheidungen sei der Wirtschaftsminister verantwortlich?«

»Offiziell sicher. Aber Harmsen war der wirklich wichtige Mann, soweit ich gehört habe. Und er hatte großen Einfluss auf den Ministerpräsidenten. Das ist bekannt.«

Mir nicht, musste sich Helene eingestehen, deren Kenntnisse über die schleswig-holsteinische Landesregierung eher rudimentär waren.

»Seine Schlüsselrolle bei der Geldverteilung musst du auf jeden Fall im Auge behalten. Es geht um sehr viel Geld, Miss Marple«, wiederholte Schimmel. »Zu viel Geld, als dass alles sauber abliefe, wenn du mich fragst. Es gibt sicher nicht wenige Leute, denen es gefällt, dass Hark Ole Harmsen tot ist. Der ist zwangsläufig vielen erheblich auf die Füße getreten, nicht zuletzt in seiner eigenen Partei.«

»Woher weißt du das denn alles?«

»Ach, das weiß man doch«, wiegelte der Graue ab und machte eine wegwerfende Handbewegung.

»Butter bei die Fische, Herr Hauptkommissar!«, sagte Helene scharf. »Das hört sich für mich sehr nach ... ja, nach Insiderwissen an, so nennt man das wohl.«

»Ach, ich kenne eben ein, zwei Leute.«

»Im Wirtschaftsministerium?«, hakte Helene ungläubig nach.

»Nicht direkt. Aber im Beamtenapparat in Kiel. Und im LKA. Ich bin schließlich lang genug im Staatsdienst dieses Landes.«

Misstrauisch starrte Helene den Grauen an, sagte aber nichts.

»Na gut, wenn du es unbedingt wissen willst: Ich treffe mich hin und wieder mit einer ... Person, die eine gewisse

Position in derselben Partei hat, in der auch Hark Ole Harmsen war.«

»Eine ›Person‹?«, fragte Helene gedehnt.

»Herrgott ja, eine Frau, wenn du es genau wissen willst«, erklärte Schimmel brüsk. »Habe sie vor einigen Jahren kennengelernt. Wohl im Zuge einer Ermittlung oder so, was weiß ich.«

»Oder so.« Helene grinste. »Dann könntest du dich ja mal wieder mit dieser Dame treffen. Vielleicht kann sie dir …«

»Mach du deine Arbeit und kümmere dich nicht um die Leute, mit denen ich mich treffe – oder auch nicht«, schnappte Schimmel, konnte sich aber ein flüchtiges Lächeln nicht verkneifen.

»Ich dachte ja nur, dass das ein interessanter Weg wäre, an Informationen zu kommen. Sozusagen inoffiziell. Fände ich durchaus reizvoll«, erwiderte Helene ungerührt.

Nun hielt der Alte sein Lachen nicht mehr zurück. »Mache ich, Helene. Ich rufe sie nachher mal an. Was bin ich denn eigentlich jetzt für dich? So eine Art Privatdetektiv?«

»Warum nicht? Wer weiß, vielleicht gar keine so blöde Idee, oder?«

»Wir werden sehen.« Seine Stimme war plötzlich wieder ernst geworden. »Du musst höllisch aufpassen! Ich prophezeie dir, dass du spätestens nach deinem Besuch im Ministerium den Eindruck haben wirst, dass du in einem Wespennest herumstocherst. Die Akteure auf diesem Spielfeld sind mit allen Wassern gewaschen. Außerdem wird sich die Presse auf den Fall stürzen. Also sei auf der Hut. Und denk daran: Du wirst vermutlich mehr Leute finden, als dir lieb sein wird, die gute Gründe dafür gehabt hätten, Harmsen zu töten.«

11

»Heute Nachmittag wird die neue Hintertür angeliefert«, verkündete Simon. »Und auch die vier Fenster, die ausgewechselt werden müssen.«

Wie immer an ihren Arbeitstagen, saßen sie zum Frühstück an einem kleinen Tisch in der Küche mit den antiken blauen Kacheln an den Wänden. Frau Sörensen hockte daneben und ließ den Tisch mit dem gut riechenden Futter der Zweibeiner nicht aus den Augen.

Helene nickte, griff nach der Teekanne und schenkte die beiden Tassen voll. »Angeliefert ist schon mal gut, aber wann wird das alles eingebaut?«

»Geht morgen los. Ist bereits organisiert«, erwiderte Simon und biss herzhaft in sein Mettwurstbrötchen, was Frau Sörensen zu einem sehnsüchtigen Schmatzen veranlasste.

»Prima. Aber du weißt, dass ich nicht hier sein kann.«

»Ist mir klar. Ich kümmere mich um alles. Der Maler steht auch bereit. Und nächste Woche kommen die Heizungsmonteure. Der neue Brenner liegt bei uns in der Halle, natürlich auch der Kessel, und das sonstige Material haben wir sowieso in der Firma vorrätig.« Sichtlich zufrieden mit sich nahm er einen Schluck Tee.

»Das geht ja schneller, als ich zu hoffen gewagt hätte«, meinte Helene. »Wenn es denn tatsächlich so läuft, wie du sagst.«

»Deinen skeptischen Unterton kannst du dir gern sparen, mein Schatz«, erwiderte Simon leicht beleidigt. »Du weißt selbst, dass ich nicht einfach unsere Leute so mir nichts, dir nichts auf meiner privaten Baustelle einsetzen kann. Aber jetzt haben wir ein wenig Luft, da passt es gerade ganz gut.«

Helene legte ihre Hand auf seine. »Hast ja recht, sei mir nicht böse. Aber ich bin es so leid, hier nur noch mit Eisfüßen herumzulaufen und ...«

»Ich doch auch«, fiel Simon ihr ins Wort. »Aber dir ist klar, dass es in den nächsten Tagen erst einmal ziemlich ungemütlich werden wird, oder? Sie werden so zügig wie möglich arbeiten, aber dreckig wird's trotzdem werden. Besonders dann, wenn die alte Heizung rausgerissen wird. Etwa für zwei, drei Tage wird uns da nur der elektrische Heizlüfter zur Verfügung stehen.«

»Vielleicht sollten wir in der Zeit einfach ins Hotel ziehen?«, schlug Helene fröhlich vor, ohne das jedoch allzu ernst zu meinen.

»Durchaus ein verlockender Gedanke«, antwortete Simon. »Aber das käme nur für dich infrage. Ich halte hier besser die Augen offen, sonst steht womöglich der neue Heizkessel nachher im Wohnzimmer.« Er sah sie treuherzig an. »Aber wenn du lieber für die Zeit ausziehen willst …«

»Blödmann«, meinte sie lachend. »Ich werde zwar tagsüber nicht hier sein können, aber auch abends gibt es bestimmt noch viel für mich zu tun. Vor allem eine Menge Putzarbeit.« Die Oberkommissarin verzog widerwillig den Mund. »Am besten, ich alarmiere gleich mal Stine, damit sie sich auf ein paar Sonderschichten einstellt.« Helene wusste, dass sich ihre Putzfrau, die im Dorf wohnte und zweimal pro Woche das Haus sauber hielt, über den Zusatzverdienst freuen würde.

»Gute Idee, mach das«, sagte Simon. »Du hast ja auch diesen neuen Fall – wohl knifflig, was?« Er hob seinen Tee zum Mund und schielte über den Tassenrand schweigend zu Helene herüber.

Sie ging auf seine Bemerkung nicht ein, sondern beschäftigte sich demonstrativ mit ihrem Frühstücksei.

Hatte sie ihm gestern Abend zu viel erzählt?

Inzwischen war es für sie ganz selbstverständlich geworden, ihre Fälle mit Simon zu teilen. Sie achtete zwar stets auf größte Diskretion, aber es tat ihr einfach gut, die vielen Fragen, die sich gerade am Anfang einer jeden Mordermittlung auftaten, mit jemandem zu diskutieren, der ebenso scharfsinnig wie einfühlsam war.

Es war nicht unproblematisch, einen Menschen aus dem privaten Umfeld mit so vielen dienstlichen Informationen zu versorgen, das war ihr völlig klar. Aber sie wusste, dass Simon eisern über diese Dinge schwieg. Außerdem hatte er oft schon wertvolle Impulse geben können – und sei es nur dadurch, dass er aus den vielen Fragen die bedeutsamste herauskristallisierte. So etwas gelang einem Außenstehenden, der nicht unter dem unmittelbaren Eindruck der schlimmen Bilder stand, oftmals leichter.

Und Simon war ja selbst stets begierig darauf, sich an der Lösung eines Falles zu beteiligen, und sei es nur durch seine Überlegungen. Daher waren sie auch gestern auf ihrer Heimfahrt von Arnis, wo Helene ihn und Frau Sörensen abgeholt hatte, recht bald beim Mord an dem Staatssekretär gelandet.

Natürlich war Simon, der die frischgebackene Oberkommissarin in der *Schleiperle* zunächst begeistert in die Arme geschlossen und zwei Gläser Sekt zum Anstoßen bestellt hatte, erst einmal neugierig auf Helenes Urteil über Schimmels Nachfolgerin gewesen. Doch sie hatte sich bedeckt gehalten. Als er dann neben ihr auf dem Beifahrersitz Platz genommen hatte und nochmals nachhakte, schien er zu merken, dass seine Lebensgefährtin sich in diesem Punkt nur vage äußern wollte.

Wieder einmal war Helene für sein feines Gespür dankbar. Simon registrierte sofort, wenn Zweifel sie plagten, wenn sie sich selbst einer Sache nicht sicher war. Und respektierte ihre Eigenart, dann nicht darüber reden zu wollen, ließ ihr die Zeit, die sie brauchte.

Dafür wollte er allerdings alles über den neuen Fall erfahren. »Schließlich fing er damit an, dass dieses verlassene Motorboot mich aus dem Schlaf gerissen hat, als es an die *Seeschwalbe* gestoßen ist.«

»Für uns war das tatsächlich der Anfang«, gab Helene nachdenklich zurück. »Aber davor hat sich ein Drama abgespielt, von dem wir so gut wie nichts wissen.«

»*Noch* nicht.« Simon kraulte den Nacken der alten Hündin, die sich auf seinem Schoß zusammengerollt hatte, und wurde mit einem dankbaren Grunzen belohnt.

Die knappe halbe Stunde Fahrt von der Schlei nach Hause verging wie im Flug, und sie setzten ihr Gespräch dann im Wohnzimmer fort, untermalt vom dezenten Heulen des Windes, der trotz vieler vor die Ritzen gelegter Decken durch das alte Haus zog.

Helene war froh gewesen, als sie endlich in ihrem warmen Bett lag. Erschöpft war sie in tiefen, traumlosen Schlaf gefallen.

»Na gut«, erklärte Simon nach einem Blick auf seine Armbanduhr und stand, den Rest seines Mettwurstbrötchens noch in der Hand, vom Küchentisch auf. »Beginnen wir also unser Tagwerk.« Beiläufig ließ er die Hand sinken und hinter seinem Rücken verschwinden, wo Frau Sörensen den Leckerbissen mit einer blitzartigen Bewegung schnappte und sofort verschlang.

»Habe ich gesehen!«, rief Helene und prustete in ihre Teetasse.

»Was denn?«, fragte Simon scheinheilig. »Mir ist nichts aufgefallen. Dir etwa, Frau Sörensen?« Er blickte die Hündin an.

Die setzte ihre Keine-Ahnung-wovon-ihr-redet-Miene auf und ließ ihre dunklen Hundeaugen in reiner Unschuld zwischen den beiden Menschen hin- und herwandern.

»Ist ja gut, ihr beiden«, sagte Helene und schmunzelte.

Gegen die verschworene Gemeinschaft zwischen Frau Sörensen und ihrem Herrchen war kein Kraut gewachsen, das war ihr klar, seit sie Simon kennengelernt hatte. In der schweren Zeit, als seine Exfrau ermordet wurde und er selbst ins Fadenkreuz der Mordkommission geriet, war die Hündin nicht von seiner Seite gewichen, sondern hatte sich als einziges Lebewesen an ihn geschmiegt und ihm vorbehaltlos vertraut.

Zumindest bis sie selbst auf den Plan getreten war, erinnerte Helene sich versonnen.

Lächelnd sah sie auf Simon und Frau Sörensen, die fröhlich schwanzwedelnd aufgesprungen war, weil sie ihr Herrchen selbstverständlich auch heute in die Firma begleiten würde.

Helene blieb einen Augenblick im Hauseingang stehen und winkte den beiden hinterher, als sie in Simons klapprigem altem Landrover vom Hof fuhren. Dann zog auch sie sich die Jacke an, schloss die Tür und lief hinüber zu ihrem Wagen.

Es regnete immer noch.

12

Wie wenig ähnelt das alles dem frischen, luftigen Flensburg des Sommers, dachte Helene, als sie auf der Nordstraße in die Stadt hineinfuhr.

Schwer drückte die tief hängende graue Wolkenmasse wie eine undurchdringliche dumpffeuchte Decke auf die Dächer. Trüber Dunst wallte träge zwischen den Häusern und über den freien Plätzen. Nur ein paar farblose Gestalten, die Köpfe unter Kapuzen oder Regenschirmen verborgen, hasteten über die Bürgersteige, und das fahle Tageslicht schimmerte matt im nassen Asphalt des Hafendamms.

Ein allzu bekanntes, unangenehm klammes Gefühl von Leere überfiel Helene und breitete sich rasch von Kopf bis Fuß in ihr aus.

Im üblichen morgendlichen Stau vor der Ampel unter der Eisenbahnüberführung schloss sie trotzig sekundenlang die Augen und erträumte sich warme Bilder von buntem, fröhlichem Treiben unter hellblauem Himmel mit schnell dahinziehenden weißen Wölkchen, malte im Geist windgeblähte Segel, die übers Fördewasser dahinfegten. Dabei atmete sie tief ein.

Es klappte. Plötzlich roch sie sogar die prickelnd salzige Luft. Wenn auch nur für einen flüchtigen Moment.

Sie war an der Schlei geboren und aufgewachsen, war das Klima des Landes zwischen den Meeren also von Kindesbeinen an gewohnt, aber es half nichts: Immer schon hatte sie in den tristen, lichtlosen Monaten mit leichten Anwandlungen von Schwermut kämpfen müssen, immer schon war sie ein Sonne-und-Wind-Mädchen gewesen.

Ihr Großvater, ein alter Fischer aus Arnis und einer der letzten seiner Zunft, hatte seine kleine Enkelin oft so genannt. Bei ihm und der stillen Großmutter war sie nach dem tödlichen Unfall ihrer Eltern untergekommen, nachdem der Versuch, sie bei der Tante aufwachsen zu lassen, sich als ein zweijähriges Martyrium für das kleine Mädchen herausgestellt und ein schlimmes Ende genommen hatte.

Die Großeltern hatten sie gerettet. Beide waren nun schon einige Jahre tot, aber Helene sah den knorrigen Mann noch vor sich, wie er, die qualmende alte Pfeife im Mundwinkel, am Ruderhaus seines Fischerbootes lehnte und lächelnd zu ihr herüberschaute, wenn sie nach einem Fangtag auf See die Schlei hochgetuckert waren, zurück in den Hafen.

Mit einem leisen Seufzer bog sie in die Durchfahrt zur Speicherlinie ein, fuhr auf den Parkplatz hinter der Bezirkspolizeidirektion, zog den Zündschlüssel ab und lief schnell zum Hintereingang des Gebäudes, das nur nach vorn zur Straße hin seine schneeweiße, eindrucksvoll herausgeputzte Gründerzeitfassade zur Schau stellte.

Im Büro kam Nuri Önal ungeduldig auf sie zu, kaum dass sie die Tür geöffnet hatte.

Der Kommissaranwärter platzte fast vor Mitteilungsbedürfnis, brachte hastig seinen ›persönlichen Glückwunsch zur Beförderung‹ hervor und erklärte dann mit verschwörerischem Unterton: »Sie werden sich wundern, Frau Christ! Warten Sie nur ab, gleich kommt ein echter Knaller.« Zunächst aber übergab er seiner Chefin eine dicke Mappe, in der alle vorliegenden Notizen, Schriftstücke und Fotos sauber zusammengestellt waren, auch der inzwischen eingetroffene Obduktionsbericht und die Computerausdrucke vom Labor. Bevor Helene die Papiere in ihrer Umhängetasche verstaute, brachte der junge Mann sie in einem Schnelldurchlauf auf den neuesten Stand, während sie die verschiedenen Dokumente überflog.

Der Obduktionsbericht wies die Nacht von Montag auf Dienstag mit einer Zeitspanne von Mitternacht bis etwa sechs Uhr morgens als Zeitraum für den Eintritt des Todes aus. Es folgten mehrere Einschränkungen, was die Genauigkeit dieser Angaben anging, vor allem in Bezug auf die Wassertemperatur und den Umstand, dass die Leiche, im Gegensatz zu ähnlichen Fällen, offenbar nicht in die Tiefe gesunken, sondern bis zu ihrem Auffinden an der Wasseroberfläche getrieben war.

Bei den vier Einschüssen, davon mindestens zwei tödlich, handelte es sich um Geschosse des Kalibers zweiundzwanzig, wie Oberkommissar Nissen bereits festgestellt hatte. Zwei Projektile waren in der Leiche gefunden worden. Entsprechende Fotos waren dem Bericht angeheftet.

»Und nun werfen Sie bitte einen Blick auf das Ergebnis der ballistischen Untersuchung«, kündigte Önal sodann seinen ›Knaller‹ an. »Stellen Sie sich vor: Der Abgleich der Spuren an den Geschossen in der Datenbank des Bundeskriminalamtes hat einen Treffer ergeben!«

Der Bericht zeigte, dass die Waffe bereits vor drei Jahren bei dem Überfall auf einen Kiosk in Dortmund benutzt worden war.

Zwar gab es keine gesicherten Erkenntnisse über Typ und Hersteller, aber die Analyse der Ballistiker hielt eine Walther PPQ für wahrscheinlich, eine Pistole, die gern auch von

Sportschützen benutzt wurde. Ein Musterfoto war beigefügt worden.

»Das ist ja wirklich ein Ding«, tat Helene dem Kommissaranwärter den Gefallen und staunte. »Dann setzen Sie sich doch bitte gleich mit den Kollegen in Dortmund in Verbindung. Wir brauchen unverzüglich alles, was es an Informationen zu diesem Kiosküberfall gibt. Wer weiß, vielleicht tut sich da eine Spur auf.«

Önal berichtete ihr noch, dass in der Kleidung des Toten lediglich durchweichte Kaugummis, ein paar Münzen und vom Salzwasser völlig aufgelöste Zettel gefunden worden seien. »Sein Handy bleibt aber unauffindbar. Liegt wohl irgendwo auf dem Grund der Ostsee. Aber den Provider habe ich ausfindig gemacht. Wir bekommen die Gesprächsliste mit allem Drum und Dran in den nächsten Stunden. Ach ja, und Dr. Asmussen bittet um Ihren Rückruf, Frau Christ«, beendete er seinen Bericht.

Was mochte der Gerichtsmediziner ihr wohl persönlich mitteilen wollen, das nicht im Obduktionsbericht stand? »Ich telefoniere auf der Fahrt mit ihm. Jetzt bin ich nämlich ziemlich in Eile. Hauptkommissarin Brenneke wartet auf mich. Wir haben heute viel zu tun in Kiel.«

Sie informierte Önal über den Termin ihrer neuen Vorgesetzten beim LKA und darüber, dass sie anschließend gemeinsam die persönliche Referentin des Opfers im Wirtschaftsministerium aufsuchen würden. »Außerdem muss seine Witwe nochmals befragt werden.« Aber sie hatte auch ein paar Aufgaben für den Kommissaranwärter auf Lager: »Notieren Sie sich bitte den Namen Dietrich Schrader, Nuri. Über ihn und seine Firma hier in Flensburg, *Schrader ImmoConsulting* heißt sie wohl, will ich alles wissen, was Sie herausfinden können. Seine Geschäfte, seine Finanzen, sein Privatleben – alles. Mich interessiert besonders, ob er an öffentlich geförderten Großprojekten beteiligt ist. Und wenn ja, an welchen.« Sie überlegte einen Moment und sah Önal zu, der sich fleißig seine Notizen machte. Dann fuhr sie fort: »Ich selbst werde mich nachher noch um weitere Informationen zum Opfer kümmern. Seine Arbeit, sein politisches Umfeld, seine Finanzen, sein Privatleben. Wir werden gründlich und tief graben müssen, da bin ich sicher.«

Nuri Önal nickte. »Das scheint mir ein ziemlich großes Rad zu sein, das Sie da diesmal drehen müssen, oder?«

»*Wir*, Nuri. Das Rad drehen wir gemeinsam.«

Eine leichte Röte überzog das Gesicht des jungen Mannes. Plötzlich schlug er sich die Hand vor die Stirn. »Fast hätte ich es vergessen: Die IT-Spezialisten haben noch keinen Durchbruch bei der Datenwiederherstellung des Kartenplotters erzielen können, habe ich erfahren. Das dauert wohl noch.«

»Dann haken Sie da bitte noch einmal nach, und zwar intensiv«, forderte Helene. »Machen Sie den Leuten klar, dass wir auf diese Informationen angewiesen sind. Zur Not müssen Sie sich halt unbeliebt machen bei den Kollegen, Personalmangel hin oder her.«

Das versprach der junge Mann tapfer, auch wenn ein paar Schweißtropfen auf seine Stirn getreten waren, und sein Gesichtsausdruck leichte Panik zeigte.

»Ich weiß, dass das alles ein bisschen viel ist, Nuri«, beruhigte die Oberkommissarin ihn. »Aber wir bekommen personelle Verstärkung. Zwei Kollegen werden zu uns stoßen, und zwar bald, wenn ich Frau Brenneke richtig verstanden habe. Und dann werden wir heute ja auch noch erfahren, ob und wie sich das LKA an den Ermittlungen beteiligen will. Aber bis dahin verlasse ich mich auf Sie!«

Damit griff Helene sich den Schlüssel des Dienstwagens und brach auf.

»Haben Sie meinen Bericht gelesen, Frau Christ?«, dröhnte Dr. Asmussens Stimme aus dem Lautsprecher der Freisprechanlage.

»Ja, ich konnte ihn kurz überfliegen, bevor ich nach Kiel aufgebrochen bin. Aber Kriminalanwärter Önal ließ mich wissen, dass Sie mich persönlich sprechen wollten.«

»Haben Sie sich auch die Anmerkungen der KTU zur Bekleidung des Toten angesehen?«

»Sorry, nein, dafür hatte ich noch keine Zeit. Ich musste schnell losfahren und ...«

»Sie rätseln aber bestimmt schon die ganze Zeit, wieso die Leiche, nachdem man sie ins Wasser geworfen hatte, bis zum Auffinden an der Oberfläche geschwommen ist, oder?«

Helene schluckte. Wenn es etwas gab, an das sie in den letzten vierundzwanzig Stunden mit Sicherheit keinen einzigen Gedanken verschwendet hatte, dann dies.

Noch während sie überlegte, worauf der Gerichtsmediziner hinauswollte, erklärte er: »Wasserleichen sinken in der Regel zunächst auf den Grund des Gewässers und kommen erst wieder an die Wasseroberfläche, wenn sich durch den Fäulnisprozess genügend Gase im Körper gebildet haben, die für Auftrieb sorgen. Häufig passiert nicht einmal das, sondern der Körper bleibt unten, wird zum Beispiel von Fischen angefressen. Oder das Wasser ist so kalt, dass bei der Verwesung nicht genug Gas entsteht. Aber ich bin sicher, das wissen Sie alles selbst.«

»Ja, schon. Nur, was wollen Sie mir denn ...«

Asmussen stieß ein unwilliges Geräusch aus. »Es lag an seiner Jacke.«

»An seiner Jacke, aha«, sagte Helene. »Wie darf ich das verstehen?«

»Es kommt mir so vor, als redete ich mit dem alten Schimmel. Der war auch immer so begriffsstutzig – oder tat zumindest so.« Der Rechtsmediziner holte tief Luft. »Was soll's, machen wir's kurz: Die Leiche konnte nicht abgesunken sein, sonst wäre sie niemals so rasch irgendwo angeschwemmt worden. Aber warum ist sie nicht untergegangen? Ich habe die Kleidung von der KTU noch einmal genau unter die Lupe nehmen lassen. Und die Spezialisten haben herausgefunden, dass die Jacke, die das Opfer getragen hat, etwas ganz Besonderes ist: Sie besteht aus Aerogel-Gewebe. Das stammt aus der Raumfahrt und ist die beste Isolierung, die es gibt, und dazu noch federleicht. Besteht ja auch fast nur aus Luft. Wirkt also wie eine Schwimmweste. Aber das Material ist unglaublich teuer. Eigentlich ist es nur bei Extremsportlern im Einsatz – und bei bestimmten Sondereinheiten des Militärs. Hier in Deutschland gab es eine Nobelmarke, die die Dinger kurzfristig in ihre Kollektion aufgenommen hatte, aber heute werden die Jacken in keinem Geschäft mehr angeboten. Hohe vierstellige Preise. Hat kaum jemand gekauft, sagen die Leute von der KTU.«

Helene rief sich das Bild des Toten am Strand in Erinnerung. »Die Marke habe ich erkannt, aber dass es so etwas Ausgefallenes ist ...«

»Ich erzähle Ihnen das nur so ausführlich, weil ich mir vorstellen kann, dass es bei Ihnen gewisse ... nun, Überlegungen auslösen könnte.«

Ein Porsche Cayenne jagte mit überhöhter Geschwindigkeit in einem Regenschleier auf der linken Spur an dem Dienstpassat vorbei, in dem Helene in einer langen Reihe von Autos brav mit den vorgeschriebenen einhundertzwanzig Stundenkilometern auf der A 210 Richtung Kiel dahinrollte. »Hoffentlich blitzen sie dich, du Armleuchter!«, fluchte sie.

»Wie bitte?«, kam es konsterniert aus der Freisprechanlage.

»Nein, nein, Sie waren nicht gemeint, Dr. Asmussen. Aber sagen Sie mir doch, auf welche ›Überlegungen‹ Sie anspielen.«

»Na ja, es ist zwar nicht meine Aufgabe als Gerichtsmediziner, kriminalistische Mutmaßungen anzustellen ...«

»Das haben Sie doch schon oft getan. Und bisher waren die meistens außerordentlich hilfreich«, schnurrte Helene beflissen.

»Nun, ich könnte mir zum Beispiel vorstellen, dass ein

Mörder kein Interesse daran hat, dass sein Opfer an der Wasseroberfläche treibt. Wer nach der Tat die Leiche auf diese Weise loswerden will, hofft doch, dass sie auf den Meeresgrund sinkt und nicht mehr so schnell hochkommt, oder? Also könnte das bedeuten, dass der Täter ...«

»... oder *die* Täter ...«

»... ja, von mir aus auch *die* Täter in Eile gehandelt haben. Oder nichts von den besonderen Eigenschaften der Jacke wussten. Allerdings wird Harmsen in seinem Freundeskreis bestimmt von seinem famosen Kleidungsstück geschwärmt haben, wenn man gemeinsam an Bord war.«

Da mochte etwas dran sein, gestand sich die Oberkommissarin ein. Nur was? Konnte sie im Augenblick irgendetwas mit den Ausführungen des Gerichtsmediziners anfangen?

»Danke für die Informationen, Dr. Asmussen«, erwiderte sie freundlich.

»Gibt es eigentlich etwas Neues vom Grauen?«, schob der Arzt in ausgesucht gleichgültigem Tonfall nach.

Helene feixte innerlich, wusste sie doch, wie viele Jahre lang die beiden alten Schlachtrösser sich bei der Arbeit in den Haaren gelegen und mit abfälligen Bemerkungen ihre gegenseitige Wertschätzung zu verbergen versucht hatten.

Schimmel befinde sich auf dem Wege der Besserung, gab sie zurück und erzählte kurz von ihrem gestrigen Besuch in der Rehaklinik. Dann beendeten sie das Gespräch.

›Der Leichenfledderer soll sich lieber um sein finsteres Handwerk kümmern‹, hätte der Graue diese Unterhaltung kommentiert, kam Helene spontan in den Sinn.

Und doch: Zumindest im Hinterkopf sollte sie unbedingt behalten, was sie soeben gehört hatte, da war sie sich sicher.

13

Etwa eineinhalb Stunden später fuhr Helene Christ langsam eine ruhige Wohnstraße im Kieler Stadtteil Schreventeich hoch und suchte nach der Hausnummer, die Jasmin Brenneke ihr durchgegeben hatte. Als der Dienstwagen im Schritttempo an ein paar kleinen Vorgärten vorbeirollte, trat die Hauptkommissarin aus der Tür eines Reihenmittelhauses, winkte Helene zu, spannte einen Schirm auf und kam den Weg zur Straße heruntergelaufen.

Heute war die Chefin in einen dunklen Hosenanzug gekleidet, wieder ein exquisites Stück. Helene warf einen schnellen, leicht verunsicherten Blick an sich hinab auf den bequemen grauen Strickpullover mit passendem Schal und ihre üblichen Jeans. Wenigstens hatte sie heute Morgen die abgelatschten Sneaker stehen lassen und einem brandneuen Paar den Vorzug gegeben.

»Wenn das Wetter nicht so scheußlich wäre«, sagte Brenneke, nachdem sie eingestiegen war und die beiden Frauen sich begrüßt hatten, »könnte ich zu Fuß zum LKA gehen. Ist nicht weit. Ich hatte mich seinerzeit auch deswegen für das Haus hier entschieden, weil ich keinen langen Arbeitsweg hatte. Aber bei dem Regen fahren wir lieber. Und außerdem brauche ich ja auch noch ...«

»... ein Briefing«, ergänzte Helene und startete den Motor.

»Genau« antwortete die Hauptkommissarin ungerührt.

Kaum fünf Minuten später bogen sie vom Mühlenweg in die Zufahrt zum Landeskriminalamt ab, zeigten am Schlagbaum ihre Dienstausweise vor und fuhren auf das umzäunte Gelände. Brenneke, die sich natürlich hier auskannte, wies den Weg zum Parkplatz.

Als sie den Wagen abgestellt hatte, sah Helene auf ihre Uhr. »Nur noch zwanzig Minuten. Wo sollen wir denn ...?«

»Sie können mich jetzt sofort auf den Stand bringen«, erwiderte die Hauptkommissarin. »Ich sehe, sie haben da einen Ordner auf der Rückbank liegen.«

Sehr gemütlich, dachte Helene. Eine kleine lauschige Konferenz im Auto, während der Regen aufs Dach prasselte und die Scheiben von innen beschlugen. Andererseits fand sie es irgendwie folgerichtig, dass die Dame es geflissentlich vermieden hatte, sie zu dieser Vorbesprechung in ihr Haus zu bitten. Es passte.

Sie brauchte nur eine Viertelstunde – schließlich hieß es ja nicht umsonst ›Briefing‹ –, dann war ihre neue Chefin zufrieden, rief unternehmungslustig: »Dann mal los! Auf in die Höhle des Löwen«, und öffnete die Beifahrertür. »Sie haben für die Witwe zwei Stunden Zeit. Das müsste reichen, auch wenn Sie ohne Frage behutsam und mit dem gebotenen Takt vorgehen werden. Dann holen Sie mich hier bitte wieder ab, und wir fahren ins Ministerium, einverstanden?«

»Alles klar«, gab Helene zurück, während die Tür schon ins Schloss fiel. Sie atmete scharf aus.

›Die Höhle des Löwen‹ – der Ort, an dem Jasmin Brenneke bis vor Kurzem Karriere gemacht hatte, kam es ihr in den Sinn, als sie den Motor anließ.

Vanessa Lasse-Harmsen war nicht zu Hause.

Nachdem sie mehrmals vergeblich an der Haustür geklingelt hatte, zog sich Helene die Kapuze ihres Parkas über den Kopf und lief durch den Regen hinüber zum Nebengebäude. Das Tor der Garage, in der bei ihrem ersten Besuch das kleine Cabrio gestanden hatte, war geschlossen. Sie ging um das Gebäude herum und sah ein Fenster, das ziemlich weit oben in die Rückwand eingelassen war. Trotzdem musste sie sich nicht einmal auf die Zehenspitzen stellen, um einen Blick ins Innere zu erhaschen – es hatte eben auch seine Vorteile, ein wenig zu groß geraten zu sein.

Leer. Der gelbe Sportwagen war fort.

Was mochte sich die Dame dabei denken? Sie wusste doch, dass die Polizei sie heute Vormittag ein weiteres Mal sprechen wollte. Was hatte Vanessa Lasse-Harmsen wohl so Wichtiges zu erledigen?

Grübelnd blieb Helene unter dem Fenster stehen. So sehr war sie in ihre Gedanken vertieft, dass sie erst nach und nach die unangenehme Feuchtigkeit an ihren Füßen zu spüren begann.

Schnell sah sie hinunter. Ihre neuen hellen Schuhe standen fast knöcheltief in der graubraunen Brühe einer Pfütze, die ihr vorher nicht aufgefallen war. Fluchend trat sie zurück auf den asphaltierten Vorplatz und besah sich den Schaden. Die teuren Schuhe waren versaut. Ob man die noch einmal sauber bekäme?

Ärgerlich stapfte sie zum Wagen, wobei sie sich bemühte, das schmatzende Geräusch an den Füßen zu ignorieren, stieg ein und startete den Motor.

Sie zog Schuhe und Socken aus, drehte die Heizung voll auf und stellte das Gebläse auf die höchste Stufe. Die Socken wrang sie aus und drapierte sie über den Lüftungsschlitzen auf dem Armaturenbrett, die Schuhe stellte sie vor den Beifahrersitz.

Was sollte sie jetzt tun? Einfach hier sitzen bleiben und warten, ob Vanessa Lasse-Harmsen in den zwei Stunden, die Helene hatte, bis sie ihre Chefin würde abholen müssen, nach Hause kam?

Eigentlich könnte sie die Zeit besser nutzen, um sich rasch irgendwo ein Paar preiswerte Schuhe zu kaufen. Und neue Socken wären auch eine gute Idee. Ihre Sachen würden heute kaum mehr trocken werden, gestand sie sich missmutig ein.

Der Privatanschluss des Politikers stand natürlich in keinem Telefonverzeichnis, aber sie hatte die Witwe gestern nach der Geheimnummer gefragt und diese auf ihrem Handy gespeichert.

Als der Anrufbeantworter sich meldete, forderte sie Vanessa Lasse-Harmsen unmissverständlich dazu auf, sofort anzurufen, wenn sie wieder im Hause wäre.

Im Sophienhof, dem großen Einkaufszentrum mitten in der Stadt, wurde Helene rasch fündig.

Als sie ins Parkhaus zurückkehrte, hatte sie frische Socken an den Füßen, die in nagelneuen Sportschuhen steckten. Wundersamerweise hatte es in dem Schuhgeschäft sogar eine leidliche Auswahl an Damenschuhen in Größe zweiundvierzig gegeben. Der Hit waren sie nicht, diese hellbraunen Treter, aber erschwinglich.

Rasch überflog sie die Titelseite einer Boulevardzeitung, deren Schlagzeile ihr an einem Kiosk im Sophienhof ins Auge gestochen war. *Kieler Spitzenpolitiker ermordet*, stand da. Und darunter, nur wenig kleiner gedruckt: *Wer tötete den Vertrauten des Ministerpräsidenten?*

Viele Fakten enthielt der reißerische Artikel nicht, dafür gab es ein Foto des Opfers, das ihn bei der Eröffnung der letzten Kieler Woche neben dem schleswig-holsteinischen Landeschef zeigte.

Helene riss die Zeitung auseinander. Die Titelseite hob sie auf, den Rest knüllte sie zu kleinen Bällchen, die sie in ihre nassen Schuhe stopfte. Wahrscheinlich waren die Dinger so noch zu retten. Das Beste vermutlich, was dieses Druckerzeugnis heute bewirken würde …

Was sollte sie nun mit den fast einundhalb Stunden anfangen, die ihr noch blieben, bis sie zum LKA zurückfahren musste? Wieder zu Harmsens Villa fahren, um dann womöglich festzustellen, dass die gnädige Frau immer noch nicht geruhte, zu Hause zu sein? Telefonisch gemeldet hatte sie sich bisher noch nicht.

Plötzlich fiel Helene ein, dass sie nur fünf Autominuten entfernt war vom Düsternbrooker Weg. Und da stand das Gebäude des Wirtschaftsministeriums, eigentlich ja Ministerium für Wirtschaft, Arbeit, Verkehr und Technologie. Es war doch eine viel bessere Idee, dort vorbeizuschauen, fand sie spontan.

Sie förderte einen Notizzettel aus den Tiefen ihrer Umhängetasche zutage, fand darauf die Telefonnummer von Harmsens Büro und gab sie in ihr Smartphone ein.

»Helene Christ, Kriminalpolizei«, meldete sie sich, nachdem eine Vorzimmerdame sie zur persönlichen Referentin des Staatssekretärs durchgestellt hatte. »Passt es Ihnen, wenn ich jetzt gleich zu Ihnen komme? Wir hatten Sie ja wissen lassen, dass wir mit Ihnen sprechen müssen.«

Und so stand Kriminaloberkommissarin Christ wenig später im Büro von Sylvia von Graden und bewunderte die herrliche Aussicht über die Kieler Förde und die eindrucksvollen Werftanlagen am anderen Ufer.

»Setzen Sie sich doch bitte«, sagte die Referentin, wies auf die kleinen Sessel, die so im Raum standen, dass man auch von dort den Ausblick aus den tiefen Fenstern genießen konnte, und nahm selbst in einem davon Platz. »Sie werden verstehen, dass ich noch völlig geschockt bin. Aber natürlich werde ich Ihnen Ihre Fragen beantworten, so gut es geht.«

Die persönliche Referentin des Staatssekretärs war noch recht jung, etwa Mitte dreißig, schätzte Helene. Nichts ›Ministeriales‹ gab es an ihr, nichts Abgehobenes. Ein eher sportlicher Typ mit einer modischen Kurzhaarfrisur, mittelgroß, von ungekünstelter Art.

»Wie lange haben Sie denn mit Herrn Dr. Harmsen zusammengearbeitet?«, eröffnete die Oberkommissarin das Gespräch.

»Seit fast zwei Jahren«, sagte Sylvia von Graden. »Und um Ihnen den Job zu erleichtern, sage ich es Ihnen gleich: Ja, er hat mich sehr gefördert, und ja, ich habe ihn bewundert – das ist ein offenes Geheimnis. Er war ein …«, eine winzige Pause, ein fast unmerkliches Schlucken, »… ein hochintelligenter Mann, ein fordernder Chef, doch er hat mir vertraut.

Aber: Nein, wir hatten keinerlei persönlichen Kontakt außerhalb der Arbeit. Und schon gar kein Verhältnis – das wollten Sie bestimmt gern wissen.«

Helene lächelte leicht. »In der Tat, das sehen Sie ganz richtig. In einem Mordfall, selbst wenn es sich um ein so prominentes Opfer handelt, spielen oftmals private Beziehungen für die Ermittlungen eine Rolle. Danke deshalb für Ihre Klarstellung. Nur eine Nachfrage dazu ...« Sie beugte sich leicht vor und fasste die junge Frau im Sessel gegenüber fest in den Blick. »Stimmt das denn auch?«

»Wie bitte?«, fragte von Graden sichtlich konsterniert. »Was meinen Sie?«

»Nun, Sie geben mir sofort bereitwillig Auskunft zu Fragen, die ich noch gar nicht gestellt habe. So etwas erleben Kriminalbeamte nicht oft. Da fragt man sich natürlich automatisch nach dem Wahrheitsgehalt. Nehmen Sie's mir nicht übel.«

Die Referentin stand auf, trat an das Fenster und sah hinaus. »O ja, es stimmt.« Sie wandte sich zu Helene um. »Ich habe das nur sofort klargestellt, weil ich vermute, dass Sie sich auch für das Privatleben des Staatssekretärs interessieren werden.«

»Wie kommen Sie darauf?«

»Sie suchen doch seinen Mörder – oder haben Sie schon jemanden in Verdacht?«

Die Oberkommissarin ging nicht auf die Frage ein. »Sie glauben also, dass der Täter im privaten Umfeld des Opfers zu finden ist, richtig?«

Sylvia von Graden zuckte mit den Schultern. »Was weiß ich? Ich kann mir aber kaum etwas anderes vorstellen.«

»Wieso denn nicht?«

»Weil ich über alle dienstlichen Angelegenheiten bestens Bescheid weiß, mit denen sich der Staatssekretär befasst hat.« Die Referentin sah Helene fest in die Augen. »Und ich weiß von nichts, was als Mordmotiv taugte.«

»Dazu hätte ich noch ein paar Fragen, aber erst einmal: Was wissen Sie denn über Dr. Harmsens Privatleben?«

»Nicht allzu viel. Ich vermute, doch das ist nur mein subjektiver Eindruck, dass seine Ehe nicht mehr glücklich war.«

»Woraus schließen Sie das?«

»Eine oder zwei Bemerkungen, die er fallen ließ. Und man schnappt mal einen Satz aus einem Telefonat auf.« Die junge Frau hob die Hände. »Ach, Sie wissen sicher, was ich meine. Man bekommt einfach ein Gefühl dafür, wenn man täglich so eng zusammenarbeitet.«

Helene nickte. »Ja, ich verstehe. Konkret gefragt: Hatte er ein Verhältnis?«

Die unverblümte Direktheit schien die Referentin nicht aus der Ruhe zu bringen. »Wie schon gesagt: mit mir nicht. Aber was er ansonsten ... und ob er überhaupt ...« Sie schüttelte den Kopf. »Nein, keine Ahnung. Er hat manchmal Verabredungen getroffen, wenn er mit seiner Yacht rausgefahren ist, das habe ich mitbekommen. Aber keine Ahnung, mit wem.«

Sie habe niemals Namen gehört, meinte von Graden weiter, und nein, sie könne auch nicht sagen, wie häufig Harmsen Besuch auf seinem Boot mitgenommen habe. Sehr diskret sei er gewesen, was solche Dinge betraf.

»Aber Sie vermuten, dass da etwas lief«, stellte Helene nüchtern fest.

»Ich weiß es wirklich nicht«, widersprach Sylvia von Graden mit fester Stimme. »Und ich werde auch nicht spekulieren. Mehr kann ich dazu nicht sagen.«

»Waren Sie selbst eigentlich auch mal auf der Yacht?« Helene achtete genau auf die Miene der jungen Frau.

Die Frage aber schien von Graden nicht zu beeindrucken. Sie lächelte nur leicht und erwiderte ohne Scheu: »Sogar mehrmals, aber immer nur kurz. Zuletzt erst vor etwa vierzehn Tagen, zusammen mit anderen engen Mitarbeitern des Chefs. Hin und wieder hat er uns zu einem kleinen Törn nach Feierabend eingeladen. Einmal auf der Förde bis in die Stadt und wieder zurück – so was eben. Danach wurde meistens ein Imbiss an Bord geliefert, wir haben was getrunken und uns zwanglos unterhalten. Er mochte das.«

»Klingt nach einem tollen Vorgesetzten«, rutschte es Helene heraus.

Von Graden schluckte hart, biss sich auf die Unterlippe und brachte leise »Ja, das war er« heraus.

»Tut mir leid.« Die Oberkommissarin räusperte sich. »Gut, dann lassen Sie uns jetzt über seine Arbeit sprechen. Gab es irgendwelche Probleme bei Projekten? Oder Streitigkeiten bei der Bewilligung von Fördermitteln – enttäuschte Antragsteller, so etwas in der Richtung?«

Die Referentin schien sich ihre Erwiderung genau zu überlegen. »Einige Dinge hier unterliegen natürlich der Geheimhaltung, daher …«

»Lassen Sie diesen Unsinn«, schnitt Helene ihr scharf das Wort ab. »Ich habe den Mord an Ihrem ehemaligen Chef aufzuklären. Kommen Sie mir also nicht mit ›Geheimhaltung‹. Sie haben mir alles zu sagen, was ich von Ihnen wissen will. Oder brauchen Sie dazu eine dienstliche Anweisung?«

Eine leichte Röte überzog das Gesicht der jungen Frau. Sie hob Helenes Visitenkarte vom Tisch auf, warf einen Blick darauf und sagte: »Frau Christ, Sie verstehen mich falsch. Ich habe nicht vor, Ihnen etwas zu verschweigen oder zu verheimlichen. Aber es geht hier um Dimensionen, die …« Sie brach ab und holte tief Luft. »Sie können sich vermutlich nicht vorstellen, welche Tragweite, welche … Größenordnung manche Unternehmungen haben, in die das Ministerium eingebunden ist. Und natürlich die Wirtschaftsförderungsgesellschaft Schleswig-Holstein. Über die laufen die Planungen, die Beratungen und auch die Anträge auf Fördermittel. Derzeit gibt es über ein Dutzend Projekte im Land, und weitere sind in der Planung. Jedes einzelne davon ist eine Millioneninvestition.«

»Die Wirtschaftsförderungsgesellschaft gehört doch dem Land, oder?«

»Das ist eine GmbH. Das Land ist Mehrheitsgesellschafter mit einundfünfzig Prozent.«

»Und in jedem dieser Projekte stecken wirtschaftliche Interessen von Menschen, handfeste materielle, sogar existenzielle«, stellte Helene nüchtern fest. »Es geht um sehr viel Geld, um Planungen, um Investoren, um Nutznießer öffentlicher Mittel – um solche Dinge eben.«

In diesem Moment wurde der Oberkommissarin plötzlich klar, dass sie es nicht schaffen würde. Diesmal nicht. Durch dieses Dickicht allein durchzusteigen, mögliche Unstimmigkeiten ans Licht zu bringen und dabei, vielleicht, ein Mordmotiv zu entdecken, dazu würde sie niemals in der Lage sein. Dazu brauchte es ausgefuchste Fachleute, wie nur das LKA sie hatte.

»Genau richtig«, sagte von Graden.

»Haben Sie da einen Namen? Ich meine jemanden bei der Wirtschaftsförderungsgesellschaft, an den ich mich wenden kann?«

»Geschäftsführerin ist Susanne Krefft. Sie steht, äh, stand in engem Kontakt mit dem Staatssekretär.«

Helene notierte sich den Namen. »Fällt Ihnen spontan jemand ein, der durch eine Entscheidung des Staatssekretärs einen persönlichen Nachteil hatte? Sie wissen schon, jemand, der so etwas wie Hass gegen ihn hat hegen können?«

»Ich weiß nicht.« Sylvia von Graden rieb sich das Kinn. »Natürlich gibt es immer Enttäuschte ...« Sie fuhr auf. »Ja, da fällt mir tatsächlich jemand ein. Aber dass der einen Mord ... nein, das kann ich mir nicht ...«

»Sagen Sie einfach, an wen Sie denken!«

»Es gibt da einen Arzt, einen Professor. Er hatte einen vorläufigen Förderbescheid für den Neubau seiner Klinik. Der wurde aber später widerrufen. Das ist auch durch die Presse gegangen. Der Mann hat Bankrott gemacht. Er ist ein paarmal hier aufgetaucht, meistens ziemlich betrunken, und hat den Staatssekretär belästigt. Einmal ist sogar seine Ehefrau hergekommen, übrigens auch eine Ärztin, und hat ihren Mann abgeholt. Herr Harmsen hatte mich gebeten, sie anzurufen, weil er sich nicht anders zu helfen wusste. Sehr unangenehm, das Ganze.«

»Wissen Sie, warum die ursprünglich erteilte Zusage von Fördermitteln wieder einkassiert wurde?«

»Nicht offiziell. Aber ich habe Gerüchte gehört, das schon.«

»Welche?«

»Nun, man hat wohl eine aktuelle Bonitätsprüfung gemacht. Und dabei sind Sachen ans Licht gekommen, die den Banken nicht gefallen haben.«

»Bitte, Frau von Graden, lassen Sie sich nicht alles aus der Nase ziehen! Was für ›Sachen‹?«

Die Referentin hob in einer Geste scheinbarer Hilflosigkeit kurz ihre Arme. »Er soll alkoholkrank sein und bereits eine Reihe von ruinösen Investitionen getätigt haben, bevor er das Projekt seines Klinikneubaus in Angriff nehmen wollte. Wahrscheinlich war er den Geldinstituten nicht solide genug. Das nehme ich jedenfalls an.«

»Der Name des Mannes?«

»Prof. Rimmeck heißt er, Klaas mit Vornamen, wenn ich mich nicht irre.«

Während Helene sich auch das notierte, ertönte *Sing Me to Sleep* aus ihrem Smartphone. *Brenneke* stand auf dem Display. »Entschuldigung, ich muss kurz rangehen«, murmelte sie und nahm das Gespräch an.

»Wenn es irgendwie geht, sollten Sie bitte sofort herkommen«, sagte die Hauptkommissarin. »Wir haben die Bildung einer gemeinsamen Sonderkommission verabredet und sind mitten in der Planung. Machen Sie einfach Schluss bei der Witwe. Mit der können wir auch später noch sprechen.«

»Ich bin unterwegs«, antwortete Helene. Sie verspürte nicht das geringste Bedürfnis, sich vor fremden Ohren mit ihrer neuen Chefin zu streiten, weil sie eigenmächtig schon ins Ministerium gefahren war. »Sorry, man will mich dringend im Landeskriminalamt sehen«, erklärte sie im Aufstehen. »Sie werden damit rechnen müssen, dass Kriminalbeamte des LKA sich in Kürze bei Ihnen melden, um Einsicht in alle wichtigen laufenden Projekte zu nehmen. Wir müssen herausfinden, ob sich dort ein Mordmotiv findet. Können Sie bitte eine Liste der aktuellen Projekte erstellen, an denen Herr Dr. Harmsen gearbeitet hat? Natürlich auch derjenigen, die geplatzt sind, weil er keine Mittel dafür genehmigen konnte oder wollte. Sie können sich vorstellen, was uns dabei interessiert: vor allem die Namen der Personen, die maßgeblich betroffen oder beteiligt sind. Oder waren.«

Von Graden nickte. »Mache ich, kein Problem. Ich werde die Liste aber dem Minister vorlegen müssen, bevor ich sie an die Polizei weitergebe.«

»Tun Sie das. Sie werden ein offizielles Schreiben dazu von der Staatsanwaltschaft bekommen.«

Die persönliche Referentin lächelte erleichtert. »Dafür bin ich Ihnen dankbar. Und übrigens: Bitte vergessen Sie auch die Partei nicht – vor allem die sogenannten Parteifreunde.«

Helene hatte die Türklinke schon in der Hand. Jetzt drehte sie sich überrascht um. »Wie meinen Sie das?«

»Sie wissen wahrscheinlich, dass Herr Harmsen der kommende Mann seiner Partei war. Hat viele überflügelt, die sich eine eigene Karriere ausgerechnet hatten. Damit macht man sich Feinde.«

»Gibt es auch Namen?«

»Ich weiß nicht recht.« Die Referentin zierte sich. »Wenn Sie mich so fragen ...«

»Genau das tue ich gerade.«

»... fällt mir zuerst der Name Krefft ein.«

»Krefft?« Helene vergewisserte sich auf ihrem Collegeblock. »Sie sagten gerade, eine Susanne Krefft sei die Chefin der Wirtschaftsförderungsgesellschaft, oder?«

»Chefin würde ich sie nicht nennen. Sie ist Geschäftsführerin, ja. Aber weil das Land die Mehrheit der Anteile hält, hat der Wirtschaftsstaatssekretär dort Einblick in alle Vorgänge, sitzt sogar im Aufsichtsrat. Da kam es meines Wissens durchaus hin und wieder zu Meinungsverschiedenheiten.«

»Sehe ich es richtig, dass es auch persönliche Differenzen zwischen Frau Krefft und Ihrem Chef gab?«, hakte die Oberkommissarin nach.

»Nun ja ...« Die junge Frau fühlte sich erkennbar unwohl. Es sah so aus, als bedauere sie bereits, das Thema Partei überhaupt aufgebracht zu haben. »Ja, durchaus. Frau Krefft ist älter als Herr Harmsen. Und viel länger in der Partei. Ich kann mir vorstellen, dass sie der Meinung ist, sie selbst hätte zur Staatssekretärin ernannt werden müssen. Aber bitte ...«, sie hob die Arme und streckte Helene abwehrend beide Handflächen entgegen, »... das sind nur meine eigenen Schlussfolgerungen.«

»Damit wollen Sie sagen, Hark Ole Harmsen hätte niemals etwas verlauten lassen, was Sie zu dieser Annahme veranlasst? Das nehme ich Ihnen nicht ab.«

»Doch, doch, das eine oder andere Mal hat er schon etwas in der Richtung gesagt. Und außerdem haben sie sich ja manchmal gestritten da drinnen.« Sie wies auf die offene Tür hinter ihr, durch die man in das geräumige Staatssekretärsbüro sehen konnte. »Eigentlich sogar ziemlich häufig.«

»Ich weiß sehr zu schätzen, dass Sie mir das sagen. Muss nicht leicht sein für Sie. Danke für Ihre Offenheit«, sagte Helene. »Ach ja, gerade fällt mir ein: Gibt es hier Fotos von den Leuten, mit denen Ihr Chef zu tun gehabt hat? Ich meine Aufnahmen von Empfängen oder auch Pressefotos – so was eben?«

»Klar, in Dr. Harmsens Büro hängen viele Fotos an den Wänden«, erwiderte Sylvia von Graden. »Aber ich habe natürlich auch eine Menge Presseartikel und Bilder als Dateien auf dem PC.«

»Genau die hätte ich gern. Ein Foto von jedem, über den wir gerade gesprochen haben, und von Mitarbeitern, die Dr. Harmsen zuarbeiteten. Immer mit dem Namen und der jeweiligen Funktion versehen. Schicken Sie mir die Dateien bitte gleich an meine Mailadresse. Steht auf der Visitenkarte, die ich Ihnen gegeben habe.«

»Mach ich. Ich fürchte, all die Bilder in seinem Büro werden demnächst sowieso abgenommen«, sagte von Graden plötzlich mit belegter Stimme. »Bestimmt wird das ganze Büro bald ausgeräumt. Es ist einfach ... unfassbar.«

Helene warf ihr einen schnellen Blick zu. Da war jemand tief getroffen, das fühlte sie. Auch sie hatte auf einmal einen Kloß im Hals, und die richtigen Worte wollten ihr einfach nicht einfallen. Daher streckte sie nur ihre Hand aus und verabschiedete sich rasch.

14

»Selbstverständlich ist dies ein Fall für das LKA«, erklärte Kriminaldirektor Pasenke mit Überzeugung. »Der Ministerpräsident hat bereits heute Morgen angerufen und sich über den Stand der Ermittlungen informieren lassen.«

»Was haben Sie dem denn erzählt?«, entfuhr es Helene, die sich dafür einen strafenden Blick von Hauptkommissarin Brenneke einfing.

»Nicht allzu viel«, antwortete der LKA-Beamte reserviert. »Wir waren schließlich kaum informiert. Bisher lagen die Ermittlungen ja allein in der Verantwortung der Bezirkskriminaldirektion Flensburg.«

Er sprach den Namen ihrer Dienststelle auf eine Weise aus, dass man vermuten konnte, es handele sich dabei um den verschlafenen Polizeiposten eines längst vergessenen Kaffs am Ende der Welt, fand Helene und wollte gerade zu einer forschen Entgegnung ansetzen, da sagte Jasmin Brenneke schnell: »Die Leiche wurde im Zuständigkeitsbereich der Flensburger Kripo gefunden, also hat die auch die Ermittlungen übernommen, Herr Pasenke.«

»Ist ja in Ordnung«, räumte der Beamte ein. »Ab sofort ist das LKA aber mit im Boot. Wir werden uns die Aufgaben teilen. Ich habe das bereits mit Ihrem Chef telefonisch abgesprochen. Es darf kein Kompetenzgerangel geben, schon gar nicht in diesem Fall.«

»Was heißt das denn konkret?«, fragte Helene.

»Das LKA stellt ab sofort zwei Ermittler für die Sonderkommission ab und übernimmt natürlich die Federführung. Außerdem halten sich unsere Spezialisten für Wirtschaftskriminalität zur Verfügung, falls die Ermittlungen in dieser Richtung etwas ergeben sollten.« Er hielt kurz inne. »*Falls* betone ich ausdrücklich. Noch tappen Sie ja wohl im Dunkeln, was die Motivlage betrifft, oder?«

Betont sachlich sagte Helene: »Wir stehen noch ganz am Anfang unserer ...«

»Schon gut, ich weiß«, fiel ihr der LKA-Beamte ins Wort. »Also werden wir von nun an gemeinsam vorgehen. Ihr Chef hat vorgeschlagen, dass Frau Brenneke als Verbindungsglied zwischen unseren Dienststellen fungiert, weil sie sich im LKA ja bereits auskennt. Außerdem soll sie den ständigen Kontakt zum Büro des Ministerpräsidenten sicherstellen.« Er sah die Hauptkommissarin direkt an. »Und auch die Presse- und Informationsarbeit läge in Ihrer Verantwortung. Gut, dass Sie die nötige Erfahrung in derart ... sensiblen Angelegenheiten haben.«

»Wenn Sie meinen«, erwiderte Brenneke bescheiden, aber Helene sah ihr an, dass ihr dieser Vorschlag gefiel. »Das hieße allerdings, dass ich mich nicht persönlich in die laufende Ermittlungsarbeit einbringen könnte.«

»Ist mir schon klar. Das ist auch nicht mehr Ihre Aufgabe. Sie koordinieren die Arbeit der Sonderkommission und vertreten sie nach außen. Dem stimmt, wie ich schon sagte, Ihr

Chef in Flensburg ausdrücklich zu. Er ist sich sicher, dass Oberkommissarin Christ die Ermittlungen dort selbst leiten kann. Natürlich steht und fällt alles mit einer sauberen Kommunikation zwischen den beteiligten Dienststellen.«

»Natürlich«, wiederholte Hauptkommissarin Brenneke eifrig, und Helene nickte artig. Nie hätte sie gedacht, einmal von solch einem warmen Gefühl der Zuneigung für den Leiter der Bezirkskriminaldirektion Flensburg überfallen zu werden wie in diesem Augenblick.

»Wo werde ich denn arbeiten?«, wollte Jasmin Brenneke wissen.

»Es ist sinnvoll, wenn Sie wieder ins LKA zurückkehren. Natürlich nur, bis dieser Fall abgeschlossen ist. Aber Sie sollten sich nicht örtlich binden, sondern sich bei Bedarf auch in Flensburg einen Einblick in die Ermittlungen verschaffen«, erwiderte Pasenke und stand auf. »Alles Weitere werden wir gleich noch klären. Die Kollegen versammeln sich gerade im Besprechungsraum. Sie können dort den bisherigen Sachstand vortragen. Danach legen wir sofort los mit der Planung.«

Erst am Nachmittag kamen die beiden Kriminalbeamtinnen wieder auf den Parkplatz zurück – Hauptkommissarin Brenneke sogar eine halbe Stunde später als Helene. Kriminaldirektor Pasenke hatte die frischgebackene ›Koordinatorin‹ noch unter vier Augen sprechen wollen.

Die Konferenz war nach etwa zwei Stunden zu Ende gegangen. So lange hatte es gedauert, bis sämtliche Fakten, vor allem die Ergebnisse der Spurensicherung, die Details zu den kriminaltechnischen Fragen und der Bericht des forensischen Pathologen, gründlich besprochen und die möglichen Ansätze für das weitere Vorgehen ausdiskutiert waren. Immerhin hatte es laufend Nachschub an Kaffee und Mineralwasser gegeben, und es waren sogar ein paar Tabletts mit belegten Brötchen auf den Tisch gestellt worden.

So sehr Helene auch froh war über die wahrhaft glückliche Wendung, was die Funktion von Jasmin Brenneke betraf, so sehr ging ihr allerdings ihre neue Rolle als Zuarbeiterin fürs LKA gegen den Strich.

Ganz hinten in ihrem Kopf rührte sich kurz die Einsicht, dass auch in diesem Punkt die Zeit mit Edgar Schimmel Spuren hinterlassen hatte, dass sie vermutlich von derselben Aversion gegen übergeordnete Dienststellen befallen war wie ihr Lehrmeister.

Dessen Eigensinn war sprichwörtlich gewesen, und nur seine unbestreitbaren Ermittlungserfolge hatten die Vorgesetzten über seine Starrköpfigkeit hinwegsehen lassen. Verziehen hatte man ihm diese offensichtlich nie, sonst wäre er nicht erst zum Hauptkommissar befördert worden, als er selbst schon nicht mehr damit gerechnet hatte.

»Alles wie erwartet«, sagte sie lakonisch, als die Hauptkommissarin zu ihr in den Wagen stieg, und steckte den Zündschlüssel ins Schloss.

»Wie bitte? Wie meinen Sie das?«

»Na, das LKA kümmert sich um die Politik, und wir machen die Arbeit. Darauf läuft es doch hinaus, oder?«

Die Hauptkommissarin schüttelte indigniert den Kopf. »Das kann man doch so nicht sagen, Frau Christ. Das Ganze hat eben auch politische Dimensionen. Aber ich werde schon aufpassen, dass die Ermittlungen nicht darunter leiden. Die Rückendeckung, die ich vom LKA habe, bekommen Sie natürlich auch von mir.«

»Dann ist es ja gut«, kommentierte Helene Christ in neutralem Ton. ›Rückendeckung‹, was für ein Wort. Offenbar befanden sie sich bereits mitten im politischen Ränkespiel. »Wir werden unsere Arbeit tun, so oder so. Wie in *jedem* Mordfall.«

»Selbstverständlich. Aber hier sind eben auch Fragen der Staatssicherheit berührt. Das liegt doch auf der Hand. Wurde schließlich eben im LKA ausgiebig thematisiert.«

»Mag sein, aber ...«

»Und bedenken Sie auch das Problem der Kommunikation!« Jasmin Brenneke sprach in einem Ton, als wäre Helene eine uneinsichtige, widerborstige Pubertierende. »Sie sehen doch selbst, wie sich die Boulevardpresse jetzt schon darauf stürzt. Aber noch schlimmer wird es, wenn die Nachrichtenmagazine und die seriösen Zeitungen erst zu graben anfangen. Ich werde von Anfang an darauf achten müssen, dass die Presse nicht zu viel Schaden anrichten kann.«

Helene verkniff sich eine Erwiderung. Was für eine seltsame Vorstellung, man könne den investigativen Journalisten Daumenschrauben anlegen, als herrschten hierzulande Verhältnisse wie in Erdoğans Türkei.

Aber das war schließlich nicht ihr Baby. Mochte sich Jasmin Brenneke damit herumschlagen. Die schien ja geradezu beseelt von ihrer neuen Aufgabe als Tänzerin auf dem glitschigen politischen Parkett.

Helene hatte im Moment ein anderes Problem: Vor einer Stunde hatte sich Vanessa Lasse-Harmsen auf ihrem Smartphone gemeldet. Sie sei nur kurz in der Stadt gewesen, hatte sie behauptet, und zugesagt, jetzt im Haus zu bleiben, bis die Kriminalbeamtinnen zu ihr kämen.

Und genau das würde Helene nun zunächst einmal erklären müssen. Sie holte tief Luft. »Ich war übrigens gar nicht bei der Witwe, als Sie vorhin angerufen haben.« Nun war es endlich raus. »Die war nämlich nicht zu Hause. Dafür bin ich zu Harmsens persönlicher Referentin ins Wirtschaftsministerium gefahren, um keine Zeit zu verplempern.« Ihr war bewusst, dass sie sowieso schon in Ungnade gefallen war, da konnte sie diese Eigenmächtigkeit auch gleich zugeben.

»Das darf doch nicht wahr sein«, fuhr Brenneke auf. »Und das haben Sie eben den Kollegen des LKA gegenüber gar nicht erwähnt? Was denken Sie sich eigentlich?«

»Ich wollte es erst mit Ihnen besprechen«, erklärte Helene treuherzig.

»Aha. Hat er denn etwas gebracht, Ihr Alleingang?« Das war zu Helenes Erstaunen alles, was Brenneke fragte – wenn auch in einem eisigen Ton.

Helene bemühte sich um große Genauigkeit, als sie ihr Treffen mit Sylvia von Graden schilderte. Zum Schluss sagte sie: »Wir müssen vor allem die Fälle unter die Lupe nehmen, in denen der Staatssekretär eine öffentliche Förderung abgelehnt oder gar widerrufen hat, wie bei dem Klinikprojekt. Es geht immer um Geld, um einen Haufen Geld.«

»Sie vermuten da das Motiv des Täters?«

»Es ist eine Möglichkeit«, gab Helene zurück. »Aber natürlich müssen wir auch in Harmsens privatem Umfeld ermitteln. Mich interessiert vor allem das Verhältnis der Ehefrau mit dem Immobilienhändler aus Flensburg. Ganz abgesehen von den üblichen Motivlagen – Sie wissen schon: Hass, Eifersucht, Rache – gibt es da noch einen anderen Aspekt.«

»Und welchen?«

»Nun, wenn Schrader mit seiner Firma zum Beispiel an Baumaßnahmen beteiligt ist, für die wiederum das Wirtschaftsministerium öffentliche Mittel bereitstellt, könnte es einen Konflikt zwischen geschäftlichen Interessen und privaten ... sagen wir: Feindseligkeiten gegeben haben.«

»Mag sein, aber wir müssen dabei außerordentlich behutsam und diskret vorgehen, damit ...«

»Wir müssen so vorgehen, wie es angemessen ist, um den Mord aufzuklären«, unterbrach Helene brüsk. So langsam ging ihr diese Leier auf die Nerven. »Und dafür ist es wichtig, dass der Staatsanwalt sofort eine entsprechende Anforderung an den Minister schickt. Sonst beißen wir auf Granit, was die Offenlegung der Projekte des Ministeriums betrifft. Übrigens werden wir uns auch bei der Wirtschaftsförderungsgesellschaft des Landes sehr genau umsehen müssen.«

»Ich werde das veranlassen, in Absprache mit dem LKA natürlich«, erwiderte die Chefin. »Sie haben ja gehört, was Kriminaldirektor Pasenke gesagt hat: Die Spezialisten für

Wirtschaftskriminalität stehen uns bei Bedarf zur Seite.« Sie stockte. »Nicht, dass ich behaupte, es gäbe diesen Bedarf. Aber wenn es tatsächlich um Finanzdelikte gehen sollte ...«

»... würde ich sowieso immer das LKA hinzuziehen«, ergänzte Helene. »Ich kenne meine Grenzen. Wichtig ist, dass die Kollegen vom LKA bei der Wirtschaftsförderungsgesellschaft – und natürlich auch im Ministerium – alle Akten zu Projekten der letzten Zeit genau unter die Lupe nehmen, die mit größeren Geldflüssen oder mit anderen öffentlichen Engagements, zum Beispiel mit Kreditbürgschaften des Landes, zu tun haben. Und zwar auch solchen, die nicht geklappt haben, weil die Anträge abgelehnt wurden. Frau von Graden wird dazu eine Liste zusammenstellen, das hat sie mir zugesichert.«

»Gut. Überlassen Sie das mir. Ich sagte bereits, dass ich mich darum kümmere.«

»Und dann wäre da noch dieser Prof. Rimmeck, von dem Frau von Graden gesprochen hat. Der pleitegegangen ist, weil er eine angeblich bereits zugesagte Kreditbürgschaft des Landes nicht erhalten hat. Auch den sollten die Kollegen vom LKA einmal genau unter die Lupe nehmen und herausfinden, ob vielleicht der Staatssekretär persönlich dahintersteckt, dass der Mann kein Geld bekommen hat. Wäre ein handfestes Motiv für einen Rachemord.«

Die Hauptkommissarin notierte sich den Namen und nickte. »Ich werde das veranlassen.«

Eine Weile hing frostiges Schweigen zwischen den beiden Frauen, dann sagte Jasmin Brenneke: »Worauf warten wir denn noch? Fahren Sie jetzt bitte los. Ich werde Sie zu Herrn Dr. Harmsens Witwe begleiten. Danach können Sie nach Flensburg zurückkehren. Da warten schon die Kollegen auf Sie, die als Verstärkung in Ihr Team kommen.«

»Und Sie bleiben hier?«

»Ja, ich kümmere mich darum, dass Frau Lasse-Harmsen noch ihren Mann identifiziert. Ist zwar reine Formsache, muss aber eben sein. Und danach muss ich die Fäden hier im LKA aufnehmen und die Pressekonferenz vorbereiten.«

»Pressekonferenz? Wann soll die denn ...«

»Ist für morgen Vormittag angesetzt. Es wird einen ziemlichen Medienandrang geben.«

»Die findet bestimmt hier in Kiel statt, oder?«

»Natürlich. Wahrscheinlich sogar im großen Saal der Staatskanzlei.«

»Donnerwetter«, entfuhr es Helene.

»Der Ministerpräsident hat das gewünscht. Er will von Anfang an die Transparenz der Landesregierung in dieser Sache demonstrieren.«

»Aha. Und Sie werden dabei sein.«

»Nicht nur das, ich werde die Konferenz auch vorbereiten und den Ablauf organisieren.«

Helene nickte bloß. So also sahen die Vorstellungen dieser Frau aus, was das Sammeln von Erfahrungen in einer Mordkommission betraf.

Ihr sollte es recht sein.

15

»Weißt du, was hinter der Sache steckt?«

»Wie bitte? Was willst du von mir?«

»Hast du einen Verdacht, wer ihn ermordet haben könnte, und warum? Oder weißt du es sogar?«

Susanne Krefft schluckte. Der Mann hielt sich nicht mit langen Vorreden auf. Dafür war er bekannt, der junge Landesgeschäftsführer. »Was fällt dir ein, mir solche Fragen zu stellen?«, protestierte sie, wobei ihre Stimme immer noch den irritierend weichen, warmen Klang behielt, für den sie bekannt war.

»Dann eben anders formuliert: Der Wirtschaftsminister und vor allem der Ministerpräsident wollen wissen, ob Hark

Oles Tod irgendetwas mit seiner Arbeit im Ministerium zu tun haben könnte – oder mit unserer Partei.«

»Das fragen sie *mich*?«

»*Ich* frage dich.«

»Und warum ausgerechnet mich?«

»Ihr wart nicht gerade Freunde, Hark Ole Harmsen und du. Und trotzdem musstest du eng mit ihm zusammenarbeiten. Also weißt du mit Sicherheit auch, ob es da Dinge gibt, die man mit seinem Tod in Verbindung bringen könnte.«

»›Dinge‹? Was, zum Teufel, meinst du damit?«

»Stell dich doch nicht dumm. Du bist lange genug in unserem Geschäft, oder? Ein altes Schlachtross, das ...«

»Danke vielmals, bitte noch mehr solcher Komplimente!«

»Na, jedenfalls bist du mit allen Wassern gewaschen und viel zu gut vernetzt, um nicht genau zu wissen, worauf ich anspiele.«

»Bist du sicher, dass niemand dieses Gespräch mithören kann?«, fragte die Geschäftsführerin der Wirtschaftsförderungsgesellschaft alarmiert.

»Natürlich«, antwortete der Parteisekretär unwirsch. »Du siehst doch, von welcher Nummer ich anrufe. Zu deiner Information: Die Spezialisten vom LKA durchforsten gerade die Akten der Projekte, an denen Hark Ole dran war. Bestimmt werden sie im Zuge ihrer Ermittlungen auch bei dir auftauchen.«

»Ich habe keine Ahnung, worauf du hinauswillst«, gab sich die Frau naiv.

»Verdammt, Susanne, der Ministerpräsident will wissen, ob es etwas gibt, was uns in Schwierigkeiten bringen könnte.«

»›Uns‹?«

»Ja, die Regierung oder die Partei oder ...«

»... ihn selbst.«

»Ja, natürlich auch ihn selbst.«

»Ich denke, er braucht sich keine Sorgen zu machen.«

»Das denkst du also nur?«

»Na gut, das sage ich. Aber wieso fragst du eigentlich *mich?* Harmsen war doch nicht mein Vorgesetzter, und ich habe ihm auch nicht zugearbeitet. Die Gesellschaft, deren Geschäftsführerin ich bin, ist schließlich kein Regierungsorgan.«
Der Landesgeschäftsführer schnaufte unwillig auf. »Du brauchst mich nicht zu belehren. Wir wissen beide, dass die Wirtschaftsförderungsgesellschaft alle namhaften Investitionen mit dem Ministerium abstimmen muss. Und dass Hark Ole über die Bewilligung aller großen Summen allein entschieden hat.«
»Leider. Das ist der Webfehler in diesem System, wie ich schon hundertmal erklärt habe. Zu viel Macht für einen solchen Empor... äh, für einen einzelnen Mann.«
»Du musst dir keinen abbrechen. Jeder in der Partei weiß, dass du Hark Ole auf den Tod nicht ausstehen konntest und ...«
»Achte auf deine Worte, Mensch! Was für eine Formulierung, gerade jetzt, wo man ihn ermordet hat«, verwahrte sich Susanne Krefft, und ihre Stimme hatte nun den schmeichelnden Klang verloren.
»Aber es stimmt doch. Seit Jahren hat er dich bei den Wahlen zu allen wichtigen Parteiämtern ausgestochen, obwohl er keine weiblichen Reize einsetzen konnte.«
»Was fällt dir ein, du schmie...«
»Reg dich nicht auf. Ich sag ja gar nichts. Aber eines steht fest: Am Ende ist ausgerechnet er Staatssekretär geworden und nicht du.«
»Willst du mir etwa unterstellen, ich hätte ihn umgebracht? Das ist ja wohl ...«
»Reg dich nicht künstlich auf, liebe Susanne. Der Chef braucht absolute Sicherheit, dass keine politischen Motive hinter der Sache stecken. Irgendwelche kritischen Projektentscheidungen, vielleicht so etwas wie ... sagen wir mal: Vorteilsnahme oder andere Machenschaften dieser Art.«

Es passierte sehr selten, aber diese Unverblümtheit verschlug der alten Parteipolitikerin die Sprache. Zumindest kurzzeitig.

Dann schrie sie: »Du bist ja wohl völlig verrückt geworden! Willst du mir unterstellen, dass ich in Schweinereien verwickelt bin? Und dass ich diesen Fatzke deswegen um die Ecke gebracht habe?« Sie holte Luft. »Verdammt noch mal, ja, ich konnte ihn nicht ausstehen und ich weine ihm keine Träne nach. Er war ein selbstgefälliges, arrogantes Arschloch. Und ich traue ihm jede Sauerei zu, jede. Aber ich habe weder etwas mit seinen potenziellen Klüngeleien zu tun noch mit seinem Tod. Merk dir das!«

»›Klüngeleien‹? Also gab es da doch etwas, von dem du weißt.«

»›Potenzielle‹ habe ich gesagt. Aufgefallen ist mir nichts Konkretes. Harmsen hat geschaltet und gewaltet wie ein Autokrat. Ich hatte allerdings den Eindruck, dass ihn in den letzten Tagen etwas belastet hat.«

»Interessant. Hast du ihn darauf angesprochen?«

»Ich? Was für eine Idee. Auf meine Meinung hat er doch gepfiffen.«

»Also weißt du nicht, was ihn umgetrieben haben könnte?«

»Keine Ahnung. Außerdem würde ich nie meine Hand für ihn ins Feuer legen, aber ein Motiv, ihn zu ermorden, kann ich nirgendwo erkennen. Mal abgesehen davon, dass er ein Widerling war.«

»Andere sehen das nicht so. Okay, Susanne, entschuldige, dass ich so hartnäckig bin. Aber wir müssen es wissen. Wenn da etwas wäre, das auf uns zurückfallen könnte, würdest du es uns auf jeden Fall sagen, nicht wahr?«

»Ja, verdammt noch mal.«

»Es gibt also nichts, was die Finanz- und Wirtschaftsspezialisten des LKA oder die Geier von der Presse ausgraben könnten, diese sogenannten investigativen Journalisten. Darauf können wir uns hundertprozentig verlassen?«

»Ich weiß von nichts Derartigem. Das darfst du auch gleich brühwarm dem Ministerpräsidenten ins Ohr flüstern.«

»Das ist meine Aufgabe«, sagte der Landesgeschäftsführer schlicht. In freundlichem Ton fuhr er fort: »Ich soll dich übrigens von ihm grüßen.«

»Danke, grüß zurück. Was immer hinter dieser Sauerei stecken mag, die Regierung wird dadurch nicht beschädigt. Und die Partei schon gar nicht, da bin ich sicher. Sag ihm das bitte.«

»Er wird sich freuen, das zu hören, Susanne. Und wer weiß, vielleicht entwickelt sich die Sache ja durchaus zu deinem Vorteil.«

»Wie meinst du das?«, hakte die Frau misstrauisch nach.

»Na ja, wir werden einen neuen Staatssekretär brauchen – oder auch eine Staatssekretärin. Und diesmal hättest du keinen gefährlichen Gegenkandidaten, wenn es um die Neubesetzung dieses Dienstpostens im Wirtschaftsministerium geht.«

»Sag das bloß nicht zu laut.« Susanne Krefft lachte geziert. »Für die Kripo klänge das nach einem klassischen Mordmotiv.«

»Ich weiß.«

16

Heute stand kein Audi mit Flensburger Kennzeichen vor der Tür, die sofort geöffnet wurde, kaum dass Helene den Klingelknopf losgelassen hatte.

Die Witwe trug Schwarz. Einzig der Seidenschal, den sie locker um den Hals geschlungen hatte, war hellgrau.

Die Oberkommissarin hätte darauf gewettet, dass der elegante Hosenanzug ein ebenso teures Kleidungsstück war wie die italienischen Pumps, in denen Vanessa Lasse-Harmsen vor den beiden Kriminalbeamtinnen ins Wohnzimmer stöckelte. Die Vorstellung, in solchem Schuhwerk durch die

Gegend laufen zu müssen, löste einen Anflug von Panik in Helene aus.

Hauptkommissarin Brenneke sprach mit der Witwe zunächst den Termin zur Identifizierung des Opfers ab und meldete dann ihren Besuch telefonisch im gerichtsmedizinischen Institut an. »Ich werde Sie selbstverständlich begleiten, wenn Sie nachher dort hinfahren«, erklärte sie.

»Danke«, hauchte die Frau, zog ein weißes Taschentuch hervor und knetete es in ihren Händen.

»Zunächst aber brauchen wir noch ein paar Antworten von Ihnen«, stellte die Oberkommissarin klar und schoss gleich ihre erste Frage ab: »Warum waren Sie heute Vormittag nicht im Haus?«

Die Witwe zuckte zusammen, wie die Hauptkommissarin auch, und flüsterte: »Ich glaube nicht, dass ich in den nächsten Tagen arbeiten kann, das verstehen Sie sicher. Deshalb war ich kurz in der Firma, habe mein aktuelles Projekt an einen anderen Mitarbeiter übergeben und ihn in die Details eingewiesen.« Sie blickte Helene vorwurfsvoll an. »Aber das habe ich Ihnen doch schon am Telefon ...«

»Das erklärt allerdings nicht, warum Sie den ganzen Vormittag unterwegs waren. Außerdem wussten Sie doch, dass wir Sie noch einmal sprechen wollten.«

»Ich war noch in einigen Geschäften, um passende Kleidung für ... also, für den Anlass ...« Sie führte das Taschentuch sachte an ihre Augen. »Dass Sie noch einmal herkommen wollten, hatte ich wohl vergessen.«

»Vergessen?« Helene holte Luft, aber Jasmin Brenneke ließ sie nicht zu Wort kommen, sondern warf dazwischen: »Wie dem auch sei, nun sind wir ja hier.«

Dankbar nickte die Witwe ihr zu.

»Warum ist denn Herr Schrader heute gar nicht bei Ihnen?«, wollte Helene wissen und ignorierte den bösen Blick ihrer Vorgesetzten. »Ich hätte gedacht, dass er sich ein wenig um Sie kümmert in diesen schweren Stunden.«

»Wie kommen Sie darauf?«, fragte die Frau in Schwarz aufgebracht. »Herr Schrader war gestern nur zufällig ...«

»Sind Sie da sicher?«, fiel ihr Helene unbarmherzig ins Wort. »Nach einem zufälligen Besuch sah das ganz und gar nicht aus.«

»Was geht Sie das überhaupt an? Das ist meine Privatsache. Ich verbitte mir ...«

»Das steht Ihnen frei«, unterbrach Helene kalt. »Allerdings geht es hier um Mord. Übrigens dem an Ihrem Ehemann, wenn ich Sie wirklich daran erinnern muss. Und da spielt Ihr Privatleben durchaus eine wichtige Rolle in unseren Ermittlungen. Also: Haben Sie ein Verhältnis mit Herrn Schrader? Und wenn ja, wusste Ihr Ehemann davon?«

Übergangslos brach Vanessa Lasse-Harmsen in Tränen aus. »Wollen Sie mir etwa unterstellen, ich hätte etwas mit Hark Oles Tod zu tun?«, schluchzte sie.

Die Hauptkommissarin sprang ihr bei: »Ich denke, es besteht keine Veranlassung für ein solch scharfes Verhör, Frau Kollegin.«

Was weißt du schon von scharfen Verhören?, dachte Helene. Dies war eine andere Welt als die Verfolgung von Straftaten via Internet oder die Erarbeitung von Sicherheitskonzepten. Dies war die Welt von Mord und Totschlag, von niedrigen Motiven, von Habgier und Eifersucht, die schmutzige Welt des Alltags.

Vanessa Lasse-Harmsen spielte ihnen eine Komödie vor, das war klar zu erkennen. Mit Behutsamkeit und allzu viel Takt kam man hier nicht weiter.

Es machte Helene nicht den geringsten Spaß, jemanden unter Druck zu setzen, aber manchmal war das eben nötig, um die Deckung aufzureißen, hinter der ein Mensch seine Geheimnisse zu verbergen versuchte. Denn das tat diese Frau ganz offensichtlich.

»Herr Schrader betreibt ja ein großes Immobilienunternehmen. Hat er geschäftlich mit Ihrem Mann zu tun gehabt?«, legte Helene nach, scheinbar unbeeindruckt von der Zurechtweisung ihrer Chefin und den Tränen der Schwarzgewandeten.

Vanessa Lasse-Harmsen drückte sich das Tuch vor die Augen und zuckte mit den Schultern. »Woher soll ich das wissen? Wir sprechen nicht über solche Dinge.«

»Ach, über welche Dinge sprechen Sie denn?«

»Wir sollten Frau Lasse-Harmsen ein wenig schonen«, warf Jasmin Brenneke ein und bedachte Helene mit einem vernichtenden Blick. »Schließlich hat sie gerade ihren Mann verloren und ...«

»... wir haben die Aufgabe, seinen Mörder zu finden.« Zum Teufel, warum sah diese sogenannte Kriminalbeamtin nicht, was hier vorging, fragte sich Helene wütend. »Und dazu brauchen wir Informationen. Eine davon betrifft die Beziehung, in der Sie, Frau Lasse-Harmsen, zu Herrn Schrader stehen. Eine andere dessen Geschäfte.« Sie atmete durch. »Ich muss Sie dazu befragen, tut mir leid. Aber ich denke, da Sie bereits allein in die Stadt gefahren sind, ihre beruflichen Angelegenheiten regeln und diverse Einkäufe tätigen konnten, werden Sie sicher auch die psychische Stabilität haben, sich auf meine Fragen zu konzentrieren.«

Die Witwe warf ihr einen Blick zu, der nur als hasserfüllt zu bezeichnen war. »Ich werde auf Ihre anmaßenden Fragen nicht antworten, nehmen Sie das zur Kenntnis. Mein Privatleben geht Sie nichts an.«

»Das bedeutet also, Dietrich Schrader ist Teil Ihres Privatlebens? Genau das wollte ich doch nur wissen.«

»Ich sage Ihnen mal was«, herrschte Vanessa Lasse-Harmsen die Oberkommissarin an, und ihre Tränen waren schlagartig versiegt. »Vor einer Stunde hat der Ministerpräsident angerufen und mir kondoliert. Wir sind gut befreundet, sollten Sie wissen. Er wird sich sehr dafür interessieren, dass ich von Ihnen, einer Landesbeamtin, drangsaliert werde.«

Alarmiert stand Brenneke auf und sagte: »Von ›drangsalieren‹ kann man wohl nicht sprechen, Frau Lasse-Harmsen. Meine Kollegin hat nur vielleicht nicht den richtigen Ton getroffen.«

Du kannst mich mal, dachte Helene. Laut fragte sie: »Sie wollen schon gehen, Frau Brenneke?«

Wenn Blicke töten könnten …

»Sehr richtig«, erwiderte die Hauptkommissarin. »Und zwar werde ich jetzt Frau Lasse-Harmsen auf ihrem schweren Gang begleiten.«

Helene überkam ein plötzlicher Brechreiz.

»Wir werden uns ein Taxi kommen lassen«, fuhr Jasmin Brenneke fort. »Sie können nach Flensburg zurückfahren, wie besprochen.«

Helene erhob sich ebenfalls. »Auf Wiedersehen«, sagte sie in Richtung der Witwe, die aber nicht aufblickte. »Und das dürfen Sie wörtlich nehmen.« Damit wandte sie sich zur Tür. Hier würde sie heute nichts mehr erfahren, so viel war sicher.

Im Flensburger Büro waren alle Stühle besetzt. Kommissaranwärter Nuri Önal sprang von Helenes Schreibtischstuhl auf, als sie zur Tür hereinkam. »Ich habe die Kollegen gerade mit den Informationen versorgt, die wir bisher gesammelt haben«, erklärte er seiner Chefin verlegen.

»Schon gut, Nuri, bleiben Sie einfach sitzen«, gab Helene lächelnd zurück, als sie die Röte im Gesicht des jungen Mannes sah. »Wie ich feststelle, hat sich unsere Verstärkung bereits eingefunden.« Sie begrüßte Alfons Feld und Jochen Hiesemann, beide Kriminalhauptmeister, die aufstanden, um ihr die Hand zu geben. »Wir kennen uns ja.«

»Der Chef lässt Ihnen ausrichten, dass am Montag auch noch Kommissar Zemke zu uns stoßen wird«, berichtete der Kommissaranwärter.

»Sehr gut.« Helene setzte sich schwungvoll auf den zweiten Schreibtisch, was Nuri Önal dazu veranlasste, wieder aufzuspringen. »Bitte, Frau Christ, nun setzen Sie sich doch auf Ihren Sessel«, murmelte er, holte sich eilig einen Stuhl aus dem angrenzenden Zimmer und nahm darauf neben den neuen Teammitgliedern Platz.

Helene tat ihm den Gefallen, bevor er völlig aus der Fassung geraten mochte. An seinem Selbstvertrauen würde er noch ein wenig arbeiten müssen.

Ihr Blick fiel auf das etwa vier Quadratmeter große fahrbare Whiteboard, ein Arbeitsmittel, das sie als junge Kommissarin gegen den erbitterten Widerstand des Grauen angeschafft und das er später selbst nur allzu gern genutzt hatte. Sie sah, dass Önal darauf einige Fotos, darunter das des Opfers, mit kleinen Magneten angeheftet hatte, und überflog schnell die Eintragungen, die er mit blauem Filzstift vorgenommen hatte – Namen, Daten und Uhrzeiten.

Sie warf dem jungen Mann einen anerkennenden Blick zu und nickte. »Sieht nach systematischer Arbeit aus, Nuri. Klasse. Dann will ich mal das hinzufügen, was sich heute in Kiel ergeben hat.«

Sie trat an die Tafel und fasste zusammen, was die Befragungen der Witwe und der persönlichen Referentin des Opfers bisher erbracht hatten. Auch teilte sie den Kollegen mit, dass der Teil der Ermittlungen, der den Aspekt möglicher Finanz- oder Wirtschaftskriminalität betraf, von den Spezialisten im LKA übernommen werde. Während sie sprach, schrieb Helene die Namen der Zeugen auf die Fläche und notierte jeweils ein paar Stichwörter darunter. Als sie fertig war, wies sie mit dem Stift auf den Namen *Dietrich Schrader*, den Önal bereits aufgeschrieben hatte. »Wie ich sehe, haben Sie schon mit Nachforschungen über den Immobilienhändler begonnen, Nuri.«

»Ja, als Sie hereingekommen sind, wollte ich den Kollegen gerade erzählen, was ich bisher herausgefunden habe.«

»Dazu ist später noch Zeit. Erst müssen wir die Aufgaben der neuen Kollegen ...«

»Entschuldigung, Frau Christ, aber kommt denn Hauptkommissarin Brenneke nicht ins Büro?«, fragte Hauptmeister Feld dazwischen. »Wir kennen sie noch gar nicht. Und sie leitet doch die Ermittlungen in diesem Fall, nicht wahr?«

»Der Graue kommt ja wohl nicht mehr wieder«, ergänzte sein Kollege Hiesemann, und es hörte sich nicht so an, als sei er darüber besonders traurig.

Vorsicht!, war das Erste, was Helene einfiel. »Sie haben recht, Hauptkommissar Schimmel geht in Pension, das scheint sich schon herumgesprochen zu haben. Bis dahin vertritt Hauptkommissarin Brenneke ihn. Und ja, sie wird möglicherweise auch seine offizielle Nachfolgerin.« So weit, so gut. Und wie nun weiter? Sie räusperte sich. Aus den Augenwinkeln sah sie, dass Nuri Önals dunkle Augen aufmerksam auf ihr ruhten. Sie sammelte sich kurz und fuhr fort: »Das Landeskriminalamt hat sich eingeschaltet, wie ich schon sagte. Frau Brenneke hat die Koordination zwischen den ermittelnden Dienststellen übernommen. Das ist wichtig, damit ein ständiger Informationsaustausch stattfindet. Zudem verfügt sie über Erfahrungen im Umgang mit Presse und Öffentlichkeit, was uns ebenfalls nützen wird. Im Augenblick bereitet sie im LKA eine Pressekonferenz vor, die morgen stattfinden wird.«

»Aber wer hat denn nun in diesem Fall das Sagen?«, bohrte Hauptmeister Feld ungerührt nach.

Elender Kerl, dachte Helene, und sagte knapp: »Machen Sie sich keine überflüssigen Gedanken, Herr Kollege. Sie bekommen Ihre Aufträge von mir. Und damit fangen wir auch sofort an. Sie erhalten Fotos von allen Personen, die für uns interessant sein könnten. Ich will alles wissen, was wir über das Privatleben von Dr. Hark Ole Harmsen herausbekommen können. Hat er irgendwelche Laster gehabt, ein außereheliches Verhältnis – oder gar mehrere? Dasselbe gilt für seine Ehefrau. Ich brauche Informationen zu Finanzen, Freunden, Hobbys, Beziehungen und so weiter – gute alte

Kriminalistenarbeit also. So viel, wie Sie herauskriegen können. Wenn Sie Probleme bekommen mit der Auskunftsfreudigkeit der Leute ...«

»... wissen wir uns zu helfen«, versicherte Kriminalhauptmeister Feld treuherzig, und sein Kollege fügte hinzu: »Ganz sicher. Allenfalls bei den Banken ...«

»Sagen Sie mir Bescheid, wenn es Schwierigkeiten gibt. Ich schalte mich dann ein oder informiere den Staatsanwalt, wenn nötig, okay?«

Hiesemann stand auf. »Geht in Ordnung. Ich nehme an, es soll schnell gehen? Ich meine bloß, weil heute ja schon Freitag ist und das Wochenende vor der Tür steht. Aber ich vermute ...«

»Sie vermuten richtig, sorry. Wir müssen jetzt aktiv werden, bevor jemand Zeit hat, Dinge zu verschleiern oder Spuren zu verwischen. Aber das wissen Sie ja selbst. Also muss ich Sie bitten, Überstunden zu machen. Ist wohl auch nichts Neues für Sie, oder?«

»Eher nicht«, gab Hiesemann verdrießlich zurück.

»Herr Önal und ich werden uns inzwischen um Dietrich Schrader und diese Susanne Krefft kümmern, die Geschäftsführerin der Wirtschaftsförderungsgesellschaft. Da geht es natürlich um dieselben Informationen: Privatleben, finanzielle Lage, das Übliche eben. Außerdem gibt es noch andere Dinge, die uns das Wochenende versüßen werden. Wie steht es zum Beispiel mit dem Kartenplotter, Nuri?«

»Die Kollegen haben noch Hoffnung, es hinzukriegen«, sagte der Kommissaranwärter, »wissen aber nicht, wie lange sie brauchen werden. Wenn es denn überhaupt klappt.«

Helene nickte. »Dann hoffen wir also weiter. Es wäre so wichtig!« Sie sah die beiden neuen Teammitglieder an. »Noch Fragen? Nein? Gut, dann lassen Sie sich bitte nicht aufhalten.«

Feld und Hiesemann trollten sich eilig.

»Okay, Nuri, bevor wir über Immobilien-Schrader sprechen:

Wie steht es mit der Liste der Gespräche von Harmsens Mobilfunkanschluss?«

»Liegt inzwischen vor. Es haben nur wenige Gespräche stattgefunden. Zwei Nummern sind dabei, die noch identifiziert werden müssen.«

»Gut. Sobald das passiert ist, sehe ich mir die Liste an. Vielleicht hilft es uns ja weiter zu wissen, mit wem er vor seinem Tod telefonischen Kontakt hatte.« Sie überlegte kurz. »Und was gibt es Neues zur Pistole?«

»Ich habe in Dortmund angerufen und den Kollegen erzählt, dass wir einen Mordfall bearbeiten, in dem die Tatwaffe eine Rolle spielt, die 2013 bei einem Kiosküberfall in ihrer Stadt benutzt wurde. Sie haben mich an einen gewissen ...«, er zog einen Zettel aus der Hosentasche, »... Georg Schüppe verwiesen, Erster Hauptkommissar übrigens. Der war aber irgendwo im Einsatz.« Önal schaute auf seine Armbanduhr. »Jetzt müsste er eigentlich erreichbar sein, hat man mir gesagt.«

Helene griff zum Telefonhörer, und der Kommissaranwärter diktierte ihr die Nummer.

17

»Wenn ich Flensburg höre, muss ich immer gleich an das Kraftfahrtbundesamt denken«, kam eine Stimme im unverwechselbaren Ruhrpottdialekt aus dem Hörer.

»Das geht den meisten Leuten so«, sagte Helene schmunzelnd. »Ist ja auch die einzige Bundesbehörde hier bei uns, und jeder kennt sie. Aber mit dem Amt habe ich nichts am Hut, Herr Kollege. Ich bin Oberkommissarin Christ von der Mordkommission der Kriminaldirektion Flensburg.«

»Hallo, Frau Christ! Dann kommen wir am besten gleich zur Sache: Ich höre, es gibt da eine Verbindung zwischen Ihrem aktuellen Fall und einer Sache hier bei uns vor ein paar Jahren?«

»Genau. Es geht um die benutzte Tatwaffe. Ich stelle jetzt mal den Lautsprecher an, damit mein Kollege mithören kann, oder haben Sie etwas dagegen?«

Das hatte der Dortmunder Kollege nicht, und Helene erzählte ihm in groben Zügen von dem ermordeten Staatssekretär, wobei sie sich besonders auf die Schussverletzungen konzentrierte. »Die Hülsen wurden mit den Daten in der Zentralen Tatmitteldatei des BKA abgeglichen, und es gab einen Treffer. Die Waffe, aller Wahrscheinlichkeit nach eine Walther PPQ, Kaliber zweiundzwanzig, wurde bei dem Überfall auf einen Dortmunder Kiosk im August 2013 schon einmal benutzt. Es wurde damals wohl nur ein Schuss abgefeuert. Angeblich ist niemand verletzt worden. Das Projektil steckte in der Holzverkleidung des Ladens. Die Frage ist also ...«

»... wie die Waffe zu dem Täter gelangte, der Jahre später damit einen Mord an der Ostsee begangen hat, schon klar«, warf Schüppe ein. »Ich erinnere mich gut an diese Sache. Wir haben den Mann nie gefasst. Und deshalb natürlich auch die Waffe nicht sicherstellen können. Der Kiosk liegt in der Dortmunder Nordstadt. Das Viertel wird von einigen als ›No-go-Area‹ bezeichnet. Ist fest in der Hand einiger weniger Familien, die alles kontrollieren.«

»Sie sprechen vom organisierten Verbrechen, wenn ich Sie richtig verstehe, Herr Schüppe?«

»Ja, in der Tat. Der Kioskbesitzer selbst zum Beispiel ist Chef eines Roma-Clans, ein ... na, sagen wir: ein höchst dubioser Typ. Mehrfach vorbestraft und eine große Nummer im Kiez. Hat ausgesagt, dass ein maskierter Täter ihn überfallen habe, als er gerade schließen wollte. Und weil er dem seine Kasse nicht übergeben wollte, habe der Kerl einen Schuss abgefeuert.«

»Was den Besitzer dann überzeugt hat, lieber sein Geld zu verlieren als sein Leben, richtig?«

»So sagte er wenigstens«, antwortete der Dortmunder

Kriminalpolizist. »Obwohl ich ihm kein Wort geglaubt habe. Jedenfalls ist der Täter mit dem Geld entkommen, angeblich nur etwa dreißig Euro.«

»Wieso ›angeblich‹?«

Schüppe schnaubte verächtlich. »Mehr hatte der Mann nicht in der Kasse – sagt er. Zu riskant in der Gegend, hat er behauptet. Aber wir wissen, dass er alle möglichen illegalen Geschäfte betreibt. Sein scheinbar harmloser Kiosk ist Dreh- und Angelpunkt für die Bandenkriminalität in der Nordstadt. Der Kerl hat immer einen Haufen Geld in seiner Bude. In dem Geschäft zählt nur Bares.«

»Sie wollen mir irgendetwas sagen, Herr Schüppe, oder? Das höre ich doch zwischen den Zeilen heraus.«

»Ja, da liegen Sie richtig.« Der Erste Hauptkommissar holte tief Luft. »Ich hatte das alles schon vergessen, aber wenn jetzt diese Waffe … Also: Es steht natürlich nirgends in den Akten, aber ich bin fest davon überzeugt, dass der Kioskbesitzer den Täter erkannt hat, auch wenn er vorgab, vor lauter Schreck nicht einmal eine brauchbare Personenbeschreibung abgeben zu können. Was auch immer in Wirklichkeit hinter diesem Überfall gesteckt haben mag, wahrscheinlich hat der Täter ihn nicht lange überlebt.«

»Wie meinen Sie das?« Helene war nun doch verwirrt.

»Knapp eine Woche nach dem Überfall wurde die Leiche eines vierundzwanzigjährigen Libanesen am Dortmund-Ems-Kanal gefunden – erstochen. Der Mann war uns bestens bekannt. Ein Mitglied des kurdisch-libanesischen Clans. Gewalttätig und völlig gewissenlos. Drogenabhängig natürlich. Hat mehr Zeit im Knast zugebracht als draußen. Der Überfall würde in sein Profil passen. Beweisen kann ich das aber nicht.«

Unwillkürlich stieg Dankbarkeit in der Oberkommissarin auf, dass es im beschaulichen Flensburg trotz der auch hier natürlich existierenden Kriminalität noch vergleichsweise friedlich zuging. »Sie haben den überfallenen Kioskbesitzer sicher im Zuge der Ermittlungen zum Mord an dem Libanesen vernommen?«

»Intensiv sogar«, gab Schüppe humorlos zurück. »Nichts zu machen. Hieb- und stichfestes Alibi. Aber ich würde darauf wetten, dass er wusste, wer ihn überfallen hat. Das war ein klarer Fall von Vergeltung. Er wird die Drecksarbeit vermutlich nicht selbst gemacht haben.«

»Und die Waffe ...«

»... ist nicht aufgetaucht. Das Loch, in dem der Junge gehaust hat, war durchwühlt worden. Wir haben nur noch seine stinkenden Klamotten gefunden. Ich nehme an, die Waffe – wenn er sie denn hatte – wurde später verkauft. Auf dem Schwarzmarkt oder über das sogenannte Darknet.«

»Und irgendwer hat sie erworben und damit ...«

»... einen Politiker in Schleswig-Holstein um die Ecke gebracht. Wie gesagt: könnte sein, muss aber nicht.«

»Damit wären wir wieder in einer Sackgasse gelandet«, stellte Helene ernüchtert fest. »Über die Waffe werden wir unserem Täter jedenfalls nicht auf die Spur kommen. Trotzdem vielen Dank für die Informationen, Herr Kollege.«

»Keine Ursache. Viel Glück für Sie bei diesem Fall. Wird vermutlich eine Menge Staub aufwirbeln.«

»Und wie, die Luft wird schon dick«, bestätigte Helene und beendete das Gespräch.

Aufschlussreicher als die Geschichte der Tatwaffe war Nuri Önals Bericht, fand Helene. Er hatte in der kurzen Zeit erstaunlich viel über Dietrich Schrader und seine Immobilienfirma herausgefunden. Wieder einmal bestätigte sich, dass die Bezirkskriminaldirektion Flensburg mit diesem Kommissaranwärter einen guten Fang gemacht hatte.

Das Bild von Schrader, das vor dem inneren Auge der Oberkommissarin entstand, während Önal redete, war einerseits das eines angesehenen Unternehmers, der im ganzen Land bestens vernetzt war und sich schon jahrelang als großzügiger Förderer sozialer Einrichtungen hervortat. Andererseits war er eindeutig ein knallharter Geschäftsmann. *Schrader ImmoConsulting* mischte offenbar maßgeblich bei vielen großen Projekten im Land mit.

»Große Projekte?«, warf Helene ein. »Darunter verstehe ich zum Beispiel die Fehmarnbelt-Querung, den Ausbau der B 404 oder auch den Neubau der Autobahnbrücke über den Nord-Ostsee-Kanal. Aber ich habe gehört, dass er sich auch mit Konversionsprojekten beschäftigt. Dabei ist der Mann doch kein Bauunternehmer. Was genau macht er denn eigentlich? Oder besser gefragt: Womit verdient er sein Geld?«

»Vor allem ist er Initiator und Investor von staatlich geförderten Bauvorhaben, also von Wohnanlagen, Krankenhäusern, Pflegeheimen, und eben auch von Umwandlungen alter Bundeswehreinrichtungen zu allen möglichen zivilen Nutzungen. Natürlich hat er dabei Subunternehmer im Boot. Aber seine Firma *SIC* bleibt immer Generalunternehmer, entwickelt die Gesamtkonzepte und macht die Grundlagenplanung. Den Schwerpunkt bildet dabei alles, was mit Finanzierung zu tun hat, auch die jeweiligen Grundstückskäufe natürlich.«

»Damit ist der Erwerb geeigneter Grundstücke gemeint, vermute ich?«

»Nicht nur. *SIC* stellt auch die Finanzpläne auf, macht die Wirtschaftlichkeitsberechnungen und koordiniert die verschiedenen am Projekt beteiligten Firmen. Damit werben sie sogar auf ihrer Website. *Alles aus einer Hand* steht da. Sie arbeiten eng mit einer renommierten Rechtsanwaltssozietät zusammen. Und mit einer Wirtschaftsprüfungsgesellschaft namens *RTG*. Da gibt es sogar entsprechende Links auf der Website.«

»Sitzen die in Kiel?«

»Nein, hier in Flensburg. *Dr. Rassberg & Partner,* die Kanzlei liegt in der Waldstraße. Und die Wirtschaftsprüfer firmieren unter derselben Adresse. Wenn man ins Impressum schaut, wird auch klar, warum: *RTG* steht nämlich für *Rassberg Treuhandgesellschaft.*«

Helene nickte nachdenklich. »Dann werden die Kollegen vom LKA ja wohl Schraders Firma und diese Rechtsanwälte und Wirtschaftsprüfer überall in den zu kontrollierenden Akten finden.« Aber würden sie auch etwas finden, das auf Unregelmäßigkeiten hinwies, in die der ermordete Staatssekretär verwickelt gewesen sein könnte? Brachten sie die Nachforschungen auf diesem Feld überhaupt der Lösung des Falles näher oder musste man in eine ganz andere Richtung ermitteln? »Was wissen wir denn über Schraders Privatleben?«

Nuri Önal zuckte mit den Achseln. »Da bin ich noch nicht ...«

»Nein, pardon, natürlich können Sie nicht alles auf einmal schaffen. Der Kollege Zemke wird sich intensiv mit Schraders persönlichem Umfeld befassen, wenn er Montag zu uns stößt. Vielleicht steckt ja ein ganz banales Eifersuchtsdrama hinter allem.«

»Und was ist mit der Geschäftsführerin der Wirtschaftsgesellschaft, dieser ...«

»Wirtschafts*förderungs*gesellschaft, Nuri. Susanne Krefft heißt sie. Um die kümmern wir uns. Vereinbaren Sie auf jeden Fall noch einen Termin für Montagvormittag mit ihr.«

»Ich habe herausgefunden, dass sie nicht in Kiel, sondern in Schleswig wohnt.«

»Gut für uns«, freute sich Helene. »Wenn ich es mir genau überlege ... Machen Sie besser keinen Termin mit ihr. Die Kollegen von der Wirtschaftskriminalität sehen sich ja sowieso in ihren Büroräumen in Kiel um. Da werden wir der Dame lieber demnächst einen unerwarteten Besuch in ihrem privaten Refugium abstatten.« Sie lehnte sich in ihrem Sessel zurück. »Sie machen jetzt mal Feierabend. Und, Nuri: Gut gemacht! Ich bin sehr ...«

Helene brach ab, als die Tür aufging und der Kriminaldirektor den Raum betrat. »Entschuldigung für mein forsches Eindringen, aber ich würde Sie gern kurz unter vier Augen sprechen, Frau Christ.«

Hektisch sprang Kommissaranwärter Önal auf. Sein erschrockener Blick ließ vermuten, dass er den Chef der Kriminaldirektion Flensburg bisher nur anlässlich seiner Vorstellung bei Dienstantritt zu Gesicht bekommen hatte. Die Verblüffung des jungen Mannes hätte jedenfalls nicht größer sein können, wenn Sultan Süleyman der Prächtige plötzlich vor ihm gestanden hätte. Eilig floh er in den Nebenraum und schloss die Tür hinter sich.

»Ich halte Sie nicht lange auf«, sagte der Chef freundlich, während er dem Kommissaranwärter schmunzelnd hinterherblickte, und nahm vor Helenes Schreibtisch Platz. Forschend blickte er ihr ins Gesicht. »Sie brauchen auch nicht Stellung zu beziehen. Ich will mich nur überzeugen, ob alles richtig bei Ihnen angekommen ist.«

Helene wusste sofort, worauf er hinauswollte. Bedächtig formulierte sie ihre Antwort: »Wenn Sie auf gewisse Personalentscheidungen anspielen ...« Sie beendete den Satz nicht.

»Ich habe ein ganz gut entwickeltes Gefühl für atmosphärische Störungen zwischenmenschlicher Natur«, antwortete der Chef, und wieder umspielte ein leichtes Lächeln seine Mundwinkel. »Deshalb habe ich dem Kollegen Pasenke auch freie Hand gegeben, als es um die Frage ging, wer die Presse- und Öffentlichkeitsarbeit sowie die Koordination der Ermittlungen übernehmen soll.«

»Gegen diese Entscheidung habe ich nicht das Geringste einzuwenden«, sagte Helene in möglichst sachlichem Ton. »Zumal sie wohl auch den ... Präferenzen der betroffenen Person entgegenkommt.«

Der Chef lachte kurz auf. »Na denn. Ich erwarte von Ihnen trotzdem, dass Sie mit ihr vorbildlich kooperieren, Frau Christ!«

›Mit ihr‹. Noch nicht ein einziges Mal war der Name der

Dame gefallen, um die es hier ging. »Darauf dürfen Sie sich verlassen«, sagte Helene fest.

»Danke«, gab der Kriminaldirektor knapp zurück, stand auf und ging zur Tür.

»*Ich* danke *Ihnen*«, schickte Helene ihm hinterher.

»Wofür denn?«, murmelte der Chef im Hinausgehen. »Alles rein dienstlich begründet.« Damit schloss sich die Tür hinter ihm.

18

Chaos – der erste Begriff, der Helene einfiel, als sie von der Zufahrt abbog und auf den Vorplatz fuhr, der schon von Weitem grell aus der Dunkelheit herausstach. Zwei große, auf Gestelle montierte Scheinwerfer tauchten das alte Haus in gleißendes Licht. Durch die vier offenen Löcher auf der Giebelseite, wo sich heute Morgen noch die Fenster befunden hatten, leuchtete es bis ins Innere der Räume hinein.

Zwei Männer entluden gerade ein Sprossenfenster von einem Lieferwagen, der auf dem Hof stand, ein anderer flexte lärmend die Reste des alten Rahmens aus einer der klaffenden Wunden in der Hauswand. Aus dem Inneren des Gebäudes drang das kreischende Wimmern einer Kreissäge.

Kaum hatte Helene die Wagentür geöffnet, stürzte Frau Sörensen durch den Nieselregen heran, dass ihre Fledermausohren flogen, sprang in den Wagen und drückte sich zitternd in den Fußraum vor dem Beifahrersitz.

»Armes Tier«, sagte Helene mitfühlend. »Zu viel für dich, das laute Getümmel hier, was?«

Wie zur Bestätigung stieß die Hündin ein leises Fiepen aus, rollte sich zusammen und steckte ihren Kopf zwischen die Vorderpfoten.

»Von mir aus bleib gern im Auto, ich gewähre dir Asyl«, erklärte Helene und stieg aus.

Gerade trat Simon aus der Tür und rief aufgeräumt: »Wir sind leider etwas spät dran. Aber das wird schon!«

»Wann denn?«, erlaubte sich Helene, vorsichtig zu fragen, als sie neben Simon im Eingang stand und ihm einen Kuss auf die verschwitzte Wange drückte. »Wollt ihr die ganze Nacht durcharbeiten?«

»So langsam muss ich die Leute mal in den Feierabend schicken. Aber gleich morgen früh geht's weiter.«

Wortlos zeigte Helene auf die klaffenden Löcher in der Wand.

»Da kommt Folie davor, dann geht das schon«, sagte Simon. »Ist ja nur für eine Nacht.«

»Du lieber Himmel, Simon! Bist du denn völlig … Zwei der Fenster gehören zu unserem Schlafzimmer«, wandte Helene fassungslos ein. »Ich kriege da drinnen kein Auge zu. Und wenn heute Nacht auch noch Wind aufkommt …«

Simon konnte nicht mehr an sich halten und prustete los. Übermütig umfasste er Helene und drückte sie an sich. »Schatz, wir hauen gleich ab. Ich habe uns ein Zimmer in der *Fischerhütte* reserviert. Wir dichten jetzt die Fenster ab, und dann fahren wir ins Dorf.«

Erleichtert lachte sie auf. »Na dann. Aber ist das nicht leichtsinnig? Ich meine, jetzt kann doch jeder ohne Schwierigkeiten ins Haus einsteigen!«

»Torben wird heute hier übernachten und aufpassen«, sagte Simon. »Als Azubi kann er die paar Kröten gut gebrauchen, die ich ihm dafür zahle. Und Asmus Mommsen hat mir versprochen, auch zwei-, dreimal vorbeizuschauen. Also mach dir keine Sorgen.«

Und so packte Helene rasch eine Tasche mit dem Nötigsten zusammen, begutachtete noch begeistert die nagelneue, wunderbar dicht schließende Hintertür, und als die Handwerker abgefahren waren, stiegen auch Simon und sie ins Auto und fuhren mit Frau Sörensen vom Hof.

»Bist du sicher, dass du seine Motive richtig einschätzt?«, fragte Simon nachdenklich, schob seinen leer gegessenen Teller beiseite und nahm einen tiefen Schluck aus seinem Bierglas.

Erstaunt sah Helene von ihrem Essen hoch. Immer noch warteten auf der riesigen ovalen Platte ein Schollenfilet, ein Matjeshering und ein Berg Bratkartoffeln darauf, verzehrt zu werden. »Wie meinst du das?«

Simon sagte vorsichtig: »Ich will deinem Boss nichts unterstellen, aber irgendwie kommt mir sein Verhalten komisch vor. Erst lobt er Schimmels Nachfolgerin dir gegenüber in höchsten Tönen, und dann plötzlich sorgt er dafür, dass sie quasi aus dem Verkehr gezogen wird – jedenfalls, soweit es die Verantwortung für diesen Fall betrifft.«

»Magst du mir etwas vom Fisch abnehmen? Ich schaffe das nicht. Eigentlich sollte ich inzwischen wissen, dass Hinrich immer solche Holzfällerportionen auffährt.«

»Die Fischerpfanne heißt ja nicht so, weil da Außenbordkameraden drinliegen, sondern weil sie für Fischer gedacht ist. Und die haben nun mal mehr Hunger als Staatsbeamtinnen«, erwiderte Simon grinsend. »Den Hering schaff ich wohl noch.« Er langte mit der Gabel hinüber, spießte den Matjes auf und zersäbelte ihn auf seinem Teller.

»Mein Großvater war Fischer, wie du weißt. Aber der hat nicht annähernd so viel gefr... äh, zu sich genommen wie du«, sagte Helene lachend und beobachtete fasziniert, wie zügig der Hering von Simons Teller verschwand. »Aber nun mal im Ernst: Was steckt denn deiner Meinung nach wirklich hinter der Maßnahme des Kriminaldirektors? Du willst mir doch etwas sagen, oder?«

Simon legte Messer und Gabel auf den Teller, wischte sich mit der Serviette den Mund ab, trank noch einen Schluck Bier und fixierte seine Lebensgefährtin mit einem langen Blick. »Ich könnte mir vorstellen, dass es mit diesem speziellen Fall zu tun hat. Was du als Vertrauensbeweis empfindest, kann auch reine Berechnung sein.«

»Berechnung?«

»Ja. Taktik, wenn du es anders nennen willst. Die Dame sitzt in Kiel, heimst als sogenannte Koordinatorin die Lorbeeren ein, wenn alles gut läuft, während du die Hauptarbeit machen musst. Und wenn es einen Eklat gibt ...«

»Wieso denn das?«

»Tu doch bitte nicht so, als wüsstest du nicht, wie dünn das Eis ist, auf das sie dich hier schicken, Helene!« Er schüttelte unwirsch den Kopf und rief dem hinter der Theke stehenden Wirt quer durch den Gastraum »Zwei Aquavit, Hinrich!« zu. An Helene gewandt, fragte er: »Du trinkst doch einen mit, zur Verdauung?«

Sie nickte zerstreut. »Willst du damit sagen, dass sie mich als eine Art Bauernopfer positioniert haben?«

»Was denn sonst? Mensch, Helene, stell dir mal vor, bei den Ermittlungen geht irgendetwas schief ...«

»... was leider immer wieder passiert ...«

»... und was in jedem ›normalen‹ Fall zu korrigieren wäre, aber diesmal eben nicht. Hier wirst du die Presse bei jedem Schritt an den Hacken haben. Die Herrschaften in Kiel haben nicht das mindeste Interesse an der Aufdeckung politischer Ränkespiele oder gar Skandale. Sie geben den Takt vor, und du musst danach tanzen. Wenn's schiefgeht, stellen sie dich an den Pranger und halten sich fein im Hintergrund.«

Schweigen lag über dem Tisch, als Hinrich Korn herantrat, die beschlagenen Stielgläser mit dem bernsteinfarbenen Schnaps vor seine Gäste stellte und die Teller abräumte. Er vergewisserte sich, dass es beiden geschmeckt hatte, und verschwand sofort wieder diskret in Richtung Küche.

Helene starrte versonnen in ihr Bierglas. Sie sah nicht, dass Simon seine Hand über den Tisch schob, spürte sie erst, als seine Finger die ihren berührten. »Ich bin wohl eine ziemlich dumme Kuh«, murmelte sie.

»Nein, das bist du nicht, mein Schatz. Und das weißt du natürlich auch selbst. Mach dich nicht verrückt. Du bist ...«

Als hätte sie seinen Einwand gar nicht gehört, fuhr Helene fort: »Da denke ich, der Chef hätte erkannt, dass die Brenneke gar nicht geeignet ist für diese Art von kriminalistischer Arbeit, dass er einen eleganten Weg gefunden hätte, mir die Verantwortung zu übertragen, und nun ...«

»Kann ja sein, Helene, kann ja durchaus so sein. Das Eine schließt das Andere nicht aus. Aber am Ende werden weder der Chef in Flensburg noch das LKA in Kiel und schon gar nicht die Frau Hauptkommissarin hängen, wenn's schiefgeht, dafür haben sie jetzt ja dich.« Simon lehnte sich zurück. »Tut mir leid, aber diesen Verdacht habe ich nun mal.«

Helene nickte. »Geschickt eingefädelt, das muss man ihnen lassen.« Sie trank ihr Bier aus. »Und nun? Wie soll ich reagieren? Was schlägst du vor?« Gespannt sah sie ihrem Lebensgefährten ins Gesicht.

Sehr langsam, sehr ruhig und entschlossen kam seine Antwort: »Es wird nicht schiefgehen. Du wirst es schaffen, ich weiß das.«

Hatte Edgar Schimmel nicht etwas sehr Ähnliches gesagt? Aber wie sollte das gehen, so ganz ohne den Grauen an ihrer Seite, schoss es der Oberkommissarin durch den Kopf. Wie sollte das klappen? Sie brauchte ihren alten Partner jetzt mehr als jemals zuvor.

Während die Verzweiflung noch tückisch wie eine giftige Schlange an sie herankroch, hörte Helene Simon sagen, als hätte er ihre Gedanken erraten: »Außerdem hast du doch den alten Schimmel schon in den Fall eingeweiht. Der ist genau der Richtige, um dir den Rücken zu stärken, da bin ich sicher. Und auch, dass der alte Knabe nur darauf wartet, ein bisschen mitzumischen. Oder was meinst du?«

Plötzlich musste Helene lächeln. Simon, der Hilfssheriff, und Edgar, der krank geschossene alte Kriminaler – ziemlich schräg, ihre Truppe an engsten Vertrauten. Und doch fühlte sie, dass sich das angriffslustig züngelnde Reptil auf einmal grollend davonschlängelte.

Sie nickte Simon entschlossen zu. »Ich telefoniere gleich mal mit ihm. Mit den paar Erkundigungen, um die ich ihn gebeten hatte, ist es wohl nicht getan. Jetzt muss er noch mal richtig ran, der Graue.«

»Der steht doch sowieso schon in den Startlöchern, wie ich ihn kenne«, entgegnete Simon lachend. »Vermutlich rettest du ihm damit das Leben.«

»Im übertragenen Sinne kann das durchaus …« Der musikalische Klingelton ihres Handys unterbrach Helene. Rasch holte sie das Gerät aus ihrer Umhängetasche, die auf dem Stuhl neben ihr lag. »Jasmin Brenneke«, sagte sie überrascht, als sie auf das Display sah, und runzelte die Stirn.

»Tut mir leid, Sie noch so spät zu stören, Frau Christ. Aber es ist wichtig«, kam es aus dem Hörer.

»Davon gehe ich aus«, konnte sich die Oberkommissarin nicht verkneifen.

»Wir haben einen weiteren Toten, der mit unserem Fall in Verbindung stehen könnte.«

»Einen weiteren …« Helene brach ab. »Wer ist es denn?«

»Prof. Dr. Klaas Rimmeck, Sie wissen schon, der Chirurg, der diesen Streit mit dem Staatssekretär hatte, von dem Ihnen die persönliche Referentin berichtet hat.«

»Ja, der steht auf der Liste unserer Verdächtigen. Sogar ziemlich weit oben. Anscheinend hat er Harmsen dafür verantwortlich gemacht, dass ihm eine zugesagte Landesbürgschaft für seinen Klinikneubau dann doch nicht bewilligt wurde.«

»Zugesagt war die keineswegs«, berichtete die Hauptkommissarin sofort. »Allenfalls in Aussicht gestellt.«

»Aha.« Helene wunderte sich kein bisschen, dass Brenneke dieses Detail so betonte. »Das wissen Sie genau?«

»Es gehört zu meinen Aufgaben, so etwas in Erfahrung zu bringen. Wie ich höre, hat Ihnen Frau von Graden das auch schon erzählt.«

»Hat sie. Aber es schien mir, dass der Professor sich dennoch betrogen gefühlt hat – und zwar vom Staatssekretär persönlich. Deshalb ging ich von einem starken Mordmotiv aus«, gab Helene zurück. »Wie und unter welchen Umständen wurde er denn ...«

»Ein Mitarbeiter des Sicherheitsdienstes, der immer wieder mal in dem verlassenen Klinikgebäude nach dem Rechten schaut, hat ihn gefunden.«

»Also an seiner früheren Wirkungsstätte.«

»Ja. Er war bereits seit etwa zwei Tagen tot. Noch weiß man nicht, ob es ein natürlicher Tod war oder vielleicht ein Suizid.«

»Oder Mord«, ergänzte Helene hart. »Was hieße denn in diesem Falle ›natürlich‹?«

»Nun ja, er war wohl Alkoholiker. Seit Jahren schon. Hatte mehrere Entziehungskuren hinter sich, die alle nichts gebracht haben. Man hat über drei Promille in seinem Blut festgestellt. Das kann durchaus zu akutem Herzversagen geführt haben. Andererseits ...«

»Ja?«

»Die Untersuchungen laufen noch. Theoretisch könnte auch Gift im Spiel gewesen sein. Wir werden es bald erfahren. Der Presse gegenüber bleiben wir zunächst einmal bei der Todesursache Herzversagen wegen Alkoholabusus.«

»Das heißt also, dass einer der Menschen, die ein handfestes Motiv für den Mord an Hark Ole Harmsen hatten, auf ungeklärte Weise selbst zu Tode gekommen ist.« Helene zuckte mit den Schultern, als sie sah, dass Simon ihr einen fragenden Blick zuwarf. »Wer kümmert sich um diesen weiteren Todesfall? Es wäre ja zu klären, ob der tote Professor überhaupt für den Mord an Harmsen infrage kommt. Möglicherweise lässt sich herausfinden, wo er in der Zeit gewesen ist, als der Staatssekretär mit seinem Boot auf dem Wasser war.«

»Das übernehmen die Kollegen des LKA. Ich halte Sie auf dem Laufenden, wie vereinbart.«

Helene bedankte sich für den Anruf und beendete das Gespräch. Dann blickte sie Simon an und sagte: »Noch ein Toter. Und zwar einer, den eine Entscheidung des Staatssekretärs die Existenz gekostet hat, wenn man dessen Referentin glauben darf.«

»Gibt es einen Anlass, das zu bezweifeln?«

»Nein, eigentlich nicht.«

Simon schürzte die Lippen und wiegte mehrmals den Kopf hin und her. »Der Fall weitet sich aus, scheint mir. Gefährlich sogar. Der Stoff, aus dem politische Skandale entstehen.«

Die Oberkommissarin sah auf die Uhr. »Noch nicht zu spät«, murmelte sie.

»Bestimmt nicht. Schon gar nicht bei dem«, gab Simon grinsend zurück, der offenbar sofort verstanden hatte, was sie meinte.

Helene drückte die Kurzwahltaste für Edgar Schimmels Handynummer.

19

In dieser Nacht bogen wieder Autos von der entlegenen Kreisstraße in den Feldweg zum See ein und fuhren mit abgeblendetem Licht hinter die ehemalige Jagdhütte. Immer einzeln. Immer im Abstand von mehreren Minuten.

Kurz danach saßen drei Menschen in dem Holzhaus um einen roh gezimmerten Tisch herum, der vor dem massiven gusseisernen Ofen stand.

Zwei Männer und eine Frau.

»Kann mir jemand sagen, was da passiert ist?«, fragte der Mann, der am Kopfende saß. »Hat jemand in diesem Raum etwas mit seinem Tod zu tun?«

»Das ist eine Katastrophe für uns alle«, erwiderte ein kleiner blasser Mann mit stechenden grauen Augen hinter einer massiven Hornbrille, die sein schmales Gesicht beherrschte. Sein Stuhl stand vor dem Ofen, der wohlige Wärme abstrahlte. »Wenn ich an das Aufsehen denke, das dieser Mord verursacht, wird mir übel. Die Presse wird sich auf den Fall stürzen. Publicity ohne Ende! Sie werden sich wie die Kletten in unseren Pelz setzen. Ganz zu schweigen von der Polizei. Der Ministerpräsident ist übrigens auch sehr beunruhigt, hört man.«

»Natürlich ist dieses große Interesse nicht gut«, sagte die Frau in der Runde. »Aber dafür kommt er uns nun auch nicht mehr in die Quere. Das ist ein Riesenvorteil. Alles wird einfacher durch seinen Tod.«

»Genau das lässt mich grübeln«, wandte der Mann am Kopfende ein. Er lehnte sich vor, und sein Blick blieb an der Frau hängen. »Wer hat denn einen Vorteil von seinem Tod, wem nützt er am meisten? Uns doch – wem sonst? Und das wird die Polizei ebenfalls feststellen.«

»Ach, Unsinn«, gab die Frau zurück. »Niemand weiß von unserer ... Arbeitsgruppe. Also kann auch niemand ...«

»Natürlich weiß niemand etwas Genaues«, unterbrach die Hornbrille mit gepresster Stimme. »Aber man wird alles unter die Lupe nehmen, womit er beschäftigt war, bevor man ihn umgebracht hat. Die Projekte, an denen er gearbeitet hat, die Verhandlungen, die er geführt und die Verträge, die er geschlossen hat. Und natürlich die Personen, die daran beteiligt waren. Uns also.«

Die Frau wiegte ihren Kopf hin und her. »Glaube ich nicht. Kein Mensch kann das alles durchblicken. Allerdings ist die ganze Partei in Aufruhr, das ist gefährlich. Aber überlassen Sie das mir, ich schaffe es schon, die Gemüter zu beruhigen.«

»Darauf könnte ich wetten«, murmelte der Mann am Kopfende.

Ungerührt sagte die Frau: »Ich sehe sogar Vorteile in dieser neuen Lage.«

»Wie bitte?«, fuhr die Hornbrille alarmiert auf. »Das müssen Sie uns erklären.«

»Ich stelle fest: Von uns hat ihn niemand umgebracht.« Die Frau sprach das mit großer Selbstverständlichkeit aus.

»Das genau war meine Frage vorhin«, erwiderte der Mann am Kopfende. »Kann ich dessen wirklich sicher sein? Oder hat einer von Ihnen seine Hand im Spiel gehabt? Ich muss das wissen – wir alle müssen das wissen.«

»Das ist doch lächerlich«, herrschte ihn die Frau an. »Niemand von uns würde seine eigenen Geschäfte durch die Aufmerksamkeit, die der Mord an einem Staatssekretär mit sich bringt, ruinieren. Logisch, oder? Nein, da steckt bestimmt etwas Privates dahinter. Irgendwas hat ihn in der letzten Zeit belastet, das ist mir aufgefallen. Ich habe keine Ahnung, wer ihn abgemurkst hat. Und ich weine ihm bestimmt keine Träne nach.«

Stille legte sich über den Tisch. Nur das Prasseln des lodernden Holzes im Ofen war zu hören. Nach einer Weile räusperte sich der Mann am Kopfende. »Wie dem auch sei – ich weiß immer noch nicht, welchen Vorteil Sie in seinem Tod sehen.«

»Wir können jetzt die zwei Projekte durchziehen, bei denen er sich quergestellt hat«, antwortete die Frau. »Da ist eine Menge Musik drin. Und danach halten wir uns erst einmal eine Zeitlang bedeckt, bis sich die Wogen geglättet haben. Wer weiß, wer sein Nachfolger wird? Dann sehen wir weiter.«

»Da habe ich so meine Ahnungen«, sagte der Mann mit der Hornbrille und starrte die Frau herausfordernd an.

»Na und? Nur Vorteile – auch für Sie, oder?«, gab sie zurück. »Hören wir doch auf damit, uns verrückt zu machen. Er ist tot, basta. Wir sollten jetzt lieber besprechen, welche nächsten Schritte ...«

»Das werden wir auch gleich tun«, kam es schneidend von dem Mann am Kopfende. »Das ändert aber nichts daran, dass dies ein gefährlicher Rückschlag für uns ist – oder zumindest werden kann. Und jetzt kommt auch noch der Tod von Prof. Rimmeck dazu.« Er ließ seinen Blick um den Tisch wandern. »Es ist wohl sinnlos zu fragen, wer von Ihnen weiß, was es damit auf sich hat?«

»Er hat sich endlich zu Tode gesoffen«, murmelte die Frau. »Was geht uns das an?«

Die Hornbrille nickte. »Sie haben wahrscheinlich recht. Lassen wir es einfach dabei.«

»Genau«, sagte die Frau lässig, griff in die Aktentasche, die neben ihrem Stuhl stand, zog ein dickes Bündel Papiere heraus und warf es auf den Tisch. »Wir sollten jetzt wirklich anfangen. Ich habe alles vorbereitet.«

»Auch schon die Notartermine?«, fragte der Mann oben am Tisch und stand auf.

»Selbstverständlich«, antwortete die Hornbrille »Deshalb bin ich ja hier.«

»Wir müssen uns nur noch über ein paar Details einig werden«, sagte die Frau beiläufig und schaute lächelnd in die Runde.

»Ein paar Details?«, hakte der Mann am Kopfende nach. »Was meinen Sie damit? Wollen Sie etwa über Geld reden?«

»Das denke ich schon«, antwortete die Frau gleichmütig. »Es ist mir gelungen, alle Hindernisse aus dem Weg zu räumen. Zähe Verhandlungen waren das, und ich musste den Subunternehmern eine Menge Geld in die Hand drücken. Habe ich hier alles aufgelistet. Aber nun kann das Geschäft sauber und geräuschlos über die Bühne gehen. Das sollte Ihnen durchaus etwas wert sein.«

»Sie kriegen den Hals wohl nie voll, oder?«, giftete der Mann mit der Hornbrille, erntete aber lediglich ein Achselzucken.

»Dann zeigen Sie die Verträge her«, sagte der andere Mann, der aufgestanden war, trat neben die Frau und beobachtete sie dabei, wie sie verschiedene Dokumente säuberlich nebeneinander auf der Tischplatte ausbreitete. »An welche Änderungen bezüglich der Provisionen haben Sie denn gedacht?«

»Mir käme ein Aufschlag von zwanzig Prozent auf die ursprünglich vereinbarte Summe gelegen«, sagte sie, ohne von den Papieren aufzuschauen.

»Sind Sie denn völlig verrückt gewor…«, schrie die Hornbrille aufgebracht, wurde aber von dem am Tisch stehenden Mann unterbrochen: »Ach, halten Sie doch den Mund! Sie würden trotzdem noch fast eineinhalb Millionen einsacken. Also Schluss mit diesem Unsinn.« Er setzte sich wieder auf seinen Platz. »Lassen Sie uns endlich zur Sache kommen.«

Eine gute Stunde später fuhren zwei der Autos, die hinter dichtem Buschwerk unter den Bäumen gestanden hatten, langsam den schmalen Feldweg zurück zur Straße – jeweils im Abstand von einigen Minuten.

Kurze Zeit danach erlosch das Licht in dem einsam gelegenen Holzhaus, und auch das letzte Auto, ein Audi A8, bog auf die Kreisstraße ein und verschwand rasch in der Dunkelheit.

20

Diese Veranstaltung wollte Edgar Schimmel sich nicht entgehen lassen, auf gar keinen Fall. Nicht nur, was gesagt werden würde, interessierte ihn. Viel aufschlussreicher würde sein, was man alles verschwieg. Außerdem bot sich dort offenbar die Gelegenheit, einen intensiven Blick auf die sagenhafte Karrierekriminalistin zu werfen, die die gute Helene gerade so arg aus dem Gleichgewicht brachte – etwas, das den Grauen außerordentlich störte, wie er sich verwundert eingestand.

Also machte er sich gleich nach dem Frühstück auf den

Weg nach Kiel. Er hatte sowieso eine Verabredung mit Helga zum Mittagessen in einem feinen Restaurant in der Reventlouallee, wo man in den Lounge-Ecken sehr diskrete Gespräche führen konnte.

Vorher würde er aber anlässlich der Pressekonferenz in der Staatskanzlei einmal ausprobieren, wie nützlich es war, dass er seinen Dienstausweis bisher nicht hatte abgeben müssen. Noch war er schließlich formal ein aktiver Polizeibeamter. Wen sollte es da interessieren, dass er demnächst pensioniert werden würde?

Kaum hatte er sich bei der Stationsschwester für den Tag aus der Klinik abgemeldet – nicht ohne alle möglichen Vorhaltungen hinsichtlich seiner körperlichen Verfassung über sich ergehen lassen zu müssen –, und saß in seinem Auto, klangen auf wundersame Weise die Schmerzen ab, die ihm sonst noch arg zusetzten. Besonders dann, wenn er seinen Oberkörper unvorsichtig bewegte.

Tatendurstig fuhr der zur nächsten Tankstelle und ließ vierzig Liter Diesel in seinen betagten E-Klasse-Mercedes laufen.

An der Kasse kaufte er eine Familiendose Gummibärchen, aus der er sofort die grünen, die weißen und die roten heraussammelte und in den Hundenapf warf, der vor der Tür aufgestellt war.

Gut gelaunt stieg der Hauptkommissar in den Wagen, stopfte sich eine Handvoll gelbe und orangene Bärchen in den Mund und startete schwungvoll seine Fahrt in die Landeshauptstadt.

Die Dreiviertelstunde im Auto verbrachte er damit, sich das gestrige Telefonat mit Helene Christ noch einmal durch den Kopf gehen zu lassen.

Sie hatte spätabends angerufen und ihn von der Wiederholung einer quälend albernen Tatort-Folge erlöst, in der ein geckenhafter Pathologe und ein muffeliger Kommissar sich gegenseitig in lächerlicher Inkompetenz zu überbieten versuchten. Gerade als der Gerichtsmediziner begonnen hatte, mit einer Ziege zu sprechen, hatte das Telefon geklingelt und Schimmel davor bewahrt, einen Pantoffel auf das Fernsehgerät zu werfen.

»Dieser Rimmeck – hat den noch jemand befragen können, bevor er das Zeitliche segnete?«, hatte Schimmel wissen wollen, nachdem Helene ihn auf den neuesten Stand gebracht hatte.

»Nein, das sollte noch passieren, aber zunächst habe ich Feld und Hiesemann auf Harmsens privates Umfeld angesetzt, vor allem auf die Witwe und ihr Verhältnis mit dem Immobilienhändler Schrader aus Flensburg. Übermorgen, also am Sonntag, werde ich Susanne Krefft, die Geschäftsführerin der Wirtschaftsförderungsgesellschaft, aufsuchen. Sie wohnt in Schleswig. Ich hoffe, dass ich sie zu Hause überraschen kann. Und morgen früh bin ich mit Schrader in seiner Firma verabredet. Der Professor wäre danach dran gewesen, aber das ...«

»... hat sich ja jetzt erübrigt«, ergänzte der Graue trocken. »Du sagst, von Graden hätte dir erzählt, der Mann sei ruiniert gewesen, nachdem sein Klinikneubau gescheitert war. Ein handfestes Motiv, denjenigen zu töten, den er dafür verantwortlich gemacht hat, oder?«

»Motiv ja. Aber er ist wohl schwer alkoholkrank gewesen. Ich kann mir nicht recht vorstellen, wie er diesen Mord begangen haben soll – irgendwo da draußen auf dem Wasser und ...«

»Gibt's eigentlich schon etwas Neues zum Thema GPS-Daten?«

»Nein, sie arbeiten noch am Kartenplotter.«

»Na dann. Lassen wir also den versoffenen Professor erst mal außen vor. Schließlich ist er ja inzwischen tot. Wenn die Ermittlungen aber ergeben sollten, dass er ermordet wurde, stellt sich schon die Frage, wie er in diese ganze undurchsichtige Sache verwickelt war.«

Die Oberkommissarin schluckte hörbar. »Fragen über Fragen. Und nicht der kleinste Ansatz einer Spur, verdammt noch mal.«

»Nicht ungeduldig werden, Miss Marple. Noch stehen wir am Anfang. Und außerdem bin ich ja auch noch da.«

»Was willst du damit sagen?«

»Ich hatte ein recht aufschlussreiches Gespräch mit meiner Bekannten. Morgen bin ich mit ihr verabredet, weil sie mir am Telefon nicht all das sagen wollte, was mich wirklich interessiert hat.«

»Nun red schon.«

»Es gab eine alte Feindschaft zwischen dieser Krefft, einer altgedienten Parteisoldatin, und dem aufstrebenden jungen Harmsen, der ihr den Rang abgelaufen hat und massiv vom Ministerpräsidenten gefördert wurde. Jeder, der in der Partei eine gewisse Stellung hat, weiß davon, sagt meine Bekannte. Die Krefft hat den Mann gehasst. Und am schlimmsten war wohl für sie, dass sie ständig auf Harmsen hören musste, nachdem der an ihr vorbei den Posten des Staatssekretärs ergattert hatte.«

»Und nun ist er tot, der Staatssekretär. Passt doch. Die Krefft hat den Widersacher aus dem Weg geräumt. Müssen wir ihr bloß noch beweisen.«

»Mach das.«

»Wie bitte?«

»Ich sagte: Mach das, wenn du kannst«, erklärte Schimmel süffisant. »Aber ich fürchte, da braucht es noch ein wenig an guter alter Ermittlungsarbeit, oder?«

»Da hast du wohl recht«, räumte Helene lachend ein. »Wenn wir mit Schrader fertig sind, kommt Susanne Krefft dran. Alles schon geplant.«

»Es gibt zu viele Leute mit einem denkbaren Motiv, Helene. Wichtig ist erst einmal, die Spreu vom Weizen zu trennen. Du musst herausbekommen, wo die möglichen Verdächtigen sich aufhielten, als Harmsen zu Tode kam.«

»Ich weiß, ich weiß. Von der Frage nach dem Alibi habe ich schon mal gehört.«

»Nun sei nicht gleich eingeschnappt. Du hast ja verschiedene Wege, auf denen du zum Ziel kommen kannst. Im Augenblick scheinst du dich auf das mögliche Motiv zu konzentrieren. Bis die Spezialisten für Wirtschaftskriminalität beim LKA Harmsens Arbeitsfeld durchleuchtet haben, kann es aber noch dauern. Versuch doch mal, zunächst diejenigen aus dem Umfeld des Opfers auszuschließen, die ein hieb- und stichfestes Alibi haben. Das könnte das Ganze beschleunigen.«

»Das stimmt schon, Edgar, aber wir wissen bisher weder, wo genau sich das Boot befand, als der Mord geschah, noch können wir den Zeitpunkt der Tat exakt bestimmen. Bevor wir dazu keine konkreten Angaben haben, müssen wir jeden fragen, was er so alles gemacht hat seit Montagmittag, als Harmsen in Möltenort ablegte. Und das dann minutiös überprüfen.«

»Damit wären wir wieder beim Kartenplotter. Hoffentlich klappt die Wiederherstellung der Daten, sonst …« Der Satz blieb unvollendet. Beide wussten auch so, was das ›sonst‹ bedeutete.

»Bist du wenigstens hinsichtlich der Tatwaffe weitergekommen?«, fragte der Graue, und die Oberkommissarin erzählte ihm von ihrem Gespräch mit dem Dortmunder Kollegen.

»Siehst du irgendeine Verbindung zwischen der Tat im Ruhrgebiet und dem Mord an Harmsen?«, wollte Schimmel wissen, als sie mit ihrem Bericht fertig war. »Eine Linie, die uns die Waffe aufzeigen könnte?« Doch er wusste die Antwort schon selbst.

»Keine. Ich glaube, das können wir ausschließen. Wahrscheinlich hat Schüppe recht: Dieser kriminelle Kioskbesitzer in Dortmund hat die Waffe auf dem Schwarzmarkt verkauft …«

»… und unser Täter hat sie später irgendwie und irgendwann erworben«, ergänzte Schimmel. »Sackgasse.«
»Du sagst es.«

Kurz vor Mittag trat Schimmel aus dem Gebäude der Staatskanzlei heraus, ging an der Bronzestatue des berühmten Holsteiner Springpferdes *Meteor* vorbei und machte sich auf den Weg zur Reventloualle, wo er nachher mit Helga verabredet war. Sein Auto hatte er in der Nähe des Lokals geparkt, bevor er die wenigen Hundert Meter zu Fuß gegangen war, um zur Pressekonferenz zu kommen.

Er hatte keinerlei Schwierigkeiten gehabt, in den Saal zu gelangen. Der junge Kollege am Einlass hatte seinen Dienstausweis nur kurz gemustert und ihn durchgewinkt. Schwieriger war es schon gewesen, in dem überfüllten Saal einen Platz zu erobern. Neben vielen Journalisten der schreibenden Zunft waren auch mehrere Fernsehteams vor Ort gewesen, die ihre bunten Mikrofone auf dem langen Tisch am Kopfende des Raumes aufgebaut hatten.

Über eine Stunde hatte die Veranstaltung gedauert, und der Graue musste sich eingestehen, dass er nichts Neues erfahren hatte – gar nichts. Der Chef der Staatskanzlei hatte die Gelegenheit genutzt, die tiefe Betroffenheit des Ministerpräsidenten über ›die schändliche Tat‹ zu übermitteln, einer Vertreterin der Generalstaatsanwaltschaft war die hochtrabende, aber nichtssagende Formulierung von ›konzertierten Ermittlungen in alle Richtungen mit Hochdruck‹ entfahren, und Kriminaldirektor Pasenke hatte Wert auf die Feststellung gelegt, dass die Bezirkskriminaldirektion Flensburg und das LKA Kiel in enger Absprache an der schnellen Aufklärung des Verbrechens arbeiteten. Natürlich unter seiner Leitung.

Alles leeres Gewäsch. Was die Journalisten auch sofort erkannt hatten und gnadenlos nachhakten.

Das war der Moment gewesen, an dem es doch noch ein

wenig interessant wurde: Der Kriminaldirektor hatte Hauptkommissarin Jasmin Brenneke vorgestellt, der er die Koordination der Ermittlungsarbeit übertragen habe. Die elegante Frau im dunkelblauen Kostüm hatte von da an im Mittelpunkt des Medieninteresses gestanden und war mit einer Menge Fragen, Mutmaßungen und Unterstellungen konfrontiert worden.

Dafür dass bisher, wie der Graue sehr wohl wusste, noch so gut wie keine Erkenntnisse vorlagen, ja, nicht mal eine vielversprechende Spur zu erkennen war, hatte Brenneke ihre Sache gut gemacht, das musste er ihr lassen. Kein einziges Mal hatte sie ihre Souveränität verloren, selbst bei den unmöglichsten Fragen nicht.

Beeindruckende Person, fand Schimmel, und begriff dennoch sofort, dass sich die leidenschaftliche Kriminalistin Helene Christ mit dieser kühlen Karrierefrau nicht gut verstehen würde.

Immer noch in Gedanken bei den beiden Kommissarinnen betrat er wenig später das elegante Restaurant. Er machte sich über die Causa Brenneke keine wirklichen Sorgen. Wenn ihn seine Menschenkenntnis nicht völlig im Stich ließ, würde diese aufstrebende Kriminalbeamtin bestimmt nicht allzu viel ihrer kostbaren Zeit in einer Bezirksdirektion verbringen müssen. Und schon gar nicht in der nördlichsten von allen im beschaulichen Flensburg.

»Du bist eben zäh«, sagte Helga sachlich, nachdem Schimmel ihr vom dramatischen Ausgang seines letzten Einsatzes hatte erzählen müssen. Was er nur höchst widerwillig getan hatte.

Mit Helga musste er sich gut stellen. Von ihr, die seit langer Zeit im Landesvorstand der Regierungspartei saß und über zwei Legislaturperioden Abgeordnete im Landtag gewesen war, erhoffte er sich die Antworten auf einige wichtige Fragen.

Sie war eine engagierte Sozialarbeiterin, hatte niemals den Ehrgeiz gehabt, ein Regierungsamt anzustreben, war immer in der zweiten Reihe geblieben. In all den Jahren aber hatte sie die Leute kennengelernt, die in der Landespolitik eine Rolle spielten – oder spielen wollten. Kein wichtiger Vorgang, keine persönlichen Konflikte, kein politischer Kuhhandel in irgendwelchen Hinterzimmern, von dem sie nichts wusste.

»Sieht so aus. Sie hatten mich eine Zeit lang sogar schon abgeschrieben. Die Kugel hat doch ziemlich viel kaputt gemacht«, erwiderte er gleichmütig.

Die schlanke grauhaarige Frau Anfang sechzig betrachtete bewundernd die Antipasti auf dem Teller, den die Bedienung soeben serviert hatte. »Und das hier ist ein handfester Bestechungsversuch, richtig?«

»Ich bitte dich«, protestierte der Graue. »Wie kannst du das sagen, wo wir uns schon so lange kennen?«

»Genau deswegen.«

Dass sie eine harte Nuss war, wusste Edgar Schimmel nur allzu gut. Aber nun merkte der Hauptkommissar, dass er sich wirklich würde anstrengen müssen. Er hob sein Rotweinglas und sah die attraktive Frau lächelnd über den Rand an. »Wann war das eigentlich, als wir uns zum ersten Mal getroffen haben?«

Auch sie hob ihr Glas. »Vor genau zweiundzwanzig Jahren. Wie du sehr wohl weißt.«

»Ja, richtig«, beeilte sich Schimmel zu bestätigen. »Kurz nach dem Tod meiner Frau war das. Du hast recht.« Er trank einen Schluck. »Meine Güte, zweiundzwanzig Jahre.«

»Ich könnte nicht sagen, dass ich mich an jedes davon gern erinnere«, meinte Helga. »Und nun hör endlich auf mit dem Gesülze. Sag, was du wissen willst.«

»Das weißt du doch. Ich brauche noch mehr Informationen. Ein wenig hast du ja schon am Telefon anklingen lassen, aber …«

»… nun soll ich meine Parteifreunde mal richtig in die Pfanne hauen, ja? Das stellst du dir so vor.«

»Verdammt, Helga, du sollst niemanden ›in die Pfanne hauen‹. Aber ich habe dir doch gesagt, dass verschiedene Dienststellen an diesem Fall arbeiten. Da gibt es immer Eifersüchteleien. Im Prinzip ist so was ein Wettbewerb, den niemand verlieren will. Und die zügige Ermittlungsarbeit leidet darunter. Ich will die Kollegin Christ in Flensburg dabei unterstützen, an Hintergrundinformationen zu kommen. Sie sucht verzweifelt nach einem Motiv, das uns zum Täter führen kann.«

»Okay, das verstehe ich. Nur warum hängst du dich da so rein? Es kann dir doch egal sein, das alles. Du bist dienstunfähig geschrieben, und in ein paar Wochen wirst du pensioniert.«

Schimmel sagte darauf nichts, sondern widmete sich angelegentlich seiner Vorspeise.

»Du kannst es nicht lassen, oder?«, kam es da von Helga. In einem ganz anderen, fast warmen Tonfall, der Schimmel aufblicken ließ. »Es hat sich nichts geändert: Ohne deine Kriminalistenarbeit macht dir das Leben keine Freude. Dafür opferst du alles andere, und so etwas wie ein halbwegs normales Privatleben existiert für dich gar nicht.«

»Na ja …«, begann der Graue verlegen.

»Ich weiß, wovon ich rede. Seit zweiundzwanzig Jahren.«

Schimmel fuhr sich mit der Hand an den Kopf und drehte in einer Art Übersprungshandlung ein Büschel seiner vollen grauen Haare zwischen den Fingern, ohne es überhaupt zu bemerken. »Ich habe dir viel zugemutet, ich weiß.«

»So kann man das auch sagen. Ich drücke es lieber anders aus: Du bist gar nicht beziehungsfähig, mein Lieber.«

»Stimmt wohl«, kam es trocken zurück. »Willst du mir trotzdem helfen?«

Helga konnte gerade noch ihr Glas auf den Tisch stellen, bevor sie von einem Lachanfall geschüttelt wurde. »Du bist wirklich der unmöglichste Kerl, der mir je über den Weg gelaufen ist. Aber was soll's, daran ist nichts zu ändern. Hab's lang genug versucht.« Sie sah ihn fest an. »Sei unbesorgt: Ich vertraue dir – weiß der Teufel, warum. Du wirst vorsichtig mit dem umgehen, was ich dir sage, davon bin ich überzeugt. Und wenn es hilft, einen Mord aufzuklären, bereitet es mir auch keine Probleme, deutlich zu werden und Namen zu nennen.«

Und das tat sie dann. Erst am späten Nachmittag verließen die beiden das Lokal und verabschiedeten sich.

»Du kannst mit mir rechnen, Edgar«, sagte Helga, »falls du eine Zeugin brauchst. Aber nur, wenn du dir absolut sicher bist, dass es keinen anderen Weg gibt, Harmsens Mörder dingfest zu machen. Denn anschließend bin ich raus aus der Politik, dafür werden sie sorgen.«

»Ich weiß. Du bist einfach großar...«

»Brich dir nichts ab«, sagte sie lachend, umarmte ihn fest und gab ihm einen Kuss. Dann drehte sie sich um und ging.

Bei seinem Auto angekommen, rief Schimmel Helene an und verabredete sich für den nächsten Tag mit ihr. Dann fuhr er mit einem vollgeschriebenen Notizblock zurück nach Damp in die Rehaklinik.

Er war so aufgekratzt, dass er sich heftig nach einer Zigarette sehnte, obwohl er das Rauchen schon vor Jahren aufgegeben hatte. Dafür mussten fast alle restlichen Gummibärchen auf der kurzen Fahrt dran glauben.

21

Auch am Sonnabend wuselten die Handwerker im Haus herum und produzierten einen Höllenlärm, als sie die alte Heizung herausrissen. Frau Sörensen hatte sich in die Küche geflüchtet, lag nun platt unter dem Tisch und gab ab und zu beleidigte jaulende Geräusche von sich.

Simon stand am Herd und rührte in dem riesigen Topf mit Gulaschsuppe, den Hinrich vorhin aus der *Fischerhütte* angeliefert hatte – zusammen mit der Sonntagsausgabe des größten deutschen Boulevardblattes.

»So was lesen wir eigentlich nicht«, hatte Simon protestiert, doch Hinrich hatte ungerührt Seite drei aufgeschlagen, wo unter der Schlagzeile *Neuer Politskandal an der Küste?* seitenfüllend verschiedene Fotos und ein reißerischer Text abgedruckt waren, in dem auch die gestrige Pressekonferenz in Kiel erwähnt wurde. »Dachte, das interessiert Helene«, hatte der Wirt gesagt.

»Ist das denn nicht klassische Schwarzarbeit, was hier abläuft?«, wollte Helene von Simon wissen und zuckte zusammen, als das unangenehme Kreischen einer Metallsäge einsetzte.

»Nein, nein, alle sind regulär in der Firma beschäftigt, machen das freiwillig und bekommen auch noch Zulagen.« Simon nahm mit dem großen Holzlöffel eine Probe der scharfen Suppe und nickte anerkennend. »Es geht einfach nicht anders, wenn wir gleich morgen die neue Heizungsanlage einbauen wollen – jetzt, wo vier Fenster und die Hintertür erneuert wurden.«

Ein blechernes Knallen und ein dumpfer Schlag aus dem Heizungsraum ließen das alte Haus erzittern. Frau Sörensen stieß ein verängstigtes Wimmern aus.

»Alles gut, altes Mädchen«, sagte Helene und steckte ihren Arm unter den Tisch, um die Hündin zu streicheln. »Darfst gleich mit Frauchen mitkommen.«

»Ist mir schon klar, dass du dem ganzen Lärm hier entfliehen willst«, sagte Simon. »Aber was genau hast du heute denn vor?«

»Ich habe einen Termin bei diesem Immobilien-Schrader in Flensburg ...«

»... dem Liebhaber der Staatssekretärswitwe.«

»Dem *mutmaßlichen* Liebhaber derselben, ja.« Helene grinste und beugte sich zu Frau Sörensen hinunter. »Was meinst du, magst du mich nach Flensburg begleiten?«

Die Hündin wedelte zaghaft mit ihrem Rattenschwanz, als hätte sie verstanden, dass ihr gerade ein Entkommen aus dem häuslichen Inferno angeboten wurde.

»Wenn morgen die Heizung angeschlossen ist, gibt es nur noch ein paar Arbeiten am Putz, danach kommen die Maler, und wir sind fertig«, erklärte Simon und nahm noch eine Geschmacksprobe. »Die Farben, die du ausgesucht hast, sind übrigens sehr schön. Ich mag auch dieses Königsblau für die Küche. Passt wunderbar zu den antiken Fliesen.«

»Ich freue mich schon darauf, wenn alles fertig sein wird«, sagte Helene. »Es ist so ein schönes altes Haus.«

»Und vergiss nicht: Wir haben das Vorkaufsrecht. Wobei uns alles, was wir hier investieren, auf den Kaufpreis angerechnet wird. Eines Tages …«

»Warten wir's ab«, kam es unter dem Tisch hervor, wo Helene der Hündin den Nacken kraulte. »Wir haben es ja nicht eilig.«

»Na ja, ich werde schließlich nicht jünger. Immerhin bin ich ein paar Jährchen älter als du«, sagte Simon.

»Acht, um genau zu sein.« Helene richtete sich wieder auf, was Frau Sörensen mit einem beleidigten Knurren quittierte. »Aber was willst du mir damit eigentlich sagen?«

»Nichts, äh, ich dachte nur …«, erwiderte Simon ausweichend.

Helenes Smartphone auf dem Küchentisch begann zu klingeln.

Jasmin Brenneke.

»Es ist zwar Sonnabend, aber ich nehme an, auch Sie können darauf keine Rücksicht nehmen – nicht in diesem Fall«, sagte die Hauptkommissarin nach einer kurzen Begrüßung.

»Kein Problem, Kirchgang ist ja erst morgen, am Sonntag«, erklärte Helene ernsthaft, und Simon warf ihr einen verblüfften Blick zu.

»Äh … ja, dann ist es ja … also, gut …«

»Ein Scherz, Frau Brenneke, nur ein Scherz.«

»Ja, sicher. Ich wollte Sie rasch über den neuesten Sachstand zum Tod von Prof. Rimmeck informieren. Die Gerichtsmedizin war schnell. Er hat sich vermutlich selbst vergiftet.«

»Aha. Womit?«, wollte Helene wissen.

»Sie haben in seinem Körper eine hohe Konzentration von Botulinumtoxin gefunden. Und auch in einer der beiden Schnapsflaschen war das Zeug nachweisbar.«

»Botox?«

»Ja, im Alkohol gelöst.«

»Waren denn beide Flaschen leer?«

»Die mit dem Gift konnte er wohl nicht mehr austrinken. Die war noch halb voll, und viel hat Rimmeck anscheinend auch verschüttet. Trotzdem hatte er 3,8 Promille im Blut.«

»Und beide Flaschen waren von derselben Marke?«

»Keine Ahnung«, antwortete Brenneke reserviert. »Wieso fragen Sie das?«

»Ach, fiel mir nur gerade so ein«, gab Helene vage zurück. »Also vermutlich Herzstillstand durch massive Alkoholvergiftung im Zusammenhang mit einer tödlichen Dosis Botulinumtoxin. Da genügen ja winzige Mengen, glaube ich. Hm …« Kurze Pause, dann: »Hat man die Flasche mit dem Gift auf Fingerabdrücke untersucht?«

»Woher soll ich das denn …«, begann die Hauptkommissarin unwirsch, besann sich dann aber und fuhr kühl fort: »Die Kollegen des LKA, die ich mit der Ermittlung in diesem Todesfall beauftragt habe, werden mir noch heute ihre Ergebnisse vorlegen. Im Augenblick untersuchen sie wohl die Wohnung des Opfers. Ich kann mich nicht auch noch um solche Details kümmern.«

»Natürlich nicht, Frau Brenneke«, erwiderte Helene und hoffte, dass das aufrichtig klang, obwohl sie den Kopf der Dame freudig in den Gulaschkessel getunkt hätte, wäre Jasmin

Brenneke auf die gefährliche Idee verfallen, persönlich in dieser Küche zu erscheinen. »Aber vielleicht sagen Sie mir kurz, wer die Kollegen sind. Dann könnte ich mich mit ihnen kurzschließen, um Informationen auszutauschen.« Sie räusperte sich. »Sozusagen auf der Arbeitsebene«, setzte sie zuckersüß hinzu.

»Wenn Sie das für sinnvoll halten«, gab die Hauptkommissarin gedehnt zurück und ratterte eine Ziffernkolonne herunter, die Helene schnell an den Rand des Revolverblattes auf dem Tisch kritzelte. »Das ist die Handynummer von Oberkommissar Schnabel. Er leitet das LKA-Team, das Kriminaldirektor Pasenke mir unterstellt hat. Aber denken Sie daran: Offiziell bleibt Rimmecks Tod ein Herzversagen. Ich will nicht, dass uns die Presse auch noch mit einem Giftmord nervt, der irgendwie ins Umfeld der ersten Tat zu gehören scheint. Das klären wir in Ruhe hinter den Kulissen auf.«

Helene sagte das zu, bedankte sich artig und berichtete noch kurz von den beiden Befragungen bei Schrader und Suanne Krefft, die für heute und morgen auf ihrem Programm standen.

»Krefft? Wieso Krefft? Das ist ganz klar eine Aufgabe fürs LKA. Ihre Wirtschaftsförderungsgesellschaft sitzt doch hier in Kiel.«

»Die Gesellschaft schon. Dort müssen sich die Kollegen von der Wirtschaftskriminalität natürlich auch sehr genau umsehen, weil ...«

»Das werden wir erst noch entscheiden, der Chef und ich«, schnappte Brenneke. »Es ist ganz überflüssig, so einen Wirbel zu veranstalten, bevor wir keine klaren Anhaltspunkte haben.«

»Die sollten wir aber bald bekommen, Frau Brenneke«, gab Helene gepresst zurück. »Wenn wir nicht ermitteln, gibt's auch keine Anhaltspunkte, denke ich. Diese Gesellschaft hat in der täglichen Arbeit des Staatssekretärs Harmsen eine bedeutende Rolle gespielt. Und da deren Geschäftsführerin

Susanne Krefft ihren Wohnsitz in Schleswig hat, wie Sie sicher wissen, werde ich ihr morgen früh einen Besuch abstatten.«

»Bei ihr zu Hause – am Sonntag? Ist das denn wirklich …«

»Die genaue Überprüfung der Akten in den Büroräumen sind Sache der Spezialisten«, fuhr Helene gnadenlos fort. »Mich interessiert die Frau, die so eng mit dem Opfer zusammengearbeitet hat, obwohl sie es nicht mochte, wie ich andeutungsweise erfahren habe.« Und bevor die Hauptkommissarin etwas erwidern konnte, schob Helene noch »Das wissen Sie bestimmt auch« hinterher.

»Wenn Sie meinen. Tun Sie, was Sie nicht lassen können. Aber gehen Sie bitte umsichtig vor.«

»Mache ich immer«, versicherte Helene und beendete das Gespräch.

Fragend sah Simon vom Herd zu ihr herüber, als sie auf die Zeitung blickte und sofort begann, die Nummer in ihr Smartphone zu tippen. »Interessante Entwicklung«, sagte Helene. »Ich erzähl dir gleich, worum es …«

»Schnabel«, kam es aus dem Hörer.

Helene erklärte dem Kollegen, wer sie war. Sie hatten sich bei dem Gespräch im LKA am Freitag bereits kurz kennengelernt.

»Ja, wir sind gerade in der Wohnung des toten Professors«, erklärte der Oberkommissar. »Wenn man diese Behausung so nennen kann.«

»Soll heißen?«

»Soll heißen, dass es eine Bruchbude ist, ziemlich verwahrlost. Billigste Wohngegend Kiels.«

»Er war wohl wirklich ganz am Boden angekommen«, erwiderte Helene und wunderte sich, wie traurig sie das machte, obwohl sie den Mann überhaupt nicht gekannt hatte.

»Kann man wohl sagen«, bestätigte Schnabel.

»Wurde denn eingebrochen?«

»Nein, an der Tür gibt es keinerlei Einbruchspuren.«

»Sonst irgendetwas Auffälliges, ich meine ...«

»Ich weiß schon, was Sie meinen, Kollegin. Aber hier gibt's nichts als Schmutz und Unordnung. Kaum Möbel. Ansonsten ... Ach ja, hinter dem Heizkörper, an dem der Küchentisch steht, haben wir ein Blatt Papier gefunden. Ist wohl dorthin gerutscht. DIN A4, offenbar aus einem Block herausgerissen. Voller handschriftlichem Gekritzel, kaum zu entziffern. Aber nummeriert.«

»Meinen Sie, das könnte wichtig sein?«

»Es hat wohl mehrere solcher Blätter gegeben, nehme ich an, denn auf dieses hat der Verfasser oben eine Acht an den Rand geschrieben und eingekreist – wie eine Seitenzahl eben. Aber wir haben die anderen Seiten nirgends gefunden. Falls es sie überhaupt gab.«

»Aha.« Helenes Gedanken überschlugen sich. »Die LKA-Kollegen von der Wirtschaftskriminalität müssen sich dieses Blatt unbedingt ansehen. Vielleicht finden sie darauf ja einen Hinweis auf etwas, was mit dem Tod des Staatssekretärs zu tun haben könnte.«

»Sie sehen also einen Zusammenhang zwischen den beiden Fällen«, stellte Schnabel fest.

»Nein, den sehe ich noch nicht. Aber wir können ihn auch nicht ausschließen. Die beiden Opfer haben viel miteinander zu tun gehabt. Ich glaube eben nicht an Zufälle.«

»Okay, ich kümmere mich darum, dass der Zettel ...«

»Ach, Herr Kollege, tun Sie mir doch bitte den Gefallen, das Blatt vorher einmal einzuscannen und mir zuzumailen, ja?« Das sagte der Kieler Kriminalbeamte zu, und Helene fragte: »Sagen Sie, waren Sie auch am Tatort?«

»Tatort? Was für ein Tatort?«

»Sorry, in der ehemaligen Klinik, wo man Rimmeck tot aufgefunden hat, meine ich natürlich.«

»Ja, war ich«, bestätigte Schnabel, berichtete von der Auffindesituation der Leiche und wiederholte auch die bisher vorliegenden Erkenntnisse der gerichtsmedizinischen Untersuchung, die Helene schon von Jasmin Brenneke gehört hatte.

»Waren die beiden Flaschen von derselben Marke?«

»Das nicht. Es handelte sich nicht mal um dieselbe Spirituose. In der einen war Wodka, und zwar eine sauteure Nobelmarke. In der anderen war auch ein edles Gesöff, aber Cognac, französischer, sogar V.S.O.P. – das war die mit dem Gift drin.«

»Okay. Und wurden Fingerabdrücke auf den Schnapsflaschen gefunden?«

»Klar. Natürlich die des Toten, aber auch viele andere. So 'ne Pulle wird ja von einer Menge Leute angefasst, bevor sie beim Konsumenten landet. Worauf wollen Sie denn hinaus, Kollegin?«

»Nur eine Frage noch: Sie sagten, die Wohnung sei verwahrlost.«

»Kann man sagen, ja.«

»Dann liegen da bestimmt auch viele Flaschen rum, nicht wahr?«

»Überall.«

»Welche Sorten, welche Marken denn?«, fragte Helene lauernd. »Ich meine, welches Zeug hat er zu Hause immer getrunken?«

»Sie stellen Fragen, Frau Christ. Moment, ich schaue mir das mal genauer an.« Es dauerte keine Minute, dann war Oberkommissar Schnabel wieder am Apparat. »Bier- und Wasserflaschen stehen und liegen hier reichlich herum, aber vor allem hat er sich mit Schnaps zugedröhnt. Und ob Sie's glauben oder nicht: ausschließlich mit dem teuren Spitzenwodka, von dem wir auch eine Flasche neben der Leiche gefunden haben.«

»Wirklich keine andere Sorte zu finden, in der ganzen Wohnung nicht? Auch kein Cognac?«

»Bestimmt nicht. Hier steht etwa ein Dutzend leere Flaschen von dem teuren Wodka herum, und in der Küche habe ich vier gezählt, die noch unangebrochen in einem Karton auf der Fensterbank stehen.«

»Er hat sich also stilvoll zu Tode gesoffen, der Herr Professor. Nur mit bestem Wodka, wie's aussieht. Vermutlich ist das Geld, das er vor seinem Konkurs auf die Seite schaffen konnte, dafür draufgegangen.«

»So scheint es. Schlimm so was.«

»Zweifellos. Und dann hat er sich ausnahmsweise ein einziges Mal eine Flasche Cognac gekauft und das Botox hineingemischt, um so für immer in den Säuferhimmel zu fliegen. Und das, obwohl noch ein paar volle Flaschen seiner Hausmarke bei ihm in der Küche bereitstanden. Wie überzeugend klingt das für Sie, Herr Kollege?«

Aus dem Hörer kam nur ein heftiges Atmen. Dann sagte Oberkommissar Schnabel leise: »Meine Güte, Sie haben recht. Das war kein Suizid.«

22

Helene kam pünktlich vor der prächtigen alten Villa im Marienhölzungsweg an, in der die Firma *Schrader ImmoConsulting* residierte. Schon von der Straße aus war zu erkennen, dass man das Gebäude seitlich mit einem einstöckigen vollverglasten Anbau harmonisch ergänzt hatte, der sich weit nach hinten in das Gartengrundstück hineinzog.

Als sie ihren Wagen auf dem Parkplatz an der Vorderfront der Villa abstellte, trat Kommissaranwärter Nuri Önal heran, der offensichtlich schon ein paar Minuten früher eingetroffen war.

Die Oberkommissarin stieg aus, und wie ein Blitz schoss Frau Sörensen hinter ihr aus dem Auto und bellte den jungen Mann giftig an, der nach ihrem Geschmack dem Auto wohl etwas zu nah gekommen war.

»Moin, Nuri«, rief Helene laut, um das heisere Gekläff zu

übertönen. »Machen Sie sich nichts draus. Sie ist eine kleine Zicke, aber nicht bissig.«

Dann beugte sie sich zu der alten Hündin hinunter, um sie zur Ordnung zu rufen, doch die war schon Sekunden zuvor mit einem Schlag verstummt, legte jetzt ihren spitzen Kopf schief und lauschte ganz andächtig den Worten des jungen Mannes, den sie eben noch hatte in die Flucht schlagen wollen.

Nuri Önal war in die Hocke gegangen und sprach in einer tiefen, begütigenden Stimmlage auf das kleine Tier ein.

Fasziniert beobachtete Helene, dass Frau Sörensen diesen Menschen, dem sie noch nie begegnet war, wie hypnotisiert anstarrte und ständig ihren Kopf von einer auf die andere Seite legte. Dabei bewegte sich ihr Schwanz zunächst zaghaft, dann wedelte sie immer heftiger damit, bis schließlich der ganze kleine Hundekörper von der wankenden Bewegung ergriffen wurde.

Önal streckte langsam seine Hand aus und machte mit den Fingern kraulende Gesten.

Da tat Frau Sörensen etwas Verblüffendes: Ganz selbstverständlich kam sie heran und reckte ihren Kopf in die Höhe, um sich von dem Mann am Hals kraulen zu lassen. Dabei wedelte sie weiter heftig mit dem Schwanz und stieß in höchster Behaglichkeit gutturale Grunzlaute aus.

»Äh, ja …« Helene schüttelte ungläubig den Kopf. »Soweit ich weiß, hat sie sich so noch niemals einem Fremden gegenüber …« Sie lachte. »Dann darf ich mal bekannt machen: Herr Önal – Frau Sörensen!«

»Angenehm«, kommentierte der Kommissaranwärter und streckte sich wieder zu seiner bescheidenen Körpergröße, was die Hündin mit einem protestierenden Fiepen quittierte. In offenkundiger Liebe entbrannt, begann sie, ihren Kopf an Önals Hosenbein zu reiben.

»Moin, Frau Christ«, sagte der junge Mann vergnügt. »So viel Zeit muss sein.«

»Ich kann mich nur wundern.«

»Worüber denn?«, hakte Önal nach und blickte seine Chefin aufmerksam an. »Über den Hund oder über mich, den Moslem, den Hundehasser?«

»Wie kommen Sie denn ...« In plötzlicher Verlegenheit brach sie ab. »Daran habe ich überhaupt nicht gedacht.«

»Ihnen glaube ich das gern. Aber ich höre das immer wieder: Für Moslems sind Hunde unrein.«

»Ist das denn nicht so?«

»Das gehört zu den vielen Dingen im Islam, bei denen kaum jemand durchblickt – nicht mal wir selbst. Auch in dieser Hinsicht sind sich die muslimischen Rechtsgelehrten nicht einig. Es gibt Glaubensrichtungen, für die sind Hunde generell unrein, und andere, die nur nasse Hunde und Hundespeichel für unrein halten. Und dann wieder gibt's Moslems, zum Beispiel die Malikiten, die keinerlei Probleme mit dem Hund haben. Für die ist er rein.«

»Aha.« Mehr fiel Helene nicht ein. »Kompliziert, das alles, oder?«

Önal lachte auf. »Machen Sie sich keinen Kopf darüber, Frau Christ. Mit Hundehass hat das sowieso nichts zu tun, sondern eher mit kultureller Prägung. Na ja ...« Er lächelte verlegen. »Weiß gar nicht, wie ich dazu komme, Ihnen so einen Vortrag zu halten.«

»Ich sag Ihnen was, Nuri: Ich würde mich gern einmal ausführlicher über diese Dinge unterhalten. Ich meine, nicht gerade über die Hundesache, sondern ...«

»Ich weiß, was Sie meinen, Frau Christ«, erwiderte Önal und errötete noch ein wenig mehr. »Von mir aus gern.«

»Wenn unser Haus wieder bewohnbar ist, kommen Sie einfach mal abends zu Besuch. Wir machen einen Termin aus – natürlich nur, wenn Sie Lust haben. Mein Lebensgefährte würde sich bestimmt auch freuen. Und Frau Sörensen sowieso, das ist ja offensichtlich.« Sie deutete nach unten, wo die Hündin sich direkt vor die Beine des Kommissaranwärters gesetzt hatte und ihn mit ihren dunklen Augen unverwandt anhimmelte.

»Danke, das würde mich freuen«, sagte Nuri Önal und warf einen Blick auf seine Armbanduhr. »Äh, ich fürchte, wir sind schon zu spät dran.«

»Also los«, sagte Helene und verfrachtete Frau Sörensen in den Wagen. Dann gingen sie hoch zu dem gläsernen Vorbau, in dem sich die Eingangstür befand.

»Irgendwie vermisse ich hier etwas«, sagte die Oberkommissarin im Plauderton. »Und zwar die üblichen Objektangebote. Ich bin es gewohnt, dass Immobilienmakler immer diese Schaukästen vor der Tür haben, in denen ihre Häuser und Wohnungen ausgestellt sind – mit Fotos, Kurzbeschreibung, Preis und so.«

Dietrich Schrader lächelte sie freundlich an. »Nun, wir haben ja ein paar Dependancen im Land. In Flensburg zum Beispiel in der Fußgängerzone auf dem Holm. Ein Ladenlokal für die Laufkundschaft sozusagen. Da hängen natürlich viele interessante Objekte für die Allgemeinheit im Schaufenster.« Er lehnte sich vor. »Und Sie wollen wirklich keinen Kaffee – oder wenigstens ein Mineralwasser?« Fragend ging sein Blick zwischen der Kriminalbeamtin und ihrem Kollegen hin und her.

Nochmals lehnten die beiden dankend ab.

Bisher schien das Gespräch mit dem Firmeninhaber recht unverkrampft abzulaufen, stellte Helene fest.

Schrader, dem Sonnabend entsprechend locker gekleidet und ohne Krawatte um den Hals, hatte sie im Vorzimmer mit ausgesuchter Höflichkeit begrüßt, als er in Begleitung eines kleinen Mannes in grauem Anzug und mit einer auffälligen Hornbrille aus seinem Büro gekommen war. Der blasse Herr hatte den beiden Kriminalbeamten zerstreut zugenickt, ein gepresstes »Guten Morgen« ausgestoßen und war weitergehastet.

»Dr. Rassberg, der Rechtsanwalt unserer Firma«, hatte Schrader beiläufig gesagt. »Er ist etwas in Eile.«

»Wohl von der Sozietät *Dr. Rassberg und Partner* in der Waldstraße?«, war es beiläufig von Nuri Önal gekommen.

»Ach, Sie kennen die Kanzlei?«

»Nein, nicht persönlich«, hatte der Kommissaranwärter abgewehrt. »Ist eben ein bekannter Name – Wirtschaftsanwälte wohl vor allem, nicht wahr? Mit einer angeschlossenen Wirtschaftsprüfungsgesellschaft, soweit ich weiß.«

Helene hatte den überraschten Seitenblick deutlich gesehen, den der Immobilienmakler dem jungen Beamten zugeworfen hatte. Auch ihr war der Name Rassberg sofort bekannt vorgekommen. Nuri hatte ihn im Zusammenhang mit den Großprojekten erwähnt, die in den Verantwortungsbereich des ermordeten Staatssekretärs gefallen waren.

Interessant.

Schrader hatte sie in sein Büro gebeten, und nun saßen sie in bequemen Lesesesseln vor einem eindrucksvollen Schreibtisch aus Glas und Stahl.

Helene spürte immer noch nichts von der Aggressivität, die Schrader im Haus des ermordeten Staatssekretärs in Kiel an den Tag gelegt hatte. Doch sie war auf der Hut. Schließlich hatte sie es hier mit einem cleveren Geschäftsmann zu tun, der sich jeder Situation anzupassen wusste. Keinen Augenblick lang fiel sie auf die professionelle Vorstellung herein, die er abzog.

»Und hier in Ihrer Firmenzentrale beschäftigen Sie sich also mit all den Geschäften, die nicht für die ›Allgemeinheit‹ bestimmt sind, wie Sie es ausdrücken«, nahm sie den Gesprächsfaden wieder auf.

»Das ist richtig«, antwortete der Makler, ohne eine Miene zu verziehen. »Wir sind in vielen Großprojekten im ganzen Land engagiert.«

»Sie meinen in ganz Schleswig-Holstein?«

»Überwiegend, ja. Noch.«

»Wollen Sie uns einmal erläutern, was das für Projekte sind?«

»Ich verstehe zwar nicht, warum Sie das interessieren könnte, zumal ihre Kollegen vom LKA sich auch schon dafür interessieren, aber ...«

»Ach«, gab sich Helene überrascht. »Die Kollegen von der Wirtschaftskriminalität haben schon Kontakt mit Ihnen aufgenommen?«

»Keineswegs«, schnappte Schrader zurück. Er atmete kurz durch, dann setzte er wieder sein Maklerlächeln auf und sagte: »Dafür bestünde ja auch gar kein Anlass. Was ich sagen wollte, war: Die Art von Projekten, mit denen sich meine Firma einen Namen gemacht hat, bedeutet stets eine Zusammenarbeit mit der Wirtschaftsförderungsgesellschaft. Das ist allein schon durch die Dimension der Bauvorhaben bedingt.«

»Sie sprechen von der finanziellen Dimension, nehme ich an.«

»Nicht nur. Da geht es generell um die Abstimmung zwischen privaten Investoren und Planern mit den zuständigen staatlichen Stellen. Ein äußerst komplexer Vorgang. Und selbstverständlich hat man mich aus Kiel darüber informiert, dass sich das LKA für unsere Projekte interessiert. Auch wenn mir schleierhaft ist, was die mit dem bedauerlichen Tod von Staatssekretär Dr. Hark Ole Harmsen zu tun haben sollen.«

»Entschuldigung, Herr Schrader«, schaltete sich Kriminalanwärter Önal glattzüngig ein, »könnten Sie wohl so freundlich sein, uns einmal ein Beispiel für ein solches Großprojekt zu geben? Natürlich nur, wenn es Ihnen keine Mühe macht. Es interessiert mich wirklich sehr.«

Du gerissener kleiner Gauner, dachte Helene anerkennend. Önal hatte genau zum richtigen Zeitpunkt einen lockenden Köder ausgeworfen. Und Schrader biss an.

»Kommen Sie mal her«, sagte er fast gönnerhaft, griff nach

einer Fernbedienung auf seinem Schreibtisch, stand auf und trat an die Seitenwand des großen Raumes. Der Vorhang fuhr zur Seite, als der Makler einen Knopf drückte, und die beiden Kriminalbeamten blickten auf die Landkarte von Schleswig-Holstein. Über die gesamte Fläche verstreut leuchteten viele verschiedenfarbige Lichter.

»Was Sie hier sehen, sind die *Schrader ImmoConsulting*-Projekte der letzten zehn Jahre. Die unterschiedliche Farbgebung markiert die verschiedenen Arten, zum Beispiel sind die Industrieansiedlungen gelb, die Wohnprojekte grün, die Seniorenresidenzen blau und so weiter. Rot sind alle Liegenschaften, die bereits überplant sind und demnächst in Angriff genommen werden.«

»Liegenschaften?«, murmelte Nuri Önal und trat näher an die Karte. »Dann sind das alles ehemalige Bundeswehreinrichtungen?«

»Völlig richtig. Das ist genau das, was ich Ihnen sagen wollte: *SIC* ist führend in der Konversion – und zwar inzwischen nicht nur in diesem Bundesland. Wie Sie sicher wissen, nennt man so die Umwandlung ehemaliger militärischer Einrichtungen in zivile Nutzung.«

»Beeindruckend«, sagte Helene, die unter den vielen bunten Lichtern solche in Bad Segeberg, in Eggebek, in Glinde und in Albersdorf entdeckte – und gleich drei in Flensburg selbst.

»Jetzt kann ich mir auch vorstellen, was Sie mit ›Abstimmung mit staatlichen Stellen‹ gemeint haben. Da wird Ihre Firma ja neben den Landesbehörden auch viel mit der Bundesanstalt für Immobilienaufgaben zu tun haben«, stellte Kommissaranwärter Önal beiläufig fest, und seiner Vorgesetzten kam unvermittelt die Volksweisheit von den stillen Wassern in den Sinn.

»Natürlich«, bestätigte Schrader und warf dem jungen Mann einen langen Blick zu. »Ich bin häufig zu Verhandlungen unten in Bonn.«

»Das kann ich mir denken. Und dazu kommen auch noch die Probleme mit den jeweiligen Landkreisen und den örtlichen Gemeinden. Die wollen bei solchen Projekten ja auch mitentscheiden – von den Naturschutzverbänden und Bürgerinitiativen mal ganz abgesehen«, sagte Önal mit einer Selbstverständlichkeit, als habe er sich bis heute mit nichts anderem als mit den Fallstricken der Konversion beschäftigt. »Da sind auch Rechtsstreitigkeiten keine Seltenheit, bis hin zu gerichtlichen Auseinandersetzungen.«

Dem Immobilienmakler schien so viel verständnisvolle Bestätigung langsam unheimlich zu werden. »In der Tat, kein einfaches Geschäft. Nun gut«, sagte er forsch, »jetzt kennen Sie zumindest den Schwerpunkt unserer Tätigkeiten.«

»›Unserer‹?«, fragte Helene betont und sah Schrader an. »Wessen genau?«

»Der meiner Firma«, antwortete der Makler barsch, setzte sich wieder auf seinen Schreibtischsessel und fuhr fort: »Wie kann ich Ihnen denn noch helfen?« Er blickte die Kriminalbeamtin, die wieder vor dem Tisch Platz genommen hatte, mit seinen eisgrauen Augen herausfordernd an. »Sie sind ja bestimmt nicht hergekommen, um eine Einweisung in das Thema Konversion zu bekommen.«

»Ich bin mir nicht sicher, ob ich mir von Ihnen Hilfe erwarte, Herr Schrader«, gab die Oberkommissarin freundlich zurück. »Wie Sie wissen, geht es darum, den Mord an Ihrem Freund ...«

»Na ja, sagen wir besser: an meinem guten Bekannten.«

»... an ihrem guten Bekannten Hark Ole Harmsen aufzuklären. Und in dem Zusammenhang hätte ich gern von Ihnen gewusst, wie gut sie ihn eigentlich gekannt haben.«

»Ach, ganz gut eigentlich«, kam es betont beiläufig von Schrader. »Wie ich schon sagte: Wir waren nicht gerade befreundet, aber wir haben uns schon hin und wieder getroffen. Oder auch mal etwas gemeinsam unternommen.«

»Zum Beispiel eine Bootstour mit seiner Yacht?«

Der Makler hob die Hände. »Ich bin Segler. Motorboote mag ich nicht besonders. Deshalb war ich selten bei ihm an Bord. Immer nur für kurze Kaffeetörns.«

»Mit den Ehefrauen?«

»Ich bin geschieden. Seit drei Jahren schon. Aber ich wüsste nicht, was Sie das anginge.«

»Also waren das – wie sagten Sie? – ›Kaffeetörns‹ zu dritt? Harmsen, seine Frau und Sie?«

»Kann sein, dass Frau Lasse-Harmsen auch mal dabei gewesen ist«, gab Schrader unwirsch zu, »aber sie macht sich nicht viel aus Booten.« Er lehnte sich vor. »Was sollen diese seltsamen Fragen? Ich bin nicht bereit ...«

»Wie hat Harmsen denn auf Ihre ... nennen wir es mal enge Verbindung zu seiner Ehefrau reagiert?«, schob Helene ungerührt nach.

»›Enge Verbindung‹? Was wollen Sie denn da unterstellen?« Jede Verbindlichkeit war aus seiner Stimme verschwunden.

»Sie können es leugnen, so lange Sie wollen, Herr Schrader, aber meine Kollegin und ich haben gesehen, wie intim ihr Verhältnis zu Frau Lasse-Harmsen ist. Wusste der Staatssekretär davon?«

Der Makler war aufgesprungen und lief erregt hinter seinem Schreibtisch auf und ab. »Wissen Sie was? Sie haben recht! Vanessa und ich lieben uns. Wozu länger Versteck spielen? Ich frage mich bloß, was das mit dem Tod ...«

»Dem Mord«, kam es scharf von der Oberkommissarin. »Nennen wir es beim Namen: Der Ehemann Ihrer Geliebten wurde brutal ermordet. Erschossen und ins Meer geworfen. Stellen Sie sich doch nicht dumm! Und tun Sie nicht so, als wüssten Sie nicht, welch starkes Motiv es für ein Liebespaar darstellt, den lästigen Ehepartner zu beseitigen. Also: Sind Sie am Montagmittag an Bord gewesen, als Harmsen in Möltenort mit der *Tequila Sunrise* abgelegt hat?«

»Das ist ja wohl die Höhe!«, schrie Schrader unbeherrscht. »Ich werde Sie ...«

»Mäßigen Sie sich bitte«, schaltete sich der Kommissaranwärter ein. »Beantworten Sie einfach die Frage.«

»Nein, ich war nicht an Bord«, erwiderte der Immobilienmakler etwas ruhiger. »Ich war hier in meiner Firma. Ich muss schließlich arbeiten und kann nicht einfach an einem Wochentag mal eben eine Bootstour machen. Bin ja kein Staatsbediensteter.«

»Und wo waren Sie an diesem Montag?«, hakte Önal nach. »Und an den folgenden Tagen, sagen wir: bis Mittwoch?«

Dietrich Schrader trat an den Schreibtisch und drosch wütend auf die Tastatur seines PCs ein. »Hier sind alle meine Termine aufgelistet. Ich war hauptsächlich in der Firma und zweimal in Kiel.«

»Bei Frau Lasse-Harmsen, nehme ich an«, stellte Helene trocken fest.

»Am Dienstag hatte ich einen Termin bei der Wirtschaftsförderungsgesellschaft und …«

»Mit Frau Krefft?«, wollte Önal wissen.

»Ja, genau. Sie ist ja die Geschäftsführerin. Oder denken Sie, ich unterhalte mich mit dem Pförtner?«

»Bestimmt nicht«, erwiderte Helene. »Und anschließend? Wo waren Sie nach dem Termin?«

»Da bin ich zu Vanessa gefahren. Das wollten Sie doch hören, oder?«

»Und haben die Nacht dort verbracht?«, fragte Helene. »Sie wussten ja, dass Harmsen auf See war.«

»Ja, das wussten wir. Und ja, es stimmt. Vanessa und ich waren zusammen in ihrem Haus. Fragen Sie sie. Sie nehmen doch eh keine Rücksicht auf den Zustand der armen Frau, die gerade ihren Mann verloren hat.«

»Jetzt wird's aber theatralisch«, sagte die Oberkommissarin süffisant. »Nun gut. Ihre Termine und Ihre Anwesenheit hier im Hause können sicherlich eine Menge Leute bestätigen, nicht wahr?«

»Natürlich«, erwiderte Schrader, setzte sich wieder und

tippte etwas auf der Tastatur ein, woraufhin sofort ein Gerät auf dem Sideboard zu summen begann. »Ich drucke Ihnen diesen Teil meines Terminplans aus. Habe schließlich nichts zu verheimlichen. Sie können das Blatt im Hinausgehen mitnehmen. Von mir aus befragen Sie auch noch die Leute, die ich in dem fraglichen Zeitraum getroffen habe.«

»Das ist sehr zuvorkommend von Ihnen«, bekundete Kommissaranwärter Önal artig, stand auf und zog den Ausdruck aus dem Gerät.

»Sonst noch was? Ich muss endlich wieder an meine Arbeit gehen.«

»Wir halten Sie nicht länger auf, Herr Schrader«, antwortete Helene, erhob sich, nickte dem Immobilienmakler kurz zu und ging mit Nuri Önal zur Tür.

Schrader aber sagte nichts mehr, schaute gar nicht mehr auf, sondern bearbeitete heftig die Tastatur vor sich.

23

»Was halten Sie von seinem Alibi?«, wollte Önal wissen.

Er und seine Chefin waren nach dem Gespräch mit dem Immobilienhändler in die Polizeidirektion gefahren, weil Helene sich das eingescannte Blatt aus der Rimmeck-Wohnung ansehen wollte, das der Kieler Kollege ihr zugemailt hatte. Ausgedruckt lag es nun vor ihr auf dem Tisch, von oben bis unten eng mit unleserlicher Handschrift bedeckt, die eingekreiste Seitenzahl Acht oben rechts in der Ecke, wie Schnabel gesagt hatte.

Die Schrift ließ erkennen, dass der Verfasser immer wieder längere Pausen eingelegt und auch verschiedene Kugelschreiber benutzt hatte. Mehr als vier oder fünf Sätze hintereinander schien er nicht geschafft zu haben. Jeweils zum Ende einer solchen kurzen Passage hin wurde die Schrift vollkommen unleserlich.

Abgelenkt schaute die Oberkommissarin von dem hieroglyphischen Buchstabengewirr auf, als ihr bewusst wurde, dass Önal in ihr Büro gekommen war und eine Frage gestellt hatte. »Was meinen Sie denn, Nuri?«, fragte sie geistesabwesend zurück.

»Ich kann nicht sagen, dass Dietrich Schrader mir sympathisch wäre, aber seine Angaben sind leicht zu überprüfen. Er hatte viele Termine, bei denen er alle möglichen Leute getroffen hat.«

»Auch abends und nachts?«

Der Kommissaranwärter blickte auf den Ausdruck, den er in der Hand hielt. »Am Montag hatte er um zwanzig Uhr ein Arbeitsessen mit dem Chef der Ostseebank. In Dänemark, genauer gesagt im Hotel *Fakkelgaarden* in Krusau, kurz hinter der Grenze.«

»Feine Adresse.«

Önal zuckte mit den Schultern. »Solche Leute tummeln sich wohl eher nicht in der Bahnhofskneipe. Ich habe seinen Gesprächspartner, also diesen Banker, eben angerufen. Er bestätigt den Termin. Angeblich waren sie bis etwa zweiundzwanzig Uhr dreißig dort. Anschließend wollte Schrader noch nach Kiel fahren.«

»Dreimal dürfen wir raten, zu wem.«

»Und am Dienstag hatte er gleich morgens um halb acht eine Grundstücksbesichtigung in Eutin. Dafür muss er sehr früh aufgestanden sein. Und so geht es weiter: fortlaufend Termine, und abends saß er in Heide mit dem Kreispräsidenten von Dithmarschen zusammen – das Stichwort *Gelände Albersdorf* steht dazu auf seinem Terminplan. Soll ich das auch rasch nachprüfen?«

»Nein, lassen Sie nur. Das ist irrelevant. Sieht tatsächlich nicht so aus, als hätte der Mann seinen Nebenbuhler aus dem Weg geräumt.«

»Jedenfalls nicht eigenhändig«, ergänzte der Kommissaranwärter trocken. Er zögerte kurz, dann siegte offenbar seine Neugier. »Steht was Interessantes auf dem Rimmeck-Zettel?«

»Kaum lesbar«, gab Helene lächelnd zurück. »Kommen Sie mal her und schauen Sie mir über die Schulter. Das ist ein Fall für den Grafologen, aber vielleicht erkennen Sie ja etwas, was Sinn macht.«

Gemeinsam studierten sie den traurigen Nachlass des ermordeten Professors. Nach einer Minute legte Önal seinen Zeigefinger auf eine Zeile. »Ich lese da so was wie ›Hypothekenwimpel‹ oder so. Gibt's das?«

»Nee. Könnte es ›Hypothekenschwindel‹ heißen?«

»Genau, das ist es. ›Hypothekenschwindel‹. Und sehen Sie mal hier: Da steht eindeutig der Name ›Krefft‹, oder? Das Wort davor könnte ohne Weiteres auch ›Schwanensee‹ lauten, aber mit viel gutem Willen geht's als ›Susanne‹ durch.«

Die Oberkommissarin lehnte sich vor. »Stimmt! Bemerkenswert. Er hat sich also mit den Dingen beschäftigt, die uns ebenfalls brennend interessieren. Vor allem unsere Spezialisten vom LKA.«

Der junge Kommissaranwärter starrte immer noch auf den Ausdruck. »Hier, schauen Sie mal auf diesen Satz, Frau Christ. Ich kann ihn nicht ganz entziffern, aber es kommen die Wörter ›falsches Gutachten‹ und noch ein Name vor. Sehen Sie doch, hier!« Er zeigte auf das Wort.

Jetzt erkannte auch Helene, was da stand. Das Wort lautete ›Harmsen‹. »Was sagt uns das wohl?«

»Wenn ich mal mutmaßen darf«, antwortete Önal und trat wieder vor den Tisch, »dann hat der Professor ein Pamphlet verfasst, in dem er mit den Leuten abrechnet, die ihn in den Ruin getrieben haben. Aus seiner Sicht natürlich.«

»Aber er war doch wohl schon so am Ende, dass er kaum eine belastbare Recherche durchgeführt haben dürfte.«

»Er wird sich wahrscheinlich auf seinen eigenen Fall konzentriert haben, also das Klinikprojekt. Das kannte er ja bis ins kleinste Detail, nehme ich an. Und dies ist die achte Seite einer ...« Er zögerte. »Ich nenne es die Abrechnung eines zerstörten Mannes mit seinen Feinden. Auch wenn das etwas pathetisch klingt.«

»Spricht viel dafür, Nuri«, erwiderte Helene. »Rimmeck hat keine Ruhe gegeben, hat mir Harmsens Referentin erzählt. Er wurde ermordet, weil sein Wissen jemandem zu gefährlich wurde. Und dieser Jemand hat dann auch die Aufzeichnungen aus der Wohnung geholt, wobei er dieses eine Blatt übersehen hat, das irgendwie hinter den Heizkörper geraten war.«

»Klingt einleuchtend. Aber es gab keine Einbruchspuren, hat der Kollege Schnabel festgestellt. Das sollten wir im Hinterkopf behalten, denke ich.«

»Ich kann kaum erwarten, was die Kollegen von der Wirtschaftskriminalität bei der Überprüfung der verschiedenen Unternehmungen herausfinden werden.«

»*Wenn* sie etwas finden«, ergänzte Önal trocken.

»Ich werde Hauptkommissarin Brenneke darum bitten, dass man auch Rimmecks Projekt noch einmal gründlich unter die Lupe nimmt. Vielleicht ist ja doch was dran an seinen Vorwürfen, und er war noch nicht vollständig jenseits von Gut und Böse – wer weiß?«

Nuri Önal nickte. »Übrigens habe ich die vollständige Liste der ein- und ausgehenden Anrufe von Harmsens Handy erhalten. Ich habe sie ausgedruckt. Sehen Sie sich das bitte mal an.«

Helene studierte das Blatt konzentriert.

Was ihr sofort auffiel, war das Fehlen jeglicher Gespräche ab Montagmittag, also etwa ab dem Zeitpunkt, als Harmsen die Leinen in Möltenort losgeworfen hatte. Der vielbeschäftigte Mann hatte an Bord seine Ruhe haben wollen, vermutete sie.

Schnell checkte sie die vorherigen Einträge seit Sonntag. Ein paar Gespräche mit Leuten, deren Namen ihr nichts sagten, und eins am Sonntagabend mit dem Privatanschluss des

Ministerpräsidenten. Aber zwei Namen stachen ihr ins Auge. »Er hat mit Susanne Krefft telefoniert«, murmelte sie versonnen. »Nun gut, mit der hatte er schließlich auch viel zu tun. Aber ein anderer Anruf ist viel interessanter, hier, am Sonntag.«

»Sie meinen den von Prof. Klaas Rimmeck um dreiundzwanzig Uhr, nehme ich an«, sagte der Kommissaranwärter. »Und der ist jetzt genauso tot wie sein Gesprächspartner.«

»Fällt Ihnen dazu etwas ein, Nuri? Irgendeine Bedeutung muss das haben.«

Önal zuckte mit den Schultern. »Hat es mit Sicherheit, auch wenn das Gespräch nur zwei Minuten gedauert hat. Aber welche?«

»Wir werden es hoffentlich herausfinden, auch wenn ich im Moment noch nicht ...«

Das Klingeln des Telefons auf dem Schreibtisch unterbrach Helene. Sie nahm den Hörer ab.

Kriminalhauptmeister Feld war am Apparat. »Dachten wir uns doch, dass wir Sie im Büro erreichen.«

»Wir?«

»Na, der Kollege Hiesemann und ich. Wir wollten einen kurzen Zwischenbericht loswerden.«

»Das trifft sich gut, wir hätten sie sowieso angerufen.«

»Warum das denn?«

»Weil uns jetzt die Anrufliste von Harmsens Mobilfunkanschluss vorliegt. Herr Önal wird Ihnen gleich ein paar Namen mailen, die uns nichts sagen. Wahrscheinlich Bekannte oder Freunde – vielleicht auch bloß seine Autowerkstatt. Bitte überprüfen Sie, um wen es sich jeweils handelt und worum es in den Gesprächen ging. Vielleicht erfahren wir dadurch etwas Neues.«

»Geht klar«, erwiderte Feld. »Wie viele Namen sind es denn?«

»Vier oder fünf. Es geht ja nur um die Mobilfunkaktivitäten in den letzten zwei Tagen vor dem Mord. So, und bevor

Sie anfangen, stelle ich jetzt mal auf Lautsprecher, damit Herr Önal mithören kann. Schießen Sie los!«

Feld berichtete, dass er und sein Kollege sich im Umfeld der Harmsens umgehört hatten. »Hiesemann hat mit einigen Leuten aus dem Yachtclub des Staatssekretärs geredet. Zwei oder drei von denen kannten ihn ganz gut. Ein umgänglicher Typ war er, sagen die, kein bisschen eingebildet. Von irgendwelchen Affären wollen sie nichts bemerkt haben. Manchmal hat er Besucher mit auf sein Boot genommen, natürlich auch Frauen, aber Liebschaften oder so was sind ihnen angeblich nicht aufgefallen. Übrigens sagen auch seine Nachbarn nur Gutes über ihn.«

»Wie schön«, sagte Helene sarkastisch. »Wenn er Affären gehabt hat, wird er die ja auch kaum den Nachbarn präsentiert haben.«

»Hark Ole Harmsen war Mitglied im Lions Club, wie wir in Erfahrung bringen konnten. Wir werden morgen mal zwei seiner Lions-Freunde aufsuchen. Vielleicht kriegen wir noch ein bisschen mehr über das Privatleben des Staatssekretärs heraus. Obwohl ich da skeptisch bin. Diese Leute halten in der Regel dicht.«

»Und was ist mit Vanessa Lasse-Harmsen?«

»Das war einfacher. In der Werbeagentur, für die sie arbeitet, gibt es eine überaus redselige Dame, die sich als ihre Freundin bezeichnet. Hiesemann hat mit ihr eine Stunde im Café verbracht, und wenn sie gerade mal nicht geheult hat wegen des furchtbaren Schicksalsschlages der armen Vanessa, dann hat sie munter geplaudert. Ein paar gemeine Fragen, und Hiesemann erfuhr, dass die bedauernswerte Witwe schon seit mindestens zwei Jahren ein Verhältnis mit Dietrich Schrader hat.«

»Wusste der Ehemann davon?«

Feld lachte auf. »Die sogenannte Freundin behauptet zwar, sie glaube das nicht, weil Vanessa angeblich immer so diskret gewesen sei, aber wenn Sie mich fragen: Nach dem, was die

Leute über Harmsen sagen, macht er auf mich nicht den Eindruck eines absoluten Volltrottels.«

»Da haben Sie wohl recht«, stimmte die Oberkommissarin zu. »Gute Arbeit, die Herren! Ziemlich viel Stoff, den Sie beide da zusammengetragen haben, vor allem in so kurzer Zeit – toll!«

»Danke verbindlichst«, gab Feld zurück. »Werd's an Hiesemann weitergeben. Wir kümmern uns um die Leute von der Anrufliste, sobald wir die Mail haben. Und dann bleibt ja noch die wirtschaftliche Lage der Eheleute Harmsen. Mal sehen, wie weit wir damit kommen. Sehen Sie denn eine Chance für eine staatsanwaltliche Verfügung?«

»Für alle Konten, die auf den Namen des Opfers laufen, kriege ich eine Verfügung zur Offenlegung durch die Banken. Mich würde aber eigentlich mehr interessieren, ob die Ehefrau ein eigenes Konto unterhält. Wenn das der Fall ist, bekäme ich dafür allerdings derzeit bestimmt nichts in die Hand, um das Bankgeheimnis auszuhebeln.«

»Ach, da gibt es durchaus die eine oder andere Möglichkeit, trotzdem an Informationen zu kommen«, erklärte Feld fröhlich.

»Welche schweben Ihnen da vor?«, hakte Helene misstrauisch nach.

»Wollen Sie gar nicht wissen, Frau Christ. Alles natürlich völlig legal und im Rahmen der Dienstvorschriften, versteht sich«, versicherte Feld treuherzig, verabschiedete sich und legte auf.

»Da kann man nur staunen«, sagte Önal. »Die beiden Kollegen haben's echt drauf.«

»Das sind gewiefte Kriminalisten, Nuri. Die wissen, wie man an Leute herankommt. Und stellen die richtigen Fragen. Jahrelange Erfahrung eben.« Sie sah den jungen Mann aufmunternd an. »Kommt alles mit der Zeit.«

»Wenn Sie es sagen … Na gut, ich kümmere mich jetzt um die Mail für Herrn Feld.« Er wandte sich ab und ging zur

Tür. »Ach, was ich noch fragen wollte: Sie fahren doch morgen zu dieser Frau Krefft nach Schleswig, oder?« Helene nickte, und zögernd fuhr der Kommissaranwärter fort: »Kann ich mitkommen?«

»Morgen ist Sonntag, Nuri. Muss wirklich nicht sein, dass Sie auch …«

»Aber ich habe sonst nichts vor. Solche Befragungen habe ich bisher viel zu wenig mitgemacht.«

»Wer Sie heute bei Schrader erlebt hat, würde das gar nicht denken.« Sie lächelte und blickte weg, als sein Gesicht sich wieder rötlich verfärbte. »Aber von mir aus gern. Ich habe gleich noch einen Termin. Dafür nehme ich mein eigenes Auto. Wenn Sie wollen, können Sie mich morgen Vormittag gegen zehn Uhr mit einem Dienstwagen zu Hause abholen. Dann fahren wir zusammen nach Schleswig.«

»Prima, machen wir so.« Der junge Kollege freute sich sichtlich.

Helene schrieb ihre Adresse auf und gab Önal für den Rest des Tages frei, schließlich war Sonnabend.

Als er die Tür zum angrenzenden Büro hinter sich geschlossen hatte, griff sie erneut zum Hörer. Es wurde Zeit, sich wieder einmal bei Hauptkommissarin Jasmin Brenneke zu melden.

24

Als die Oberkommissarin aus dem Gebäude der Polizeidirektion heraustrat, stand sie sofort im Regen. Den ganzen Vormittag über war es trocken geblieben, und ihr Schirm lag natürlich im Auto.

Eilig hastete sie hinüber zum Parkplatz. Auch der Wind hatte stark aufgefrischt. Mit böigen Stößen peitschte er die dichten Schauer durch die Straßen. Noch bevor Helene bei ihrem Wagen ankam, war ihre Jacke durchnässt.

Ärgerlich ließ sie sich auf den Sitz fallen, startete den Motor und schaltete das Heizgebläse hoch.

»Schietwetter«, fluchte sie laut – gefühlt zum hundertsten Mal seit Beginn der kalten Jahreszeit. Und sicher zum tausendsten Mal in ihrem Leben an der Ostseeküste. So machte Autofahren keinen Spaß, nicht einmal ein kleiner Ausflug nach Kappeln an der Schlei, wo sie sich mit Edgar Schimmel verabredet hatte.

Er hatte darauf bestanden, ein gutes Stück von seiner Klinik fortzukommen, und ein Mittagessen in einem der Restaurants am Hafen vorgeschlagen, was Helene durchaus gefiel. Sie verspürte keinerlei Eile, allzu früh nach Hause in das Chaos zurückzukehren. Wenn sie ehrlich war, musste sie sich eingestehen, dass sie nichts dagegen hatte, Stine die Putzarbeiten zu überlassen.

Als sie auf der B 199 aus der Stadt herausfuhr, rief sie sich noch einmal das kurze Telefonat mit Jasmin Brenneke ins Gedächtnis. Unfreundlich war sie nicht gewesen, die Dame. Unpersönlich traf es besser. Distanziert. Man hatte sich höflich ausgetauscht, kaum mehr. Die Hauptkommissarin hatte gleich zu Beginn darauf hingewiesen, wie knapp ihre Zeit bemessen sei, da der Ministerpräsident sie in Kürze zu einem Lagebericht erwarte. »Er nimmt regen Anteil an den Ermittlungen.«

Das sei durchaus zu begrüßen, hatte Helene beflissen geäußert, nur sei ihr nicht klar, was Frau Brenneke dem hohen Herrn denn eigentlich erzählen könne.

Es sei ihr durchaus bewusst, dass noch keine konkreten Ergebnisse vorlägen, aber der Herr Ministerpräsident habe ja ein Recht drauf, über die Ermittlungen informiert zu werden, hatte die frischgebackene Koordinatorin geantwortet.

Und so war Helene rasch dazu übergegangen, ihre bemerkenswerte Vorgesetzte über die Schritte in Kenntnis zu setzen, die sie von Flensburg aus gerade unternahm. »Es wäre übrigens gut, wenn Sie den Herrn Ministerpräsidenten fragen würden, warum Harmsen ihn am Sonntagabend auf seinem privaten Anschluss angerufen hat.«

»Ein solches Telefonat steht auf der Verbindungsliste?«

»So ist es. Wir müssen erfahren, ob Harmsen dem Ministerpräsidenten etwas mitgeteilt hat, das mit seinem Tod zu tun haben könnte. Schließlich wurde er bereits in der Nacht darauf umgebracht.«

»Ich werde ihn selbstverständlich fragen, obwohl ich mir nicht vorstellen kann ...«

»Sind denn die Kollegen schon mit der Untersuchung von Harmsens dienstlichen Aktivitäten weitergekommen?«, hatte Helene ihre Vorgesetzte schnell unterbrochen. An deren Vorstellungen, den Regierungschef betreffend, war sie nicht interessiert.

»Sie analysieren gerade die wichtigsten Vorgänge der letzten Monate. Dabei sind wohl einige Fragen aufgekommen. Alles außerordentlich kompliziert. Es wird sicher noch lange dauern, bevor sie überhaupt zu einer Einschätzung kommen. Mehr kann ich Ihnen dazu leider nicht sagen. Schon gar nicht am Telefon.«

Das verstehe sie natürlich, hatte sich Helene zu versichern beeilt. »Nach meinem Gespräch mit Schrader habe ich durchaus eine Ahnung von der Art der Fragen, die sich die Finanzexperten des LKA so stellen könnten. Ein weites Feld, diese Großprojekte – und viele Spieler darauf, die alle ihre eigenen Interessen haben.«

Von der Entdeckung irgendwelcher Unregelmäßigkeiten könne bisher überhaupt nicht die Rede sein, hatte die Hauptkommissarin sofort kategorisch abgewehrt. Und das werde sich ihrer Überzeugung nach auch nicht ändern, dessen sei sich übrigens auch der Ministerpräsident sicher. Aber selbstverständlich erwarte sie Helenes Bericht über die Befragung des Immobilienmaklers. »Wie auch über Ihr morgiges Gespräch mit Frau Krefft. Sie war übrigens vor ein paar Stunden bei mir.«

»Ach ja? Was wollte sie denn?«

»Sie hat die Interviewanfrage eines großen Nachrichtenmagazins erhalten, das zu einem geplanten Artikel über Dr. Harmsens Karriere, seinen Tod und … nun ja, über die ganze Sache recherchiert, Sie wissen schon. Frau Krefft wollte wissen, wie sie sich verhalten solle. Sehr vernünftig, die Frau. Der Tod ihres langjährigen Parteifreundes bewegt sie sichtlich.«

»Aha. Nun, sie könnte sehr bald noch erheblich stärker in Wallung geraten«, hatte Helene lakonisch bemerkt. Ihr war schlagartig klar geworden, dass sie sich intensiv mit der Geschäftsführerin der Wirtschaftsförderungsgesellschaft würde befassen müssen. Sehr intensiv sogar.

»Wie bitte?«

»Ach, nichts. Warten wir mal die Ermittlungen der Kollegen von der Wirtschaftskriminalität ab. Sie haben Frau Krefft aber nicht gesagt, dass ich sie morgen zu Hause besuchen werde?«

Das habe sie selbstverständlich nicht getan, hatte die Hauptkommissarin pikiert erklärt. »Ich kann leider nicht direkt an den Ermittlungen mitarbeiten, aber behindern werde ich sie sicher nicht.«

Helene hatte kurzerhand beschlossen, das als scherzhafte Bemerkung aufzufassen. Ob sie damit richtig lag, war zweifelhaft, ihr aber auch ziemlich egal.

Kurz danach war das Telefonat beendet gewesen.

Den Termin mit Edgar Schimmel, der jetzt auf ihrem Programm stand, hatte Helene selbstverständlich mit keinem Wort erwähnt.

»Ich kann dir natürlich nicht sagen, an welchen Schrauben gedreht wird, um Geld abzuzweigen«, sagte Schimmel. »Es sind sehr komplexe Geschäfte.«

»Du meinst diese Konversionen, Schraders Spezialität?«

»Ja, und die laufen ungefähr so: Ein Investor oder auch eine extra dafür gegründete Firma kaufen von der BImA eine aufgegebene Bundeswehrliegenschaft und ...«

»Von der was?«

»Von der Bundesanstalt für Immobilienaufgaben. In der Regel kosten die Objekte wenig Geld, nicht selten nur einen einzigen symbolischen Euro. Dann ...«

»Moment mal!« Helene schob ihren leer gegessenen Salatteller beiseite und starrte den Grauen an. »Die BImA hat doch bestimmt klare Vorgaben, wem sie etwas verkaufen darf – und zu welchen Bedingungen, oder?«

»Sicher. Es muss ein belastbarer Geschäftsplan vorgelegt werden, mit dem Testat einer Wirtschaftsprüfungsgesellschaft. Mal ganz abgesehen von den umfänglichen Genehmigungsverfahren für solche Vorhaben.«

»Aha«, murmelte Helene, der beim Wort ›Wirtschaftsprüfungsgesellschaft‹ plötzlich etwas eingefallen war. »Das ist ja sehr ... Ach, mach erst mal weiter.«

»Nehmen wir einmal an, jemand erwirbt eine alte Kaserne, um darauf eine Wohnanlage zu errichten. Dann legt er zwar einen Plan vor, wie das alles am Ende aussehen wird – mit Zeichnungen und Wirtschaftlichkeitsberechnungen und so weiter. Aber er stellt auch gleich klar, dass er selbstverständlich nicht loslegen wird, bevor nicht alle Altlasten beseitigt sind. Da müssen unbrauchbare Gebäude abgerissen werden, der verseuchte Schutt muss ordnungsgemäß entsorgt werden und meistens auch der Boden, der bis in die Tiefe kontaminiert ist. Den muss man abfahren und auf einer Sondermülldeponie einlagern. Bevor da neue Häuser entstehen können und ein Supermarkt und ein Kindergarten, in dem die lieben Kleinen ungefährdet spielen können, fallen schon ein paar Millionen an. Und die will der Investor natürlich nicht zahlen. Kann er auch gar nicht, denn sonst wären die Preise für Häuser und Wohnungen in der neuen Anlage später haarsträubend. Also basiert sein Geschäftsplan darauf, dass alle Altlasten noch auf Kosten des Bundes beseitigt werden. Was

der natürlich auch macht, denn er will seine nutzlose Liegenschaft loswerden. Die kostet ihn nämlich täglich Geld.«
»Klingt alles ganz logisch – und vor allem legal.«
Schimmel lachte auf. »Ist es ja eigentlich auch.« Der Graue nahm einen tiefen Schluck von seinem Mineralwasser. »Tausende dieser ehemaligen militärischen Liegenschaften gibt es – vom ehemaligen NATO-Flugplatz bis zum winzigen Munitionsdepot in einem abgelegenen Wäldchen –, die den Bund jährlich viele Millionen an Unterhalt kosten. Die Leute stehen vor der Bundesanstalt für Immobilienaufgaben keineswegs Schlange. Die Behörde nutzt jede sich bietende Möglichkeit für Konversionsprojekte. Man will die lästigen Objekte unbedingt loswerden. Und das lässt man sich etwas kosten.«
»Sei mir nicht böse«, wagte sich Helene vorsichtig vor, »aber ich habe noch keine Idee, wie uns all dies bei der Suche nach dem Mörder von Harmsen und Rimmeck weiterbringen könnte – wenn es denn derselbe Täter war.«
»Ich auch nicht«, stellte der Graue entwaffnend fest. »Die Spezialisten vom LKA werden die Abläufe sehr genau unter die Lupe nehmen müssen. Dabei geht es um zwei Bereiche: Einmal die Vergabe der Aufträge für die Beseitigung der Altlasten sowie die dafür ausgehandelten Konditionen. Wobei man sehr genau hinsehen muss, ob diese Millionenaufträge an Auftragnehmer gehen, die immer zum selben Firmenkonsortium gehören.«
»Das werden die Kollegen von der Wirtschaftskriminalität sicher prüfen.«
»Und dann kommt der zweite Teil, und der weckt noch weitaus größere Begehrlichkeiten: die Förderung durch öffentliche Mittel.«
»Womit wir im Umfeld der beiden Toten angekommen wären«, konstatierte Helene trocken. »Der eine war maßgeblich an der Vergabe dieser Mittel beteiligt, der andere fühlte sich als Opfer derselben.«

»So ist es. Obwohl natürlich dieser Rimmeck von den Konversionsgeschäften nicht betroffen war. Bei dem ging es nur um sein Klinikprojekt und die öffentlichen Mittel, die ihm dafür am Ende versagt worden sind, wenn ich es richtig verstanden habe. Wer weiß, ob da auch etwas unsauber gelaufen ist – möglich wäre es immerhin.«

»Durchaus. Ich habe darum gebeten, dass das LKA diese Sache noch einmal aufrollt.«

»Sehr gut«, sagte Schimmel und reckte einen Daumen in die Höhe. »Aber zurück zum Thema Konversion: Die Höhe der gewährten Sonderkredite – teilweise über Jahrzehnte tilgungsfrei – oder auch von Zuschüssen des Landes, die nie vom Investor zurückgezahlt werden müssen, hängt nicht nur von der Schlüssigkeit der Konzepte ab. Da spielen handfeste politische Interessen eine große Rolle. Zum Beispiel bei der Umwandlung einer öden Brache zu einem Industriepark mit vielen neuen Arbeitsplätzen. Damit kann man schon punkten im Wahlkampf.«

Helene sah Schimmel in die Augen. »So weit verstanden. Aber du hast bisher nur das Prinzipielle beschrieben. Gibt es auch irgendeinen Hinweis darauf, dass es dabei tatsächlich zu Unregelmäßigkeiten gekommen ist? Ich meine, entweder bei der Vergabe der Millionenaufträge oder bei den öffentlichen Mitteln?«

»So weit wollte meine … äh, Bekannte sich nicht aus dem Fenster lehnen. Aber in der Partei wird gemunkelt. Man wundert sich über den wachsenden Wohlstand des einen oder anderen, aber natürlich kursieren viele Gerüchte. Wenn es verlässliche Indizien für Schiebereien gäbe, wären die schon lange ans Licht gekommen. Dafür gibt es zu viel Konkurrenz in der Politik. Die belauern einander ständig.«

»Dann haben wir also immer noch nichts«, stellte Helene fest.

»Würde ich nicht sagen.« Der Graue grinste vielsagend und trank sein Mineralwasser aus. »Es gibt jemanden, dem gegenüber Susanne Krefft noch am letzten Sonntag geäußert hat, sie werde Harmsen ›eigenhändig töten‹, wenn der ›nicht zur Vernunft‹ käme – sehr ernsthaft und entschlossen.«

»Tatsächlich? Bei welcher Gelegenheit denn?«

»Auf einem Vorstandstreffen der Partei in Kiel ist es zu einem heftigen Streit zwischen ihr und dem Staatssekretär gekommen. Nachdem Harmsen fort war, hat Krefft dann diese Drohungen ausgestoßen.«

»Und das war mehr als nur das Gerede eines wütenden Menschen?«

»Scheint so. ›Jetzt hat er den Bogen überspannt. Er muss zum Schweigen gebracht werden, und das sofort‹, hat sie wohl gesagt.«

»Wörtlich? Und würde dieser Jemand das auch bezeugen?«

»Zumindest nahezu wörtlich. Und ja, würde sie.«

»Sie, aha. Nun gut, das ist ein Anfang. Ein handfestes Indiz sieht allerdings anders aus und ein Beweis erst recht.«

»Das brauchst du mir nicht zu sagen, Miss Marple«, maulte der alte Kriminaler. »Aber immerhin ist das ein feiner Aufhänger für die Befragung, die du morgen mit der Dame vorhast, oder?«

»Stimmt. Mal hören, was sie dazu sagt.« Helene stand auf. »Ich muss leider los, Edgar. Gibst du mir bitte die Personalien der Frau, die diese Morddrohung gegen Harmsen bezeugen wird?«

Das Gesicht des Grauen verschloss sich augenblicklich. »Wenn du sie brauchst, wird sie ihre Aussage machen, verlass dich darauf. Aber ich habe ihr versprochen, sie so lange herauszuhalten, wie es mir möglich ist. Für anständige Menschen ist es nicht leicht, jemanden zu verraten – egal, ob man ihn mag oder nicht.«

»Gut, das genügt mir. Machen wir es so.«

»Und du lässt mich wissen, was morgen bei der Krefft-Befragung herauskommt?«

»Kannst dich drauf verlassen. Und richte bitte der großen

Unbekannten in deinem rätselhaften Privatleben meinen Dank aus.«

Der Graue gab ein paar unwirsche Grunzlaute von sich und rief die Bedienung, um zu zahlen.

25

Erfreut stellte Helene fest, dass dieser Sonntagmorgen einen jener erfrischenden Tage versprach, an denen die tief stehende Sonne die weite, hügelige Endmoränenlandschaft in allen Farben würde strahlen lassen. Schon jetzt glänzte das Meer in der Ferne hinter den Strandwiesen verführerisch auf. Nur wenige schneeweiße Wellenkämme tanzten über der tiefblauen Fläche. Und sogar ein Segel war zu erkennen, das langsam unter der dänischen Küste gegenüber nach Westen zog.

»Guck mal, da segelt noch einer«, sagte Helene und wies aus dem Wohnzimmerfenster.

Sie hatten sich zum Frühstück hierher zurückgezogen, da die Küche voller Staub und Schmutz war. Im Heizungsraum daneben waren die Handwerker bereits seit acht Uhr dabei, die neue Anlage zu installieren.

»Einer ist immer draußen«, erklärte Simon mit vollem Mund.

Schon oft hatte Helene das von ihm gehört. Und er hatte recht.

Selbst wenn die Ostsee in Ufernähe längst zugefroren war, gab es immer noch den einen oder anderen, der draußen unter Segeln seine Bahn zog. Man erlebte das an Weihnachten oder Silvester ebenso wie zu den kältesten Tagen im Februar. Von solchen Temperaturen waren sie noch weit entfernt, aber die elf Grad, die das Außenthermometer anzeigte, luden schon jetzt nicht mehr wirklich zu einem Segeltörn ein.

Jedenfalls Helene nicht.

Simon schien das durchaus anders zu sehen. »Schade, dass die *Seeschwalbe* schon aus dem Wasser ist«, grummelte er und biss in sein Mettbrötchen. »So herrliches Wetter!«

»Einen schönen langen Strandspaziergang mit Frau Sörensen könnten wir heute ja noch machen«, sagte die Oberkommissarin lachend.

»Musst wahrscheinlich allein mit ihr gehen«, erwiderte Simon. »Wir werden bis zum Abend mit der Heizung beschäftigt sein. Die Leute geben sich alle Mühe, aber es dauert schließlich alles seine Zeit.«

»Klar, das geht vor. Hauptsache, ihr werdet heute noch irgendwann fertig. Ich freu mich schon darauf, wenn es hier überall warm und gemütlich sein wird.«

»Das kriegen wir hin, mein Schatz«, versicherte Simon und schob der alten Hündin, die unter dem Tisch lauerte, den Rest seines Brötchens hinunter.

»Du sollst nicht immer ...«

»Lass es doch einfach«, protestierte er grinsend. »Das ist Mettwurst – nur gute Sachen drin. Sie ist jetzt fast zehn und frisst das Zeug hin und wieder, seit sie ein Welpe war. Wir haben uns das Frühstück immer geteilt, schon als ...« Verlegen brach er ab.

»... als wir uns noch gar nicht kannten«, vervollständigte Helene den Satz. Was soll's, dachte sie. Gegen das Team Simon und Frau Sörensen war kein Kraut gewachsen. »Ach, macht doch, was ihr wollt, ihr beiden«, sagte sie lachend.

Sie hatte gerade ihren Tee ausgetrunken, als sie hörte, dass ein Auto auf den Hofplatz fuhr. »Das wird Nuri Önal sein. Ich muss los.« Sie stand auf, küsste Simon und gab Frau Sörensen ein Abschiedskraulen. Im Hausflur zog sie sich die Jacke über, griff nach ihrer Umhängetasche und trat nach draußen.

Kommissaranwärter Önal stand neben einem grauen Dienstpassat und rief ihr einen Morgengruß zu. In tiefen Zügen atmete Helene die frische, salzwürzige Seeluft ein, die ihr entgegenwehte. »Moin, Nuri. Danke fürs Abholen. Die Adresse haben Sie ja.« Damit stieg sie ein, und Önal setzte sich hinter das Steuer.

»Ich kenne mich in Schleswig nicht so gut aus«, sagte der Kommissaranwärter und startete den Motor. »Hab's ins Navi eingegeben.«

»Dann mal los!«

Susanne Krefft war eine Überraschung. Allerdings nicht auf den ersten Blick. Sie schien genau die dominante Persönlichkeit zu sein, die sich die Oberkommissarin vorgestellt hatte, auch strahlte sie spürbar eine Macht aus, die ihre Mitmenschen keinen Augenblick über ihren Führungsanspruch im Zweifel ließ. Allein ihre groß gewachsene, straffe Figur und ihr scharfer Blick wirkten sofort einschüchternd – auch auf Helene.

Aber nur, bis sie die Stimme hörte.

Von der hätte ich mir früher gern die Gutenachtgeschichten vorlesen lassen, schoss es Helene sofort durch den Kopf. Selbst die erstaunte Frage »Was verschafft mir denn die unerwartete Ehre Ihres Besuchs am Sonntag?« kam angenehm moduliert und in sanftem, fast einschmeichelndem Tonfall aus dem Mund der Frau, die in der Tür stand.

»Wir hätten Sie gern gesprochen«, erwiderte die Oberkommissarin und stellte sich und ihren Begleiter vor. »Dürfen wir eintreten?«

Susanne Krefft trat beiseite. »Natürlich, kommen Sie bitte. Es muss ja wohl etwas Dringendes sein, sonst hätten Sie sicher einen Termin vereinbart, wie es üblich ist.«

Selbst diese klare Zurechtweisung klang wie ein romantisches Gedicht von Eichendorff, fand Helene. »Es geht um den Mord an Staatssekretär Harmsen, aber das haben Sie sich bestimmt schon gedacht.«

»Eigentlich nicht«, sagte die Frau, während sie ihre beiden Besucher ins Wohnzimmer geleitete. »Das ist gewiss ein furchtbares Unglück, aber ich wüsste nicht, wie ich Ihnen helfen könnte. Sie sind wohl noch auf der Suche nach dem Täter?«

Das bestätigte Helene freundlich und nahm Platz in dem angebotenen Sessel. Önal setzte sich auf das Sitzmöbel daneben, und die Hausherrin wählte das Sofa gegenüber, kuschelte sich bequem in ein Kissen und zog ihre Beine unter den Körper.

Totale Entspannung. Zumindest wollte sie diese signalisieren, war Helene klar. Nun gut, mal sehen, wie lange sie durchhält, dachte sie und stellte angriffslustig fest: »Sie haben Dr. Hark Ole Harmsen gehasst, richtig?«

Eine winzige Bewegung, kaum sichtbar. Millimeter nur zuckte der Körper von dem Kissen hoch, dann fragte die lyrische Stimme: »Um Himmels willen, wie kommen Sie denn darauf?«

»Das liegt doch auf der Hand. Sie haben damit gedroht, ihn eigenhändig umzubringen. Auf innige Zuneigung lässt das nicht schließen, finde ich.«

Das war wohl doch etwas zu viel für die Dame. Abrupt setzte sie sich auf und fragte scheinbar fassungslos: »Wie bitte? Was soll ich getan haben? Wer erzählt denn solchen Unsinn?«

»Sie behaupten also, am vergangenen Sonntag keine Morddrohung gegen Hark Ole Harmsen ausgestoßen zu haben? Überlegen Sie sich gut, was Sie sagen, Frau Krefft. Es gibt Zeugen.«

»Ach, ich ahne, worauf Sie anspielen«, erwiderte die Politikerin lächelnd, als könne ein solch absurder Vorwurf sie nicht im Mindesten beunruhigen. »Ich erinnere mich, dass Hark Ole, also Herr Harmsen, am Tag zuvor einen von mir befürworteten Antrag auf Fördermittel abgelehnt hatte. Darüber haben wir gestritten und konnten uns nicht einigen. Am Sonntag war ich deswegen noch immer verärgert, und da sagt man dann schon mal so etwas Dummes.«

Die wohlklingenden Sätze hätten nicht besser wirken können, wären sie in fünfhebigen Jamben vorgetragen worden. War die Selbstgefälligkeit dieser Frau denn nicht zu erschüttern?

Helene blickte auf ihren Zettel und las vor: »›Ich werde ihn eigenhändig töten. Er hat den Bogen überspannt und muss zum Schweigen gebracht werden.‹ Haben Sie das gesagt oder nicht?«

»Weiß ich nicht.« Die Frau rückte ein kleines Stück auf dem Sofa vor und blickte der Oberkommissarin ins Gesicht. »Wer hat Ihnen das denn erzählt? Kann ja nur die ...« Sie brach den Satz ab.

»Sie bestreiten also nicht, das gesagt zu haben?«

»Meine Güte, vielleicht etwas in der Art, aber das können Sie doch nicht ernst nehmen!«

»Man hört, Sie seien eine Politikerin, deren Äußerungen man besser immer ernst nehmen sollte. Warum dann diese nicht? Was haben Sie denn damit gemeint, dass Harmsen ›den Bogen überspannt‹ habe?«

Susanne Krefft warf die Arme in einer theatralischen Geste in die Luft. »Herrjeh, ich war halt mit seiner Entscheidung nicht einverstanden.«

»Um welches Projekt ging es denn dabei konkret?«

»Das kann ich Ihnen beim besten Willen nicht mehr sagen. Ich müsste im Büro in die Akten sehen. Sie haben vermutlich keine Vorstellung davon, wie viele solche Anträge bei uns auflaufen.«

»Nein, die habe ich nicht«, gab die Oberkommissarin freundlich zurück. »Aber an einen Vorgang, der Mordgelüste bei Ihnen ausgelöst hat, sollten Sie sich eigentlich erinnern können.«

»Jetzt gehen Sie zu weit. Sie unterstellen mir da etwas, nur weil ich ...«

»Sie bestreiten also nicht ihre Ankündigung, den Staatssekretär eigenhändig umzubringen, stelle ich fest«, unterbrach

Helene unbarmherzig. »Und wenig später war er tot. Ermordet.«

»Aber das ist doch ...«

Kommissaranwärter Önal schien nicht daran interessiert zu sein, was das wäre, sondern fragte: »Wo hielten Sie sich von Montag bis Mittwoch der vergangenen Woche auf, Frau Krefft?«

»Was soll denn diese Frage? Sie wollen mir doch wohl nicht etwa unterstellen, ich hätte etwas mit Hark Oles Tod zu tun?«

»Das wäre der falsche Ausdruck. Wir gehen sogar davon aus, dass Sie ihn ermordet haben. So, wie von Ihnen selbst kurz vorher angekündigt.«

»Liebe Frau Kommissarin«, erwiderte Susanne Krefft, und Helene stellte bewundernd fest, dass die Stimme kaum etwas an Sanftheit und Wohlklang eingebüßt hatte, auch wenn die Augen eisige Kälte ausstrahlten. »Das ist doch ausgemachter Unsinn. Sie sollten selbst erkennen, dass niemand, der ernsthaft vorhat, jemanden zu ermorden, das vorher herumerzählt, oder?«

»Sie haben es ja nicht ›herumerzählt‹. Sie haben es einer einzigen Person gesagt.«

»Ich weiß. Und bei der war ich sicher, dass sie das richtig einordnen kann. Aber man lernt eben nicht aus, was die Mitmenschen angeht.«

»›Einordnen‹? Eine handfeste Morddrohung, noch dazu aus Ihrem Mund, wo doch jeder weiß, wie tief Ihr Zerwürfnis mit Staatssekretär Harmsen war? Was gibt es da einzuordnen?«

»Ich hatte keineswegs ein ›Zerwürfnis‹ mit ihm, wie Sie das ausdrücken. Wer erzählt denn solchen Unsinn?«

»Noch mal: Wir müssen wissen, wo Sie sich in dem fraglichen Zeitraum aufhielten«, wiederholte Önal ungerührt.

Susanne Krefft stand auf, ging quer durch den Raum hinüber zu einem hübschen Biedermeierschreibtisch vor dem

Fenster zum Garten und blätterte in dem Kalender, der auf der Tischplatte lag. »Ich habe nichts zu verbergen, auch wenn Ihre Verdächtigungen mehr als lästig sind«, sagte sie. »Ich hatte Anfang der Woche eine schwere Erkältung und bin zu Hause geblieben. Erst am Mittwoch konnte ich gegen Mittag wieder in mein Büro nach Kiel fahren.«

»Hatten Sie Besuch am Montag oder am Dienstag? Ein Arzt vielleicht, Nachbarn oder Bekannte? Irgendjemand, der bezeugen kann, dass Sie hier waren?«, fragte der Kommissaranwärter.

»So weit ist es also schon, dass ich ein Alibi brauche?«

»Sieht so aus, Frau Krefft«, erwiderte Helene. »Tut mir leid, aber so können Sie am besten jeden Verdacht ausschließen. Ihre Morddrohung steht nun mal im Raum.«

»Ich lebe allein. Am Montag war der Bote von der Apotheke an der Tür, um Medikamente zu bringen, die ich telefonisch bestellt hatte. So gegen zehn Uhr.«

»Und der hat sie gesehen?«

»Na ja, nicht direkt. Bevor ich es an die Tür geschafft hatte, war er schon wieder weggefahren. Er hat die Tüte mit den Arzneien an die Klinke gehängt.«

»Das hilft Ihnen nicht weiter, fürchte ich.«

»Also das ist doch lächerlich, was Sie hier mit mir veranstalten! Ich kann nur sagen: Ich lag bis Dienstagabend im Bett und habe viel geschlafen. Auf Besuch habe ich gern verzichtet. Und meine Haushaltshilfe kommt immer mittwochs. Aber selbstverständlich habe ich ein paar Telefonate mit Kiel geführt.«

»Könnten Sie uns bitte aufschreiben, mit wem Sie gesprochen haben – und wann in etwa?«, bat Helene höflich. »Wir müssen das nachprüfen.«

»Haben Sie die Telefonate vom Festnetzanschluss geführt oder von Ihrem Handy?«, schaltete sich Kommissaranwärter Nuri Önal ein, und die Oberkommissarin schaute ihn überrascht an.

»Ich benutze mein privates Festnetztelefon nicht für dienstliche Gespräche. Nur mein Diensthandy.«

»Und alle Gespräche, die Sie von Montag bis Dienstag geführt haben, liefen über dieses Handy, richtig?«, vergewisserte sich Önal.

»Ja doch, sagte ich schon.«

Der lyrische Beiklang hatte nun doch gelitten, konstatierte Helene, ging jetzt eher in Richtung Waldhorn.

»Danke, das wollte ich wissen«, sagte Önal. Er lehnte sich vor. »Sagen Sie bitte, Frau Krefft, was hatten Sie mit Prof. Rimmeck aus Kiel zu tun?«

»Mit Prof. Rimmeck?« Überrascht zuckte die Frau zusammen. Nur kurz, aber Helene erkannte eine plötzliche Unsicherheit.

»Sie wissen doch, von wem ich spreche, nicht wahr?«, hakte der Kommissaranwärter nach.

»Natürlich sagt mir der Name etwas. Der Professor wollte vor einiger Zeit eine neue, hochmoderne Klinik bauen. Die Wirtschaftsförderungsgesellschaft Schleswig-Holstein war darin involviert. Leider ist das Projekt später gescheitert.«

»Und warum?«

»Es gab Probleme mit der Finanzierungszusage seitens der Investitionsbank. Mehr möchte ich dazu nicht sagen.«

»Aber dass Rimmeck nun tot ist, wissen Sie sicher.«

»Natürlich. Stand ja in der Zeitung. Er war wohl sehr krank. Was hat das mit mir zu tun? Ich habe ihn seit ewigen Zeiten nicht mehr getroffen.«

»Ach«, sagte Helene. »Und wie erklären Sie es sich dann, dass Ihr Name in den Aufzeichnungen auftaucht, die er kurz vor seinem Tod verfasst hat?«

Jetzt war Susanne Krefft kurz davor, die Fassung zu verlieren, das war unübersehbar. »Was?«, rief sie fast schrill. »Mein Name – in seinen …«

»… Aufzeichnungen, ja. Eine handschriftliche Hinterlassenschaft könnte man es nennen. Was, glauben Sie, wirft er

Ihnen darin vor?« Die Oberkommissarin wusste genau, dass sie sich damit viel zu weit aus dem Fenster lehnte. Aber einen Versuch war es wert, dachte sie.

»Ich habe nicht die blasseste Ahnung«, schnappte die Politikerin. »Sagen Sie es mir! Sie haben es ja wohl gelesen.«

»Da liegt das Problem. Wegen seines Zustandes, sagen wir besser wegen seines Krankheitsbildes, ist die Schrift nur schwer zu entziffern. Ein Fall für den Grafologen. Aber Ihr Name kommt eindeutig darin vor – und auch der des ermordeten Staatssekretärs. Wie erklären Sie sich das?«

Susanne Krefft schüttelte den Kopf. »Gar nicht. Dafür habe ich keine Erklärung. Was weiß denn ich, was in seinem benebelten ... äh, in ihm vorgegangen ist? Ich bin keine Hellseherin.«

»Das sind wir ja alle nicht«, schaltete sich der Kommissaranwärter wieder ein. »Leider. Sonst hätten wir einen leichteren Job.« Er lächelte verbindlich, bevor er seinen nächsten Pfeil abschoss. »Sagen Sie uns bitte noch: Besitzen Sie eine Waffe? Genauer gesagt eine Schusswaffe?«

»Nein, selbstverständlich nicht«, gab die Politikerin zurück, und unverkennbar klang nun kalte Wut aus ihrer Stimme. »Ihre Unterstellungen sind absurd. So langsam habe ich den Eindruck, ich sollte mir einen Rechtsbeistand herbeiholen. Sie scheinen sich schon auf mich als Täterin festgelegt zu haben.«

Ungerührt stellte Helene die nächste Frage: »Waren Sie jemals an Bord der *Tequila Sunrise*, also Harmsens Motoryacht?«

»Nein, auch das nicht. Ich hasse Boote. Mir wird schon auf der Schleifähre übel.« Susanne Krefft kam wieder zur Sitzgruppe herüber und stellte sich vor den Sesseln auf, in denen ihre Besucher saßen. »Wissen Sie was? Jetzt reicht's mir langsam. Ich würde Sie am liebsten ...«

»Wie wäre es denn«, unterbrach die Oberkommissarin sie ruhig, »wenn Sie uns eine DNA-Probe geben würden? Sie wissen ja, dass Herr Dr. Harmsen auf seinem Boot ermordet wurde. Dann könnten wir anhand der Spuren, die dort gesichert wurden, sofort ausschließen, dass Sie etwas mit der Sache zu tun haben.«

Die Politikerin gab keine Antwort, sondern setzte sich wieder auf das Sofa. Nach einer Weile fragte sie: »Sie meinen es tatsächlich ernst, nicht wahr?«

»Wie bitte?«, hakte Helene nach.

»Ihr Verdacht, ich könnte ihn ermordet haben – den meinen Sie tatsächlich ernst. Sie wollen mir wirklich einen Mord anhängen.«

»Ich bitte Sie, Frau Krefft, das ist Ihrer doch nicht würdig. Es gibt Verdachtsmomente gegen Sie, die sich nicht von der Hand weisen lassen, und ihr Alibi scheint auch nicht gerade hieb- und stichfest zu sein. Warum schaffen wir das alles nicht aus der Welt, indem wir Ihre DNA …«

»Sind Sie dazu überhaupt befugt, ich meine …«

»Ich habe keine staatsanwaltliche Verfügung, wenn Sie das meinen«, räumte Helene ein. »Und, um ganz ehrlich zu sein: Ich bin nicht einmal sicher, ob ich bei der gegenwärtigen Verdachtslage ohne Weiteres eine solche Verfügung bekommen würde. Daher bitte ich Sie, die Probe freiwillig abzugeben. Es ist in Ihrem Interesse, denke ich, denn …«

»… Sie sind ja unschuldig. Und das könnten wir dadurch beweisen«, ergänzte Önal eifrig.

Wieder überlegte die Hausherrin eine Zeit lang, dann sagte sie: »Einverstanden. Ich bin froh, wenn der Spuk auf diese Weise aus der Welt geschafft wird. Tun Sie also, was Sie nicht lassen wollen.«

Die Oberkommissarin holte ein versiegeltes Proberöhrchen aus ihrer Tasche, streifte sich Schutzhandschuhe über und nahm mit dem Stäbchen zwei Wangenabstriche im Mund der Politikerin.

»Wie lange wird es dauern, bis das Ergebnis vorliegt und Sie sich endlich um die Ergreifung des wahren Täters kümmern können?«, wollte Susanne Krefft zum Abschied wissen, als ihre Besucher bereits auf der Treppe standen.

»Die DNA-Probe geht sofort an die Spurensicherung. Morgen im Laufe des Tages wissen wir mehr.«

»Das wollen wir hoffen«, hörten die beiden Kriminalbeamten noch, bevor sich die Tür hinter ihnen schloss.

26

»Was meinen Sie, Frau Christ: Sollten wir sie nicht beschatten?«, fragte der Kommissaranwärter, als er den Wagen aus der Einfahrt lenkte. »Wäre doch interessant zu wissen, was sie jetzt tut – ob sie das Haus verlässt, wohin sie fährt und so weiter.«

»Dafür bekommen wir am Sonntagnachmittag keine Kollegen abgestellt, Nuri. Schließlich nützt uns ja keine Polizeistreife in Uniform, und selbst die wäre nur schwer zu organisieren.«

»Nein, das müssten wir schon selbst machen – und vor allem verdeckt. Aber ich könnte mal Kommissar Zemke anrufen. Morgen früh würde der sowieso zu uns stoßen. Mit dem könnte ich mir die Überwachung teilen.«

»Gute Idee.« Helene nickte. »Versuchen Sie es. Wird aber wahrscheinlich ein langweiliger Sonntag werden.«

»Wer weiß?«, erwiderte Önal lachend und gab Gas.

Während der halben Stunde Fahrt nach Flensburg rief die Oberkommissarin auf der Dienststelle an und ließ sich vom wachhabenden Kollegen Zemkes private Nummer heraussuchen.

Der Kriminalkommissar war sofort am Mobiltelefon. Seine Begeisterung für diesen Auftrag hielt sich zwar erkennbar in Grenzen, aber nachdem ihm Helene die Hintergründe erläutert und die Adresse in Schleswig genannt hatte, sagte er zu, sich sofort auf den Weg zu machen.

Helene gab ihm die Handynummer des Kommissaranwärters. »Sobald Sie dort angekommen sind, rufen Sie bitte den Kollegen Önal an. Dann können Sie mit ihm die Ablösung und alles Weitere besprechen. Und wenn die Zielperson wegfährt, folgen Sie ihr. Natürlich darf sie davon nichts mitbekommen. Wenn sich etwas Wichtiges ergeben sollte, melden Sie sich.«

Kurz darauf parkte Nuri Önal den Wagen im Hof der Polizeidirektion, und Helene stieg aus.

Sie beobachtete noch, wie der Kommissaranwärter in seinem Privatwagen, einem tiefergelegten schwarzen Golf, vom Hof fuhr, dann ging sie ins Gebäude und stieg die Treppe hinauf in ihr Büro.

Jasmin Brenneke war selbstverständlich auch am Sonntag auf ihrem Posten im LKA Kiel. Schon nach dem zweiten Klingeln hob sie ab und hörte der Flensburger Kollegin zu, wobei ihre Zwischenfragen eine lebhafte Besorgnis erkennen ließen.

Als Helene schließlich bei der Entnahme der Speichelprobe angelangt war, sog ihre Vorgesetzte hörbar die Luft ein. »Moment mal, verstehe ich Sie richtig? Sie haben sie zu einer DNA-Probe gedrängt?«

»Natürlich nicht. Ich habe ihr klargemacht, dass eine freiwillige Abgabe dazu dienen kann, sie zu entlasten.«

»Sind Sie sicher, dass Frau Krefft das genauso sieht? Ich meine, stellen Sie sich vor, was los wäre, wenn sie sich beschwert, weil Sie Druck ausgeübt haben. Die Frau ist schließlich …«

»Die Frau ist des Mordes verdächtig. Mindestens eines Mordes, um genau zu sein. Kommissaranwärter Önal kann bezeugen, dass sie die Probe freiwillig abgegeben hat.« Helene versuchte, sich nicht in Rage zu reden. »Eigentlich könnten wir Frau Krefft bereits jetzt in Untersuchungshaft nehmen.«

»Sie sind ja …« Jasmin Brenneke brach ab und fuhr dann mit schriller Stimme fort: »Eine Spitzenpolitikerin, noch dazu die Chefin einer landeseigenen Schlüsselgesellschaft, wollen Sie mal eben ins Gefängnis schicken? Das ist doch … Ich untersage Ihnen das ausdrücklich, hören Sie?«

»Das wäre sowieso die Entscheidung des Staatsanwaltes und nicht Ihre, Frau Brenneke«, erwiderte Helene forsch. Sie konnte ihre Gefühle nur noch schwer kontrollieren. »Gerade weil die Dame so gut vernetzt ist, besteht erhebliche Verdunkelungsgefahr. Sie hat jetzt Zeit, alles Mögliche zu vertuschen. Akten zu vernichten, zum Beispiel. Fest steht: Sie hat eine ernsthafte Mordabsicht geäußert, sie hat ein Motiv und …«

»Motiv? Welches Motiv denn?«

»Sie selbst haben mir gesagt, dass unsere Spezialisten für Wirtschaftskriminalität in Kreffts Förderungsgesellschaft auf Ungereimtheiten gestoßen sind. Die könnten dem Staatssekretär auch aufgefallen sein. Und deshalb hat er sterben müssen.«

»Unsinn«, schnappte die Hauptkommissarin. »Sie können sich doch nicht anmaßen, das zu beurteilen. Da haben sich Fragen ergeben, ja, aber bisher konnte nichts Konkretes nachgewiesen werden. Falls gewisse … äh, Unregelmäßigkeiten vorgekommen sein sollten – hören Sie: Ich sage ausdrücklich *falls* –, dann braucht man für die Aufklärung sowieso noch längere Zeit. Vor allem muss ja geklärt werden, ob und in welcher Weise das alles überhaupt mit dem Mord an Dr. Harmsen in Verbindung steht.«

»Und währenddessen wird im Hintergrund von den Leuten, die Dreck am Stecken haben, fein säuberlich alles vernichtet, was nicht ans Tageslicht kommen soll. Das nenne ich Verdunkelung, um den kriminalistischen Begriff einmal zu definieren.«

»Danke, aber das ist nicht nötig«, fauchte Jasmin Brenneke zurück.

»Tatsächlich? Nun, das freut mich«, konnte Helene sich nicht mehr zurückhalten. »Übrigens kommt zur erklärten Mordabsicht und dem möglichen Motiv drittens bei Susanne Krefft hinzu, dass sie kein Alibi für die Tatzeit hat. Und dann erwähnt der ebenfalls ermordete Klaas Rimmeck sie auch noch namentlich auf dem Zettel, den er kurz vor seinem Tod geschrieben hat.«

»Mag alles sein, aber damit gehen wir nicht zum Staatsanwalt« erwiderte die Hauptkommissarin gepresst. »Nicht bei einer so ... brisanten personellen Konstellation. Was meinen Sie, was in der Regierung für ein Aufruhr herrscht? Und dann das wachsende öffentliche Interesse – da schaffen wir jetzt nicht noch einen weiteren Aufreger für die Sensationspresse. Ganz bestimmt nicht.«

»Nur eine Frage noch: Haben Sie den Ministerpräsidenten auf sein Telefonat mit Harmsen am Tag vor dessen Ermordung angesprochen?«

»Selbstverständlich. Das soll tatsächlich etwas ... seltsam gewesen sein.«

»Aha. Wie ist das zu verstehen?«

»Nun, Hark Ole Harmsen soll gesagt haben, er wolle für zwei, drei Tage auf seine Yacht, um in Ruhe nachzudenken – und zwar ›über eine heikle Sache‹. So soll er sich ausgedrückt haben.«

»Keine Details?«

»Er hat einen Termin mit dem Ministerpräsidenten nach seiner Rückkehr vereinbart, ausdrücklich für ein ›vertrauliches Gespräch‹. An dem Abend wollte er angeblich nicht konkret werden, sondern erst noch ›in sich gehen‹.«

»Donnerwetter, das ist ja hochinteressant«, rutschte es Helene heraus.

»Ach, ich weiß nicht«, wiegelte die Hauptkommissarin sofort ab. »Die beiden Herren waren ja eng befreundet, müssen Sie wissen. Da spricht man sich schon mal über etwas Privates aus.«

»Eben. Genau das ist ja das Interessante«, gab die Oberkommissarin trocken zurück, verabschiedete sich dann und legte auf.

Gereizt sprang Helene von ihrem Sessel, lief hinüber zum Fenster und riss es auf. Tief sog sie die frische Herbstluft ein, um sich zu beruhigen. Sie wusste nur zu genau, dass wieder einmal die Pferde mit ihr durchgegangen waren. Warum nur brachte diese Frau sie so auf?

Tief drinnen, wenn sie ganz ehrlich zu sich selbst war, wusste sie es genau: Brenneke hatte recht. Nicht mit ihren albernen Argumenten, was den Rummel im politischen Kiel betraf – der war Helene herzlich gleichgültig. Aber die Vorbehalte ihrer seltsamen Vorgesetzten bezüglich der Stichhaltigkeit der Beweise für Susanne Kreffts Schuld waren leider durchaus berechtigt – insbesondere, soweit es den Mord an Klaas Rimmeck betraf. Da hatten sie weniger als nichts in der Hand.

›Was dir vorschwebt, ist eine Art Präventivverhaftung‹, hörte sie im Geist den Grauen und verzog unwillig die Mundwinkel.

»Abwarten«, murmelte sie. Sehr bald würden sie mehr wissen. Alles hing jetzt an dem DNA-Abgleich.

Energisch schloss sie das Fenster wieder und warf an ihrem Schreibtisch noch einen Blick auf die Mails. Wie elektrisiert starrte sie auf eine Nachricht des Labors: Die Techniker hatten die Daten auf dem Kartenplotter der *Tequila Sunrise* weitgehend wiederhergestellt.

Die Oberkommissarin klatschte in die Hände. Morgen früh würden sie endlich erfahren, welche Route Staaatssekretär Hark Ole Harmsen auf seinem letzten Törn gefahren war. Und vielleicht sogar, wo man seine Leiche über Bord geworfen hatte.

Morgen würde sich viel entscheiden. Ein äußerst wichtiger Montag.

Als sie aber durch den menschenleeren Flur zur Treppe

ging und ihre Schritte von den Wänden widerhallten, kam ihr plötzlich ein böser Gedanke: Was, wenn sich an diesem Montag herausstellte, dass sie sich verrannt hatte mit ihrem Verdacht? Was, wenn sie ganz falschlag?

Unvermittelt überfiel Helene die Angst vor einem Debakel. Sie musste nach Hause. Dringend.

27

»Die Kripo war bei mir.«

»Was fällt Ihnen ein, mich anzurufen? Und was ist das überhaupt für ein Anschluss? Mir wird keine Rufnummer angezeigt.«

»Regen Sie sich ab. Ich habe mir ein Prepaidhandy zugelegt. Für Notfälle.«

»Was für Notfälle? So etwas gibt es gar nicht – nicht für mich.«

»Ich kann nicht auf das nächste Treffen warten. Haben Sie nicht gehört, was ich gesagt habe? Die Polizei hat mich zu Hause überfallen. Ohne Vorwarnung. An einem Sonntag.«

»Na und? Haben Sie etwas anderes erwartet? Die klopfen überall auf den Busch. Schrader und Harmsens Witwe haben sie schon heimgesucht. Irgendwann werden die auch bei mir auftauchen.«

»Das war mehr als ein Auf-den-Busch-Klopfen. Diese Kommissarin Christ hat mich im Visier. Das kann unangenehm werden.«

»Unangenehm? Mag sein. Aber kein Grund zur Panik. Sie haben ihn ja nicht umgebracht, oder?«

»Natürlich nicht. Ich verbitte mir ...«

»Dann ist doch alles in Ordnung. Wir müssen jetzt ...«

»Und was ist mit Ihnen? Haben Sie etwas mit dem Mord zu tun?«

»Blödsinn. Wollen wir uns jetzt gegenseitig verdächtigen?

Keiner von uns hatte einen Grund, Harmsen umzubringen. Er war unbequem, ja, aber ...«

»Ich traue Ihnen nicht. Ebenso wenig wie Schrader. Was, wenn Sie oder er Deals eingefädelt haben, von denen ich nichts weiß, bei denen Harmsen im Weg gestanden hat?«

»Ich kann Ihnen nicht verbieten, jeden Unsinn zu denken, den Sie denken wollen. Aber drehen Sie bloß nicht durch.«

»Details werde ich jetzt nicht mit Ihnen besprechen, aber mir kommt es schon länger so vor, als liefe da etwas hinter meinem Rücken.«

»Eigenartig. Genau den Eindruck habe ich auch. Allerdings vermute ich eher, dass *Sie* den Hals nicht vollkriegen können und ein paar Schweinereien über Ihre Gesellschaft abgewickelt haben, von denen wir nichts erfahren sollen.«

»Das ist doch die Höhe! Wollen Sie ernsthaft ...«

»Merken Sie was? Wir sind gerade dabei, genau das zu tun, was auf keinen Fall geschehen darf. Lassen wir das doch. Wir würden damit nur der Polizei in die Hände spielen. Keiner von uns hat mit Harmsens Tod etwas zu tun, und damit basta. Das einzig Wichtige ist jetzt, dass sämtliche Unterlagen sauber sind. Dann beißen sich die Leute vom LKA daran die Zähne aus.«

»Dafür habe ich gesorgt. Da findet sich nichts Belastendes.«

»Hoffentlich. Bei den anderen Beteiligten ist das genauso, das habe ich kontrolliert. Und die Verträge sind sowieso wasserdicht.«

»Mag alles richtig sein, aber dennoch will mir diese Kommissarin ans Leder, das steht fest. Sogar Rimmecks Tod hat sie aufs Tapet gebracht.«

»Rimmeck? Ich dachte, der hätte sich totgesoffen?«

»Keine Ahnung, ob das stimmt. Ich nehme es auch an, aber der Kerl hat angeblich eine Art schriftliches Vermächtnis hinterlassen, in dem Harmsens und mein Name auftauchen.«

»Tatsächlich? In welchem Zusammenhang?«

»Weiß ich nicht. Die Polizistin hat behauptet, seine unleserliche Schrift sei nicht auf Anhieb zu entziffern gewesen. Dazu bräuchten sie einen Grafologen.«

»Kann sich ja nur um seinen Konkurs handeln. Er hat doch bis zum Schluss behauptet, daran wäre nicht er selbst schuld, der hoffnungslose Säufer, sondern das Land und die Investitionsbank und wer weiß noch. Natürlich auch die Wirtschaftsförderungsgesellschaft – deshalb vielleicht Ihr Name in dem Pamphlet.«

»Ja, das könnte sein. Dennoch interessieren sich die Beamten dafür.«

»Nicht unser Problem. Rimmecks Ruin hat nicht das Geringste mit unseren Aktivitäten zu tun. Entspannen Sie sich. Haben Sie einen guten Rechtsanwalt?«

»Wollen Sie mich etwa …«

»Sehr witzig. Als ob ich mich in Ihrem persönlichen Umfeld blicken ließe. Nein, aber ich könnte Ihnen einen fähigen Kollegen empfehlen. Sie sollten einen Rechtsbeistand an Ihrer Seite haben, falls die Polizei sich an Ihnen festbeißen will.«

»Ich fürchte, genau das wird diese Kommissarin Christ tun. Ach, und danke für Ihr Angebot, aber so schwachsinnig bin ich nicht, dass ich mir eine von Ihnen handverlesene Laus in den Pelz setzen lasse. Ich habe selbst meine Kontakte.«

»Schön für Sie. War's das jetzt?«

»Fürs Erste schon. Warten wir ab, was passiert.«

»Sie haben doch eine reine Weste – also, was den Mord angeht. Was soll Ihnen denn schon geschehen?«

»Ich hoffe, Sie können das auch von sich sagen. Sicher bin ich mir da nicht. Irgendjemand hat Harmsen schließlich ermordet.«

»Zweifellos. Er ruhe in Frieden.«

28

Der Beamte der Wasserschutzpolizei, der die Schulterklappen eines Kommissars an der Uniform trug und sich als Christian Holtmann vorgestellt hatte, heftete ein großes farbiges Blatt mit Magneten an das Whiteboard.

Helene erkannte sofort, dass dies der vergrößerte Ausschnitt einer Seekarte war, der das Gebiet vor der Kieler Bucht im Südwesten und der Flensburger Außenförde im Nordwesten zeigte. Rechts oben sah man die Südspitze der dänischen Insel Langeland, und westlich davon ragte Ærø, Helenes Lieblingsinsel in der sogenannten Dänischen Südsee, in die Karte hinein.

Das Spannende an diesem Ausschnitt aber waren die mit rotem Stift eingezeichneten Kurslinien auf der blauen Wasserfläche. Und die Zeitangaben daneben.

»Wir haben die von den Kollegen rekonstruierten Daten des Kartenplotters auf dieses Blatt übertragen«, erklärte Holtmann. »Das ist viel übersichtlicher als auf dem kleinen Sichtfeld des Gerätes.«

»Fantastisch«, sagte Helene, die ihre Neugier kaum zähmen konnte, und trat näher heran.

Unüberhörbar wurde nebenan eine Tür aufgerissen, und jemand trat vom Flur in das Nachbarzimmer. »Nuri, sind Sie das?«, rief die Oberkommissarin.

»Ja, Frau Christ«, antwortete der Kommissaranwärter, und sein leicht zerknittertes, unrasiertes Gesicht erschien im Durchgang zu Helenes Büro, dessen Tür sie meist offen ließ. »Kommissar Zemke hat mich abgelöst. Die Zielperson hat das Haus bisher nicht verlassen.«

»Okay, gut zu wissen, danke. Aber das hätten Sie mir auch telefonisch durchgeben können. Wenn ich mich nicht täusche, könnten Sie ein paar Stunden Schlaf gebrauchen.«

»Stimmt. Wollte auch nur kurz reinschauen und mich danach zu Hause aufs Ohr legen.«

»Alles klar. Aber wenn Sie schon mal da sind, wollen Sie das vielleicht doch noch ein paar Minuten verschieben? Ich glaube, es wird Sie interessieren, was die Auswertung des Kartenplotters ergeben hat.«

»Die Auswer... Wir haben die Daten? Das ist ja toll!« Alle Müdigkeit schien von dem jungen Mann gewichen, als er mit schnellen Schritten vor die Tafel trat.

Helene machte ihn mit Kommissar Holtmann bekannt und gab seiner Begeisterung lieber gleich einen Dämpfer: »Dass die Kollegen das geschafft haben, ist gewiss toll, aber ob es uns auch weiterbringen wird ...«

»Ich denke schon, Frau Christ«, warf Holtmann ein. »Auch wenn einige Fragen offenbleiben. Na gut, ich fasse mal zusammen, welches Bild sich ergibt.« Einen Teleskopstab in der Hand, trat er vor und deutete mit der Spitze auf das Ostufer am Ausgang der Kieler Förde. »Möltenort«, sagte er. »Montag, dreizehn Uhr zweiundvierzig. Da ist Hark Ole Harmsen losgefahren. Wie man sieht, ist der Staatssekretär eine halbe Stunde später, als er aus der Förde heraus war, auf einen Kurs direkt nach Bagenkop auf Langeland gegangen. Harmsen wollte vermutlich dort festmachen und übernachten.«

»Wozu es allerdings nicht gekommen ist, wenn ich die Linien richtig deute«, warf Helene ein und zeigte auf den Punkt im Wasser, wo die rote Kurslinie in einem krakeligen Kreis mündete und dann plötzlich die Richtung änderte. Nach Nordwest.

»So ist es. An dieser Stelle hat das Boot kurz gestoppt. Einundzwanzig Seemeilen von Möltenort entfernt, um sechzehn Uhr zwölf, also genau zweieinhalb Stunden später. Das heißt, er ist recht gemütlich gefahren. Etwa acht Knoten im Schnitt.«

»Wenig für eine Motoryacht«, stellte Helene fest.

»Richtig. Die *Tequila Sunrise* konnte etwa zweiundzwanzig Knoten laufen.«

»Das sind ungefähr vierzig Stundenkilometer«, rechnete Önal laut.

»Atemberaubende Geschwindigkeit, jedenfalls für Segler«, stellte Helene mit einem schwachen Lächeln fest.

»So schnell hat Harmsen aber an diesem Tag offenbar nicht fahren wollen«, erwiderte Holtmann. »Der Wind wehte mit fünf bis sechs Beaufort aus Nord, und die See war ziemlich unruhig – mehr als anderthalb Meter Wellenhöhe. Vermutlich wollte er nicht allzu nass werden, und es hat ihm genügt, vor Einbruch der Dunkelheit in Dänemark anzukommen.«

»Ich käme jedenfalls bestimmt nicht auf die Idee, bei solchem Wetter im kalten Herbst freiwillig rauszufahren.« Helene schüttelte sich. »Schon gar nicht auf einer wackeligen Motorquatze. Die nimmt ja jede Welle mit. Aber anscheinend hat Harmsen das anders gesehen.«

»Hauptsache raus aus dem Mief im Ministerium«, kommentierte Nuri Önal versonnen. »Noch einmal die Nase in den Wind halten, bevor das Boot ins Winterlager geht.«

»So ungefähr, ja.« Die Oberkommissarin trat noch einen Schritt vor und wies erneut mit dem Zeigefinger auf die Stelle mit den Krakeln. »Und hier ist irgendetwas passiert. Bevor der Kurs geändert wurde. Da wurde Harmsen getötet und über Bord geworfen.«

Holtmann räusperte sich verlegen. »Entschuldigung, aber das kann so nicht stimmen. Sehen Sie mal auf die Zeitangaben. Zwischen dem alten und dem neuen Kurs liegen keine zwei Minuten Pause. Wie sollte da jemand ...«

Helene schlug sich ärgerlich die Hand an die Stirn. »Klar, Sie haben völlig recht. Was immer passiert sein mag ...«

»Auch dass die *Tequila Sunrise* dort von einem anderen Boot aufgebracht wurde und der Mörder an Bord übergestiegen ist, erscheint mir unmöglich. Nicht in dieser kurzen Zeit. Und schon gar nicht bei dem Seegang.«

»Verdammter Mist, es ist zum Verrücktwerden«, fluchte die Oberkommissarin. »Wenn er da draußen über Bord gegangen wäre, hätte er auch niemals kurz darauf am Strand der Geltinger Bucht angetrieben werden können. Aber irgendwie muss das doch …« Sie verstummte und starrte auf die Karte. »Moment mal, jetzt sehe ich es erst: Das Boot fährt mit dem neuen Kurs ja direkt auf den Leuchtturm von Kalkgrund zu!«

Der Kollege Holtmann nickte. »Aber kaum schneller als vorher.« Er zeigte auf eine Stelle am Eingang der Flensburger Außenförde, wo die Kurslinie in ein Gewirr von Strichen überging, das aussah wie ein kleines, engmaschiges Spinnennetz. »Achtzehn Meilen bis hierher. Ankunft um achtzehn Uhr drei.«

»Aha.« Helene grübelte verzweifelt. »Und da ist die Yacht dann eine Zeit lang unkontrolliert auf der Stelle getrieben, oder?« Sie wies auf das winzige Spinnennetz.

»Zweiundfünfzig Minuten lang, um genau zu sein«, erwiderte der Wasserschutzpolizist.

»Mehr als genug, um jemanden zu erschießen und ihn anschließend über Bord zu werfen«, sagte Helene leise. »Aber wahrscheinlich doch zu knapp, um das ganze Boot gründlich zu durchsuchen – wonach auch immer. Passt das denn zu Zeit und Ort des Auffindens der Leiche?«

»Exakt sogar. Starker auflandiger Wind, die richtige Strömung. Und natürlich der Umstand, dass die Leiche immer an der Wasseroberfläche getrieben ist, wie wir wissen.«

»Aber warum wurde Harmsen nicht gleich da draußen vor der dänischen Küste ins offene Meer geworfen? Warum erst hier?«

Holtmann zuckte mit den Schultern und sagte nichts.

»Das Tageslicht!«, schaltete sich Kommissaranwärter Önal lebhaft ein. »Der Mörder ist mit seinem Opfer so lange weitergefahren, bis es dunkel wurde. Das könnte vielleicht eine Antwort sein.«

Der Kommissar nickte. »Könnte. Aber nun wird es erst richtig kompliziert. Schauen Sie mal.«

Doch Helene hatte es schon gesehen: Die Yacht war anschließend direkt an die Nordspitze des Naturschutzgebietes Geltinger Birk gefahren. »Kann das sein?«, fragte sie den Kollegen entgeistert. »Hat der Mörder dort angelegt, mitten in der Wildnis?«

»Das Boot hat mindestens acht Minuten am Strand gelegen, das haben die Daten ergeben. Was danach geschehen ist, lässt sich nicht mehr feststellen, denn dann wurde der Kartenplotter ausgeschaltet. Natürlich erst, nachdem der Tageskurs gelöscht worden war.«

»Kann die *Tequila Sunrise* denn von dort unbemannt vor das Steilufer von Falshöft getrieben sein? Ich meine, dort ist sie schließlich später mit der *Seeschwalbe* kollidiert.«

»Wir haben das zigmal hin und her gerechnet, Frau Christ. So kann es nicht gewesen sein. Strom- und Windrichtung ließen das nicht zu. Nein, es gibt nur eine Erklärung – und die würde auch dazu passen, dass der Gashebel auf Vorwärtsfahrt stand, obwohl der Motor abgestorben war.«

»Machen Sie es nicht so spannend, Herr Holtmann. Was für eine Erklärung soll das sein?«

»Der Mörder ist am Strand vor der Birk von Bord gesprungen, an Land gewatet und verschwunden, wohin auch immer. Aber vorher hat er den Bug Richtung offenes Meer gedreht, das Ruder festgesetzt und ein wenig Gas gegeben. Und dann …«

»Und dann«, fiel ihm der Kommissaranwärter aufgeregt ins Wort, »ist irgendwo da draußen das Netz in die Schraube geraten und der Motor abgestorben.«

»Ja, so müsste es gewesen sein. Und zwar etwa hier.« Der Wasserschutzpolizist zog mit dem Finger einen Kreis auf der Karte.

»Also bei der Untiefe von Bredgrund«, stellte die Oberkommissarin fest.

»Genau. Alle Berechnungen weisen aus, dass das sowohl zum Zeitpunkt als auch zum Ort des späteren Auffindens passen würde.«

Schweigend starrte Helene auf die Karte. Langsam wandte sie sich schließlich um und ließ sich in ihren Schreibtischsessel fallen. Sie sah, dass Önal sie anstarrte. »Na los, Nuri, sagen Sie, was Ihnen durch den Kopf geht.«

»Der Täter ist schon an Bord gewesen«, brach es aus dem jungen Mann heraus. »Ich meine, es hat kein zweites Boot gegeben.« Atemlos flüsterte er: »Der Mörder muss bereits auf dem Boot gewesen sein, als Harmsen in Möltenort abgelegt hat.«

»So ist es«, bestätigte Helene, lehnte sich vor und warf einen verstörten Blick auf die roten Linien der Karte.

»Unglaublich«, murmelte sie. »Jetzt ahnen wir, wie es abgelaufen sein muss – und tappen erst recht im Dunklen.«

29

Im Sommer war Helene schon mehrmals mit Simon und Frau Sörensen auf einem der Wanderwege durch die herrliche Geltinger Birk gestreift, ein Naturschutzgebiet, das nur wenige Kilometer von Simons Heimatort entfernt lag, in dem sie nun auch wohnte. Vom äußeren Ende der dänischen Halbinsel Kegnæs im Norden durch die etwa sieben Kilometer breite Wasserfläche der Flensburger Außenförde getrennt, ragte die Spitze der Landzunge von Süden in die Ostsee hinein. Bevölkert von vielen seltenen Vogelarten und Tausenden Amphibien, war die Geltinger Birk ein renaturiertes Paradies aus Salzwiesen, Lagunen und schilfbewachsenen Sümpfen. Von weit her kamen die Besucher, um auf den verwunschenen Hohlwegen durch Wäldchen aus knorrigen Bäumen zu wandern und frei lebende Koniks zu beobachten, Wildpferde, die hier angesiedelt worden waren.

Noch hielt das trockene Herbstwetter durch, stellte Helene erfreut fest, als sie den Dienstwagen auf dem Parkplatz nahe der alten Windmühle an der Grenze zum Naturschutzgebiet abstellte. Sie schaute in den Himmel, wo allerdings mittlerweile wieder dichte Wolken von Westen heranfegten und das nächste Tiefdruckgebiet ankündigten.

Mutwillig reckte sie den Kopf in die Höhe, hielt ihre Nase in den Wind und sog die salzige Meeresluft tief ein. Sie konnte sich einfach nicht vorstellen, dass es irgendwo auf der Welt frischer duften könnte. Schier unbeschreiblich, welch wilde Freude, welche erdhafte Kraft diese paar Atemzüge in ihr weckten. Der Geruch ihres Lebens.

Minutenlang stand sie so da, schaute über das urtümliche Land auf die See hinaus, atmete tief und gleichmäßig ein und aus, ließ sich einfangen vom wuchtigen Zauber des Augenblicks.

Bis hinter ihr das aufdringliche Geräusch eines älteren Dieselmotors laut wurde. Ein Auto kam auf den sandigen Parkplatz gefahren.

Unwirsch drehte sich Helene um, obwohl sie natürlich wusste, wer das war. Sie hatte Edgar Schimmel selbst vor einer Stunde angerufen und ihn gefragt, ob sie sich nicht hier treffen könnten. Sie wolle sich die Stelle ansehen, an der Harmsens Motorboot angelandet und der Mörder von Bord gegangen war. Vielleicht fände sie hier irgendeinen Hinweis auf den Täter, möglicherweise gar eine Spur.

Schon während sie es gesagt hatte, war der Oberkommissarin die Aussichtslosigkeit dieses Ansinnens klar gewesen. Aber sie wollte sich wenigstens nicht vorwerfen müssen, den Ort, der offenbar eine wichtige Rolle in einem ausgeklügelten Mordplan spielte, nicht persönlich in Augenschein genommen zu haben. »Und dabei kann ich dir dann gleich erzählen, was sich inzwischen Neues ergeben hat«, hatte sie dem Grauen vorgeschlagen.

Obwohl sie seine alte Karosse kannte, konnte sich Helene

ein Grinsen nicht verkneifen, als ihr ehemaliger Chef jetzt damit neben dem unauffälligen Dienstwagen einparkte. Mochte auch alles an Edgar Schimmel grau sein – sein betagter Mercedes war knallrot. ›Der Graue mit seinem Feuerwehrauto‹, hatte man oft im Kollegenkreis hinter vorgehaltener Hand gespottet, doch das schien den Besitzer des auffälligen Fahrzeuges völlig kaltzulassen. »Habe ihn gebraucht gekauft. War ein Schnäppchen, Rot wollte keiner«, hatte er Helene einmal erklärt, ohne eine Miene zu verziehen.

»Hier ist es gewesen«, sagte die Oberkommissarin nach einem Blick auf den Kartenausschnitt, den sie sich kopiert hatte, und deutete auf eine Stelle am Strand, etwa hundert Meter voraus. »Hier hat der Täter das Boot verlassen und ist an Land gegangen.«

Eine gute halbe Stunde waren die beiden bis hierher gelaufen. Ohne es auch nur mit einem Wort zu erwähnen, freute sich Helene über Edgar Schimmels merkliche Genesungsfortschritte. Er hatte tapfer mit ihrem Tempo mitgehalten, war nun allerdings ein wenig außer Atem.

»Mit dem Auto kommt man gar nicht bis hierher«, stellte er schnaufend fest. »Und selbst wenn man die Schlagbäume irgendwie umfahren würde, was sowieso nur mit einem Geländewagen ginge, hätte das jemand bemerkt. Vor allem natürlich der Ranger vom Naturschutzbund.«

»Zumal der Wagen dann spätestens Montagfrüh hier hätte abgestellt werden müssen. Der Täter musste anschließend ja noch irgendwie rechtzeitig nach Möltenort gelangen.«

»Wo du es gerade erwähnst: Wo konnte er sich denn auf dem Kahn verbergen, ohne dass Harmsen ihn bemerkte, als er an Bord kam?«, hakte Schimmel nach.

»Önal und ich haben uns im Internet Fotos und Bootsrisse vom Yachttyp der *Tequila Sunrise* angesehen. Es gibt tatsächlich mehrere Ecken, wo ein Mensch unterkriechen könnte, zumindest für eine gewisse Zeit. Unter den Salonbänken ist reichlich Platz, auch unter den Sitzen im Cockpit, und tiefe Stauräume gibt's ebenfalls einige. Man müsste das ganze Schiff schon gründlich durchsuchen, um ...«

»Was Harmsen offensichtlich nicht gemacht hat. Warum auch? Wenn ich es richtig in Erinnerung habe, hat er gleich nach seiner Ankunft abgelegt. Wahrscheinlich hat er nur seine Reisetasche in den Salon gestellt und los ging's.«

»Erst draußen auf See ist plötzlich der Täter wie aus dem Nichts neben ihm aufgetaucht«, setzte Helene zögernd hinzu. Sie schüttelte unwirsch den Kopf. »Ich weiß nicht, Edgar, ist das nicht alles ein bisschen zu ... aufwendig?«

»Wie meinst du das?«

»Ach, ich weiß auch nicht. Warum diese langwierige Aktion mit dem Boot? Wenn es nur darum ging, ihn zu töten, kommt mir das fast zu umständlich vor. Es gäbe sicher einfachere Möglichkeiten.«

»Mag sein. Dem Mörder ging es aber auch darum, die Leiche verschwinden zu lassen, möglichst für immer. Dass der Staatssekretär diese spezielle Jacke anhatte, als er tot ins Wasser geworfen wurde, war ein Schnitzer, der dem Täter unterlaufen ist.«

»Davon können wir ausgehen.«

»Außerdem spielt das Boot selbst eine Rolle«, sagte der Graue.

»Das Boot selbst? Was meinst du damit?«

»Erinnere dich: Der Täter hat es durchsucht, und zwar, nachdem Hark Ole Harmsen schon tot war. Er hat also etwas gesucht.«

»Und gefunden?«

»Das ist die große Frage, Miss Marple. Stellen kannst du sie, aber nicht beantworten, fürchte ich.« Schimmel lächelte süffisant. »Und ich erst recht nicht. Lass uns lieber mal rekonstruieren, was hier in der betreffenden Nacht abgelaufen ist.« Er deutete auf die flachen Wellen, die schaumig auf den Strand ausliefen. »Dort ist es zu flach für eine Yacht.«

»Die *Tequila Sunrise* hat siebzig Zentimeter Tiefgang«, bestätigte Helene. »Er wird sie auf etwa fünfzig Meter heranmanövriert haben, weiter nicht.«

»Und dann hat er das Boot gedreht, bis der Bug auf das freie Wasser zeigte, hat das Steuerruder festgesetzt, Gas gegeben und ist schnell von Bord gesprungen.«

Helene fiel etwas ein. »Das ist der Grund, warum der Gashebel nur leicht nach vorn geschoben war. Wäre die Yacht gleich voll losgebrettert, hätte der Täter gar nicht mehr herunterspringen können – jedenfalls nicht, ohne sich zu verletzen.«

»Aber auch so wird er wohl ein Bad in der kalten Ostsee genommen haben. Vielleicht nur bis zur Brust, wenn er viel Glück hatte.«

»Und so durchnässt musste er dann zu Fuß bis zu einem Fahrzeug laufen, das er irgendwo vor dem Naturschutzgebiet abgestellt hatte, oder? Wieso hat er sich nicht eine Stelle zum Anlanden ausgesucht, wo er das Auto nah am Strand unterstellen konnte?«, überlegte Helene laut.

Schimmel sagte: »Das liegt auf der Hand, denke ich. Hier konnte er sicher sein, dass wirklich kein Mensch das Boot und ihn bemerken würde. In dieser Wildnis hält sich nachts niemand auf.« Er zeigte auf das dichte mannshohe Buschwerk, das direkt auf der Grenze des Strandes stand. »Da könnte man durchaus etwas verstecken, was so schnell niemandem auffiele. Lass und doch mal hingehen.«

»Was suchen wir denn?«, fragte Helene und folgte dem Grauen, der bereits eilig vor ihr herlief.

»Abdrücke. Das ist sandiger Boden hier«, rief Schimmel über die Schulter und hielt den Kopf gesenkt, während er um das Gestrüpp herumschlich. Plötzlich kniete er sich hin und rief triumphierend: »Wusste ich's doch! Guck mal, hier haben wir was!«

Helene trat dicht hinter ihn und starrte auf den Boden. Dann sah sie es. »Tatsächlich. Das sind Fahrradspuren, Edgar!«

Der Graue grinste. »Ganz simpel«, dozierte er genüsslich. »Erst nachdenken und dann genau hinschauen. Nennt man auch Kriminalistik. Lohnt sich manchmal.«

»Geschenkt, alter Mann«, erwiderte sie schmunzelnd und betrachtete die Spur breiter, stark profilierter Fahrradreifen, die im Sand aus dem Gebüsch heraus hoch auf die Wiese führte, wo sie sich dann im Gras verlor. »Er hat ein Mountainbike hier versteckt, oder?«

»So sieht es aus. Damit konnte er in ein paar Minuten aus der Birk heraus sein. Sogar in eines der Dörfer hätte er in kürzester Zeit gelangen können. Da hätte er sein Auto ganz unauffällig irgendwo parken können.«

»Und dann einfach das Rad in den Kofferraum …«

»… oder auf einen Fahrradträger am Wagen …«

»… und weg war er. Saubere Planung. Alles genau durchdacht. Nun gut, dann müssen wir …«

Alan Walker unterbrach sie mit *Sing Me to Sleep*.

»Kay Nissen hier«, meldete sich der Kriminaltechniker. »Treffer, Helene!«

»Wie bitte? Du sprichst in Rätseln, Kay.«

»Ich sagte: Treffer. Volltreffer sogar. Die DNA haben wir auch auf der *Tequila Sunrise* gefunden. An drei verschiedenen Stellen.«

Helene schoss das Blut in die Wangen. Hatte sie das richtig verstanden? Das hieße ja … »Du meinst die DNA-Probe, die ich euch gestern geschickt habe?«

»Natürlich, welche denn sonst? Übereinstimmende Spuren fanden sich im Salon und an der Reling, aber auch in einem großen Stauraum unter dem Achterdeck. Meinen Bericht kriegst du per Mail in einer Stunde, okay?«

»Danke, Kay, klasse Arbeit! Warst du mit deinen Leuten dafür denn noch mal auf dem Boot?«

»Nee, wozu? Die Yacht haben wir schon am Samstag freigegeben. Alle Spuren waren gesichert, alles fotografiert und dokumentiert. Die Wasserschutzpolizei ist froh, den Kahn nicht mehr bei sich rumliegen zu haben. Die Witwe hat wohl jemanden beauftragt, ihn abzuholen.«

»Aha.« Etwas störte Helene auf einmal gewaltig. In ihrem Hinterkopf rührte sich ein quälender Gedanke: Wieso um alles in der Welt mochte Susanne Krefft freiwillig ihre DNA abgegeben haben? Sie schob diese Frage erst einmal beiseite, denn eines musste sie noch wissen: »Ihr habt die Probe ja auch mit den Spuren abgeglichen, die die Kieler Kollegen in der ehemaligen Klinik gesichert haben, du weißt schon: da, wo Rimmecks Leiche gefunden wurde. Gibt es denn …«

»Keine Übereinstimmungen«, unterbrach der Kriminaltechniker.

Also doch zwei verschiedene Täter, unglaublich. Helenes Gedanken überschlugen sich.

»Kriegt ein armer Kriminaltechniker vielleicht auch noch die Information, um wessen DNA es sich eigentlich handelt, also wer Harmsens Mörder ist?«, hakte Nissen nach. »Bei uns läuft ja alles über Strichcodes und Nummern.«

Ruhig antwortete Helene Christ: »Krefft ist der Name. Susanne Krefft.«

»Aha. Kenne ich nicht«, erklärte Nissen lapidar, nuschelte noch ein »Tschüss« und beendete das Gespräch.

»Was ist los, Miss Marple?«, fragte Schimmel.

»Wir haben die Täterin. Zumindest für den Mord an Harmsen. Es ist Susanne Krefft.«

»Hast du nicht gesagt, sie hätte abgestritten, jemals an Bord dieses Schiffes gewesen zu sein?«

»Stimmt, hat sie.« Helene drehte ihren Kopf zum Meer und blickte versonnen nach Nordosten, wo kein Land den graublauen Horizont durchbrach. »Sogar eine DNA-Probe haben wir von ihr bekommen, und das ohne jegliche richterliche Verfügung.« Leise fügte sie hinzu: »Wenn ich bloß wüsste, warum, Edgar.«

»Selbstüberschätzung wahrscheinlich«, sagte der Graue und zuckte mit den Schultern. »Du weißt selbst, wie oft Täter glauben, sie hätten keine Spuren hinterlassen – oder sie gründlich beseitigt.«

Die Oberkommissarin starrte auf das Wasser und sagte nichts.

30

Staatssekretär von Parteifreundin ermordet?, titelte die größte deutsche Boulevardzeitung. Aber auch seriöse Blätter hatten Schlagzeilen wie *Harmsen Opfer eines Verdeckungsmordes?* oder *Neuer Politskandal an der Küste?* gedruckt – natürlich immer mit dem Feigheitsfragezeichen.

Oberkommissarin Helene Christ nippte an ihrem heißen Kaffee, während sie rasch die Zeitungen überflog, die Nuri Önal im Kiosk am ZOB besorgt hatte. Sie wartete ungeduldig auf das Ende des Gespräches, das Susanne Krefft mit ihrem Rechtsbeistand führte.

Die Politikerin war noch gestern festgenommen worden und hatte die Nacht im Gewahrsam der Polizei verbringen müssen. Seit fast zwei Stunden saßen der Jurist, der heute Morgen aus Hamburg angereist war, und seine Mandantin nun schon in einem Konferenzzimmer am Ende des Flurs zusammen, dessen Eingangstür von einem Beamten der Bereitschaftspolizei bewacht wurde.

Sofort nach ihrer Rückkehr von der Geltinger Birk hatte Helene gestern Jasmin Brenneke angerufen und ihr mitgeteilt, dass sie bei der Staatsanwaltschaft einen Haftbefehl gegen Susanne Krefft beantragt hätte.

»Den *wollen* Sie erst noch beantragen«, hatte die Hauptkommissarin sie berichtigt.

»Nein, Frau Brenneke, den *habe* ich bereits beantragt«, hatte Helene ungerührt richtiggestellt und ihre Vorgesetzte mit den aktuellen Informationen versorgt. »Sie sehen also, es besteht kein Zweifel, dass Susanne Krefft die Täterin ist.«

»Was da besteht, würde ich eher einen Tatverdacht nennen, von mir aus auch einen dringenden«, hatte Brenneke spitz gesagt. »Alles andere entscheiden die Gerichte. Wenn es denn zu einer Anklage kommt.«

Natürlich stimmte alles, was die Frau da sagte, hatte die Oberkommissarin sich widerwillig eingestehen müssen. Sowohl was den Sachverhalt als auch die Terminologie betraf. Verdammt, sie musste endlich lernen, sich besser zu überlegen, welche Worte sie wählte. Und vor allem, wem gegenüber. Diesen kleinen Triumph hatte sie ihrer Chefin allzu leicht verschafft. Nun galt es, wenigstens noch Format zu zeigen. »Sie haben ganz recht, Frau Brenneke. Ich hätte mich anders ausdrücken müssen. Aber an dem dringenden Tatverdacht hatte der Staatsanwalt keinerlei Zweifel. Der Haftbefehl liegt vor mir, und auch ein Durchsuchungsbeschluss für das Haus. Ich wollte Sie von alldem in Kenntnis setzen, bevor ich gleich zusammen mit den Kollegen nach Schleswig aufbreche.«

Brenneke hatte kurz angebunden erwidert: »Und ich habe jetzt die traurige Pflicht, das dem Ministerpräsidenten mitzuteilen.«

»Wollen Sie selbst herkommen, um morgen früh die Vernehmung zu führen, nachdem der Anwalt eingetroffen ist?«

Das aber, und darauf hätte Helene schon vorher gewettet, hatte Hauptkommissarin Brenneke nicht gewollt. »Machen Sie das bitte ohne mich. Ich werde hier genug zu tun haben. Bestimmt müssen wir unverzüglich vor die Presse treten. Das will genau vorbereitet werden. Was wir verlauten lassen, muss absolut stimmig sein. Mailen Sie mir bitte alles, was es an Fakten gibt, sofort zu.« Damit hatte sie das Gespräch beendet.

Das Telefon auf Helenes Schreibtisch klingelte, und man teilte ihr mit, dass das Gespräch zwischen Susanne Krefft und ihrem Rechtsbeistand beendet sei.

»Führen Sie die Herrschaften bitte ins Vernehmungszimmer«, wies sie den Kollegen an. »Ich komme sofort.« Sie legte auf und rief hinüber ins Nachbarzimmer: »Nuri, Sie kommen mit zum Verhör. Ich möchte, dass Sie sich in den Nebenraum setzen und die Sache mitverfolgen. Wenn Ihnen etwas auffallen sollte, notieren Sie es und lassen Sie uns anschließend darüber sprechen, ja? Egal, was es ist.«

Der Kommissaranwärter schnappte sich einen Collegeblock und begleitete seine Chefin die Treppe hinunter. Während die Oberkommissarin den Raum betrat, vor dessen Tür der uniformierte Kollege nun Posten bezogen hatte, verschwand Önal im angrenzenden Zimmer.

Da saß sie nun neben ihrem kleinen, etwas fülligen Anwalt, die mächtige Frau. Scharf sah Susanne Krefft der Kriminalbeamtin aus schmalen Augen entgegen und verkündete mit ihrem warmen, lyrischen Stimmklang: »Das alles ist ein riesiger Irrtum.«

Der pummelige Mann legte die Hand auf den Arm seiner Mandantin. »Bitte sagen Sie zunächst mal gar nichts.«

Krefft nickte, hielt ihren Blick jedoch auf die Kriminalbeamtin gerichtet.

Helene schaltete das Aufnahmegerät ein. Nachdem sie alle Anwesenden aufgezählt, Datum und Uhrzeit genannt und andere Formalien fürs Protokoll abgearbeitet hatte, lehnte sie sich vor, fasste die ihr gegenübersitzende Frau fest ins Auge und sagte: »Frau Krefft, Sie werden hier als Beschuldigte vernommen. Es steht Ihnen frei, sich zur Sache zu äußern, sie können auch ...«

»Erst einmal wollen wir hören, wessen Sie meine Mandantin eigentlich beschuldigen«, unterbrach der Anwalt lautstark.

Weiter hielt Helene ihren Blick ausschließlich auf die Politikerin gerichtet. Betont geschäftsmäßig erklärte sie: »Frau Susanne Krefft, Sie werden beschuldigt, den Staatssekretär Dr. Hark Ole Harmsen ermordet zu haben. Zu den Details kommen wir anschließend. Wollen Sie sich zu dieser Beschuldigung äußern?«

Nach einem kurzen Blickwechsel mit ihrem Rechtsbeistand antwortete Susanne Krefft: »Ja.«

Ein einziges kleines Wort. Daraus wurde die längste Vernehmung, die Helene Christ je geführt oder auch nur miterlebt hatte.

Erst zweieinhalb Stunden später kam sie in ihr Büro zurück, riss erregt das Fenster auf und sog gierig die frische Herbstluft ein. Zögernd drehte sie sich um, als sie ein Räuspern hinter sich hörte.

Kommissaranwärter Nuri Önal stand im offenen Durchgang zum Nebenzimmer und sah seine Chefin erwartungsvoll an.

»Na, was sagen Sie dazu?«

»Ein klarer Fall, denke ich«, erwiderte der junge Mann überzeugt, der auf diese Frage nur gewartet zu haben schien. »Sie haben ihr die Tat nachgewiesen. Der Staatsanwalt wird Anklage erheben, da bin ich sicher.«

Helene nickte zerstreut. »Sieht so aus, ja.«

Irritiert runzelte Önal die Stirn. »Und wie, Frau Christ! Sie war an Bord, das ist bewiesen ...«

»Aber Susanne Krefft streitet es immer noch vehement ab! Ihr Anwalt versteigt sich sogar zu der Behauptung, da läge ein Fehler bei der DNA-Analyse im kriminaltechnischen Labor vor.«

»Und er beruft sich dabei darauf, dass keinerlei Fingerabdrücke seiner Mandantin auf der *Tequila Sunrise* gesichert wurden.«

»Da ist ja auch was dran. Irgendwie will das nicht zusammenpassen – DNA-Spuren hinterlassen, aber keine Fingerabdrücke.«

Mit grimmiger Miene erwiderte Önal: »Sie hat halt Handschuhe getragen. Oder alles abgewischt, was sie angefasst hatte.«

»Glauben Sie das selbst? Die ist doch nicht dumm, Nuri! Wie kann ein intelligenter Mensch denn behaupten, er wäre nicht dort gewesen, wo seine DNA gefunden wurde? Angesichts eines derart eindeutigen Beweises würde ein Täter sich doch eine Erklärung einfallen lassen. Nach dem Motto: Ja, ich hab's ganz vergessen, ich war tatsächlich mal bei ihm auf dem Boot oder so was. Aber strikt leugnen, jemals an Bord gewesen zu sein? Ich weiß nicht ...«

»Vielleicht ist ihr noch keine gute Ausrede eingefallen. Die kommt schon noch.«

Die Oberkommissarin schien ihn gar nicht gehört zu haben. Gedankenvoll fuhr sie fort: »Und als ich sie gefragt habe, warum sie die Schränke auf der Yacht durchsucht hat, hat sie mich dermaßen konsterniert angesehen, dass ich dachte: Entweder ist diese Frau eine grandiose Schauspielerin oder ...«

»Die Stimme dazu hat sie auf jeden Fall«, fiel ihr Önal wieder ins Wort. »Vielleicht sogar für die große Oper.« Fast beschwörend hob er die Hände und fuhr fort: »Egal, sie hat kein Alibi für die Tatzeit und sie hat Harmsen gehasst, dafür gibt es Zeugen. Sie hat seinen Mord geplant und sogar angekündigt.«

»Ja, ja, ich weiß, was ich da unten alles gesagt habe, Nuri.« Helene wandte den Kopf wieder zum Fenster und sah hinaus, ohne dass ihr Blick etwas festhielt. »Aber der Anwalt hat schon recht: Was die Motivlage angeht, ist das noch sehr dünn.«

»Es passiert doch immer wieder, dass man nicht hundertprozentig alles zum Motiv des Täters herausbekommt«, erklärte Kommissaranwärter Önal eifrig. »Oder vielleicht erst später. Die Spezialisten vom LKA haben jetzt Susanne Kreffts privaten PC zur Auswertung bekommen. Ich bin sicher, dass sie darauf genau das finden werden, was bisher noch im Dunkeln liegt: konkrete Fakten zu ihrer Beteiligung an Schiebereien bei diesen Konversionsgeschäften zum Beispiel.«

»Wahrscheinlich haben Sie recht«, erwiderte Helene achselzuckend, während sie die grauen Wolken betrachtete, die in völliger Windstille bewegungslos am Himmel hingen. Auf dem Wasser der Innenförde waberten dünne Nebelschleier. Das dumpfe Dröhnen des Horns auf dem alten Salondampfer *Alexandra,* einem maritimen Urgestein Flensburgs, klang vom Hafen herauf, gefolgt vom typischen heiseren Pfeifen des ehrwürdigen, über hundert Jahre alten Dampfschiffs. Unvermittelt überfiel die Oberkommissarin ein kalter Schauer, und sie blickte fröstelnd auf das Außenthermometer im Fenstersturz.

Die Temperatur war seit heute früh um vier Grad gefallen. Rasch schloss Helene die beiden Fensterflügel und drehte sich um, als das Telefon auf ihrem Schreibtisch zu klingeln begann.

»Gehen Sie bitte ran, Nuri.«

Das tat der Kommissaranwärter, meldete sich, und wenige Sekunden später sah Helene erstaunt, wie sich ein Ausdruck von Begeisterung auf seinem Gesicht ausbreitete. Kurz darauf sagte er: »Ich werde es Oberkommissarin Christ sofort ausrichten.« Er legte auf, klatschte übermütig in die Hände und rief: »Sie brauchen sich keine Gedanken mehr zu machen! Das war Kommissar Zemke. Man hat eine Pistole auf dem Grundstück in Schleswig gefunden, eine Walther PPQ, Kaliber zweiundzwanzig. Krefft hatte das Ding in ihrem Geräteschuppen versteckt. Die Überprüfung ist noch nicht abgeschlossen, aber sehr wahrscheinlich ist es die Waffe, mit der Harmsen erschossen wurde!«

31

Nebel lag dick und nass über dem Land. Vor den feinen neuen Fenstern in der Wohnstube stand er im fahlen Licht der Außenbeleuchtung wie eine dunkelgraue Wand, undurchdringlich für jeden Blick, den man hinauswarf.

Erst gegen zwanzig Uhr war Helene aus dem Büro fortgekommen. Schon der Herweg von Flensburg war bei einer Sichtweite von stellenweise unter fünfzig Metern eine echte Herausforderung gewesen. Helene hatte weit über eine Stunde für die kurze Strecke gebraucht.

Die Handwerker hatten am späten Nachmittag das Feld geräumt, und Stine war mit zwei Helferinnen angerückt. Die Putzorgie war noch in vollem Gange gewesen, als Helene nach Hause kam. Rasch hatte die Hausherrin den Abendbrottisch gedeckt, und alle hatten beherzt zugegriffen, nachdem die Arbeit beendet war.

Nun lag völlige Stille über dem alten Haus, untermalt nur von einem leisen Plätschern.

»Ich muss die Heizkörper doch noch einmal entlüften«, brummte Simon, der mit Frau Sörensen auf dem sogenannten Hundesofa lag.

Helene fuhr aus ihren Gedanken auf, nickte zerstreut und blickte von ihrem Sessel hinüber zu den beiden. Das ausladende Opa-und-Oma-Möbel mit den hochgewölbten und breiten Armlehnen, auf dem man sich wunderbar lümmeln konnte, hatte seinen Namen von ihr erhalten. Damit hatte sie es zum einzigen Polstermöbel im Haushalt bestimmen wollen, auf das sich auch die Hündin legen durfte, ohne verjagt zu werden. Frau Sörensen haarte. Je älter sie wurde, desto heftiger.

Der Erfolg dieser Maßnahme hielt sich in engen Grenzen, das hatte die Hausherrin sich schon nach kurzer Zeit eingestehen müssen. Frau Sörensen strafte das Sofa nämlich mit völliger Missachtung, solange Simon sich nicht auch darauf niederließ. Ansonsten rollte die alte Hundedame sich lieber abwechselnd auf sämtlichen anderen Polstern im Haus zusammen.

Jetzt allerdings hatte sie sich in Simons Kniekehlen eingekuschelt und schlief tief und fest. Hin und wieder zuckten ihre Lefzen und die Schwanzspitze im Hundetraum.

Lächelnd sagte Helene: »Ich hab ja in den letzten Wochen ständig gequengelt, was die Zustände im Haus betraf. Da will ich dir jetzt auch mal dafür danken, dass du alles so toll hingekriegt hast – und so schnell.«

»Das ist lieb von dir«, erwiderte Simon. »Liegt aber auch an den Handwerkern, die richtig reingehauen haben. Jetzt braucht der Maler noch ein paar Tage, dann kann der Winter kommen.«

»Der scheint schon im Anmarsch zu sein, wenn ich aufs Thermometer schaue«, stellte Helene fest. »Deshalb wohl auch schon wieder dieser Nebel.«

Simon warf einen aufmerksamen Blick auf die schlanke junge Frau, die trotz ihrer Körpergröße in dem breiten Ohrensessel gegenüber fast verschwand, so sehr hatte sie sich darin zusammengefaltet, die Füße unter den Leib gezogen. Lachend fragte er: »Sag mal, kommst du aus eigener Kraft jemals wieder raus aus dem Sessel, oder muss ich dir nachher helfen, deine Gliedmaßen zu ordnen?« Er streckte sich ein wenig, und Frau Sörensen quittierte die plötzliche Bewegung ihrer Schlafunterlage mit einem unwilligen Knurren.

»Das schaff ich wohl gerade noch«, antwortete Helene, lächelte flüchtig und versank wieder in ihre Gedanken.

»Willst du darüber reden?«, fragte Simon, nachdem er einige Minuten hatte verstreichen lassen, in denen außer dem Plätschern in den Heizköpern und dem friedlichen Schnarchen der Hündin nichts die Stille störte.

Helene blickte auf. »Ach, ich weiß nicht. Es ist so …« Wieder verfiel sie in Schweigen. Dann plötzlich richtete sie sich in ihrem Sessel so weit auf, wie ihr verdrehter Körper es zuließ, und fragte: »Warum, zum Teufel, hat sie das getan?«

»Warum hat wer was getan?«, hakte Simon nach.

»Wir hatten keinerlei rechtliche Handhabe für die DNA-Probe, Simon. Und trotzdem hat Krefft sie ganz und gar freiwillig abgegeben. Das treibt mich um. Ich komme nicht drauf, wieso sich eine Politikerin, die mit allen Wassern gewaschen ist, so verhält. Sie kann doch nicht ernsthaft geglaubt haben, keinerlei Spuren hinterlassen zu haben.«

»Eigenartig, da hast du recht. Aber was immer sie dazu veranlasst hat, sich so zu verhalten – Tatsache ist doch wohl, dass ihre DNA auf dem Boot gesichert wurde oder?«

»Ja, aber da taucht gleich die nächste Frage auf: Was hat sie gesucht? Ich meine, sie hat Harmsen ja nicht bloß getötet, sondern auch noch alles durchwühlt. Hatte er dort etwas versteckt, was sie unbedingt haben wollte? Vielleicht hat er es ihr nicht geben wollen, und da hat sie ihn erschossen und anschließend selbst danach gesucht.«

»Möglich, aber was soll das gewesen sein? Und vor allem: Hat sie es gefunden?«

»Wir wissen es nicht. Ich habe Krefft mehrmals danach gefragt, aber sie bleibt dabei, dass sie keine Ahnung habe, wovon ich rede oder wie überhaupt irgendwelche Spuren von ihr auf die Yacht gekommen sein könnten. Ich habe kein gutes Gefühl, Simon.«

»Warum denn nicht? Susanne Krefft kann behaupten, was sie will, die Beweise sind erdrückend. Vor allem nach der Bestätigung vorhin, dass es sich eindeutig um die Tatwaffe handelt.«

»Ja. Ohne jeglichen Fingerabdruck darauf.«

»Die hat sie dann wohl alle abgewischt, bevor sie die Knarre zwischen dem Brennholz versteckt hat. Was stört dich so daran?«

»Diese Frau hat Dreck am Stecken, da bin ich mir sicher. Brenneke kann so lange herumeiern, wie sie will, aber es wird bestimmt noch ans Licht kommen, dass es Betrügereien bei den Großprojekten gegeben hat. Und die Krefft hat dabei eine Rolle gespielt. Wahrscheinlich in einem Netzwerk aus mehreren Beteiligten.«

»Und der Staatssekretär hat mitgemacht?«

»Weiß ich nicht. Auf jeden Fall hat er etwas auf dem Herzen gehabt, etwas Wichtiges, was er mit dem Ministerpräsidenten unbedingt vertraulich besprechen wollte, und zwar nicht am Telefon, sondern erst nach seinem Bootsausflug. Auf dem er dann ermordet wurde.«

»Was ist denn mit Harmsens Ehefrau? Wenn ich es richtig verstanden habe, hatte die doch schon länger ein Verhältnis mit einem anderen. Vielleicht war es das, was den Staatssekretär umtrieb.«

»Und das wollte er dem Ministerpräsidenten erzählen? Kann ich mir nicht vorstellen. Die beiden waren befreundet. Der hat doch sicher gewusst, dass Vanessa Lasse-Harmsen und ihr Mann keine glückliche Ehe mehr führten. Wo ist da ein Mordmotiv?« Helene schüttelte den Kopf. »Wenn Harmsen allerdings tatsächlich auf Unregelmäßigkeiten in Kreffts Gesellschaft gestoßen sein sollte und in dem persönlichen Termin darüber reden wollte …«

»… hätte niemand ein besseres Motiv gehabt, ihn vorher zu beseitigen, als Susanne Krefft, oder?«, ergänzte Simon. »Übrigens: Habe ich dich vorhin richtig verstanden, dass sie wenigstens nichts mit dem Mord an dem Kieler Professor zu tun hat?«

»Es gibt keinerlei Beweise dafür. Obwohl sie schon Chefin der Wirtschaftsförderungsgesellschaft war, als es seinerzeit um das Klinikprojekt gegangen ist. Mutmaßen kann man viel, aber …«

»… nichts beweisen«, vollendete Simon den Satz.

»Und allein das ist mein Job.«

Simon zog seine Beine unter der verstörten Hündin hervor, die ärgerlich ihren spitzen Kopf hob und ihn aus dunklen Knopfaugen vorwurfsvoll ansah. Unbeeindruckt stellte er seine Füße auf den Boden, stand auf und sagte: »Nun gut, aber im Fall des Mordes an Hark Ole Harmsen verstehe ich deine Skepsis überhaupt nicht. Krefft hat mitbekommen, dass der Staatssekretär etwas Belastendes entdeckt hat, sogar etwas außerordentlich Brisantes. Deshalb hat sie ihn umgebracht. Punkt.« Er grinste verschmitzt. »Schluss für heute mit der Arbeit, Frau Oberkommissarin. Jetzt hole ich uns eine Flasche Roten.«

»Ja, ich könnte einen Schluck gebrauchen«, erwiderte Helene und atmete tief durch. »Es ist wohl tatsächlich diesmal so, wie Önal sagt.«

»Was sagt er denn, der junge Herr Anwärter?«, fragte Simon.

»Dass wir uns auf unsere Beweise verlassen sollen, egal, wie heftig Krefft leugnet, auch wenn wir manches noch nicht durchschauen.«

»Kluges Kerlchen.«

»Ist er«, bestätigte Helene. »Nun hol schon die Pulle. Ich habe Durst.«

»Es ist aber bereits kurz vor Mitternacht«, sagte Simon betont beiläufig.

»Heißt was?«

»Vielleicht sollte ich den Wein im Schlafzimmer servieren, was meinst du?«

»Ist es da nicht zu kalt?«, fragte Helene grinsend.

»Nee, im Gegenteil. Ich musste doch die neuen Thermostate ausprobieren. Herrlich warm«, sagte Simon heiser, umfasste ihre Hüfte und drückte sie an sich.

32

Die Lokalzeitung hatte eine für ihre Verhältnisse geradezu reißerische Schlagzeile gedruckt: *Spitzenpolitikerin in Untersuchungshaft – Mordverdacht.*

Angespannt las Helene Christ den Artikel, der die komplette Titelseite füllte.

Susanne Kreffts Name wurde ohne Abkürzungen genannt, und ein Farbfoto von ihr prangte unter der Überschrift. Auch ein Foto des ermordeten Staatssekretärs Hark Ole Harmsen fand sich auf der Seite.

Entweder es lag an der Zurückhaltung der Redaktion oder

Jasmin Brenneke war äußerst restriktiv mit dem Material umgegangen, das sie an die Presse weitergegeben hatte, stellte Helene fest. Jedenfalls blieben in dem Artikel die Flensburger Immobilienfirma *SIC* und Schraders Name ebenso unerwähnt wie irgendwelche Einzelheiten aus den Ermittlungen, zum Beispiel die durchwühlten Schränke auf dem Boot. Insbesondere hatte Brenneke der Presse gegenüber, wie geplant, offenbar den Mord an Rimmeck mit keinem Wort thematisiert. Und das war auch gut so, gestand Helene sich widerwillig ein. Schließlich deutete alles darauf hin, dass dies – trotz aller Berührungspunkte der Opfer – zwei verschiedene Fälle waren. Mit verschiedenen Tätern.

Selbstverständlich gab es auf der ganzen Seite keine einzige Andeutung möglicher Unregelmäßigkeiten bei der Abwicklung der Großprojekte im Land Schleswig-Holstein. Nicht einmal, dass sich die Abteilung Wirtschaftsverbrechen des LKA mit dem Fall beschäftigte, kam zur Sprache.

Aus Kreffts Partei sei niemand für eine Stellungnahme erreichbar gewesen, schrieb die Zeitung. Dasselbe träfe auf die Landesregierung zu. Der Wirtschaftsminister befände sich derzeit mit einer Industriedelegation in Polen. Immerhin aber habe der Ministerpräsident seine tiefe Betroffenheit über den Verlust eines ›begabten Politikers und guten Freundes‹ bekundet, dessen Tod ein herber Verlust für das Bundesland Schleswig-Holstein sei.

Ausführlich dagegen wurde von der Tatwaffe berichtet, die auf dem Grundstück der Verdächtigen gefunden worden war. Sogar das Foto einer Walther PPQ war in den Artikel eingebaut.

War das ein geschickter Schachzug der listigen Karrierepolizistin? Hatte sie ein wenig manipuliert, um von der politischen Dimension dieses Falles abzulenken?

So sicher Helene sich dessen auch war, es gab ein Zitat der Hauptkommissarin in diesem Artikel, dem sie voll zustimmen musste. Brenneke hatte angeblich gesagt, die Beweise rechtfertigten zwar Kreffts Verhaftung, die Kriminalpolizei tappe jedoch hinsichtlich des Motivs der mutmaßlichen Täterin noch weitgehend im Dunkel.

Helene klatschte die Zeitung auf den Küchentisch. Ihre Unzufriedenheit war wieder zurückgekehrt und die Zweifel nagten noch heftiger an ihr als gestern. Ihr Entschluss vom Vorabend, sich allein auf die Beweise zu verlassen, hatte die Nacht nicht überlebt.

Genau wie der Nebel, kam ihr in den Kopf, als sie durch das Fenster nach draußen schaute. Ein klarer, trockener Herbsttag kündigte sich an. Der Himmel färbte sich bereits blassblau. Eine frische Brise war aufgekommen und hatte die nassgraue Watte fortgeblasen. Mittlerweile war ein kräftiger Wind daraus geworden, der von See her um das Haus wehte und die großen braunen Blätter der prächtigen Kastanie, die wohl seit hundert Jahren in der Mitte des Hofes stand, wild durcheinanderwirbelte.

Helene riss sich von dem Herbstbild los und warf noch einen Blick auf die Schlagzeile. Als sie heute früh erwacht war, hatte sie sofort gewusst, dass sie die quälende Unruhe nicht ignorieren konnte, die an ihr nagte. Sie würde sich nicht von all den scheinbar unerschütterlichen Beweisen einlullen lassen, das stand plötzlich für sie fest.

Noch bevor sie unter die Dusche gegangen war, hatte sie einen Anruf nach Damp getätigt.

Nachher würde sie den ganzen Fall noch einmal mit Schimmel durchgehen. Wenn das vielleicht auch nicht half, zum Kern ihrer inneren Unruhe vorzudringen, so war es wenigstens einen Versuch wert, den messerscharfen Verstand des Grauen mit ihren Zweifeln zu konfrontieren. Der jedenfalls hatte, im Rahmen seiner Möglichkeiten, nahezu begeistert auf ihren Vorschlag reagiert.

»Ich bemerke zwar, dass du ganz andere Gedanken hast«, sagte Simon, »aber ich wollte dir doch noch sagen, wie schön es wieder mit dir war. Ganz besonders schön.« Er hielt seinen

Blick gesenkt wie ein verlegener Schulbub und trank hastig einen Schluck Tee aus seinem Becher.

Helene streckte ihre Hand über den Tisch und legte sie auf seine. »Ja, es war wunderschön, mein Liebster. Ich bin sehr glücklich, dass es dich für mich gibt.«

Er errötete leicht und legte seine andere Hand auf ihre. »Ich kann dir nur wünschen, dass sich recht bald Antworten auf die Fragen finden, die dich so umtreiben. Helfen kann ich wohl nicht dabei.«

Sie schüttelte den Kopf. »Mach du dich nicht auch noch verrückt, Simon.« Sie drückte noch einmal fest, dann zog sie ihre Hand zurück und stand auf. Ihr Blick fiel auf die alte Hündin, die sich neben den Tisch gesetzt hatte und mit ihren Knopfaugen zwischen ihr und Simon hin- und herschaute. »Du nimmst Frau Sörensen wahrscheinlich mit in die Firma?«

»Ja, erst einmal. Aber nachher machen wir noch einen Ausflug nach Flensburg. Ich habe mich mit Gustav verabredet. Er hat Probleme mit seinem Schiff – auch ein Holzrumpf, wie du weißt. Hat wohl einen erheblichen Schaden festgestellt, als er es ins Winterlager gestellt hat.«

»Wo denn?«

»In Fahrensodde. Die haben da dieses schöne Restaurant auf dem Vereinsgelände. Gustav will mich zum Mittagessen einladen, falls er sich das noch leisten kann, nachdem ich ihm meine Meinung zu den notwendigen Reparaturen an seinem Kahn gesagt habe.«

Helene lachte. »Dann halt dich damit lieber bis nach dem Essen zurück. Und grüß Gustav von mir.«

Als Simon in die letzte Kurve des engen Twedter Strandwegs einbog, der mit starkem Gefälle von der Stadt hinunter zum Wasser führte, breitete sich unter ihm der Sportboothafen Fahrensodde aus. Im Gegensatz zu dem malerischen Bild, das sich dem Betrachter im Sommer bot, erschien Simon der Anblick jetzt ein wenig trostlos. Zu dieser Jahreszeit lag nur noch eine Handvoll Schiffe an den weitläufigen Steganlagen, die sich zwei alteingesessene Flensburger Segelvereine, der dänische *Flensborg Yacht Club* und die *Segler-Vereinigung Flensburg*, kurz *SVF*, teilten.

Frau Sörensen, die auf dem Beifahrersitz saß, hatte sich mit ihren Vorderpfoten auf dem Armaturenbrett abgestützt und sondierte mit scharfem Blick das Gelände, als der Wagen vor dem Tor zur *SVF* anhielt. Ein paar Meter dahinter stand Gustav am Eingang des Vereinsheims, winkte herüber und öffnete die Schranke per Funk.

Simon fuhr auf das Gelände. »Kannst mitkommen«, erlöste er die Hündin aus ihrer Ungewissheit, worauf sie mit fliegenden Ohren in einem einzigen Satz hinter ihm her aus der Fahrertür sprang.

»Moin, Moin! Danke, dass du Zeit für mich hast, Simon«, sagte Gustav, ein ehemaliger Schulkamerad, mit dem Simon schon in der Jugendzeit so manche Regatta gemeinsam gesegelt hatte. Inzwischen sahen sich die beiden nicht mehr so häufig, aber Gustav, ein technisch eher ungeschickter Finanzbeamter, holte sich immer wieder gern einmal Simons Rat ein. »Wozu habe ich einen alten Freund, der nicht nur Ahnung von Holzschiffen hat, sondern auch noch Diplom-Ingenieur ist?«, pflegte er sein Hilfeersuchen gewöhnlich einzuleiten.

»Schon gut, mache ich gern« erwiderte Simon. »Schließlich winkt mir ja ein gutes Mittagessen. Aber vorher haben wir noch genug Zeit, uns deine *Ivuba* anzusehen, denke ich. Wo steht sie denn?«

»Komm mit, ich geh voraus.«

»Was hat sie wohl?«, fragte Gustav irritiert, als Frau Sörensen nicht aufhören wollte mit ihrem Kläffen. Seit ein paar Minuten klang die heisere Stimme der alten Hündin von irgendwo aus den Weiten der großen, ineinander übergehenden Bootshallen herüber, in denen es Stellplätze für mehr als einhundert Yachten gab.

Dann hörten sie einen Mann rufen: »Gib doch Ruhe, hör endlich auf. Wo kommst du überhaupt her?«

»Ich habe keine Ahnung, was da los ist«, antwortete Simon, der schon mehrmals vergeblich ein scharfes »Aus!« befohlen und »Hierher!« gerufen hatte. »Ich sehe mal nach, wer oder was sie so aufregt.«

»Ich komme mit. Danach gehen wir gleich rüber ins Restaurant. Sind hier ja fertig.«

Der Schaden am Rumpf unter der Wasserlinie der *Ivuba*, den Gustav erst nach dem Aufpallen hier im Winterlager bemerkt hatte, würde ohne allzu großen Aufwand zu beheben sein, hatte Simon zur Erleichterung des Eigners festgestellt.

Der Zahn der Zeit hatte heftig an einigen hölzernen Planken des kleinen Segelbootes genagt. Gustav würde sie auswechseln lassen müssen, aber Simons Untersuchung hatte keine weiteren größeren Schäden erbracht. Zum Glück hatte die Feuchtigkeit den Spanten noch nicht zugesetzt, sodass die Kosten der Reparatur überschaubar bleiben würden.

»Ich freue mich schon auf ein gutes Rumpsteak«, sagte Simon. »Vor allem, weil du zahlst.«

Die *SVF* unterhielt ein eigenes, von Profis betriebenes Restaurant in ihrem Vereinsgebäude. *De Pottkieker* hatte ganzjährig für alle Gäste geöffnet und war bekannt für seine gute Küche und die herrliche Aussicht auf die Förde, die die Gäaste in der Saison besonders auf der Terrasse genießen konnte.

»Wenn deine Expertise anders ausgefallen wäre, hättest du dich wohl mit Brathering begnügen müssen«, gab Gustav frohgemut zurück, während die beiden Freunde sich auf den Weg in Richtung des anhaltenden Gekläffs und der Männerstimme machten.

Als sie sich schließlich durch die schmalen Gänge zwischen

den Stelzen der Lagerböcke gewunden hatten, auf denen hoch und trocken Boote aller Art und Größe im Winterschlaf lagen, kam ihnen auf den letzten Metern die aufgeregte Hundedame entgegen und sprang an Simon hoch. Ohne sich um dessen Schelte zu kümmern, rannte sie aufgeregt wieder zurück in die Ecke, starrte nach oben und setzte ihr Gebell fort.

»Blöde Ziege, was soll das Theater denn? Wenn du jetzt nicht sofort …«

»Gehört der Hund Ihnen? Meine Güte, was regt der sich über das Boot auf!«, meldete sich eine Stimme direkt über Simons Kopf.

Er sah hoch und entdeckte einen bärtigen Mann im Overall, der offenbar am Motor seines Segelschiffes arbeitete. Jedenfalls hielt er einen Maulschlüssel in der ölverschmierten Hand.

Der Unbekannte zeigte hinüber in die Ecke und sagte: »Ist wohl ein Seglerhund, was? Ich mag ja auch keine Motorquatzen, aber nun könnte er sich mal langsam wieder beruhigen.«

»Tut mir leid, ich weiß auch nicht, was sie hat. So führt sie sich normalerweise nie …« Simons Stimme versagte schlagartig, als er dem Blick des Hundes folgte. »Was zum Teufel«, flüsterte er, und ein kalter Schauder durchfuhr ihn unvermittelt. Er kniff die Augen zusammen und schaute noch einmal genau hin, doch es bestand kein Zweifel: Am Heck der Motoryacht, die dort oben aufgepallt war, prangte ein Name, den er nie wieder hatte lesen wollen.

Tequila Sunrise stand da in goldenen Lettern.

33

Sekundenlang starrte Simon fassungslos zu dem Schriftzug hinauf. »Das gibt's doch gar nicht«, murmelte er kopfschüttelnd.

»Was hast du denn?«, fragte Gustav erstaunt. »Kennst du das Boot?«

»Leider«, gab Simon leise zurück, drehte sich um und rief dem Mann oben auf dem Segelschiff zu: »Wissen Sie, wie lange der Kahn schon hier steht?«

»Erst seit gestern. Habe gesehen, wie er auf einem Tieflader ankam. Das war so 'ne Spezialfirma für Yachttransporte. Die Jungs haben ganz schön rangieren müssen auf dem engen Weg hierherunter.«

»Aha.« Simon warf einen zerstreuten Blick auf Frau Sörensen, die in sichtbarer Aufregung hechelnd unter dem Lagerbock herumlief, die Rute in die Höhe gereckt und mit der spitzen Nase den Boden absuchend. »Wie gesagt, mir ist das Teil schon mal begegnet. Ich wüsste gern, wer es hier eingelagert hat. Viele Motoryachten stehen ja nicht in den Hallen, oder?«, fragte er Gustav.

»Aber immer mehr. Unsere Mitglieder werden auch älter. Manchen wird das Segeln zu anstrengend. Da steigen sie auf Motorschiffe um, damit sie auf ihre alten Tage wenigstens noch ein bisschen aufs Wasser kommen.« Er sah zu seinem Vereinskameraden auf dem Segelboot hoch und rief: »Sag mal, Sönke, weißt du, wessen Stellplatz das ist?«

»Klar, das ist Schraders Platz. Du weißt schon: Dietrich Schrader, der Immobilienmakler. Der ist ja seit ewigen Zeiten Mitglied bei uns. Hat sein Boot wohl gerade verkauft. Den Platz in der Halle hat er behalten, weil er sich schon was Neues bestellt hat.«

»Das soll Schraders Boot sein?«, rief Gustav entgeistert

nach oben. »Eine Motorquatze? Kann ich mir bei dem gar nicht vorstellen. Der ist doch immer ein begeisterter Regattasegler gewesen, wenn ich mich nicht irre.«

»Stimmt genau. Das Ding da ist natürlich nicht sein neues Schiff. Aber nun wartet mal, ihr beiden!« Der Mann legte sein Werkzeug auf die Cockpitbank, wischte sich die schmierigen Hände am Overall ab und schwang sich auf die Leiter, die am Rumpf seines Bootes lehnte. »Das Gebrüll geht mir auf die Nerven. Ich komme runter zu euch, ist eh Zeit für die Mittagspause.« Damit kletterte er herab.

»Das ist Sönke«, stellte Gustav vor. »Und dies hier ist mein alter Freund Simon. Ihm gehört die *Seeschwalbe*, das sagt dir bestimmt etwas. Den alten Colin Archer kennt eigentlich jeder in unserem Revier.«

»Klar. Dachte ich doch, dass wir uns schon öfter mal begegnet sind«, sagte Sönke, sah Simon an und nickte. »Ganz feines Schiff, die *Seeschwalbe*. Ich habe mal gehört, du hättest sie an einen Berliner verkauft.«

»Hatte ich auch, vor drei Jahren, als ich mit der Pleite gekämpft habe«, antwortete Simon so freimütig, wie es unter den einheimischen Skippern durchaus nicht unüblich war. »Aber jetzt ist wieder alles im Lot, und ich konnte sie zurückkaufen.«

»Das ist auch gut so«, erklärte Gustav voller Überzeugung. »Schließlich hast du das Schiff damals restauriert und wieder zum Leben erweckt, als es schon abgewrackt werden sollte.« Er tippte Sönke mit dem Zeigefinger auf den öligen Overall. »Aber nun sag schon, Mann: Wenn das nicht Dietrich Schraders neues Boot ist, warum steht es dann auf seinem Stellplatz?«

»Er hat sich gestern für ein paar Minuten hier blicken lassen, als das Motorboot ankam. Da habe ich kurz mit ihm gesprochen«, erwiderte Sönke. »Hat mich schließlich auch interessiert, was es mit diesem hypermodernen Ungetüm auf sich hat. Er hat mir erzählt, dass es einer guten Bekannten von ihm gehört, deren Mann gestorben ist. Die will das Ding wohl verkaufen, aber vorher soll noch was am Innenausbau verändert werden.«

Simon zuckte bei diesen Worten zusammen, denn ihm war sofort klar, was damit gemeint war. Das Bild des Salons, das sich ihm in jener Nebelnacht im Lichtkegel seiner Taschenlampe geboten hatte, stand ihm unvermittelt wieder vor Augen.

»Da hat Schrader ihr seinen Winterlagerplatz erst mal zur Verfügung gestellt«, fuhr Sönke fort, »obwohl ja eigentlich niemand sein Hallenrecht an ein Nichtmitglied weitergeben darf. Aber es geht nur um die kurze Zeit, bis er sein neues Schiff bekommt. Hat er wohl alles mit dem Vorstand abgesprochen, sagt er. Mir soll's egal …«

Frau Sörensen unterbrach den Satz mit ihrem lauten, heiseren Bellen. Es kam aus der dunklen Hallenecke hinter dem Lagerbock, auf dem die *Tequila Sunrise* stand.

»Dein Hund hat's echt nicht mit Motorbooten, scheint mir«, meinte Sönke amüsiert.

»Sie ist sogar schon an Bord gewesen«, erwiderte Simon, ohne eine Miene zu verziehen.

»Wie? Was sagst du?« Sönke starrte konsterniert zu der aufgepallten Yacht hoch. »Kann der Hund denn fliegen?«

»Nee, natürlich, als das Boot noch im Wasser lag.« Simon lachte auf. »Augenblick, ich sehe mal nach, was sie nun wieder hat. Sie gibt sonst sowieso keine Ruhe.« Er ging um den Lagerbock der Motoryacht herum und entdeckte die kleine Hündin, die vor einer an den Rumpf gelehnten Aluminiumleiter aufgeregt hin und her lief. Sie hörte nicht auf zu kläffen und unterbrach ihren Lauf nur, um immer wieder kurz vor der Leiter stehen zu bleiben und nach oben zu schauen.

Simon überlief es kalt. »Was hast du denn? Ist da oben jemand, Frau Sörensen?«

Die Hündin bellte heiser und blickte ihn mit angelegten Ohren an.

Kurzentschlossen griff Simon in die Sprossen und kletterte die Leiter hoch. Oben angekommen, hielt er sich an der Reling fest und sah sich an Deck um.

Keine Menschenseele.

Die Tür zum Salon stand offen, aber auch in dem Raum dahinter rührte sich nichts. Überall auf dem Teakdeck waren noch Kreidestriche zu erkennen, und Simon sah auch ein paar farbige Aufkleber mit Nummern darauf – Überbleibsel der Arbeit der Spurensicherung. »Scheint niemand an Bord zu sein«, rief er hinunter zu den beiden Männern, die unter den Stelzen des Lagerbocks standen, und machte sich wieder an den Abstieg. »Allerdings ist die Salontür nicht zugezogen. Komisch. Man schließt doch ab, wenn man so ein Boot ins Winterlager stellt.«

»Hat der Typ wohl vergessen«, sagte Sönke.

»Der Typ?«, hakte Simon nach. »Du meinst Schrader?«

»Nee, ich meine den jungen Mann, der gestern Abend noch da war«, erwiderte Sönke und erzählte, dass er noch bis in die Nacht hinein mit der Reparatur an seinem Motor beschäftigt gewesen sei und dass irgendwann ein junger Mann mit einem Koffer – »bestimmt mit Werkzeug drin« – aufgetaucht und auf die *Tequila Sunrise* geklettert sei.

»Wann war das?«, wollte Simon wissen.

»Meine Güte, ich habe nicht auf die Uhr geschaut. Nicht allzu spät, vielleicht so neunzehn, zwanzig Uhr. Es war auf jeden Fall schon dunkel draußen.«

»Und was hat dieser Mann gemacht?«

Sönke zuckte die Achseln. »Habe ja die meiste Zeit am Motor geschraubt. Den Typen habe ich erst entdeckt, als ich mal den Kopf aus dem Niedergang gesteckt habe. Da war er schon an Bord. Ich habe mir gedacht, dass der irgendwelche Arbeiten im Zusammenhang mit der Renovierung machen sollte, von der Schrader geredet hat. Jedenfalls hat er ordentlich herumgewerkelt, ich konnte ihn bis zu meinem Boot rüber hören.«

»Ein junger Mann, sagst du.« Simon rieb sich nachdenklich das Kinn. »Hast du mit ihm gesprochen?«

»Nee, bloß ›Moin‹ rübergerufen – und er zurück.« Sönke sah misstrauisch in Simons Gesicht. »Hör mal, was ist denn eigentlich los? Warum willst du das alles wissen? Deine Fragerei finde ich ein bisschen seltsam, fast als wärst du bei der Polizei.«

»Ist er nicht«, sagte Gustav lachend, »aber seine bessere Hälfte ist Kriminalkommissarin, das färbt wohl ab.«

»Entschuldige, Sönke, aber hier ist vielleicht was faul. Ich kann dir dazu nicht viel sagen, aber es stimmt, dass der Ehemann der ›guten Bekannten‹ von Dietrich Schrader tot ist. Nur ist er keineswegs gestorben, sondern ermordet worden. Erst vor einer Woche. Und weißt du, wo? Auf diesem Kahn hier!« Simon zeigte zu den Aufbauten der *Tequila Sunrise* über sich, die im kalten Licht der Neonleuchten an der Hallendecke weiß aufschimmerten.

»Ach du Scheiße«, brach es aus dem Mann im Overall heraus, und er schlug sich unwillkürlich eine ölverschmierte Handfläche vor den Mund. »Das konnte ich nicht ahnen.«

»Hat ja auch nicht das Geringste mit dir zu tun, entspann dich«, sagte Simon. »Sag mir nur noch eins: Wie sah der Bursche denn aus, der hier herumgewerkelt hat?«

»Na ja, sehr schlank war er und vielleicht mittelgroß. Aber sonst … Habe ihn nur von Weitem gesehen.« Sönke atmete hörbar aus. »Du meine Güte, das ist ja …«

»Sein Gesicht, hast du vielleicht sein Gesicht sehen können?«

»Ich weiß nicht … Ja, schon, aber nicht viel davon.«

»Immerhin hast du erkannt, dass er jung war.«

»Eindeutig. Aber sonst … Der hatte so eine Baseballmütze auf dem Kopf und die Kapuze seines Pullis drübergezogen. Ist ja auch ziemlich kalt hier drinnen.«

»Und wann ist er wieder gegangen?«

»Keine Ahnung. Ich habe gegen zehn Uhr Schluss gemacht und bin nach Hause gefahren. Da war er noch zugange. Aber zwei, drei andere Leute haben auch noch an ihren Schiffen gearbeitet.«

»Wenn die vor diesem jungen Mann gegangen sind, muss er also einen Schlüssel gehabt haben«, stellte Simon fest.

»Nicht unbedingt«, erwiderte Gustav. »Er kann durchaus von jemandem hereingelassen worden sein. Die Mitglieder beauftragen häufig Dienstleiter für Reparaturen an ihren Booten. Und von innen kommt man immer raus. Fluchtweg, du weißt schon. Die Tür fällt von selbst ins Schloss.«

»Meine Güte, warum fragen wir denn nicht Dietrich Schrader?«, unterbrach Sönke. »Ich rufe ihn jetzt einfach mal an. Der wird uns schon sagen, ob der Kerl in seinem Auftrag …«

»Du rufst bitte niemanden an, Sönke«, fuhr Simon schnell dazwischen. »Der einzige Anruf, der dazu erfolgen wird, ist einer bei der Kripo. Und den erledige ich gleich.« Er lächelte flüchtig, um den scharfen Klang seiner Worte etwas abzumildern, als er den beleidigten Gesichtsausdruck seines Gegenübers bemerkte.

»Du meinst also, der Bursche hatte gar nichts mit den Umbauten zu tun, von denen Schrader gesprochen hat?«, fragte Gustav.

»Keine Ahnung«, gab Simon zurück. »Aber ich weiß ein wenig Bescheid über die Ermitt…« Er biss sich gerade noch rechtzeitig auf die Zunge. »Ich meine, ich könnte mir vorstellen, dass der Bursche in dem Kapuzenpullover nach etwas auf der *Tequila Sunrise* gesucht hat. Und das konnte er erst tun, nachdem die Spurensicherung das Boot freigegeben hatte.«

»Wenn es auf der Yacht etwas Wichtiges gäbe, dann hätte es die Polizei doch sicher vor ihm gefunden«, vermutete Gustav. »Oder meinst du, sie hätten eine Freigabe für das Boot erteilt, obwohl sie mit ihrer Arbeit noch gar nicht fertig waren?«

»Das waren sie durchaus«, erwiderte Simon. »Das weiß ich

zufällig. Aber ich fürchte, der junge Mann wollte etwas finden, wonach die Polizei nie gesucht hat.« Er holte sein Smartphone aus der Jacke. Helene musste sich das hier ansehen. So schnell wie möglich.

»Die große Frage ist: Hat er gefunden, wonach er gesucht hat?«, murmelte er mehr zu sich selbst und führte das Handy ans Ohr.

34

»Ihr könntet euch doch auf die Lauer legen und abwarten, ob er heute Abend wiederkommt«, schlug Simon vor.

»Und wenn nicht?« Helene lachte freudlos auf. »Dann haben wir unnötig Zeit verloren.«

»Na gut, ich mische mich nicht in deine Arbeit ein. Habe dich auch nur angerufen, weil ich dachte …«

»Nun sei nicht gleich eingeschnappt, Simon. Das war natürlich völlig richtig. Da könnte tatsächlich etwas faul sein. Sag bitte dem Zeugen, diesem …«

»Sönke.«

»Sag Sönke, dass er einfach dableiben soll. Ich muss erst noch ein paar Telefonate führen, dann komme ich raus nach Fahrensodde.«

»Gilt das auch für mich? Ich müsste eigentlich zurück in die Firma.«

»Nein, mein Schatz, Sönke reicht mir völlig. Hast du denn dein versprochenes Mittagessen von Charly bekommen?«

»Leider nicht, die Zeit läuft mir weg. Müssen wir wohl verschieben.«

»Schade. Na gut, dann sag Sönke, dass ich in einer guten halben Stunde da bin. Und er soll aufpassen, dass niemand auf dieses verdammte Motorboot klettert. Er selbst erst recht nicht!«

»Was ist mit der *Tequila Sunrise* passiert, nachdem die KTU sie freigegeben hatte?«, fragte Helene Christ. »Können Sie mir dazu etwas sagen, Kollege Holtmann?«

»Kann ich. Das Boot blieb einfach am Steg der Wasserschutzpolizei liegen, und Oberkommissar Nissen hat mir die Schlüssel übergeben. Wir haben überlegt, wohin wir es bringen sollen, damit es uns nicht länger im Weg wäre. Aber das hatte sich dann ganz schnell erledigt.«

»Wie denn?«

»Indem ein gewisser Dietrich Schrader angerufen und uns erklärt hat, dass er das Schiff im Auftrag der neuen Eignerin ... also, das ist ja wohl die Witwe des ...«

»Ja, ja, ich weiß, Kollege«, unterbrach ihn Helene ungeduldig. »Entschuldigen Sie, aber ich bin in Zeitdruck. Was genau hat Schrader zu Ihnen gesagt?«

»Dass er jemanden beauftragt habe, das Boot abzutransportieren, um es in einer Halle unterzustellen. Die Ermächtigung der Eignerin dazu hat er uns hergefaxt. Und das war's auch schon. Zwei, drei Stunden später ist eine Firma mit einem Tieflader und einem gewaltigen Kran unten am Kai angekommen. Ich bin runter und habe den Bootsschlüssel abgegeben, natürlich gegen Quittung, dann haben sie das Boot aufgeladen und sind weggefahren. Mehr ist nicht passiert.«

»Okay. Oberkommissar Nissen von der KTU hat Ihnen also den Schlüssel gegeben, als seine Leute mit ihrer Arbeit auf dem Boot fertig waren. Können Sie sich denn erinnern, ob die Salontür da abgeschlossen war?«

»Kann ich, Frau Christ. Ich war unten am Steg, als die Kollegen fertig waren. Habe noch einen Rundgang auf dem Kahn gemacht, nachdem ich den Schlüssel bekommen hatte. Alles dicht und abgeschlossen, definitiv.«

»Was verschafft mir denn die besondere Ehre Ihres Anrufes?« Dietrich Schrader hatte unverkennbar auf Überheblichkeit geschaltet.

Helene ging gar nicht darauf ein. »Sie haben also Frau Lasse-Harmsen Ihren Stellplatz für die *Tequila Sunrise* überlassen, Herr Schrader?«

»Was fragen Sie denn, wenn Sie es schon wissen? Woher eigentlich?«

»Tut nichts zur Sache. Die Kriminalpolizei weiß mehr, als Sie denken – oder hoffen.«

Der Makler lachte gekünstelt auf, aber Helene spürte die leichte Unsicherheit, die ihn erfasst hatte, und hakte sofort nach: »Sie haben verlauten lassen, das Boot solle renoviert werden. Stimmt das?«

»Ich muss schließlich niemandem auf die Nase binden, was da Schreckliches auf der Yacht geschehen ist«, sagte Schrader. »Sie wissen doch selbst, was beseitigt werden muss. Eine Riesensauerei. Und damit meine ich nicht nur die Blutflecken, sondern vor allem das Chaos, das Ihre Kollegen von der Kriminaltechnik angerichtet haben.«

»Wen haben Sie denn mit dieser Arbeit beauftragt – oder hat das Frau Lasse-Harmsen gemacht?«

»Frau Lasse-Harmsen kümmert sich nicht um die Yacht. Das überlässt sie mir. Das Schiff wird sich eine Reinigungsfirma vornehmen, die auf solche Fälle spezialisiert ist. Das habe ich bereits veranlasst.«

»Ach ja, Sie sind ja ein ›alter Freund des Hauses‹, war das nicht der Ausdruck, den sie benutzt hat?«, fragte Helene freundlich.

»Frau Lasse-Harmsen hat im Moment genug andere Probleme am Hals«, erwiderte Schrader gereizt. »Auch wenn Ihnen dafür anscheinend das Verständnis abgeht.« Die Geduld des Mannes schien erschöpft. »Was wollen Sie eigentlich von mir?«

»Haben Sie dieser Reinigungsfirma schon die Bootsschlüssel gegeben?«

»Nein, natürlich nicht. Die sollen erst nächste Woche anfangen.«

»Haben Sie vielleicht sonst jemandem den Schlüssel überlassen?«

»Nein, zum Teufel. Was sollen diese Fragen?«

»Können Sie sich vorstellen, wer gestern Abend in die Halle auf dem Gelände der Seglervereinigung gekommen und auf die *Tequila Sunrise* gestiegen ist, die Salontür aufgeschlossen und einige Zeit auf der Yacht verbracht hat?«

»Wie bitte?« Das klang tatsächlich fassungslos. »Ist das wahr? Es war jemand auf dem Schiff? Was hat der denn da gewollt?«

»Gute Fragen, Herr Schrader. Ein junger Mann soll das gewesen sein, der ziemlich lange im Salon ›herumrumort‹ habe – jedenfalls hat sich der Zeuge so ausgedrückt.«

»Das darf doch nicht wahr sein«, erwiderte der Immobilienmakler wütend. »Ich setze mich sofort ins Auto und fahre hin.«

»Sehen Sie, das trifft sich gut. Ich bin auch auf dem Sprung nach Fahrensodde. Dann können wir uns die Sache ja gemeinsam vor Ort ansehen. Und meine Kollegen von der Spurensicherung werden ebenfalls kommen. Bis gleich, Herr Schrader.«

»Frau Kreffts Anwalt hat Haftbeschwerde eingelegt.«

»Das ist sein gutes Recht«, erwiderte Helene und stieg so hart in die Bremsen, als die Ampel vor ihr auf Gelb sprang, dass Nuri Önal auf dem Beifahrersitz in den Gurt gepresst wurde. »Aber wer weiß, vielleicht ist das gar nicht mehr nötig gewesen.«

»Wie meinen Sie das?«, fragte Hauptkommissarin Brenneke hörbar alarmiert.

»Ach, nichts.« Helene hätte sich ohrfeigen können. Halt doch mal deine große Klappe, fluchte sie in sich hinein, während sie betont beiläufig sagte: »Die Staatsanwaltschaft wird sich damit auseinandersetzen müssen. Nicht mehr unser Baby, Frau Brenneke.«

»Das weiß ich durchaus. Aber ich mache mir trotzdem Gedanken.«

»Natürlich.« Helene zog es vor, es bei diesem einen Wort zu belassen. Sie ahnte sehr wohl, welcher Art diese Gedanken waren.

»Nun gut, wir werden sehen.«

Werden wir – was auch immer, dachte die Oberkommissarin, und ihre Chefin fuhr fort: »Ich habe Sie aber eigentlich angerufen, weil ich mit Ihnen das weitere Vorgehen absprechen möchte.«

»Welches Vorgehen meinen Sie?«

»In unseren beiden Fällen. Auch wenn der Mord an Dr. Harmsen nun aufgeklärt ist, bleiben ja noch viele Fragen bezüglich der Motivlage zu klären, oder?«

Da war sich Helene mit Jasmin Brenneke ausnahmsweise völlig einig. Sie warf einen verstohlenen Blick auf ihren Beifahrer, der angestrengt nach vorn schaute, ohne eine Miene zu verziehen. »Ich denke, da sind wir auf die Ergebnisse der Kollegen aus dem Dezernat Wirtschaftskriminalität angewiesen«, sagte sie. »Das Mordmotiv muss irgendwo in der Zusammenarbeit zwischen Krefft und Harmsen zu finden sein. Alles andere würde mich überraschen.«

Zu ihrem Erstaunen stimmte Brenneke endlich einmal zu, ohne irgendwelche Vorbehalte zu äußern oder wieder auf die angebliche Sensibilität der Angelegenheit zu verweisen. Doch sofort erfuhr Helene, warum das so war.

»Schön, Frau Christ. Damit können Sie den Fall für die Mordkommission Flensburg als erledigt betrachten. Gute Arbeit übrigens! Kriminaldirektor Pasenke möchte, dass ich erst einmal hier beim LKA bleibe. Ich werde die Ermittlungen leiten, die nun noch anstehen.«

Helene wusste einen Moment lang nicht, ob sie lachen oder weinen sollte. Also sagte sie lieber gar nichts. Und auch ihr Nachbar hatte seine Gesichtszüge erstaunlich gut unter Kontrolle, wie sie aus den Augenwinkeln sah.

»Da wäre ja außer dem politischen Aspekt der weiteren Suche nach dem Mordmotiv auch noch der Fall Rimmeck. Den werden wir auch von Kiel aus bearbeiten. Ist ja nur sinnvoll.«

»Absolut«, versicherte Helene und wunderte sich über den stoischen Gleichmut, der sie ergriffen hatte. »Dann bin ich jetzt raus, richtig?«

»Ich halte Sie natürlich informiert. Wir werden sicher bald wieder miteinander sprechen.«

»Und Sie kommen zunächst gar nicht nach Flensburg?«

»Nein, dafür wartet hier zu viel Arbeit auf mich. Und danach – nun, mal sehen.«

»Tja, dann mal viel Glück für Sie!«

»Danke gleichfalls. Was liegt denn bei Ihnen nun so an?«, fragte Jasmin Brenneke leutselig.

»Ach, ich mache gerade ein bisschen altmodische Kripoarbeit. So was wie einen Mörder zu überführen. Diesmal vielleicht den richtigen.«

»Wie bitte?«, schnappte Hauptkommissarin Brenneke konsterniert.

»Machen Sie sich keinen Kopf, Frau Brenneke, ich halte Sie informiert.«

35

Der Segler Sönke hatte seinen großen Auftritt. »Wenn ich gewusst hätte, dass der Kerl so wichtig für die Polizei ist, dann hätte ich ihn mir gründlicher angeschaut«, sagte er, nachdem die Oberkommissarin ihm eine Viertelstunde lang zugesetzt hatte.

An den dunklen Kapuzenpullover könne er sich genau erinnern und an die Mütze mit einem Schirm, der ziemlich weit nach vorn gestanden habe, aber das hätte er doch bereits alles gesagt. Ach ja, Jeans habe der Typ angehabt, ebenfalls dunkle – wahrscheinlich. Und nein, die Schuhe des Mannes habe er nicht sehen können.

»Stand irgendwas auf dem Mützenschirm drauf?«, wollte Helene Christ von ihm wissen. »Irgendein Aufdruck – eine Marke oder ein Spruch oder so was?«

Doch das konnte Sönke beim besten Willen nicht sagen. Nur, dass es ein junges Gesicht gewesen sei, da wäre er sich ganz sicher. Und auch die Art, wie der Bursche sich bewegt habe, flink und gelenkig, hätte auf einen sportlichen jungen Mann schließen lassen. Aber beschwören wolle er das natürlich nicht. Alles nur Eindrücke.

»Was meinen Sie, würden Sie den Mann wiedererkennen, wenn er Ihnen auf der Straße entgegenkäme?«

»Es war ein irgendwie ... weiches Gesicht, so viel ist sicher«, erwiderte Sönke nachdenklich und schloss bereitwillig die Augen. »Erstaunlich, hätte ich gar nicht gedacht, aber ich kann es mir tatsächlich ins Gedächtnis zurückrufen, sogar recht gut.«

»Okay, dann werden wir Ihnen jetzt mal ein paar Fotos zeigen«, sagte Helene. »Machen Sie sich aber keinen Stress. Sie *müssen* niemanden erkennen. Vielleicht ist er ja gar nicht darauf.« Damit holte sie ihr Smartphone hervor, rief die Bilddatei mit den Personen aus dem beruflichen und privaten Umfeld Hark Ole Harmsens auf und drückte dem Mann das Gerät in die Hand. »Sehen Sie sich alle in Ruhe an. Vergrößern Sie die Bilder, wenn Sie sich jemanden genauer ansehen wollen. Wissen Sie, wie das funktioniert?«

Das wusste Sönke durchaus, und während er sich unter den wachsamen Augen von Kommissaranwärter Önal in die Fotos vertiefte, ging Helene zur Leiter hinüber, die am Rumpf der *Tequila Sunrise* lehnte. Dort wurde sie von einem wütenden Dietrich Schrader empfangen, der sich lautstark darüber beschwerte, dass man ihn nicht an Bord lassen wollte. »Ich will, verdammt noch mal, endlich nachsehen, ob der Kerl etwas von der Yacht gestohlen hat!«

»Wenn der Kriminaltechniker seinen Job gemacht hat, können Sie von mir aus an Bord dieses Kahns übernachten«, warf Helene ihm in eisigem Ton zu. »Wenn es Ihnen Spaß macht, dürfen Sie da oben sogar überwintern.« Sie stieg die Leiter hoch und schwang sich über die Reling an Deck, wo sich ein Kollege der Spurensicherung gerade an der Schiebetür zum Salon zu schaffen machte.
»Was gefunden?«
»Ja, ein paar Fingerabdrücke, sehr schöne sogar.«
»Und die waren vorher nicht da?«
»Definitiv nicht. Die sind neu«, murmelte der Mann, während er langsam einen Streifen Spurensicherungsfolie vom Türrahmen abzog.
»Und wie sieht es innen aus?«, hakte die Oberkommissarin gespannt nach.
»Wie meinen Sie das?«
»Sie waren doch schon bei der ersten Spurensuche dabei, als das Boot noch am Steg des Wasserschutzes gelegen hat. Ich dachte, Sie könnten mir sagen, ob Ihnen im Salon etwas aufgefallen wäre, Sie wissen schon …« Resigniert brach Helene ab.
»Keine Ahnung, wer seither an Bord gewesen ist«, antwortete der Kollege. »Ich meine außer diesem Typ gestern. Aber ich hab den Eindruck – wohlgemerkt, das ist nur ein Eindruck! –, dass noch mehr Schapps und Schubladen offen stehen als bei unserer ersten Durchsuchung. Wir müssten uns die Fotos ansehen, die hier drinnen gemacht worden sind, als das Boot noch am Steg lag. Ich glaube aber, dass zum Beispiel das Putzmittelfach unter der Spüle nachträglich geöffnet wurde.«
»Aha, danke«, sagte Helene. »Dann müssen wir wohl …«
»Frau Christ, bitte kommen Sie mal schnell runter«, rief Nuri Önal herauf.
Kaum stand Helene mit ihren Füßen wieder auf dem Betonboden der Halle, trat der Kommissaranwärter dicht an sie

heran und sprach aufgeregt in ihr Ohr. »Er hat jemanden erkannt. Aber nur zufällig, denn diese Person haben wir überhaupt nicht im Visier gehabt. Sie werden es nicht glauben – es ist eine Frau!«

Sönke schüttelte immer noch fassungslos den Kopf, als die Oberkommissarin zu ihm herüberkam. »Das wäre mir im Traum nicht eingefallen«, stammelte er. »Aber ich bin mir absolut sicher: Genau das ist das Gesicht. Eine Frau! Wenn ich mir die Kapuze und die Mütze hinzudenke ... Eindeutig! Im Leben wäre ich nicht auf die Idee ...«

»Ich auch nicht, falls Sie das tröstet«, unterbrach ihn die Oberkommissarin und starrte entgeistert auf den Touchscreen ihres Smartphones, das Sönke ihr triumphierend unter die Nase hielt.

Nur wenige Sekunden später hatte sie die Nummer im Speicher gefunden, die sie brauchte. »Kollege Schnabel, ich muss jemanden in Kiel festnehmen, und zwar sehr schnell. Akute Verdunklungsgefahr. Aber ich brauche Sie zur Unterstützung.«

»Hier mal mit hundertachtzig zu fahren, das hat was«, rief Kommissaranwärter Nuri Önal laut, um den Lärm des Martinshorns zu übertönen. Voll konzentriert jagte er den Dienstwagen auf der linken Spur über die A 210 in Richtung Kiel, vorbei an den Verkehrsschildern mit der Hundertzwanzig im roten Kreis.

»Wir müssen es schaffen, bevor sie alle Beweise vernichten kann, Nuri, sonst stehen wir mit leeren Händen da«, rief Helene Christ und strich sich nervös eine Strähne ihrer wilden weißblonden Mähne aus der Stirn.

»Ich denke, wir kriegen sie auch über die Fingerabdrücke und ihre DNA.«

»Mag sein«, räumte Helene ein. »Warum hatte ich sie bloß nicht früher auf dem Schirm? Ich hab mich viel zu sehr auf Wirtschaftskriminalität in Hark Ole Harmsens Umfeld ...«

Sie rammte instinktiv den rechten Fuß auf ein imaginäres Bremspedal vor dem Beifahrersitz und rief: »Vorsicht, der da vorn schert aus!«

»Ich sehe es, Frau Christ.«

Ein BMW etwa zweihundert Meter vor ihnen hatte plötzlich geblinkt und zog nun nach links. Erst als er den Wagen schon halb über den Mittelstreifen gezogen hatte, schien der Fahrer einen Blick in den Rückspiegel zu werfen, denn abrupt wurde der schwere Wagen auf die rechte Spur zurückgerissen.

Kurz nahm Helene den verschreckten Gesichtsausdruck des alten Herrn am Steuer wahr, als sie vorbeirasten. »Penner«, knurrte sie und musste sich beherrschen, dem Mann keine wütende Geste hinterherzuschicken.

»Wir werden rechtzeitig da sein, Frau Christ. Wir kriegen sie«, versuchte Önal, sie zu besänftigen.

»Hoffentlich.« Die Oberkommissarin schaute zum gefühlt zehnten Mal auf ihre Armbanduhr und presste die Lippen zusammen. Es war mehr als Ärger oder Enttäuschung, was sie seit einer Stunde empfand – seit der Befragung Sönkes. Wenn sie ehrlich mit sich war, musste sie zugeben, dass sie sauer war. Noch nie war ihr eine solch perfide Falle gestellt worden. Und sie war prompt hineingetappt. Auch jetzt hatte sie nicht mehr als einen starken Verdacht, das war ihr völlig klar, und wieder lag das Motiv noch tief im Dunkeln. Aber dennoch war Helene sich absolut sicher. Alles passte auf einmal.

36

Sie ließ sich in den bequemen italienischen Designersessel fallen, der vor dem großen bodentiefen Fenster stand.

Ein leises Lächeln spielte um ihren Mund, als unvermittelt die Herbstsonne durch eine Lücke in den Wolken brach und einen Teil der Stadt Kiel wie mit einem riesigen Scheinwerfer beleuchtete.

Den umwerfenden Ausblick aus dem achten Stockwerk empfand sie als ihre schönste Belohnung. Jeden Tag genoss sie das erregende Prickeln, das ihr durch den ganzen Körper fuhr, wenn sie wie ein Triumphator von oben über die Dächer hinweg auf die Förde, die Werften, den Hafen und die Schiffe blicken konnte.

Die verdiente Belohnung, bis in die Fingerspitzen körperlich fühlbar. Ebenso erregend wie beglückend.

Tief atmete sie durch. Sie hatte alles unter Kontrolle.

Riskant war es gewesen und knapp, sehr knapp. Aber das war für sie nichts Außergewöhnliches. Ihr ganzes Leben war ein einziger Tanz auf dem Hochseil. Meistens ohne Netz. Sie kannte es nicht anders.

Schon früh hatte die kleine Anna gemerkt, dass sie anders war als die Menschen um sie herum.

In ihren Kindertagen war es anfangs nur ein diffuses Gefühl gewesen, eine vage Ahnung. Noch konnte sie nicht wirklich begreifen, was sie von den anderen Kindern trennte, die immer nur für kurze Zeit mit ihr spielen mochten, bevor sie sich zurückzogen.

Einen Vater hatte sie nie gekannt, und auch an die Mutter, die in einem schmutzigen Hinterhof an einer Überdosis verreckt war, hatte sie keinerlei Erinnerung. Wie auch? Als die Großmutter sie zu sich nahm, war sie drei Jahre alt gewesen. Und die Alte hatte auch nur noch ein Jahr gelebt.

Die Betreuerinnen im Kinderheim, in das Anna Kruse vom Stadtjugendamt Hannover nach dem Tod ihrer Großmutter eingewiesen wurde, begegneten ihr schon nach kurzer Zeit mit einer sonderbaren Reserviertheit, die sich die meisten, wären sie gefragt worden, selbst nicht hätten erklären können.

Unter ihnen war eine ältere Frau, die das Mädchen mit besonderer Aufmerksamkeit beobachtete. Mit großer Geduld versuchte sie, so etwas wie ein mütterliches Verhältnis zu dem Kind aufzubauen, scheiterte aber kläglich und gab schließlich resigniert auf.

Für Anna war das eine Befreiung. Gefühlsduselei war ihr verhasst. Sie wunderte sich jedes Mal über die Gemütsbewegungen der anderen Kinder, wenn sie sich im Fernsehzimmer Filme ansehen durften. Mit völligem Unverständnis sah sie sie bei *Bambi* weinen, fassungslos nahm sie zur Kenntnis, welche Erschütterung die Dummköpfe ergriff, als dieser tollpatschige E.T. in sein Raumschiff watschelte und im All verschwand. Wie überaus lästig, hilfloses Objekt irgendwelcher Gefühlswallungen zu sein!

Natürlich behielt sie diese Meinung für sich. Überhaupt war sie im Gegensatz zu vielen anderen Heimkindern keine ›Schwererziehbare‹. Geschmeidig passte sie sich an, hielt sich an die Hausregeln und machte keine Schwierigkeiten. Jeder im Heim kam mit ihr aus. Und obwohl kaum jemand es erkannte, setzte sie fast immer ihren Willen durch. Bald war ihr klar, dass die Menschen sich leicht manipulieren ließen, und sie entwickelte ihre Fähigkeiten dazu weiter und weiter. Obwohl sie keinerlei Interesse an zwischenmenschlichen Beziehungen hatte, ließ sie manchmal sogar engere Annäherungen zu, um auf diese Weise Einfluss zu bekommen und ihren Willen durchzusetzen.

Schon damals hatte sie alles unter Kontrolle, war sich absolut sicher, dass niemand sie aufhalten könnte, wenn sie sich nur immer auf sich selbst verließ.

Die Welt bestand überwiegend aus dummen trieb- und emotionsgesteuerten Menschen, das lag auf der Hand. Einzig gefährlich waren die, die sich hinter der Maske von Gutmütigkeit, Hilfsbereitschaft oder gar Mütterlichkeit verbargen, um sie zu überlisten.

Das waren die wahren Feinde. Anna erkannte sie an ihren Augen, an dem gemeinen Blick, mit dem sie versuchten, sie zu durchschauen. Natürlich durfte man diese Leute nicht brüskieren. Man musste sie benutzen, sie für sich einnehmen. Sie ließen sich allesamt leicht blenden. Es war so einfach. Wenn man klug war.

Und das war sie. Mit dem Lernen hatte sie nie die geringsten Schwierigkeiten gehabt. Verbrachten ihre Klassenkameraden Stunden über einer schriftlichen Erörterung oder der Lösung einer kniffligen mathematischen Aufgabe, war sie stets schnell damit fertig. Das Erlernen von Fremdsprachen verlangte ihr keinerlei größere Anstrengungen ab. In ihrer Schulzeit hatte sie ausnahmslos immer die besten Noten.

Irgendwann kam jemand auf die Idee, sie einen Intelligenztest machen zu lassen. Der Begriff ›hochbegabt‹ begleitete sie danach durch ihr weiteres Leben.

Nach der Schule ging sie mehrmals in der Woche zum Judotraining. Der Sport machte ihr Spaß. Rasch hatte sie verinnerlicht, wie wichtig es war, auch ihren Körper auf ihr Lebensziel vorzubereiten. Körper und Geist mussten perfekt funktionieren, um sich den Erfolg zu erkämpfen, der allein ihr zustand.

Die dummen Fehler, die ihr dabei als Mädchen noch unterlaufen waren, vermied sie natürlich später. So etwas wie die ärgerliche Sache mit Astrids Kaninchen. Pummel, welch ein dämlicher Name. Astrid behauptete, das Vieh könne tanzen. Sie stellte dann immer die Musik laut und kreischte: »Pummel, tanz!«, und wenn es ausnahmsweise Lust dazu hatte, drehte sich das Kaninchen ein- oder zweimal um sich selbst.

Anna hatte wissen wollen, wie es aussah, wenn so ein Nager einmal *richtig* tanzte. Als sie mit dem Tier allein war, hatte sie dessen Pfoten mit Mull umwickelt, Waschbenzin darüber gegossen und angezündet. Auch ohne jede Musikuntermalung war ordentlich Bewegung in den kleinen wuscheligen Körper gekommen. Pummel hatte selbst recht laut gesungen, während er – sich ständig um sich selbst drehend und meterhoch springend – wie wahnwitzig im Zimmer herumgetobt war. Leider hatte das Kaninchen nur drei Minuten durchgehalten, dann lag es mit qualmendem Fell tot in der Ecke.

Im Heim hatten sie ein furchtbares Gewese um die Sache gemacht. Anna musste ihre reumütigste Miene aufsetzen, sich bei Astrid entschuldigen, und schließlich wurde das Ganze doch noch als dummer Streich abgetan. Schlimmer war, dass sie dem dämlichen Kind von ihrem mühsam Ersparten ein neues Karnickel hatte kaufen müssen.

Nie wieder war ihr so eine Dummheit unterlaufen – bis zu dem verdammten Tag, an dem sie sechzehn wurde. Der Tag, an dem sie zum ersten Mal betrunken war. Im Morgengrauen des Hochsommertages sprang ihr auf dem Heimweg plötzlich ein Kerl in den Weg. »Jetzt wirst du durchgefickt«, grunzte er und trat so dicht an Anna heran, dass sie seinen stinkenden Atem roch. Lüstern grinste er sie an und rieb mit der Handfläche über sein Glied, das sich prall unter der schmutzigen Jeans abzeichnete. Kaum hatte er seinen Arm ausgesteckt, um an Annas Brüste zu greifen, lag er auch schon hilflos stöhnend auf dem Rücken. »Scheiße, du blöde Kuh«, presste er hervor, während das Mädchen ihn eisern auf den Betonplatten des Bürgersteigs festhielt. Auf dem übel riechenden Kerl sitzend, seinen linken Arm unter ihrem Schuh und den rechten wie in einer Schraubzwinge mit einer Hand fixiert, suchte Anna in den Taschen seiner Bomberjacke nach einem Ausweis – vergeblich. Was sie stattdessen fand, war ein Springmesser.

Kurz sah Anna über ihre Schulter. Keine Menschenseele weit und breit. Die Augen des Mannes weiteten sich entsetzt, als das Messer plötzlich wenige Zentimeter vor seinem Gesicht schnappend aufsprang und die lange blanke Stahlklinge aufblitzte.

»Du Stück Dreck«, sagte Anna ohne jede Regung in der Stimme und stach dem Kerl das Messer bis zum Heft in den Hals.

Die Polizei griff sie in dem kleinen Waldstück kurz vor dem Jugendheim auf, wo sie sich ein wenig hatte ausruhen wollen und darüber eingeschlafen war. Das viele Blut an ihr sprach eine deutliche Sprache.

Mit Notwehr habe das nichts zu tun, urteilten die Jugendrichter, was angesichts von zweiundzwanzig Einstichen im Körper des Mannes nicht weiter verwunderlich war. Anna konnte sich nur schwach daran erinnern, dass sie plötzlich die Idee gehabt hatte, eine Art Selbstversuch zu machen. Aber wie oft sie auch in den stinkenden Abschaum hineingestochen hatte, es waren keinerlei Gefühle über sie gekommen. Weder Lust noch Befriedigung, nicht einmal Spaß hatte sie empfunden.

Nie wieder hatte sie seither mehr als ein Glas Bier oder Wein am Abend getrunken. Kontrollverlust durfte sie sich nicht gestatten.

Die zwei Jahre in der Jugendstrafanstalt waren nicht so schlimm gewesen wie die ständige Belästigung durch den Psychiater.

Der selbst ernannte Experte hatte sich darauf versteift, Anna Kruse zu einer Geisteskranken mit schwerer Persönlichkeitsstörung zu machen. Nur mit großer Disziplin und dank ihrer hellwachen Intelligenz gelang es ihr, diesem Stigma zu entrinnen.

Nach ihrer Entlassung aus dem Gefängnis, wo sie täglich in ihrer Zelle gelernt und auch die notwendigen Klausuren geschrieben hatte, machte sie ihr Abitur, ging nach München und schrieb sich für das Jurastudium ein.

Sie hatte sich ihren Plan genau zurechtgelegt. Dreimal in der Woche zog sie durch die Studentenkneipen, immer auf der Suche.

Am Ende des zweiten Semesters hatte sie den gefunden, der passte. Maik war ein fettleibiger, nicht übermäßig begabter Bursche, der, von einer wohlhabenden Mutter geduldig unterstützt, Kunstgeschichte im zwölften Semester studierte. Von Frauen meistens geschnitten, lechzte er nach Sex. Und nach der großen Liebe.

Mit der Liebe konnte Anna Kruse zwar nichts anfangen, aber sie befriedigte seine sexuellen Bedürfnisse so erfolgreich, dass Maik bald über eine Heirat sprach – und das tatsächlich für seine eigene Idee hielt. Anna hatte keinerlei Probleme, seine einfältige Mama ebenfalls für ihre Zwecke zu manipulieren, und kurz darauf ging man zum Standesamt.

Selbstverständlich wurde die Ehe bereits eineinhalb Jahre später geschieden. Anna hatte nach der Hochzeit keinen Geschlechtsverkehr mit dem teigigen Widerling mehr zugelassen.

Ihr Plan hatte funktioniert.

Seit sie aus dem Gefängnis gekommen war, hatte sie nur noch ihren zweiten Vornamen benutzt. Niemand in München kannte sie als Anna. Und nun war es endgültig vollbracht: Sie hatte auch einen neuen Familiennamen. Nichts mehr verband sie mit der vorbestraften, vermeintlich geisteskranken Anna Kruse, dem Heimkind aus Hannover.

Sie hieß jetzt Sylvia von Graden.

37

Ein blaues Autobahnschild auf der Böschung flog rechts vorüber, als sich Oberkommissar Schnabel, der Kieler Kollege, über Funk meldete: »Wir sind in fünf Minuten vor dem Haus, Frau Christ.«

»Wie viele Leute sind es denn?«

»Zwei Kollegen und ich. Sollen wir schon reingehen und …«

»Nein, warten Sie noch. Ich bin spätestens in zwanzig Minuten bei Ihnen. Schauen Sie bitte nach, ob es einen Hinterausgang gibt. Und passen Sie um Himmels willen auf, dass sie uns nicht entwischt.«

»Keine Sorge, die kriegen wir. Bis gleich.«

»Noch einundzwanzig Kilometer bis Kiel«, rief Helene ihrem jungen Kollegen vorwurfsvoll zu. »Bringt die alte Karre denn nicht mehr als müde hundertachtzig?«

Nuri Önal schien es für angebracht zu halten, darauf gar nicht einzugehen. Stattdessen sagte er: »Haben wir eigentlich jemals überprüft, wo sie war, als Harmsen an Bord seiner Yacht gegangen ist?«

»Eben nicht, Nuri. Das ist ja einer meiner Fehler gewesen. Sie hat mir gesagt, der Chauffeur hätte sich telefonisch bei ihr abgemeldet, nachdem er den Staatssekretär in Möltenort abgesetzt hatte. Und ich bin ganz selbstverständlich davon ausgegangen, dass der Mann in ihrem Büro angerufen hat. Wenn ich …«

»Hat er sie denn überhaupt angerufen?«, hakte Önal nach, während sein Blick fest auf die Straße gerichtet blieb. »Ich meine, es wäre ja gut, wenn wir ihr vorhalten könnten, dass sie in diesem Punkt gelogen hat.«

Statt einer Antwort griff Helene zu ihrem Handy. Zweimal musste sie weiterverbunden werden, dann hatte sie jemanden vom Fahrdienst der Landesregierung am Apparat und erfuhr den Namen und die Handynummer des Chauffeurs des Staatssekretärs im Wirtschaftsministerium.

»Gleich wissen wir's, Nuri«, sagte sie, während sie die Nummer eingab. »Gute Idee von Ihnen!«

»Nachdem ich den Chef bei seinem Schiff abgesetzt habe, bin ich hierher zurückgefahren und habe mich um den Wagen gekümmert. Der war ziemlich dreckig«, erzählte der Mann bereitwillig.

»Und vorher haben Sie die persönliche Referentin des Staatssekretärs im Büro angerufen, nachdem Sie ihn in Möltenort abgeliefert hatten, richtig?«

»Ja, wie üblich. Frau von Graden wollte immer wissen, wo der Chef sich aufhielt.«

Helene schluckte. »Also war sie im Ministerium, als sie mit ihr telefoniert haben?«

»Das weiß ich nicht. Sie hat ja ein Diensthandy, auf das sie ihre Anrufe umleitet, wenn sie nicht im Büro ist.«

Helene bedankte sich und beendete das Gespräch. Wütend fuhr sie mit beiden Händen durch ihre dichten Haare. Von Gradens Alibi hatte sich soeben in Luft aufgelöst. Sie hätte überall sein können, als der Chauffeur anrief. »Verdammt, wie kann man nur so blöd sein?«, stieß sie hervor. »So lächerlich einfach. Ich könnte mich …«

»Nun seien Sie nicht so streng mit sich, Frau Christ«, besänftigte der Kommissaranwärter. »Sie hatten ja wirklich eine Menge um die Ohren und …«

»Lieb von Ihnen, aber …« Sie beendete den Satz nicht, sondern drückte schon wieder ein paar Tasten auf ihrem Smartphone. »So, nachdem wir das nun wissen, kann ich mich auch gleich um den nächsten schlimmen Schnitzer kümmern, der mir unterlaufen ist.«

Während sie auf den Verbindungsaufbau wartete, sah sie aus den Augenwinkeln wieder ein Autobahnschild.

Noch acht Kilometer. Nur noch ein paar Minuten, dann würde sich endlich erweisen, ob sie recht hatte. Es wurde langsam Zeit für die Wahrheit, fand sie. Jetzt mussten sie endlich die Beweise finden. Und diesmal die richtigen.

Als Önal den Wagen bereits mit ein paar waghalsigen Manövern über den Schützenwall steuerte, hatte Helene mit drei verschiedenen Personen aus der Führungsetage des Wirtschaftsministeriums gesprochen. Sie alle waren sich sicher, Harmsens persönliche Referentin an jenem Montagvormittag nicht im Hause gesehen zu haben. Da der Staatssekretär drei Tage Kurzurlaub hatte, war man allgemein davon ausgegangen, dass auch Sylvia von Graden freihätte.

38

Behaglich räkelte sie sich in ihrem luxuriösen Loungesessel, trank einen Schluck von ihrer Diätcola und beobachtete die dichten grauen Wolkenberge, die sich in der hereinbrechenden Dämmerung fest über der Stadt zusammengezogen hatten. Der nächste Regen würde nicht mehr lange auf sich warten lassen.

Es störte sie nicht im Geringsten. Wetterveränderungen registrierte sie lediglich. Dass es Leute gab, die im norddeutschen Schmuddelwetter Depressionen bekamen, erstaunte sie immer wieder. Ob warmer Sommerwind oder kalter Herbststurm, für sie bedeutete Kiel vor allem Sicherheit. Sie hatte sich hier auch räumlich weit genug von Anna Kruse entfernt. Das allein zählte.

Nachdem sie ihr Staatsexamen summa cum laude abgelegt und zwei Jahre für eine international tätige Anwaltssozietät gearbeitet hatte, war ihr die Stellenanzeige einer renommierten Personalberatungsfirma ins Auge gefallen. Der Job roch förmlich nach alldem, was sie sich immer vorgestellt hatte. Sie wusste genau, dass eine Spitzenposition in Wirtschaft, Verwaltung oder Politik für sie nicht infrage kam, obwohl das ihre natürliche Bestimmung gewesen wäre. Aber ins grelle Rampenlicht durfte sie nicht hinaustreten. Statt im Mittelpunkt öffentlichen Interesses war ihr Platz irgendwo im Zentrum der Macht, aber möglichst unscheinbar in der zweiten Linie.

Schon drei Monate später war sie die rechte Hand eines der einflussreichsten Männer im nördlichsten Bundesland. In kürzester Zeit erwarb sie sich das Vertrauen des Staatssekretärs, und sehr bald merkte das politische Kiel, dass der Weg zu Hark Ole Harmsen ausschließlich über Sylvia von Graden führte. Täglich wuchs ihr Einfluss, und sie nutzte ihr

Wissen um all die gut gehüteten Geheimnisse im Dunstkreis der Macht, um sich für ihre Widersacher unangreifbar zu machen. Sie fühlte sich sicher.

Bis zu dem Tag vor drei Wochen.

Wie immer hatte sie sich Harmsens Mails angesehen. Sylvia von Graden las alles, was über den persönlichen Mailaccount des Staatssekretärs lief. Es war kein wirkliches Problem für sie gewesen, den jungen Systemadministrator so zu verwirren, dass sie nach und nach die notwendigen Zugangsdaten erfahren hatte. Bald darauf hatte sie auch Harmsens Passwort herausgefunden. Das Geburtsdatum seiner Frau, keine allzu originelle Idee, wie ihm selbst wohl aufgegangen war. Inzwischen hatte er ein neues Passwort eingerichtet – zu spät. Sie hatte längst seinen Mailaccount so manipuliert, dass automatisch immer eine Kopie seines Postfachs auf ihren Laptop geschickt wurde, ohne dass er das überhaupt bemerken konnte.

Am Freitagmorgen war die Mail auf Harmsens Account eingegangen. Sie kam von einer Jugendkammer des Landgerichts Hannover. Offenbar hatte der Staatssekretär einen Antrag auf Einsicht in die Akten ihres Prozesses gestellt. Auf welchem Weg auch immer er das getan haben möchte, nicht jedenfalls über diesen Account. Das wäre ihr sofort aufgefallen.

Sie starrte auf die Mail, und sofort war ihr klar, dass Gefahr drohte. Keinen Tag länger würde sie ihre einflussreiche Vertrauensstellung behalten, wenn Harmsen seinen Verdacht bestätigt sähe. Sinnlose Zeitverschwendung, sich den Kopf zu zerbrechen, durch welchen dummen Zufall ihr Chef misstrauisch geworden war. Es genügte, dass er Dokumente sammelte, die ihr zum Verhängnis werden würden.

Warum, zum Teufel, tat er das? Es war unbegreiflich. Wie konnte er sie so hintergehen?

Das Gericht lehnte es zwar ab, Harmsen die Akte komplett zuzusenden, schrieb aber, der Antrag sei ›insoweit nachvollziehbar‹, als ›der Antragsteller ein begründetes Informationsinteresse‹ habe, soweit es ›die Identität der infrage stehenden Person‹ betreffe. ›Im Interesse des Staatsschutzes‹ hatte man daher die Klageschrift und das Urteil als Scan beigefügt.

Das würde Harmsen völlig reichen, wusste Sylvia von Graden. Sie war sich sicher, dass er sofort im Internet weiterrecherchieren würde. Der Staatssekretär brauchte ja bloß den Namen der jugendlichen Straftäterin und ein paar Stichwörter einzugeben.

Und sie wusste natürlich auch, was er finden würde, kannte jede einzelne Pressemeldung, jede Reportage. Fotos gab es keine von Anna Kruse. Ihr Alter hatte sie damals davor bewahrt, sogar in den Klatschmagazinen. Aber mit all diesen Informationen war es natürlich ein Leichtes, auch an Bilder zu kommen.

Zwei Stunden lang saß Harmsen in seinem Büro, ohne dass ein Laut nach draußen drang.

Sie musste wissen, was vor sich ging. »Ich habe Kaffee gekocht, Herr Dr. Harmsen«, teilte sie ihm daher über die Gegensprechanlage mit und fügte, ohne seine Antwort abzuwarten, schnell hinzu: »Ich bringe Ihnen eine Tasse rein.« Sekunden später marschierte sie mit dem kleinen Tablett in der Hand und einem strahlenden, unbefangenen Lächeln im Gesicht in sein Büro. Mit einem Blick erfasste sie die Lage, als sie sah, dass die Hand ihres Chefs auf seinem offenbar hastig zugeklappten Laptop lag, in dem ein grüner USB-Stick steckte.

»Ich habe noch eine Zeit lang zu tun«, sagte Harmsen eine Spur zu beiläufig, ohne sie anzusehen. »Sie können aber schon ins Wochenende gehen, Frau von Graden.« Dann richtete er plötzlich seine Augen auf sie. »Ach ja, Sie haben, glaube ich, eine Menge Überstunden angesammelt. Die können Sie Anfang nächster Woche abfeiern. Ich werde nach meinem Termin in Husum bis Mittwoch einen kleinen Törn mit meinem

Boot machen und fahre damit anschließend gleich ins Winterlager. Spannen Sie doch auch mal aus, ist eine günstige Gelegenheit!«

Das Angebot nehme sie gern an, erwiderte seine Referentin, allerdings müsse sie dann noch ein paar Sachen aufarbeiten, bevor sie nach Hause gehen könne.

»Wie Sie meinen«, gab der Staatssekretär etwas unwirsch zur Antwort, und sie schloss die Tür wieder hinter sich und kehrte an ihren Schreibtisch zurück.

Ganz bestimmt würde sie das Haus nicht vor ihrem Chef verlassen.

Wie richtig diese Entscheidung war, stellte sich heraus, als Susanne Krefft, die Geschäftsführerin der Wirtschaftsförderungsgesellschaft, ein paar Minuten später hereinplatzte und lautstark erklärte, sie müsse sofort den Staatssekretär sprechen. Natürlich in einer unaufschiebbaren Angelegenheit – wie immer. Rasch warf sie Mantel und Wollschal über einen Stuhl, zog einen Aktenordner aus ihrer Tasche und betrat damit nach einem flüchtigen Klopfen das Nachbarbüro, wo sich nur Sekunden später eine heftige Auseinandersetzung entwickelte.

Da kam Sylvia von Graden die Idee, dass diese Frau sich für eine falsche Spur geradezu anbot. Jedermann im politischen Kiel wusste um die Feindschaft der beiden sogenannten Parteifreunde. Es war ein Kinderspiel, schnell ein paar Haare von der Bürste zu rupfen, die in Susanne Kreffts Tasche lag. Und zwei, drei benutzte Abschminktücher fand sie ebenfalls.

Nur kurz nachdem die Politikerin mit wütendem Gesicht wieder gegangen war, kam auch Harmsen mit dem Aktenkoffer aus seinem Büro. Hätte sie nicht alle Antennen ausgefahren, wären seiner Referentin die winzigen Veränderungen an ihm gar nicht aufgefallen. Aber sie kannte ihn zu gut, um die kurzen Seitenblicke, die ungewöhnlichen Pausen in seinen Sätzen, den Anflug von Reserviertheit nicht zu bemerken, als er noch kurz die Planung ab Mittwoch nächster Woche mit ihr durchging, bevor er seinen Fahrer zum Portal bestellte und sich flüchtig verabschiedete.

Ein einziger prüfender Blick auf seinen Arbeitsplatz genügte Sylvia von Graden anschließend: Natürlich hatte er seinen Laptop mitgenommen. Und auch den USB-Stick, da war sie sich absolut sicher. Sie kannte seine Gewohnheiten. Bestimmt hatte er die brisanten Dokumente ebenso wie die Berichte in den Medien auf dem Stick abgespeichert. Den würde er nun in der Hosentasche mit sich herumtragen, um ihn jederzeit zur Hand zu haben.

Das gesamte Wochenende war sie mit Vorbereitungen beschäftigt gewesen, hatte dabei immer wieder ihren Plan aus allen Blickwinkeln beleuchtet und optimiert. Erneut hatten ihre Feinde ihr den Kampf angesagt. Sie zögerte keine Sekunde, das zu tun, was notwendig war.

Gedankenversunken stand Sylvia von Graden auf und trat vor das Fenster, schaute hinaus in die ersten Regenschauer, die nun, von Windböen über die Stadt getrieben, auf die Dächer peitschten. Mehrmals nickte sie entschlossen und flüsterte dabei: »Ja, ja, ja!«

Sie hatte getan, was notwendig war. Die drohende Gefahr war abgewendet.

Verwundert zog sie die Augenbrauen zusammen, als plötzlich die Klingel ertönte. Sie ging nach vorn und blickte auf den kleinen Überwachungsmonitor.

Unten vor dem Eingang war niemand zu sehen. Rasch warf sie einen Blick durch den Türspion.

Da stand diese Kommissarin, die sie schon vor ein paar Tagen im Büro aufgesucht hatte. Was mochte die hier wollen? Sie hatte doch ihre Mörderin, die saß ja sogar schon hinter Gittern. Nein, Gefahr drohte ganz sicher nicht mehr.

Sylvia von Graden setzte ein freundliches Lächeln auf und öffnete die Tür.

39

Kaum noch ein Auto war auf den regennassen Straßen unterwegs, als Helene endlich durch die nächtliche Stadt nach Hause fuhr. Sie fühlte sich matt und ausgelaugt. Fast wie nach einem ausgedehnten Langlauf am Strand. Allerdings nicht halb so entspannt.

Das Verhör hatte bis kurz vor Mitternacht gedauert. Danach stand zweifelsfrei fest, dass Hark Ole Harmsen von seiner persönlichen Referentin erschossen worden war. Man hatte sofort die Staatsanwaltschaft verständigt. Gleich morgen früh würde Susanne Krefft aus der Untersuchungshaft entlassen werden.

So weit, so gut. Warum also dieses seltsam beklommene Gefühl, dieses Unbehagen, das sie nicht losließ, fragte sich Helene.

Noch nie war sie jemandem begegnet, der sie dermaßen verwirrte.

Emotionslos hatte Sylvia von Graden alle Details ihrer komplizierten Tat geschildert, als wären sie eine Abfolge völlig normaler Verrichtungen gewesen, die eben getan werden mussten, so selbstverständlich wie Zähneputzen oder Autofahren. Keinen Augenblick lang schien die persönliche Referentin beeindruckt zu sein von den Folgen, die nun unausweichlich auf sie zukamen.

Nichts von alldem, was man ihr vorhielt, leugnete sie – darüber hinaus aber trug sie auch kaum etwas zur Aufklärung bei.

Die Mordwaffe sei schon länger in ihrem Besitz gewesen, erklärte sie zum Beispiel. Vor über einem Jahr habe sie die in der Dortmunder Nordstadt für vierhundert Euro erworben. Wie sie darauf verfallen sei, sich ausgerechnet dort nach einer illegalen Waffe umzusehen, ließ sie offen, machte stattdessen die irritierende Bemerkung, sie werde ihren ›Widersachern nicht auch noch in die Hände spielen‹.

Harmsens Notebook habe sie seiner Leiche in die Ostsee hinterhergeworfen. Doch sie habe gewusst, dass noch ein USB-Stick existierte. Da sie den aber nicht in Harmsens Taschen gefunden habe, sei sie gezwungen gewesen, das Boot zu durchsuchen. Als es dringend Zeit wurde, an Land zu gehen und zu verschwinden, sei sie immer noch nicht fündig geworden.

»Worum dreht es sich eigentlich bei diesen Daten? Was war das denn, was niemand wissen oder erfahren durfte?«

Als Helene diese Fragen zum ersten Mal stellte, reagierte von Graden mit einem unwilligen Knurren und sagte zu Helenes Bestürzung: »Tun Sie doch nicht so, als wüssten Sie von nichts.« Danach schwieg sie zu diesem Thema, so oft die Oberkommissarin es auch anzuschneiden versuchte.

Scheinbar gelassen saß Sylvia von Graden während des stundenlangen Verhörs am Tisch, als handelte es sich um eine ganz gewöhnliche Besprechung. Die einzige leichte Bewegung, einen Anflug von Verärgerung, zeigte sie, als Helene ihr mitteilte, sie sei von einem Augenzeugen eindeutig als die Person erkannt worden, die gestern in der Halle in Fahrensodde die *Tequila Sunrise* durchsucht habe.

Aus der Ruhe geriet die Referentin dadurch zwar nicht, aber es lag doch ein gewisses Bedauern in ihrer Stimme, als sie sagte: »Ein Fehler. Wahrscheinlich hätte nie jemand den USB-Stick gefunden. Ich hätte es darauf ankommen lassen sollen. Aber ich konnte nicht widerstehen, noch mal nachzusuchen.«

»Und, haben Sie ihn gefunden?«, hakte Helene nach.

»Was spielt das jetzt noch für eine Rolle?«

»Wie meinen Sie das?«

»Denken Sie einfach mal nach.«

Scharf erwiderte Helene: »USB-Stick hin oder her, warum

sollte Dr. Harmsen es denn überhaupt für notwendig erachtet haben, diese Daten auf einem externen Medium abzuspeichern und das dann auch noch zu verstecken?«

Wie in Zeitlupe lehnte von Graden sich in ihrem Stuhl zurück und musterte Helene mit einem unergründlichen Blick aus halb geschlossenen Augen. »Sie werden schon noch drauf kommen, nehme ich an. In diesem Augenblick durchwühlen Ihre Handlanger doch meine Wohnung. Also ersparen Sie mir Ihre dummen Fragen.«

»Warum sagen Sie mir nicht einfach, was wir finden werden?«

Schweigen. Wieder erhaschte Helene einen kurzen Blick in die Augen der Frau, die ihr gegenübersaß. Unvermittelt überkam sie das Gefühl, die Luft um sie herum hätte Frosttemperatur angenommen.

Die Antwort ließ eine gefühlte Ewigkeit auf sich warten. Dann sagte Sylvia von Graden leise und mit gesenktem Kopf: »Tun Sie nicht so, als wüssten Sie das nicht schon. Sie gehören doch auch zu ihnen.«

»Wie bitte?«, fragte Helene konsterniert. »›Zu ihnen‹? Wen meinen Sie?«

»Sie täuschen mich nicht. Ihr alle täuscht mich nicht, keine Sekunde lang.« Die Worte kamen zischend und klangen so bedrohlich, dass sich ein kalter Ring um Helenes Brust legte.

Erschreckt fuhr sie zusammen, als unvermittelt ein kaltes Lachen an ihr Ohr drang.

»Ach, Sie langweilen mich unendlich, Frau Kommissarin«, stieß Sylvia von Graden verächtlich aus. »Passen Sie gut auf. Ich erzähle Ihnen jetzt, was Sie hören wollen, damit diese Posse hier ein Ende findet.«

Der Regen fiel nun so heftig aus dem wolkenverhangenen Nachthimmel, dass die Leitpfosten am Straßenrand nur noch verschwommen zu erkennen waren. Die Reflexlichter darauf leuchteten alle fünfzig Meter weiß und grell im Licht der Scheinwerfer auf – fast wie Augen, die die Straße kontrollierten, schoss es Helene durch den Kopf.

Augen. Heute hatte sie ganz andere gesehen, solche, die ihr noch jetzt Angst einflößten. Tote, seelenlose Augen, die nur sehr selten zum Leben erwachten. Für Bruchteile von Sekunden, dann aber mit Furcht einflößender Kraft. Noch jetzt lief es Helene eiskalt den Rücken herunter, wenn sie an diesen Blick dachte. In was hatte sie da geblickt, was hatte sie gesehen?

Sie schauderte, drehte die Heizung höher und schaltete das Gebläse ein. Als plötzlich ein Klingelton aus dem Lautsprecher der Freisprechanlage ertönte, fuhr sie zusammen.

»Kay Nissen hier«, meldete sich ihr Kollege mit hörbar müder Stimme. Er leitete das Team, das seit Stunden in von Gradens Wohnung die Spuren sicherte. »Wir sind so weit fertig und ich wollte ...«

»Habt ihr den grünen USB-Stick gefunden?«, fiel Helene ihm ins Wort.

»Ja. Der lag in derselben Schublade wie die Dokumente, von denen ich dir erzählen wollte. Unglaublich. Ist alles auf dem Weg zu dir ins Büro, aber das Wichtigste sollst du schon vorab erfahren«, sagte Nissen.

Nach zwei Minuten war das Gespräch bereits wieder beendet, und Helene kannte nun Sylvia von Gradens Geheimnis.

Das Leben der Anna Kruse.

Warmes Licht leuchtete Helene aus den Fenstern des Hauses entgegen, als sie den Wagen auf den Hof lenkte. Simon wartete auf sie. Alles war gut.

Fast. Auch wenn Hauptkommissarin Brenneke bestimmt hatte, dass die Kieler Kollegen sich um diesen Fall kümmerten, wollte Helene eine bohrende Frage einfach nicht aus dem Kopf gehen: Wer, um Himmels willen, hatte diesen Klaas Rimmeck umgebracht?

40

»Frau Krefft, werden Sie jetzt die Staatsanwaltschaft verklagen?«, schrie einer der Reporter aus der Menge, die sich vor dem Gerichtsgebäude versammelt hatte.

Gerade war die Geschäftsführerin der Wirtschaftsförderungsgesellschaft in Begleitung ihres Anwalts aus dem Portal herausgetreten und stand nun auf dem obersten Absatz der mächtigen steinernen Treppe. Von mehreren uniformierten Polizisten daran gehindert, ganz nach oben zu gelangen, ballten sich die Pressevertreter in einer Traube auf den Stufen zusammen. Immer wieder flammten grelle Blitzlichter auf, und Mikrofone aller Farben wurden aus dem Pulk nach oben gereckt.

»Wie fühlen Sie sich als unschuldig des Mordes Verdächtigte, Frau Krefft?«

»Werden Sie Ihren Posten behalten?«

»Welche politischen Konsequenzen wird dieser Justizirrtum nach sich ziehen?«

Das Geschrei wurde immer lauter, während Krefft, in einen modischen Burberry-Mantel gekleidet, nur milde lächelte und schwieg.

Ihr Anwalt hob die Hände und rief: »Bitte, meine Herrschaften! Lassen Sie doch Frau Krefft erst einmal zur Ruhe kommen. Wir äußern uns heute nicht zu irgendwelchen Fragen. Bitte respektieren Sie das!«

Die Uniformierten geleiteten die Politikerin und ihren Anwalt durch die schreiende Meute zum wartenden Wagen. Sie stiegen ein, und Sekunden später fuhr das Auto los.

Als wieder das Moderatorenpärchen des *Schleswig-Holstein Magazins* auf dem Bildschirm erschien, schaltete Helene den Fernseher aus. »Na, was meinst du: Wird sie ordentlich politisches Kapital schlagen aus diesem sogenannten Justizirrtum?«

»Keine Ahnung«, erwiderte der Graue eher uninteressiert. Er hatte es sich in einem der alten Ohrensessel bequem gemacht und sah sich im behaglichen Wohnzimmer um. Aus der Küche, wo Simon sein berühmtes Filet Wellington zubereitete, drang das Klappern von Töpfen herüber, und erste Wohlgerüche zogen durchs Haus. »Sehr schön habt ihr es hier, das muss ich sagen. Und danke nochmals für die Einladung.«

»Wir freuen uns, dass du kommen konntest. Wann wirst du denn aus der Reha entlassen?«, fragte Helene.

»Ende nächster Woche. Wird auch Zeit. Wenn es nach mir ginge, wäre ich schon längst abgehauen.«

»Na, na. Die haben dich doch wirklich gut behandelt, oder? Jedenfalls bist du viel schneller wieder fit geworden, als ich gedacht habe.«

Schimmel gab ein unwilliges Grunzgeräusch von sich. »Mag sein. Aber nun reicht's auch langsam. Sonst bringe ich die Kinnwarze doch noch um die Ecke.«

»Wen, um Gottes willen?«

»Uschi. Sitzt im Speisesaal an meinem Tisch. Nicht so wichtig«, gab der Graue zurück und schaute misstrauisch zu Frau Sörensen hinunter, die vor seinen Füßen Stellung bezogen hatte und ihn unverwandt anblickte. »Was will der Hund denn von mir?«

»Sie liebt dich heiß und innig, auch wenn du es nicht wahrhaben willst, alter Mann.« Helene verbiss sich mühsam das Lachen. »So, jetzt reicht's, Frau Sörensen! Geh auf deinen Platz, los!«

Mit einem unwilligen Knurren trollte sich die alte Hündin auf ihre Decke, die neben dem Kaminofen lag.

»Bis dein Simon fertig ist, könntest du mich ja mal auf den neuesten Stand bringen, Miss Marple«, schlug Schimmel vor, und Helene berichtete ihm von dem eigenartigen Verhör vor drei Tagen, das ihr noch jetzt im Kopf herumging. Auch das Unbehagen verschwieg sie nicht, das sie dabei empfunden hatte.

Er hörte gespannt zu und unterbrach sie nicht. Als sie geendet hatte und nachdenklich zu ihrem Weinglas griff, sah er sie aufmerksam an und fragte: »Du weißt, was dich so verstört hat, oder?«

»Inzwischen schon, Edgar. Ich habe ja alles lesen können, was das Leben der Anna Kruse angeht. Aber dennoch: Ich kann immer noch nicht begreifen, dass sie mir bei unserem ersten Gespräch in ihrem Büro so völlig normal vorgekommen ist. Heute weiß ich natürlich, wie ungemein geschickt sie mich damals manipuliert hat. Die fein versteckten Hinweise auf irgendwelche amourösen Abenteuer ihres Chefs, ihre höchst diskrete Vermutung bezüglich seiner Eheprobleme, die elegante Art und Weise, mich mit der Nase auf die Geschäftsführerin der Wirtschaftsförderungsgesellschaft zu stoßen ...«

»Sie sind perfekte Schauspieler, diese Menschen.«

»Im Verhör hat die Maske aber Risse bekommen«, erwiderte Helene. »Auch wenn ich nichts von Angst oder Verzweiflung an ihr bemerken konnte. Schon gar keinen Hass. Nein, es war seltsam. Fast als wäre sie ...« Das passende Wort wollte ihr nicht einfallen.

»... beleidigt«, beendete der Graue den Satz und nahm einen Schluck vom Roten. »Zu viel tieferen Gefühlen sind sie kaum fähig. Sie können sich ärgern, man kann sie kränken, aber viel mehr geht nicht.«

»Ja, sie klang irgendwie ... entrüstet, als sie ihr Geständnis abgelegt hat. Dass wir den USB-Stick in ihrer Wohnung finden würden, war ihr natürlich klar, aber sie schien sich nur über ihren Leichtsinn zu ärgern, den nicht entsorgt zu haben. Und auch darüber, dass sie für ihre Suche auf der *Tequila Sunrise* in der Bootshalle keine Handschuhe angezogen hat, weil sie sich zu sicher fühlte.«

»Sag mal, hat sie eigentlich etwas dazu gesagt, dass sie gleich viermal abgedrückt hat? Wissen wir, wie die eigentliche Tat abgelaufen ist?«

»Als sie aus ihrem Versteck kam, hat Harmsen wohl oben am Steuerstand gesessen. Sie will ihn mit der vorgehaltenen Waffe gezwungen haben, in den Leerlauf zu schalten und auf das Deck hinunterzusteigen. Im Salon habe sie das Notebook stehen sehen und ihn angeblich aufgefordert, ihr den USB-Stick zu geben. Er hätte aber behauptet, es gäbe keinen. ›Schamlos gelogen‹ habe er, das waren ihre Worte. Und dann soll er einen Sprung auf sie zu gemacht haben, den sie stoppen musste. Mit zwei Schüssen.«

»Da ist er doch sicher zu Boden gegangen. Zumindest kampfunfähig.«

»Ja, er soll mit dem Rücken an der Schrankwand hintergeglitten sein – das deckt sich auch mit den Spuren. Und dann hätte er ›Sachen‹ gesagt. Sie sei dicht vor ihn getreten und hätte ihn mit zwei weiteren Schüssen ›zum Schweigen gebracht‹.«

»Daher die beiden Projektile in der Schrankwand«, murmelte Schimmel. »Diese Ausdrücke, also dass er ›Sachen‹ gesagt hätte, derentwegen sie ihn ›zum Schweigen bringen‹ musste – die sind wörtlich?«

»O ja. Mein Gott, diese fürchterliche Kälte«, erwiderte Helene heftig, und in der Erinnerung überlief es sie wieder eisig. »Du hättest in ihre Augen blicken sollen!«

»Mag sein, dass es so auf dich gewirkt hat«, gab Schimmel ruhig zurück. »Aber was du als Kälte empfunden hast, war wahrscheinlich nichts anderes als Leere. Es fällt uns schwer zu begreifen, dass es solche gefühllosen Menschen überhaupt gibt. Glücklicherweise sind es extrem wenige.«

Gedankenversunken drehte der Graue den Stiel seines Weinglases zwischen den Fingern. In der Stille klangen die Geräusche des prasselnden Regens an den Fensterscheiben plötzlich überlaut, untermalt von Simons schrägem Pfeifen aus der Küche.

Helene nahm den Faden wieder auf: »Nachdem sie sich allerdings entschlossen hatte zu reden, schien sie mir geradezu übereifrig, als es darum ging, ihr Vorgehen zu beschreiben. Fast, als wäre sie ungeheuer stolz auf sich. Sie hat sich regelrecht aufgedrängt, mir ihre überragenden Einfälle zu präsentieren. Zum Beispiel wie sie herausgekriegt hat, wohin die Yacht gebracht wurde, nachdem die KTU sie freigegeben hatte. Ganz unbefangen hat sie damit geprahlt, dass sie einfach bei der Wasserschutzpolizei angerufen und einen Vorwand erfunden habe, damit sie den Namen des Transportunternehmens erfuhr. Und dort hat sie sich dann telefonisch nach dem Ziel des Transports erkundigt. Lächerlich einfach, fand sie. Jedenfalls waren das ihre Worte.«

»Selbstgefälligkeit ist typisch für diese Leute. Ebenso wie Selbstüberschätzung«, murmelte Schimmel und ergänzte trocken: »Wie man sieht. Aber noch mal zu den Fakten: Den Schlüssel zu Harmsens Yacht hat sie vermutlich gestohlen, oder? Warum ist ihm das nicht aufgefallen?«

»Sie hat ihn nachmachen lassen. Hat sie auch ganz offen erzählt. Wir haben den Schlüssel in ihrer Wohnung gefunden. Die Kollegen haben festgestellt, dass er tatsächlich eine Replik ist. Irgendwann muss Harmsen seinen Bootsschlüssel liegen gelassen haben, vielleicht als er zu einem Termin musste, und sie hat die Gelegenheit genutzt, um ein Duplikat anfertigen zu lassen. Kein Problem. Solche Läden gibt's mehrere in Kiel. Dauert keine halbe Stunde.«

Der Graue nickte. »Die Haare und ein paar Fetzen der Kleenextücher von Krefft hat sie dann nach dem Mord geschickt auf dem Boot verteilt, richtig?«

»Genau. Und auch deine Theorie mit dem Fahrrad hat gestimmt. Wir haben im Keller ihr Mountainbike sichergestellt. Der Sand in den Stollen stammte eindeutig von der Geltinger Birk und die Reifenabdrücke stimmten überein.«

»Wann hat sie denn die Waffe in Kreffts Gartenschuppen versteckt?«

»In der nächsten Nacht ist sie nach Schleswig gefahren. Der Schuppen liegt recht weit hinten auf dem Grundstück.«

»Und war nicht abgeschlossen?«

»Doch, war er.« Helene lachte freudlos auf. »Und weil sie das Schloss natürlich nicht beschädigen durfte, ist sie durch eines der alten Fenster eingestiegen, die so morsch sind, dass sie gar nicht mehr richtig schließen. Aber genau da fanden sich schöne Spuren von ihr. Und auch im Schuppen selbst. Sie hat zwar alle Fingerabdrücke auf der Pistole abgewischt, aber bei ihrem Versuch, die Waffe so in dem Holzstapel zu drapieren, dass wir sie bestimmt finden würden, hat sie ihre DNA dort zurückgelassen.«

»Hm. Wundert mich immer wieder, dass sich noch nicht herumgesprochen hat, wie weit sich die Kriminaltechnik mittlerweile entwickelt hat. Die Leute wollen einfach nicht glauben, dass man immer und überall ein Härchen oder ein paar Hautschuppen findet«, sagte Schimmel. »Zumindest, wenn der Täter keinen Ganzkörperschutzanzug getragen hat.« Er stellte sein Glas auf dem Tisch ab und sog genussvoll den köstlichen Duft ein, der nun stärker in den Raum drang. »Meine Güte, da läuft einem ja das Wasser im Mund zusammen, nach all den Wochen mit Klinikverpflegung.«

Auch Frau Sörensen hatte dem Wohlgeruch nicht länger widerstehen können und war in Richtung Küche gelaufen. Vermutlich hoffte sie darauf, dass ein paar schmackhafte Bissen für sie abfallen würden.

»Ja, es riecht, als könnten wir bald essen«, bestätigte Helene. »Aber sag mal, Edgar, was glaubst du, was jetzt mit Anna Kruse alias Susanne von Graden passiert? Ich meine: Ist sie überhaupt schuldfähig?«

»Die Experten werden sich bestimmt noch eine Zeit lang mit ihr beschäftigen. Lebenslange Haft oder Unterbringung in der forensischen Psychiatrie, das sind die Alternativen. Ich tippe auf die zweite.« Der Graue sah seine ehemalige Kollegin fragend an. »Aber was kümmert's dich? Du hast deine Arbeit erledigt.«

»Na ja, nicht ganz. Zwei Baustellen bleiben da noch.«

»Was meinst du?«

»Zum Beispiel, was nun aus dem Anfangsverdacht gegen Susanne Krefft und Dietrich Schrader und wer weiß wen noch wird. Diese Unregelmäßigkeiten wegen derer das LKA ermittelt.«

»Die *mutmaßlichen* Unregelmäßigkeiten«, berichtigte Schimmel grinsend. »Bewiesen ist da noch nichts.«

»Meinst du, man wird sich überhaupt weiter damit befassen – jetzt, wo Krefft aus der U-Haft entlassen wurde?«

Der Hauptkommissar zuckte die Schultern. »Weiß nicht, aber ich habe da so meine Zweifel. Wir werden es erleben. Du hast damit jedenfalls nichts zu tun, dafür wurde rechtzeitig gesorgt.«

»Das ist jetzt Frau Brennekes Aufgabe, nehme ich an. Sie wird das schon machen, ganz auf ihre Weise.«

»Ihr könnt euch an den Tisch setzen. Essen ist fertig!«, ertönte Simons Stimme aufgeräumt aus der Küche.

»Okay, dann wollen wir es uns mal schmecken lassen«, sagte Helene und stand auf.

Auch Schimmel erhob sich und knöpfte sein graues, verknittertes Jackett zu. »Du hast von zwei Baustellen gesprochen. Welche ist denn die zweite?«

»Auch mit der haben wir in Flensburg eigentlich nichts mehr zu tun, aber sie beschäftigt mich schon noch – und zwar mehr, als mir lieb ist.«

»Nun red schon«, brummte Schimmel. »Ich habe Hunger.«

»Kommst du da nicht von selbst drauf? Du enttäuschst mich ein bisschen«, neckte Helene ihn lachend. Sofort wurde sie wieder ernst und sah dem Grauen in die Augen. »Fragst du dich nicht auch, wer zum Teufel Prof. Rimmeck vergiftet hat?«

»Doch, das frage ich mich durchaus«, erwiderte Schimmel spröde. »Aber vielleicht werden wir das nie erfahren. Und damit kann ich leben. Erstens liegt der Fall bei den Kieler Kollegen und zweitens hatte der Mann ja einen sanften Tod, wenn ich es richtig mitbekommen habe. Eine wahre Erlösung für den armen Kerl.« Er blickte erwartungsvoll dem Hausherrn entgegen, der gerade mit zwei dampfenden Schüsseln hereinkam. Dann wandte er sich noch einmal zu seiner ehemaligen Kollegin um und sagte in eindringlichem Ton: »Lass es einfach dabei bewenden, Helene. Nicht mehr deine Sache, wie du selbst weißt. Glaub mir, manchmal muss man auch loslassen, sonst macht einen dieser Job wahnsinnig.«

41

Es war schon eine halbe Stunde nach Mitternacht, als die Autos auf den Feldweg einbogen, der zu der alten Jagdhütte am Rande des Naturschutzgebietes führte. Zwei waren es, die im Abstand von einigen Minuten ankamen und unter den Bäumen hinter der Hütte abgestellt wurden, wo bereits ein Audi A8 parkte.

In der klaren, mondhellen Nacht hätte ein aufmerksamer Beobachter die beiden Gestalten gut sehen können, die hinüber zum Eingang huschten und im Haus verschwanden. Doch einen solchen Beobachter gab es nicht. Niemand weit und breit hielt sich hier draußen auf.

Fast vierzehn Tage hatten sie seit Susanne Kreffts Entlassung aus der U-Haft verstreichen lassen, bevor sie sich wieder trafen. Man musste vorsichtig sein, keine Frage, aber die Geschäfte duldeten keinen weiteren Aufschub.

Jetzt saßen sie um den roh gezimmerten Tisch herum. Dietrich Schrader hatte sogar eine Flasche alten Rotwein mitgebracht, den er in drei einfache Gläser goss. »Ich dachte mir, wir haben Anlass, einmal miteinander anzustoßen«, sagte er lächelnd und hob sein Glas.

»Worauf denn, zum Henker?«, schnappte der kleine Mann mit der auffälligen Hornbrille, der Rassberg hieß.

»Auf unsere Freundin hier natürlich«, gab Dietrich Schrader zurück und prostete Susanne Krefft zu, die ihm gegenübersaß.

»Gegen einen guten Schluck habe ich nichts einzuwenden«, erwiderte die Frau in lyrischem Tonfall. »Aber ich frage mich auch, was es eigentlich zu feiern gibt.«

»Natürlich Ihre Freilassung, Gnädigste«, erklärte der Immobilienhändler in ungebrochen guter Laune. »Was hätten wir bloß gemacht, wenn sich die Sache nicht so vorteilhaft für Sie entwickelt hätte?« Er nahm einen großen Schluck. »Wie sieht es denn nun aus: Sie werden doch wohl Harmsens Nachfolgerin?«

Susanne Kreffts Miene verdüsterte sich schlagartig. »Sie wissen ganz genau, dass das keineswegs sicher ist. Der Ministerpräsident hält sich noch bedeckt.«

»Verständlich«, warf der Rechtsanwalt mit einer gewissen Häme in der Stimme ein. »Mordverdächtig in U-Haft! Auch wenn man wieder freikommt, irgendwas bleibt immer hängen. Gefährliche Steilvorlage für den politischen Gegner.«

»Sie müssen es ja wissen, schließlich stehen Sie dem sehr nahe«, schoss Susanne Krefft zurück.

»Na, na«, beschwichtigte Schrader. »Immer sachte. Wohin sich dieses Personalkarussell auch dreht – wir sind doch fein raus. Werden Sie tatsächlich die neue Staatssekretärin, wäre das der große Wurf für uns. Aber selbst, wenn das nicht klappen sollte, bleibt schließlich alles beim Alten. Wir können einfach weiterarbeiten.«

»Wenn Sie damit mal recht haben«, maulte die Hornbrille zweifelnd. »Woher nehmen Sie denn die Gewissheit, dass sie überhaupt ihren jetzigen Posten behält? Könnte mir denken, dass sie zu einer Belastung für ihre Partei geworden ist.« Er vermied die feindseligen Blicke der Frau neben ihm, starrte ostentativ in sein Glas, aus dem er noch keinen Tropfen getrunken hatte. »Wenn sie nicht mal mehr Chefin in ihrem jetzigen Laden spielen darf, können wir einpacken.«

»Davon kann keine Rede sein«, erwiderte die Frau. »Noch

gestern hat der Ministerpräsident mir versichert, dass es keine Umbesetzung geben wird. Und die Partei steht sowieso hinter mir.«

»Ach?«, ließ sich Rassberg wieder vernehmen. »Na, dann wollen wir das mal zuversichtlich hoffen.«

»Einen Vorteil werden wir auf jeden Fall aus dieser ganzen Sache ziehen«, sagte Schrader überzeugt. »Mit der Einstellung der Ermittlungen wegen Mordverdachts werden auch die Anstrengungen des LKA erlahmen, was unsere Projekte und Transaktionen angeht.«

»Das ist richtig«, bestätigte Susanne Krefft mit ihrer wohlklingenden Stimme. »Ich habe heute Morgen im LKA angerufen und mich nach dem Stand der Ermittlungen erkundigt. Schließlich muss es mich in meiner Stellung ja interessieren, was an den Gerüchten über angebliche Unregelmäßigkeiten dran ist, oder?«

»Sehr schlau, gut gemacht!«, rief die Hornrille. »Und, was haben Sie erfahren?«

»Das würde mich auch brennend interessieren«, erklärte Schrader.

»Die leitende Kriminalbeamtin, sehr verständige Person übrigens, hat mir dargelegt, dass ihre Kollegen von der Wirtschaftskriminalität bisher keine konkreten Anhaltspunkte für ›irreguläre Aktivitäten‹ gefunden hätten – so hat sie das genannt.«

»Das sind ja ausgezeichnete Neuigkeiten«, rief der Immobilienhändler und hob erneut sein Glas. »Sehen Sie, wir haben also doch allen Grund zum Feiern!« Er wandte sich dem Anwalt zu. »Nun trinken Sie endlich auch einen Schluck. Das ist richtig gutes Zeug!«

»Lassen Sie mich doch in Ruhe mit Ihrem albernen Frohsinn«, fuhr Rassberg ihn an und musterte Susanne Krefft scharf. »Wer ist denn diese Beamtin?«, wollte er wissen. »Hat sie etwas zu sagen?«

»Eine gewisse Jasmin Brenneke, Hauptkommissarin. Sie

koordiniert die Ermittlungen im LKA. Sie habe besonders darauf zu achten, dass keine abenteuerlichen Mutmaßungen kursierten, vor allem keine unhaltbaren Verdächtigungen, hat sie gesagt. In diesem Punkt stimme sie sich eng mit der politischen Führung ab.«

»Die Frau weiß, wie sie Karriere machen kann«, sagte die Hornbrille trocken.

»Offensichtlich«, bestätigte Susanne Krefft und trank mit erkennbarem Genuss einen Schluck des edlen Tropfens. »Man sollte ihren weiteren Weg im Auge behalten. Sie hat eine glänzende Zukunft vor sich, wie ich höre.«

Epilog

Still ist es in der alten Villa in Kiel. Mitten in der Nacht sitzt dort eine Frau an ihrem antiken Sekretär und schaut auf ein gerahmtes Foto.

Nichts anderes liegt auf der Lade aus schimmerndem Wurzelholz als dieses Bild. Ein Hochzeitsfoto, aufgenommen in einem Studio im Stil der damaligen Zeit. Es zeigt zwei junge Menschen, die sich verzückt ansehen. Die Frau in einem schlichten weißen Hochzeitskleid, einen kleinen Blumenstrauß in der Hand, der Mann im dunklen Anzug, eine hellgraue Krawatte um den weißen Hemdkragen gebunden.

Sachte berühren die Finger der Frau das Gesicht des jungen Mannes auf dem Bild. »Ach, Klaas«, flüstert sie.

Sie denkt zurück an die glücklichen Jahre, an ihre unverbrüchliche Liebe, die sie bis zuletzt nie verlassen hatte, denkt an die Zeit des gemeinsamen Aufbruchs, an ihre Arbeit Hand in Hand in der Klinik, an die unzähligen Abstürze ihres Mannes und seine verzweifelten Versuche, sich von seinen Dämonen zu befreien. Sie erinnert sich an jede einzelne der sechs Entziehungskuren, an die herrlichen Wochen danach, die sie, obwohl nie ohne Panik vor dem nächsten Absturz, dem Verfall abtrotzen konnten, bis sie sich beide eingestehen mussten, dass der Kampf verloren war.

Als er ihr schließlich eröffnete, dass er in eine kleine Wohnung ziehen werde, um ohne ständige Scham vor ihr auf seine Weise zu sterben, hatte sie ihn schließlich gehen lassen. Alles Flehen, sich doch noch einmal in einer Klinik helfen zu lassen, war an seinem Willen gescheitert. Er war ohnehin schon so weit von ihr entfernt, dass sie ihn nicht mehr erreichte.

Jeden Tag aber, sobald der letzte Patient gegangen war, fuhr sie auf die andere Seite der Stadt und betrat schaudernd dieses Loch, in dem er hauste, zog die beschmutzten Laken ab und wechselte die Wäsche. Er war nur selten da, aber auch dann nahm er sie kaum noch wahr.

Als sie an jenem Sonntag den Anruf des Ministerpräsidenten erhielt, wurde ihr endgültig klar, dass sie Klaas einen letzten Dienst erweisen musste. Einen Liebesdienst.

Er mache sich große Sorgen, sagte der Freund. Klaas habe anscheinend jede Kontrolle über sich verloren. Immer wieder würde er in entsetzlichem Zustand in Ämtern und Behörden auftauchen, furchtbare Szenen machen und alle Welt beschuldigen, ihn vernichtet zu haben. Gerade habe er Dr. Harmsen aus dem Wirtschaftsministerium angerufen und ihn bedroht. Hätte behauptet, alle Verbrechen des Staatssekretärs aufgeschrieben zu haben und sich damit nun an die Presse zu wenden.

Da wusste Ingrid Rimmeck, was sie zu tun hatte. Sie musste ihrem Mann noch einmal helfen, bevor er gänzlich seine Würde verlor.

Erst fuhr sie in die Wohnung und nahm all die mit wilden Fantastereien vollgekritzelten Blätter mit, die selbst sie kaum entziffern konnte. Dann holte sie eine Ampulle Botulinumtoxin aus der Praxis, die sie gemeinsam mit einem plastischen Chirurgen führte, kaufte im Supermarkt eine besonders teure Flasche Cognac und fuhr hinaus zur alten Klinik. Sie wusste ja, wo Klaas sich jede Nacht aufhielt.

Bis zum Ende blieb sie neben ihm sitzen. Es ging so schnell. Und ganz leicht für ihn.

»Ach, Klaas«, flüstert sie noch einmal, hebt das Bild mit beiden Händen hoch und sieht dem hübschen jungen Mann in die lachenden Augen. Dann führt sie es an ihre Lippen und küsst das kalte Glas.

Randnotizen

Diese Geschichte ist frei erfunden. Etwaige Ähnlichkeiten mit lebenden oder verstorbenen Personen wären rein zufällig und unbeabsichtigt. Darauf ausdrücklich hinzuweisen, erscheint mir gerade bei einem Roman wie diesem wichtig, der im Umfeld der Politik spielt.

Viele der hier vorkommenden Behörden, Ämter und Institutionen existieren durchaus in der Realität, auch wenn ich mir bei ihrer Beschreibung und Namensgebung ein paar Freiheiten erlaubt habe. Sie alle bilden sowieso lediglich die Kulisse für fragwürdige oder gar kriminelle Geschehnisse, die so nie stattgefunden haben – zumindest hoffe ich das zuversichtlich.

Hingegen sind die im Buch vorkommenden Handlungsorte durchaus real, ebenso wie das Seegebiet zwischen der Kieler Bucht, der Flensburger Förde und der sogenannten Dänischen Südsee, das in diesem Roman eine wichtige Rolle spielt. Und selbstverständlich gibt es auch die beschriebenen Landschaften in Wirklichkeit, zum Beispiel die einzigartige Geltinger Birk und das Naturschutzgebiet Fröruper Berge südlich von Flensburg. Nach der ehemaligen Jagdhütte, im Roman der Ort konspirativer Treffen, würde man allerdings vergeblich suchen.

Dank

Wieder habe ich vor allen anderen meiner Familie für ihre Unterstützung zu danken, namentlich meiner Frau Kirsten, ohne deren Liebe ich überhaupt keine Bücher schreiben könnte. Aber auch meinen Freunden danke ich für ihr nie nachlassendes Interesse an meiner Arbeit, für ihre Hilfe und ihren Zuspruch.

Neben diesen Menschen in meinem privaten Umfeld, die mir jederzeit zur Seite stehen, sind natürlich die Profis unverzichtbar, die mir manchen Weg ebnen und mich darauf begleiten. Es sind dies besonders Conny Heindl und Gerald Drews von der *Medien- und Literaturagentur Drews*, Gudrun Todeskino vom *textundton kulturbüro* und vor allem Aletta Wieczorek, meine überaus fähige Lektorin, sowie meine Verlegerin Ulrike Rodi und ihr ganzes engagiertes Team vom *Grafit Verlag*, in dem meine Kriminalromane bestens aufgehoben sind. Bei *Grafit* erscheinen auch die Kriminalromane meines Kollegen Thomas Schweres, dessen Dortmunder Kommissar Schüppe ein Gastspiel in diesem Buch geben durfte. Danke dafür, Thomas! Nicht zuletzt grüße ich dankbar meine Kolleginnen und Kollegen von den *42erAutoren*, mit denen ich mich stets vertrauensvoll beraten kann.

Großen Dank schulde ich auch wieder den freundlichen Beamten der Kripo und der Wasserschutzpolizei hier in Flensburg, die mir immer geduldig meine Fragen beantworten.

Herrn Dr. Marcus Ott, Erster Vorsitzender der *Segler-Vereinigung Flensburg e.V.*, schulde ich Dank für die Informationen über seinen Verein und den Hafen Fahrensodde.

Und mit einem verschmitzten Lächeln bedanke ich mich diesmal besonders bei jemandem, der seinen Namen hier nicht wiederfinden möchte. Er (oder sie) hat mir mit seinem (oder ihrem) Insiderwissen als leitende(r) Mitarbeiter(in) einer wichtigen Landesbehörde eine Menge wertvoller Hintergrundinformationen zum politischen Kiel verschafft – unter strikter Wahrung der gebotenen Diskretion, versteht sich.

Fehlt noch das wichtigste Dankeschön, das ein Autor aussprechen kann: das an meine Leser, deren Zahl stetig wächst, wie ich glücklich feststellen darf. Danke dafür! Es gibt nichts Schöneres für mich, als auf meinen Lesungen gefragt zu werden, wann denn ›endlich der nächste Helene Christ‹ erscheine.

Dies ist nun schon der vierte Fall der Ermittlerin von der Flensburger Förde. Ich bin sicher, dass es nicht der letzte bleibt, den ich erzählen darf. Gleich nachher rufe ich mal in der Kriminaldirektion an, um zu hören, ob Helene schon wieder eine neue Nuss zu knacken hat …

Bis bald also!

H. Dieter Neumann
Frühjahr 2017

Mehr Fälle für Helene Christ

H. Dieter Neumann
Die Tote von Kalkgrund
ISBN 978-3-89425-454-4
Der 1. Fall für Helene Christ, auch als E-Book erhältlich

Firma weg, Frau weg, Boot weg – Simon Simonsen verliert in kürzester Zeit alles, was ihm etwas bedeutet hat. Dann wird er auch noch des Mordes verdächtigt. Nur Kommissarin Helene Christ gräbt etwas tiefer und redet sich ein, dies nicht nur deswegen zu tun, weil sie sich zu Simon hingezogen fühlt …

»*Eine akribisch recherchierte geradlinige Geschichte, nicht zu blutrünstig, dafür voller menschlicher Abgründe.*«
Cathrin Brackmann, WDR 4

Mord an der Förde
ISBN 978-3-89425-462-9
Der 2. Fall für Helene Christ, auch als E-Book erhältlich

Nahe der Ostseesteilküste wird die Leiche der 14-jährigen Clarissa gefunden. Edgar Schimmel glaubt schon bald, den Täter zu kennen. Aber nachdem seine Kollegin Helene Christ die Bekanntschaft mit der Familie des toten Mädchens gemacht hat, kommen ihr Zweifel: Was haben die von Sassenheims zu verbergen?

»*Genau so soll ein Kriminalroman sein. Fesselnd, hervorragend geschrieben, amüsant und unterhaltend. Klassisch gut eben.*«
Der Nordschleswiger

Tod auf der Rumregatta
ISBN 978-3-89425-471-1
Der 3. Fall für Helene Christ, auch als E-Book erhältlich

Die traditionelle Flensburger Rumregatta steht unter keinem guten Stern: Erst wird die Leiche eines jungen Afrikaners gefunden, dann wird der Verdacht laut, dass ein Schiff nur zur Tarnung eines großangelegten Drogenschmuggels mitsegelt. Helene Christ und ihr Partner Edgar Schimmel wissen bald nicht mehr, wo ihnen der Kopf steht.

»*Neumann schreibt fesselnd und rasant, der Fall bereitet Kopfzerbrechen. Bitte mehr davon!*«
Dorothea Baumm, Lübecker Nachrichten

Helene Christs Kollege Georg Schüppe

Thomas Schweres
Die Abbieger
ISBN 978-3-89425-485-8
Auch als E-Book erhältlich

Eine Waffe, zwei Delikte: Die Mordwaffe in Flensburg war schon einmal bei einem Überfall in Dortmund im Einsatz. Kommissar Georg Schüppe hilft auf dem kleinen Dienstweg. Aber nur, damit sich Reporter Tom Balzak aus einem Entführungsfall heraushält:

In den letzten vier Jahren hat er 209 Stunden im Stau gestanden – sinnlos vergeudete Lebens- und Leidenszeit. Gemeinsam mit einem Kumpel entführt Klaus-Werner Lippermann Dr. Rainer Weissfeldt, den Chef des Straßenbaubetriebs Straßen.NRW. Der soll am eigenen Leib erfahren, wie das ist, täglich über die A 40 zur Arbeit fahren zu müssen. Zugleich erhält die Polizei Post: Der TuS-V! (Tierfreunde und Staugegner – Vereinigt!) fordert Maßnahmen zur Verkehrsflussverbesserung, 55.000 Euro und die Aufklärung sogenannter Kaninchenmorde.

Kommissar Georg Schüppe ist ernsthaft besorgt um das Leben des Topmanagers, denn diese Entführer ticken offensichtlich nicht normal. Und mit jedem Tag wächst die Gefahr, dass die Öffentlichkeit von Weissfeldts Schicksal erfährt. Tatsächlich wird Reporter Tom Balzack bald misstrauisch, stolpert aber über eine ganz andere Leiche …

»Beste Krimisatire aus dem Ruhrgebiet, klug und saukomisch!«
Rolf Ständeke, Echo Nord

»Das macht Freude. … wenn wir das nächste Mal Stoßstange an Stoßstange auf der A40 verweilen, [werden wir] an Klaus–Werner Lippermann denken, den Gründer des leider fiktiven TuS-V: Tierfreunde und Staugegner–Vereinigt.«
Joachim Feldmann, Culturmag

grafit

Hat Ihnen dieses Buch gefallen und möchten Sie wissen, wie es weitergeht?

Dann abonnieren Sie unseren Newsletter, wir halten Sie auf dem Laufenden!

www.grafit.de